내가 키운 S급들

근서 장편소설

5

내가 키운 S급들

근서 장편소설

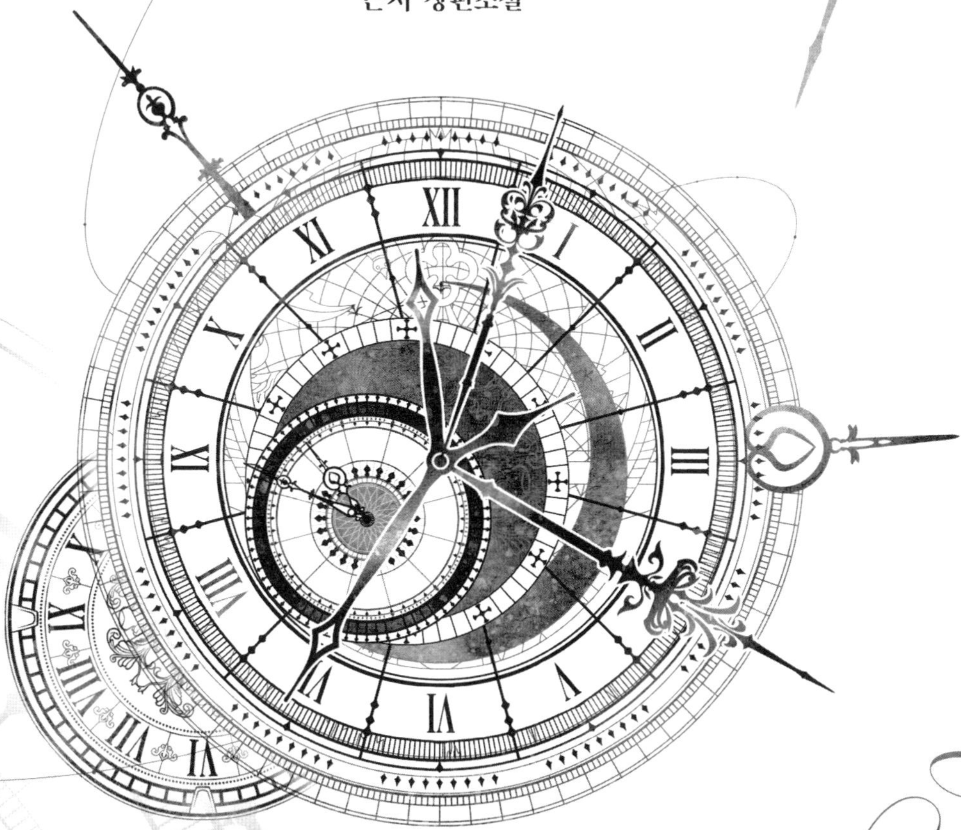

JAYPLEMEDIA

내가 키운
S급들

CONTENTS

1장　　　푸른 안개　　　7p

2장　　　안개바다 일족　　　83p

3장　　　무늬만 S급　　　141p

4장　　　남매 싸움　　　187p

5장　　　성 모 씨 생일　　　281p

6장　　　제작자　　　343p

[외전]　　　쇼핑　　　377p

[외전]　　　세성 길드 투어　　　389p

1장 푸른 안개

1장
푸른 안개

 세성 길드의 S급 던전 공략은 아직 끝나지 않았다. 그렇기에 성현제도 여전히 부재중인 걸로 되어 있었다.
 "던전에 들어가 있어야 할 사람이 옥상정원에 나와 있어도 되는 겁니까? 요새 기자들은 드론 같은 것도 막 띄우고 그런다던데."
 "내 사격 솜씨가 썩 괜찮은 편이라."
 심록 짙은 여름의 숲을 한 조각 떼어 놓은 듯한 풍경 속에서 느긋한 티타임을 즐기고 있던 성현제가 말했다.
 "놓치는 일은 없으니 걱정하지 말게. 그런 것까지 신경 써 주다니, 한유진 군은 참 다정하군."
 "다정은 얼어 죽을. 지금 도심에서 총질했다고 자백하시는 겁니까? 확신고해 버릴까 보다."
 "눈은 여전한 건가."
 어느새 일어나 내 앞으로 다가온 성현제가 나를 내려다보았다. 깜짝이야.

이어 두 손으로 내 허리를 잡고 들어 올렸다. 뭐 하나.

"몸무게도 더 줄었고. 관리가 부실했던 모양이로군."

"집에 얌전히 있을 생각을 안 합니다. 집에서도 쉬기는커녕 거의 종일 몬스터들 돌보고 있습니다."

동생과 성현제가 무슨 동물병원에 애완동물 데리고 온 것처럼 굴었다. 잠깐 알바한 적 있어서 잘 안다. 눈으로 살피고 보호자와 근황 이야기하며 몸무게 잰 다음엔 진료대 위에 올리곤 약을 먹이거나 주사를 놓겠지.

그리고 성현제가 나를 테이블 위에 내려놓듯 앉혔다. 무슨 차인지 향이 제법 좋았다. 약은 거절하고 주사는 걷어차야지. 개가 아니니까 물지는 않습니다.

"그러니 한동안… 맡아 주십시오."

"유현아?"

동생이 갑자기 미친 소리를 했다. 성현제도 의외인 모양이었다. 아마도. 안경이 필요해.

"맡긴 뭘 맡아? 내가 애완동물이냐? 게다가 노아 씨 일도 있고!"

"잠깐이야. 형 몸 상태 안 좋은 거 티 다 났어. 집에서도 안 쉬고, 내 말은 듣지도 않으니. 이참에 김민의로 좀 움직이기도 할 생각이니 여기 얌전히 있어. 삐약이는 보내 줄게."

"야, 김민의 헌터 아예 묻어 버리기라도 할 작정이냐!"

지금까지로도 이미지 개선이 상당히 크게 되어 버렸을 텐데. 동생 놈은 내 말을 귓등으로 흘리며 계약서를 꺼내 들었다.

"3월에 경매권 양보해 드렸던 거 이걸로 대신하죠."

"내 아이템을 돌보는 일에 대가를 받을 순 없지."

"제 겁니다."

아니, 만약 내가 아이템이라면 준다고 말은 했었다만 그래도 너무 당당하게 주장하는구나, 동생아. 나 아직 인권이라는 게 있는 인간이다.

두 놈은 내 의견을 깨끗이 무시한 채 자기들끼리 상세한 계약서를 작성했다. 그리고 동생은 얌전히 기다리고 있어, 라는 말을 남긴 채 떠나가 버렸다.

이게 뭐야!

"과자 먹겠나?"

"…됐습니다."

콱 물어 버리기 전에 그 손 치워.

해연 길드 소속 B급 헌터 김민의는 말하자면 만만한 상대였다. 대형 길드에서 영입할 만큼 쓸 만한 보조 스킬을 가지고 있었지만 보조계는 어디까지나 보조계다. 특히 중상급 헌터들 사이에서는 일명 '스킬빨'을 낮춰 보는 풍조가 만연했다.

헌터의 의의는 어디까지나 던전 공략이니 등급을 스탯만으로 책정해야 한다는 의견도 다수였다. 전투계를 가장 윗줄로 두고 나머지는 일종의 부속 정도로 보는 경우도 많았다.

스탯이 아예 확실하게 낮으면서 유용한 상등급 스킬을 가지고 있으면 되레 대우가 좋아지기도 했지만, 그건 어디까지나 자신들에게 조금의 위협도 되지 못하기 때문이었다. 제아무리 스킬이 좋아 봤자 얼마든지 쉽게 누를 수 있기에 귀엽게 봐주는 것이다.

반면에 어중간한 스탯에 높은 등급의 스킬을 가지고 있다면 눈에 거슬려 했다. 김민의는 그에 해당되었고 전투계 상급 헌터들이 다수인 해연에서 무시당하는 편인 건 당연한 수순이었다. 당사자는 별 신경 안 쓰고 안전한 보조계가 개꿀이라며 만족스러운 직장 생활을 하고 있었지만.

"진짜 스탯 A급 이상이래요?"

"S급 헌터를 상대했다는 말도 있던데."

빠르게 퍼져 나간 소문 속에서 김민의가 해연 길드의 로비에 들어섰다. 평소 그와 인사하고 지내던 보안실 직원이 아는 척하려고 손을 들어 보였으나 김민의는 직원을 거들떠도 보지 않았다.

냉랭하게까지 느껴지는 무표정한 얼굴이 전혀 딴사람 같아, 직원은 어색하게 들었던 손을 내렸다. 곧장 엘리베이터 쪽으로 향하는 김민의의 뒷모습을 사람들이 흘끔거렸다.

"…분위기는 완전 길드장님이네."

"정말로 스탯 숨긴 건가? 보조계랑 싸우는 걸 본 적 없으니."

보안실의 A급 헌터가 중얼거렸다. 같은 팀으로 던전 공략을 간 적 있으나 보조계는 후방에서 보호만 주로 받는다. 당연히 김민의의 스탯치를 간접적으로 확인할 일은 없었다.

사람들의 관심 속에서 김민의, 한유현은 곧장 석시명을 찾아갔다.

"한유진 씨를 세성에 맡기셨다고요?"

주위 사람들을 물린 석시명이 놀라워하며 말했다.

"형에겐 그쪽이 더 편할 겁니다."

한유현은 애써 담담하게 말했다. 정확히는, 한유진에게 성현제는 부담을 가질 필요 없는 상대였다. 챙겨 주지 않아도 되고 혹 피해를 입힌다 해도 신경이 덜 쓰이는.

제 살을 깎아서라도 품에 끌어안고 보호하고 싶어 하는 어린애들과는 다르게.

"…김민의 헌터에 대한 소문이 제법 퍼졌을 겁니다."

한유현은 제 형에 대한 상념을 억지로 밀어내며 화제를 돌렸다.

"김민의가 자기 능력에 걸맞은 대접을 받고 싶어 한다는 말을 흘려 주십시오. 그러면 미끼를 무는 상대가 나타나겠지요."

"이번에 한유진 씨를 노린 쪽에서 말입니까."

트럭 운전사를 고용한 것은 동주로타리 길드였지만, 동주로타리 길드에 그 의뢰를 한 사람은 아직 밝혀지지 않았다. 처음에는 헌터협회 쪽을 의심했지만 아니었다.

"현재 한유진 씨의 보호를 맡고 있는 사람은 김민의 헌터고 그가 해연을 벗어날 마음을 품고 있다고 판단되면 분명 접근해 오겠지요. 마침 길드장님께서도 자리를 비운 상태니 좋은 기회입니다."

석시명이 고개를 작게 끄덕이며 말을 이었다.

"보조계로 다른 전투계 헌터들에게 괄시받고 있었다는 건 사실이니 그 점을 부각하면 되겠지요. 이참에 보조계 헌터를 무시하는 분위기도 환기시키고요."

"세성 길드장이 알아서 차단하겠지만 그래도 혹 모르니 형에게 말이 들어가지 않도록 조심해 주십시오. 알게 되면 어떻게든 끼어들려고 할 겁니다."

자신도 같이 미끼로 나서는 편이 확실하지 않겠냐고 주장하는 모습이 눈에 선했다.

"한유진 씨가 도와준다면 일이 더 쉽겠지… 만, 좀 쉬셔야죠."

석시명은 아쉬워하면서도 말을 바꾸었다. 한유진이 있다면 여러모로 편해지겠지만 제 형을 세성 길드에 맡겨 놓기까지 한 길드장이 받아들일 리 없었다.

대략적인 논의 후 한유현은 한유진의 자택으로 향했다. 사람 없는 집 안에서 TV 소리가 들려왔다. 혼자 알아서 TV를 켜고 보는 몬스터가 있다며 형이 말했던 것이 떠올랐다.

— 삐약!

소파 가운데를 차지하고 있던 하얀 새끼 새가 한유현을 보고 삑삑거렸다. 천장의 인조 덩굴에 매달려 꾸벅꾸벅 졸고 있던 새끼 용도 파드득 날갯짓을 한다. 한유현은 코메트를 가볍게 잡아챘다.

― 키이!

새끼 용이 발버둥 치며 자신을 움켜쥔 손을 깨물었지만 잇자국만 조금 날 뿐이었다. 이어 삐약이 또한 집어 들고 거실을 둘러보았다.

새끼 용은 사육장에 맡기고 새끼 새는 세성으로 가져다주고. 그리고 또 챙길 것이 있던가.

'…웬만한 건 알아서 챙겨 주겠지만.'

그렇기에 부탁한 것이지만, 그래서 더 거슬린다. 한유현은 소파에 걸터앉았다. 키익대던 코메트가 눈치라도 살피듯 잠잠해진다. 반면에 새끼 새는 거리낌 없이 손바닥 위에 늘어져 앉은 채 삐약거렸다.

마수 사육 스킬. 그리고 양육자 칭호.

한유현은 양육자 칭호에 대해 알고 있었다. C급 이상 각성자의 양육자면 비교적 쉽게 얻는 흔한 칭호였기에 관련 정보 또한 얻기 쉬웠다.

짧은 시간 소소한 성장 버프를 주는 칭호. 등급에 따라 성장치와 적용 시간이 늘어나긴 했으나 알려진 가장 좋은 칭호도 큰 가치는 없었다.

하지만 한유진은 어떨까.

한유현은 자신이 다른 인간들과 다르다는 것을 알고 있었다. 어릴 때부터, 아니 태어난 직후부터. 갓난아기 때의 기억은 없었지만 그는 처음부터 달랐다.

한유현의 시선이 자신의 손에 닿았다. 선명한 마력의 흐름이 그의 몸 전체를, 손가락 끝까지 감돌았다.

S급 헌터라고 해도 각성 전에는, 던전이 나타나기 이전에는 마력의 존재를 알지 못했다. 하지만 한유현은 태어난 직후부터 마력을, 공기 중에 감도는 희미한 마나를 느낄 수 있었다.

던전과 몬스터가 존재하는 지금에 비해서는 무척이나 옅은 마력과 마나였다. 그러나 한유현은 그것을 미약하게나마 다룰 수 있는 존재였고, 주변의 다른 인간들은 아니었다.

던전이 나타난 현재 또한 마찬가지였다. 각성자들도, S급 각성자들이라 해도 한유현만큼 마력 그 자체에 가까운 존재는 없었다.

그것이 무엇을 의미하는 것인지는 알 수 없었다. 하지만 분명한 것은, 한유현은.

인간의 껍데기를 뒤집어썼을 뿐 규격 자체가 다른 존재라는, 바로 그 사실이었다.

한유진이 마수 사육 스킬을 얻게 된 것은 그런 자신을 키운 탓이라 생각했다. 일반적인 양육자 칭호 대신에 인외의 것을 기르는 능력을 얻은 것이라고.

'하지만 형은, 사람까지 끌어안으려 들었지.'

박예림과 노아 그리고 자신까지. 박예림까지는 그렇다 쳐도 노아 상대로는 분명 과한 태도였다. 마수 사육 스킬이라 하였지만 실은 인간에게도 해당되는 것은 아닐까. 혹은 노아가 용종인 탓에 마수로 인식되기라도 하는 것일까.

어느 쪽이든 치워 버리고 싶다. 마수든 인간이든 깨끗이.

한유현은 손에 쥔 두 마리의 몬스터를 차가운 눈길로 바라보다가 몸을 일으켰다. 이것들을 전부 없애 버리고 싶을 만큼 하나 있는 피붙이가 소중했기에, 그래서 아직은 손댈 수 없었다.

직접 사람이 와서 안경과 렌즈를 맞춰 주었다. 눈에 뭘 넣는다는 게 거부감 들긴 했지만 안경은 또 부서질 수도 있으니 렌즈에 도전해 보기로 했다.

"유현이와 나름의 신뢰 관계에 있다는 건 알고 있지만 말입니다."

렌즈를 손가락 끝에 올리며 부루퉁하게 말했다. 같은 S급이고 길드장이니까. 최소한 일적으로는 F급보다야 믿을 만하겠지. 나도 알아. 나 역시도 성현제의 능력만큼은 믿고 있으니 이해가 가기는 시발 역시 싫어.

"그래도 바로 얼마 전에 나 혼자 당신 집에 들어갔다가 봉변당했다고 화냈었는데. 그런데 이렇게 덥석 떠맡기고 가 버리다니."

심지어 삐약이는 세성 길드원에게 맡기고 그냥 가 버렸다. 테이블 위를 종종종 돌아다니는 삐약이를 바라보다가 성현제에게로 시선을 돌렸다. 아직 렌즈 끼기 전이라 표정은 잘 보이지 않는다.

"거래에는 신용이 가장 중요하니 말일세."

성현제가 내 앞으로 다가와 거울을 들어 주며 말했다. 살짝 넣으면 된다고는 했는데 자꾸 눈이 감긴다. 다른 손으로 눈을 뜨게 하려 해도 무심코 움찔거려 대서.

"도련님과는 하루 이틀 거래해 온 것도 아니라. 계약서까지 썼다면 상대를 확실하게 믿을 수 있겠다는 정도의 신뢰는 있지."

확실하게 믿을 수 있다, 라. 그 소리에 배알이 꼴렸다. 낮은 스탯 탓이 크겠지만 나는 그 정도까지 안 믿어 주던데. 걱정부터 했지.

"그에 더해 내가 도련님을 여러모로 도와주기도 했었고."

"도와줬다고요?"

"홀로서기를 시작하기엔 문제가 많을 나이였지 않나."

"그야- 잠깐만요."

뭔가 말이 이상한데.

"엄밀하겐 홀로서기도 아니었잖습니까. 석 팀장과 그 밖의 사람들이 초기에 해연에 합류했댔으니까요."

석시명은 해연 세우기 전부터 유현이를 찾아갔었다고 들었다. 그 인간이 눈에 거슬리는 건 여전했지만, 해연 길드에 대한 공만큼은 인정하지 않을 수가 없지.

내 말에 성현제가 작게 고개를 끄덕였다.

"그렇다고 해도 후발 주자가 자리 잡는 것이 쉬운 일은 아니니 말이야."

"그건, 그렇죠."

"처음 일 년 정도야 차라리 쉬웠지. 해연이 제대로 자리 잡지 못할 것이라는 평이 대부분이었으니."

성현제 또한 그때는 해연에, 유현이에게 별 관심 없었다고 말했다.

"문제는 대형 길드로 발돋움하기 시작할 때부터였다네."

"…본격적인 견제가 들어가기 시작한 거군요."

"그래서 적당히 잡초 제거 정도나 해 주었지. 물론 도련님은, 특히 석시명은 싫어했지만."

덕분에 석 팀장이 아직도 자신을 미워한다며 성현제가 연기하는 게 뻔한 울상을 지어 보였다. 그때 꽃다발 들고 나타났을 때 석시명이 대놓고 싫은 티 내긴 했었지.

"어쨌든 신세는 졌다는 거로군요. 그건 제가 대신 갚겠습니다."

"해연에서 눈치챈 건 전부 갚아 왔으니 걱정 말게. 작년 말쯤부터는 대등한 비즈니스 관계였지."

"눈치챈 건, 이라면 모르는 건 남았다는 거군요. 그건 제가 대신 갚겠습니다."

필요하면 언제든 꺼내 들어 약점 삼을 인간이니 내버려둬서 좋을 건 없다.

"도련님은 싫어할 텐데."

"그때면 제 동생 아직 미성년자였을 거고 보호자는 접니다. 그러니 제가 갚는 게 맞습니다. 괜히 유현이한테 예전 일 꺼내 들 생각 하지 마세요."

렌즈를 넣은 눈을 깜박였다. 명색이 형이고 보호자인데 아무것도 못 했다는 사실이 속상하다. 성현제는 물론이고 석시명도 마음에 들지 않았다.

솔직하게, 부러웠다. 정말 많이.

"…지금이라도, 제가 해 줄 수 있는 건 해 주고 싶으니까요."

성현제가 대답 대신 책 두 권을 내밀었다. 양손에 들린 책은 각각 '올바른 육아를 위한 부모의 마음가짐'과 '빈 둥지 증후군에서 벗어나기'였다. 뭐야, 이게.

"마음의 여유를 위한 독서 타임이라네."

"책 선정이 뭐 이럽니까."

자기계발류나 소설, 시집 같은 걸 줘야 하는 거 아니냐. 둘 중에서 올바른 육아 어쩌고를 집어 들었다. 할 일 많은데 언제까지 여기 붙잡혀 있어야 하나. 유현이는 또 뭔 일 치르려는 생각인 걸까.

탈출하고 싶다. 집에 보내 줘.

'은신 스킬 쓰면 빠져나갈 수 있을 텐데.'

물론 S급 헌터인 성현제에게는 먹히지 않는다. 저 인간만 비켜 주면 될 수 있는데. 책을 대충 뒤적이며 성현제를 올려다보았다.

"계속 제 옆에 붙어 있을 겁니까? 길드장 주제에 너무 한가하시네."

"그 길드장은 지금 던전 공략 중이라. 점심은 뭘 먹겠나. 먹고 싶은 게 있다면 뭐든 말하게."

"저 다니던 초등학교 앞 분식점에서 팔던 떡꼬치가 먹고 싶네요. 십 년 전에 문 닫았지만."

"미안하지만 점심은 시간이 빠듯하고, 저녁때까지 준비해 주지."

뭘 준비해, 미친놈아.

"됐거든요. 애먼 사람들한테 민폐 끼칠 생각 하지 마십쇼."

뭔 말을 못 해. 차라리 세성 길드장이 직접 낚아 온 자연산 활어 회를 요구할 걸 그랬나. 회 별로 안 좋아하지만 낚시하러 간 사이에 튀면 되니까. 물론 그런 뻔한 요구는 던전 공략 중 운운하며 거절하겠지만.

쓸데없이 한가한 세성 길드장은 나를 이리저리 끌고 다녔다. 덕분에 세성 길드 건물 내에 얼마나 많은 편의 시설이 갖추어져 있는지 알게 되었다. 내가 그걸 알아서 뭐 해.

상급 헌터들은 외부의 각종 시설을 이용하기엔 불편한 점이 많았다. 일단 몸 자체의 내구성이 높다 보니 머리카락도 쉽게 못 잘랐다. 철사 수준은 아니지만 힘도 더 들고 염색이나 펌 등도 일반적인 수준으론 불가능하기에 길드 내에 전문 미용실이 따로 있었다.

그리고 보니 유현이도 화염 저항 조절 가능해질 때까지 머리 손질을 제대로 못 했다고 했었지. 열기를 무시하니 당연히 약간 곱슬한 머리를 펼 수도 없었다.

"이렇게 막 돌아다녀도 되는 겁니까?"

"여기서 새어 나가는 말 정도는 쉽게 막을 수 있으니 걱정 말게."

보는 눈이 제법 많은데 진짜 괜찮은 건가. 하긴 내가 걱정할 바가 아니다. 코메트가 성장할 때를 대비한 사육장도 이미 마련되어 있었다. 성체 가시날개암룡이 넉넉하게 지낼 만큼 넓은 사육장에 전면 유리창을 열어 바로 날아 나갈 수 있도록 만들어졌다.

건강에는 적당한 운동이 필수라며 전문 트레이너 붙여 주고 길드 내 의료 시설에서 간단한 건강검진도 받았다. 자세하게 검사해 보자는 건 마음을 다해 거절했다. 그래도 피는 뽑혔다.

"전 아직까지 멀쩡합니다. 나이가 몇인데."

서른 살까지 건강에는 별문제 없었다. 외상은 입었지만.

그리고 저녁에는 다른 음식들에 더해 떡꼬치가 나왔다.

"…진짜로 그 분식집 주인 찾아내서 만들게 한 건 아니죠?"

"다행히 주인 내외 모두 건강하다더군."

유현이에게 보내 주기로 약속했다면서 내가 밥 제대로 먹고 있다는 증거 촬영을 하며 성현제가 말했다. 건강하시니 참 다행이긴 하다만.

"정말 대령하길 바라고 한 말 아니라는 거 잘 아실 양반이 왜 쓸데없는 짓을 합니까."

"할 수 있는 일을 안 할 필요는 없지. 어려운 것도 아니고. 좀 더 밝은 표정을 지어 보게. 이러다 계약 파기당하겠어."

파기당하는 건 상관없지만 동생 놈 걱정시킬 수는 없었다. 표정을 펴려고 애쓰며 삐약이에게 마석을 먹였다. 삐약아, 공간이동 스킬 동반 이동은 안 되는 거냐. 시도라도 한번 해 봐 다오.

"제 동생 관련 소식은 없습니까?"

"일 관련은 입도 뻥긋 안 하기로 했다네."

"궁금하고 답답하고 걱정되어서 체할 거 같습니다만."

"소화제를 준비해 두지."

"전화라도 하게 해 주세요."

내 휴대폰은 압수당한 지 오래였다. 노아 씨와 명우에게 전화하려다가 빼앗겨 버렸다. 감옥에 갇히기라도 한 거 같다, 갑갑해 죽겠다고 투덜거린 끝에 겨우 휴대폰을 돌려받았다. 동생 놈에게 전화를 걸자 이내 받는다.

"유현아, 얌전히 있을 테니까 집에 돌려보내 주면 안 되냐. 노아 씨 일도 최대한 미루고 쉴게."

[안 돼. 조금만 더 거기 있어.]

"야! 너, 위험한 짓 하려는 건 아니지?"

내 물음에 동생 놈이 작게 웃었다.

[걱정 마. 던전 밖에서 내가 위험해질 일은 없으니까.]

그야 그렇지만. 성현제나 리에트 정도가 아니고선 유현이를 해칠 사람은 없다. 태생 S급이 두 명 더 있긴 하지만, 갑자기 튀어나오진 않을 테고. 설사 튀어나와도 자기 한 몸 정도는 지킬 수 있겠지. 동급이니까.

"그래도 엉뚱한 짓 하면 안 돼. 밥 잘 챙겨 먹고. 집에 일찍 들어가. 밖이냐?"

[응. 곧 집에 갈 거야.]

"그래. 웬만하면 나 좀 얼른 데려가 주라."

[얌전히 잘 지내면.]

동생 새끼 형한테 말하는 것 좀 봐라. 그래도 목소리를 들으니 안심이 되었다. 통화가 끝나자 성현제가 다시 휴대폰을 가지고 갔다.
"이제 가벼운 저녁 산책 후 씻기고 재우면 오늘 일정은 끝이라네. 열한 시 이전에 취침 요망이라더군. 자장가 불러 줘야 하나."
"됐거든요."
자장가는 무슨. 오던 잠도 달아나겠다. 그리고 그날 밤에, 불청객이 나타났다.

― 삐약!

"이리 와, 삐약아."

꽤나 들뜬 듯 너른 침대 위를 데굴데굴 굴러다니는 하얀 새끼 새를 안아 들었다. 홍콩 호텔에서도 그러더니 낯선 곳을 구경하는 걸 좋아하는 듯했다. TV 시청도 그렇고, 우리 애가 호기심이 참 많단 말이야.
"삐약이 너라도 즐거우니 다행이다."

- 삐약삐!

"아빠는 오늘 밤 잠 다 잔 듯하구나."

환경은 참 좋은데 말이지요, 잠자리를 가리는 편도 아니고 다른 문제가 될 건 전혀 없는데. 저녁도 뭐 맛있게 먹었고, 산책도 잘했고, 더럽게 좋은 욕실에 뭔지 모를 입욕제라든가 아무튼 다 좋았던 거 같은데.

딱 하나가 모자랐다.

'유현아, 형이 좀 쪽팔리는 소리지만 너 없이 못 자겠다.'

아, 젠장. 자기 싫어. 공포 저항 등급 언제 회복되는 건데. 슬슬 돌아올 때 되지 않았나. 공격 스킬 효과 두 배 때문인가 오래도 간다.

"왜 TV도 금지인 건데."

무슨 템플스테이라도 되는 거냐. 구치소에서도 TV는 볼 수 있게 해 주는데. 뉴스를 보지 못하게 하기 위해서겠지만 너무하다. 아무것도 없이 밤을 새워야 하다니.

"삐약이 넌 자야지."

커다란 베개 하나를 팡팡 두드려 홈을 만들곤 그 안에 삐약이를 내려놓았다. 잘 생각은 없지만 나도 일단 침대 위로 올라가 기대앉았다. 침대 좋네. 이러다 잠들어 버릴라. 의자로 자리 옮길까.

"불 끄면 진짜 자 버릴 거 같은데… 그래도 너무 밝지?"

- 삐야.

간접 조명으로 바꿔야겠다. 리모컨이 어디 있더라.

"조명 리모컨이……."

"여기."

"어, 고마-."

유현이 목소리다. 그리고 손이다. 아무런 반응 못 하고 굳어 버린 나를, 내밀다 멈춘 팔목을 익숙한 손이 붙잡았다.

"괜찮아. 해치지 않아."

다독이며 동생의 목소리가 이어졌다.

"아무런 매개체 없이는 이렇게 나타나는 것 자체가 힘들거든. 그러니 별짓 못 해. 걱정하지 마."

고개를 돌리지 못했다. 파드득, 삐약이가 베개에서 내려와 내 무릎 위로 올라왔다.

"너, 지금 모습."

"이 세계는 나를 거부하니까 이 세계에 속한 사람의 도움을 받아야 해서 그래. 상대에게 가장 소중하고, 가장 많이 생각하는 사람의 모습을 하면 들어오기 쉽거든."

윤경수의 시체를 빌려 나타났었던 효도중독자. 디아르마의 후임.

머잖아 접촉해 올 것이라 생각은 했지만. 하필 지금이냐.

"…연락도 없이 방문하기엔 너무 늦은 시간 아닌가."

"꿈은 밤에 꾸는 거니까. 사실 좀 더 빨리 찾아올 수 있었는데, 최근엔 형 곁에 계속 내가 있었잖아. 바로 옆에 같은 사람이 있으면 내가 가짜라는 게 뚜렷하게 느껴져서 거부당해 버릴 가능성이 크거든."

태연한 형 소리에 소름이 다 돋았다. 요 며칠 유현이와 같이 자는 바람에 나타나지 못했다는 건가.

꿈은 밤에 꾼다. 윤경수의 시체가 상대에 따라 다른 모습을 한 것에, 그때 나타난 던전 속성까지 더해 보면 이 효도중독자의 능력은 정신 계통 중에서도 기억에 관련된 환상계임이 분명했다. 정신 건강에 참 안 좋은 상대다.

"그래서, 내기할 건 정한 건가."

무릎 위의 삐약이를 내려다보며 말했다. 계속 이렇게 외면하고 있을 수는 없지만 고개를 돌릴 엄두가 안 난다. 얼른 용건이나 전하고 꺼져 버렸으면.

"아, 그건 형."

시발, 왜 자꾸 형 소리야.

"계속 다른 곳만 쳐다볼 거야? 대화는 사람 얼굴을 보면서 해야지."

"남의 거죽 뒤집어쓴 놈은 사람 취급 안 해도 돼."

"섭섭하네."

그러면서 작게 웃는다. 저녁 식사 때의 통화가 떠올랐다. 손가락 끝으로 삐약이의 솜털을 문지르다가 고개를 돌렸다. 놈은 침대 옆에 서 있었다. 내 쪽으로 상체를 살짝 숙인 채다. 지금보다 좀 더 나이 든 얼굴이 미소 짓고 있다.

그런 표정 짓지 마라. 네가 그 나이로 내게 웃어 준 건 그때뿐이었잖아.

"…얼굴 봐 줬으니 빨리 말하고 꺼져."

다른 생각 하자. 다른 생각. 예림이랑 피스 슬슬 나올 때 되었는데 무사하겠지. 그러고 보니 둘이선 호흡 제대로 맞춰 본 적 없는데, 어땠으려나. 속성은 상극이라 잘 안 맞았을 텐데. 처음 만났을 때 예림이가 귀찮게 굴어서 피스가 싫어했었지. 설마 둘이 싸우거나 한 건 아니겠지. 사이좋게 던전 공략 잘하고 나왔으면 좋겠다.

"형에게 관심이 생겼어."

유현이 얼굴을 한 효도 놈이 말했다. 웃음기를 띤 눈이 지금의 유현이보다 더 짙게 검었다. 요즘의 동생은 종종 한쪽 눈이 붉어 더더욱 달라 보인다.

순간 기분이 이상해졌다. 같은 사람인데, 벌써부터 조금씩 달라져 가고 있었다. 스킬도 달라질 것이다. 이미 이린이 있고, 축제의 흰고래 눈물 때처럼 사라져 버려 습득하지 못하는 스킬도 생길 테니까.

같은 내 동생인데.

"그사이 가능한 한 자세하게 살펴봤거든. 이 세계에서 무슨 일이 일어났었는지를 말이야. 비록 다 알 수는 없었지만, 형에 대해서 조금쯤은 찾아낼 수 있었어."

…어디까지 알아낸 거지. 무심코 마른침을 삼키는 사이 놈이 흥미 어린

눈을 하며 말을 이었다. 저 나이의 저 표정은 진짜 낯설어서 조금쯤 마음이 진정되었다.

"태생 S급을 사랑하고 키워 낸 양육자."

"그게 뭐 어때서. 가끔 나온다던데."

그냥 양육자까지만 아는 건가. 아니면 완벽한 양육자까지 눈치챈 건가. 후자는 곤란하다. 키워드 효과를 들켰다간 앞으로의 일에 차질이 많을 테니까.

"아주 가끔 나오지. 이곳, 다섯 번째에서만."

놈이 붙잡은 내 손목을 자신 쪽으로 끌어당기며 말을 이었다. 별짓 못 한다더니 힘은 나보다 강한 듯했다.

"첫 번째, 두 번째, 세 번째, 네 번째 그리고 나머지 다른 곳에서도 그냥 양육자 칭호는 나오지 않아. 태생 S급이 아닌, 그 아래를 키워 낸 양육자들이야 흔하고 많지만."

태생 S급을 키워 낸 양육자는 이곳에서만 나온다며, 놈이 속삭이듯 말했다. 다섯 번째 근원, 눈이 내리는 나무. 우리 세계가 속한 우주.

"워낙 수가 적으니까 단순한 우연일 수도 있지만, 어쩌면 근원과 연관이 있는 것일지도 몰라. 그러니까 형, 거래하자."

"거래?"

"응. 형을 내게 줘."

"…앞에 대기자가 많아서 안 되겠는데. 헛소리 말고 줄부터 서라."

물론 나는 아이템이 아닌 인간이지만, 일단 유현이가 1순위고 성현제 놈이 자칭 1순위겠지만, 대충 2순위라고 해 주고. 그 밖에도 한 재산 싸 들고 올 사람이야 많을 것이다. 경매장 때만 생각해 봐도 널렸겠지.

"성공이 확실치도 않은 일에 매달리며 고생할 필요 없잖아. 형을 내게 주면 대신 구하고 싶은 사람들을 빼내 줄게. 어때?"

"S급 중에서도 SS급에 가까운 수준 아니면 못 빼낸다더니."

"다행히 형이 아끼는 사람들은 대부분 S급인 듯하니까. 그리고 S급이 아니더라도 구출이 불가능한 건 아니야. 대가가 많이 필요한 일이지만. 패륜아들도 종종 도움이 될 만한 사람을 멸망하는 세계에서 빼내곤 하거든."

아마 이 세계가 멸망하게 되면 대장장이는 패륜아들의 구출 대상이 될 거라고 놈이 말했다. 대장장이? 명우 말인가. 진짜 그렇다면 일단 명우는 안심이지만.

"어때, 형. 괜찮지 않아? S급까진 열 명, A급도 한두 명 정도는 빼내 줄 수 있어. 이 정도면 많이 힘써 주는 거야. 나도 타격이 꽤 클 테고."

S급 열 명이면 우리 애들은 다 들어가고도 남는다.

"너희는 세상 망하게 하는 데 관심 있는 거 아니었나? 이렇게 다 빼 가면 망하게 하긴 쉬워지겠네."

"빼 가는 게 쉬우면 항상 이렇게 거래를 제안했겠지. 보통은 두엇이 다야. 그래서 태생 S급 위주로 설득하는 거고."

그리고. 놈이 약간 짓궂은 표정을 지으며 덧붙였다.

"우리도 크게 둘로 나뉘어 있거든."

"둘로?"

"한쪽은 말 그대로 착한 아이들이야. 열심히 세상이 삼켜지도록 노력하는. 그리고 다른 한쪽은 궁금한 사람들이지. 마지막이 어떻게 될지 보고 싶어 하는 자들."

효도중독자, 라는 말 그대로 부모인 근원이 세상을 삼키는 것을 돕는 축과 근원이 모든 세상을 삼킨 이후를 알고 싶어 하는 축.

눈앞의 놈은 틀림없는 후자였다.

그러고 보니 유현이한테도 정령 어쩌고 하며 관심을 보였었지. 반면에 세상 망하게 하는 건 자기 안전이 더 중요하다며 건성으로 대했었고.

"계약하자, 형."

옅은 빛을 띤 하얀색 판이 내 앞에 나타났다. 디아르마 때처럼 L급 계약서일 것이다. 이번에는 라우치타스의 천적, 저주독룡종 대상 스킬 효과 두 배 적용도 못 받으니 벗어날 수 없는 계약이다.

"비록 형은 스탯 F라서 내 힘으로는 산 채로 빼낼 수 없지만, 최대한 아끼고 보살펴 줄게. 태생 S급의 양육자는 원래도 귀하지만 발견할 즈음에는 이미 죽어 버린 경우가 많아 한 번도 계약에 성공한 적이 없었어. 거기에 가슴의 마석을 무사히 조합해 낸 것도 신기하고. 그때 봤을 땐 실패할 거라 생각했었는데, 무슨 짓을 한 건지 안정화되었어. 어떤 마수가 만들어질지 궁금한걸."

그건 반가운 소리였다. 성현제의 파편이 자기 일을 잘해 낸 모양이었다.

"정말 드문 소재니까 나도 많이 양보해 주는 거야."

많이 양보한다라. 놈을 믿지는 않았지만 귀가 솔깃해지는 건 어쩔 수 없었다. 내가, 우리가 이 세계를 지켜 낼 수 있을지는 불확실하다. 그런데 나 하나로 애들이 무사할 수 있다고 하니까… 음.

보류는 못 하나. 이왕이면 영 가망 없다 싶을 때 계약하고 싶은데. 그렇게까지 해 주진 않겠지. 아니, 나 같은 케이스가 정말로 귀하다니까 흥정 잘해 보면 될지도 모른다. 딱 오 년 정도만 유예 기간 달라고 하고…….

― 삐약!

그때, 삐약이가 힘껏 뛰어올랐다. 놀랄 정도로 높게 점프한 새끼 새가 온몸으로 계약서에 부딪쳤다.

퍽.

"삐약아!"

아니, 그거 엄청 단단한 건데! 얼른 삐약이를 붙잡았지만 삐약이는 아프지도 않은지 연신 힘차게 날개를 파닥거렸다.

― 삐약삐약! 삑! 삐약!

"진정해, 삐약아! 그러다 다쳐!"

- 삐-약!

"…그건 뭐지?"

유현이… 가 아니라 놈이 고개를 갸웃 기울였다. 마치 삐약이의 존재를 방금 눈치챈 것 같은 표정이었다. 내내 놈의 시선이 닿는 곳에, 내 무릎 위에 있었는데. 이어 삐약이를 향해 손을 뻗어 온다. 놀라 삐약이를 품에 숨기며 뒤로 물러나려 했지만 붙잡힌 팔목 탓에 조금 꾸물대다 말았다.

"손대지 마!"

- 삐약!

"어디서 본 것도 같은데. 잠깐만 줘 봐, 형."
"형 소리 그만하고 꺼져!"

삐약이를 해부라도 할 것처럼 쳐다보는 놈은 내 동생 아니다. 잡힌 팔목을 비틀며 몸을 최대한 뒤로 뺐었다. 발로 걷어차려고 무릎을 굽히는데.

쾅-!

문을 뚫어 부수며 금빛 사슬이 날아들었다. 강하게 던져진 창날처럼 사슬이 놈의 옆구리를 꿰뚫는다. 그리고도 힘이 남아 그대로 방의 한쪽 끝으로 밀어내 버린다. 덩달아 나도 반쯤 끌려가다가 허리를 낚아채는 팔에 의해 멈추었다.

"유현아!"

튀어 오르는 핏물에 무심코 소리쳐 버렸다. 아니라는 거 알지만, 시발. 당황한 나와 달리 동생의 모습을 한 놈은 고통이 전혀 느껴지지 않는 얼굴로 제 옆구리에 박힌 사슬을 내려다보았다.

"초승달?"

…알아보는 건가. 초승달과 아는 사이인 걸지도. 놈이 고개를 들어 사슬의 주인, 성현제를 바라보았다.

"너는 누구지."

"집주인."

틀린 말은 아니지만 그걸 물었겠냐. 침대에 굴러떨어진 삐약이가 내 쪽으로 종종종 다가왔다. 삐약이가 무사한 걸 확인한 뒤 다시 놈에게로 시선을 돌렸다.

…유현이가 아닌 거 머리로는 잘 알지만. 렌즈 빼 버리고 싶다. 안경이었으면 벗기 쉬웠을 텐데.

"초승달에 대해서 모르는 건가? 그보다 형."

"형 소리 하지 말라고 했다, 빌어먹을 새끼야."

"형 동생으로 있어야 형체를 유지하기 쉽단 말이야. 계약을 받아들이겠어?"

"그건-."

"주인이 있는 물건을 노리면 안 되지."

성현제의 목소리가 내 말을 막았다.

"도련님은 한유진 군이 놓질 못하니까 눈감아 주었다만, 하나 더 늘릴 생각은 없어."

"…눈감긴 뭘 눈감습니까? 댁 거 아니라니까."

그리고 준다면 당연히 내 동생이 먼저다. 왜 김칫국부터 마시고 있냐.

"보기 힘들다면 고개를 돌려."

성현제가 말했다. 사슬이 움직이고 그의 손끝에서 희미한 빛이 튀었다. 입술을 깨물었다가 시선을 아래로 내렸다.

파지직-.

소리는 그리 요란하지 않았다. 탄내가 났다. 살점이 아닌, 가구와 벽 같은 게 타는 냄새다. 나를 붙잡은 팔을 무심코 강하게 움켜쥐었다가 다시 고개를 들었다.

거뭇하게 그을린 자리에 거대한 해파리 같은 것이 있었다. 흐릿하니 잘 보이지 않는 그것이 몸체를 느릿하게 흔들었다.

– 잘 생각해 봐. 만약에 거절하면 나도 쉽게 물러나지는 않을 거야.

그리고 그것이 사라졌다. 짧게 한숨 내쉬는 나를 성현제가 내려다보았다.
"가슴의 마석에서 마수가 태어나는 거였나?"
…이 자식 대체 어디서부터 들은 거야. 내 침실 도청했냐.
"불청객이 들이닥쳤다는 걸 진작 알고 있었으면서도 뒤늦게 어슬렁어슬렁 나타난 겁니까? 계약 위반 아니에요? 정말 불성실하시네."
몸을 감싼 팔을 떼어 내려 하며 불만을 표했다. 언제나 그랬지만 이번에도 여전히 꿈쩍도 안 하는군. 던전이 터졌던 날처럼 강압적으로 물어 오진 않을까 걱정이 들었지만 아직은 위협적인 느낌이 들지 않았다. 그냥 약간 오싹한 정도였다. 익숙해져서 무시할 수 있는 수준이다.
"그렇게 생각한다니 안타깝군. 불성실한 태도에 대해 책임지고 도련님에게 자세한 사정을–."
"살다 보면 늦을 수도 있죠! 별일 없었으니 그냥 넘어갑시다."
유현이 귀에 들어가게 하고 싶지 않았다. 특히 저 해파리가 제안한 거래에 대한 것은, 감출 생각이었다. 성현제가 입만 다물어 준다면 말이다.
"별일 없었다, 로 넘어가긴 힘든 이야기가 많지 않았던가."
"훔쳐 들은 거잖습니까. 프라이버시 침해는 눈감아 드릴 테니 그쪽도 못 들은 척 치세요."
"이전에, 숨을 때까지 하루는 기다려 주겠다고 했었지만."
성현제의 시선이 해파리가 있던 자리를 향했다.
"이런 식으로 도망치는 건 안 되지."
"도망은 무슨 도망입니까."

"그럼 무엇이라고 생각하나, 한유진 군은. 흔한 희생정신?"

마석만이 아니라 계약 관련도 역시 다 들었구나. 해파리 놈의 모습이 성현제의 눈에도, 내가 본 것과 똑같이 비쳤을까. 어디까지 눈치챈 건지 모르겠다.

"계약서에 서명 안 했습니다. 할 생각도 없었고요. 만약을 대비해 적당히 흥정해 놓을 마음 정도는 있었지만."

그쪽에서 나한테 관심 있다는데 그냥 넘기기는 아깝잖아. 계약하든 안 하든 할 것처럼 굴어서 정보든 뭐든 뜯어내는 게 이득이지. 그리고 영 글러 먹었네 싶으면 계약하는 것도 나쁘지 않고. 다 같이 죽을 필요는 없잖은가.

"그래서 또 뭐가 궁금합니까? 양육자? 이건 흔해요. 한 번쯤 들어는 보셨을 텐데."

태생 S급 대상이 드물다는 거지 다른 양육자야 많다. 양육자 칭호에 대해선 성현제도 당연히 알고 있을 것이다.

"제가 키운 게 유현이라서 좀 특이하다는 것뿐입니다. 그리고 마석은 말하려고 했는데. 이미 들었다시피 마석을 조합해서 마수를 만들어 내는 능력입니다. 원래 디아르마, 그 도마뱀 놈 스킬이었고요."

시스템 관리자들 도움으로 그놈 잡으면서 운 좋게 얻게 되었다고 털어놓았다. 해파리가 떠들어 댄 말이 적당히 설명 가능한 것들이라 다행이었다. …내 동생의 모습만 제외한다면.

굳이 고개 돌리라고 한 거 보면 해파리가 유현이의 모습을 했다는 사실은 알고 있는 듯했다. 하지만 제 눈으로 직접 본 건지 나를 형이라고 부르는 말에 짐작한 건지는 모르겠다. 성현제가 눈치챘을까. 나이가 더 든, 모습인 것을. 설사 그것을 봤다고 해도 회귀로까지 연관 짓는 건 힘들겠지만.

만약 묻는다면 뭐라고 대답하지. 동생이 각성 같은 거 없이 평범하게 나이 먹은 모습, 뭐 그런 거라고 설명할까. 그런 미래를 원하다 보니 저 모습으로 나타난 거였다고.

이리저리 머리를 굴리는 사이에.

"…뭐 하는 겁니까."

성현제 놈이 내 잠옷 상의를 벗겨 냈다. 상처를 유심히 바라보다가 손을 댄다. 전에 확인했잖아. 뭘 또 건드려.

"안정화되었다더니 확실히 느낌이 달라졌군."

"달라지든 말든 그쪽과는 관계없는 일입니다."

"관계가 없다, 라기엔."

마력의 움직임이 느껴졌다. 내 마력 수치로는 선생님 스킬을 걸지 않고서는 타인의 마력을 뚜렷이 감지하는 건 불가능하다. 하나 상처 위를 조사하듯 맴도는 마력의 감각이 눈으로 보는 듯 확실하게 다가왔다.

그 직후, 약간 저릿하게 흘러넘친 성현제의 마력을 마석이 날름 흡수해 버렸다.

"내 것과 비슷한데. 어떻게 된 것일까."

"그냥 자의식 과잉입니다."

몸이 조금 떨렸다. 스킬 쓴 것도 없는데 마나가 확 줄어들었다는 느낌이 들었다. 성현제의 마력 흡수하겠다고 내 마나 가져다 쓴 거냐. 포션 꺼내 마시곤 말을 이었다.

"이거 SS급 용인종 마석에 급수 모를 디아르마 마석 합친 거거든요? 최소 SSS급은 될 텐데 어딜 갖다 대시고 그럽니까. 댁 잘난 거야 잘 알지만 그래 봤자-."

"고작 S급이라는 거지. 주제넘게 굴어서 이것 참 미안하군."

"알면 헛다리 짚지 말고 놓으시죠."

자기 파편 가져다가 땜질했다는 거 알게 되면 소유권 주장을 해 올지도 모른다. 절대 못 주지. 지분 단 1퍼센트도 안 내어줄 거다.

"디아르마의 스킬이라면, 전에 언뜻 본 그놈 손의 상처가 마수를 만들어 낸 흔적이었군. 굳이 가슴에 마석을 집어넣은 것은… 심장과 가까울수록 스킬 효율이 좋아지는 건가? 다시 얻기 힘들 등급의 마석이니 최대한 성공적으로 조합하고 싶었겠지."

"전 그냥 입 다물고 있을 테니 알아서 정답지 체크하세요."

굳이 입 아프게 나불거릴 필요가 있나. 더럽게 잘 맞히시네. 그래도 유현이 일은 캐묻지 않는 걸로 보아 눈치 못 챈 거 같은데.

성현제가 나를 돌려세웠다. 정확히는 돌려 들었다, 에 가깝지만 아무튼. 등판 위로 시선이 찔러 들었다. 무방비하게 등을 내보이자 새삼스레 소름이 돋았다. 보이지 않는 무언가에게 쫓기는 공포영화 주인공이라도 된 기분이다.

"여기는 아직 없군."

등에, 심장이 있는 쪽에 손이 닿았다. 무심코 마른침이 삼켜졌다.

"갈라서 마석을 넣기만 하면 되는 건가?"

"…될 거 같습니까."

무슨 헛소리냐는 투로 대꾸했지만, 생각해 보니 될 거 같다. 첫 번째 마석을 흡수시키는 것까진 별다른 거 없이 내 몸이 알아서 받아들였으니까. 두 번째 마석을 합치는 게 힘들었지. 일단 하나 넣고 두 번째 거 억지로 들이대면 어쩔 수 없이 스킬 써야 할 거 같기도 하고. 거부 가능하려나. 하나만 넣은 채 거부하면 어떻게 되는 거지.

"S급 마석 정도라면 널려 있지만 그걸 여기에 쓰는 건 아깝고."

내 등을 가볍게 내리누르고 있던 손이 움직였다. 위로 올라가 어깨를 툭 두드린다.

"이쯤은 괜찮겠지. 원하는 종류의 마석이 있나."

당장이라도 내 어깨를 갈라 마석을 집어넣을 것처럼 놈이 말했다. 실험정신이 투철하시군요.

"연약한 F급 몸뚱이라 한 번에 둘은 무립니다."

"해 보지 않고는 모르지."

"내가 싫다고요. 그리고 최소 SS급으로 가지고 오시죠. S급 안 받아요. 몸뚱이 면적 그리 넓지도 않은데 그딴 낭비 안 합니다."

"역시 살을 더 찌워야겠어."

내가 돼지나 거위라도 되는 것 같은 소리였다. 이왕이면 무항생제 자연 방목으로 해 줘.

"등의 심장 위는 예약해 두지. 다른 사람에게 주면 안 되네."

"대가 제대로 치르면요. 자리가 좋으니까 마석도 웬만한 걸론 안 됩니다."

SS급 마석을 두 개 이상, 그것도 용종의 것으로 구하려면 한참 걸리겠지. 그동안 예약 대가 핑계로 열심히 뜯어먹어야겠다.

- 삐약!

성현제가 발치를 빙글빙글 맴돌고 있던 삐약이를 집어 들었다. 이어 나도 고쳐 들더니 부서진 문 쪽으로 몸을 돌렸다.

"침대는 멀쩡하니까 그냥 여기서 자도 됩니다."

탄내가 좀 나긴 하지만. 아, 가구 탄 연기가 몸에 안 좋던가? 삐약이 때문에라도 방을 옮기긴 해야겠네.

나와 삐약이를 든 채 방을 나서며 성현제가 입을 열었다.

"가슴의 마석은 완성된 마수를 보면 알 수 있겠지. 나와 관계가 있는지 없는지."

"없다고 말했습니다."

단호히 대답은 했지만 불안해졌다. 만들어질 마수는 당연히 바탕 된 마석의 영향을 받는다. 성현제의 파편이 섞였다 해도 짐승형이면 티가 별로 안 나겠지만…….

'SS급 마석도 용인종이었고 디아르마도 용인종이었지. …이거 암만 봐도 인간형에 가까워질 거 같은데.'

설마 진짜 성현제 닮은 놈이 튀어나오는 건 아니겠지. 차라리 디아르마…면 보자마자 죽이고 싶어질 테니 안 되고. SS급 용인종 닮아라, 제발.

힘내, 용인종. 너만 믿는다.

"이곳엔 손님이 거의 없다 보니 말이야."

복도를 따라 걸어가며 성현제가 말했다.

"잠까지 자고 가는 사람은 한유진 군이 처음이지."

"그것참 영광이네요."

"덕분에 새 침실을 준비하기 위해서는 시간이 약간 필요하다네. 평소에도 관리는 하고 있지만 쓰지 않았던 방들이라."

그냥 대충 이불만 던져 줘도 되는데. 소파도 편하고. 거실이 너무 넓어서 혼자 자기 좀 쓸쓸하긴…….

"…기다리기엔 너무 졸려서 말입니다."

동생을, 보고 나서도.

"그냥 그쪽 침실 좀 같이 쓰면 안 됩니까?"

혼자 잠들 자신이 없었다. 그러잖아도 못 자겠는데. 성현제가 걸음을 늦추며 나를 내려다보았다.

"내 침실에 타인을 들이는 건 정말 없었던 일인데."

설마 그 나이 먹도록 연애 한번 안 해 본 건가. 그럴 얼굴이 아니지만. 집에 데리고 올 정도로 깊은 관계는 없었던 것일 수도 있고.

"안 되면 그냥 놔두고 가십쇼. 알아서 적당히 처박혀 잘 테니까."

"물론 내 아이템은 예외라네. 어디든 못 가지고 다닐까."

아예 인간 취급을 안 하시는구만. 그래도 혼자 자기는 싫으니까 이번만큼은 눈감아 준다.

"아니, 왜 안 된다는 겁니까?"

다음 날 날이 밝자마자 성현제에게 가까운 하급 던전으로 데리고 가 달라고 부탁했다. 패륜아들을 만나기 위해서였다. 하지만 성현제는 단칼에 거절했다.

"도련님과의 계약서에 외출 금지 조항이 붙어 있다네."

"개도 매일 산책시켜 주는 게 기본인데!"

넓은 옥상정원이 있긴 하지만 그래도 건물 내잖아. 드디어 공포 저항 등급도 회복되어서 가뿐한 마음으로 나갈 수 있게 되었건만 외출 금지라니.

"어제 해파리 찾아온 거 봤잖아요. 대책 강구해야죠."

"그런 식으로 나타나는 건 쉬운 일이 아니라는 소리도 들었지. 별다른 해도 끼칠 수 없고 말이야. 내 침실 문은 열려 있으니 불안하면 언제든 찾아오게."

"필요 없습니다."

이젠 얼마든지 혼자 잘 수 있다고. 계약상 외출이 불가능하다고 하니 동생 놈에게 허락받는 수밖에. 폰을 돌려받아 유현이에게 전화를 걸었다. 하지만 받지 않았다. 아침부터 왜 전화를 안 받냐.

"…제 동생 뭐 하고 있는지 혹시 아십니까."

"그것도-."

"계약상 말 못 해 준다고요. 망할."

역시 은신 스킬 써서 튀어야겠다. 성현제가 자리만 비우면 바로 도망칠 테다. 그러니 일하러 좀 가라.

하지만 망할 놈의 세성 길드장은 던전 공략 중인 척하느라 오늘도 여전히 한가하기 그지없었다. 물론 펑펑 논 건 아니고 간단히 업무를 보기는 했다. 자기는 꿈쩍도 않고 남들이 가져다주는 일을 말이다.

결국, 점심때까지도 꼼짝 못 하고 있는데 송태원이 방문했다. 그의 손에는 보석뱀이 갇혀 있는 작은 우리가 들려 있었다.

"리에트 헌터가 한유진 씨에게 맡겨 달라 하였습니다. 해연 길드장도 동의한 일입니다."

"유현이가요? 지금 제 동생 어디서 뭘 하고 있는지 아세요?"

"아직 김민의 헌터로서 움직이고 있습니다만, 자세한 이야기는 해 드릴 수 없습니다. 한유진 씨께 심심하면 보석뱀을 길들이고 있으라 전해 달라더군요. 주행성에 덩치도 작아 별 힘 안 들 거라고 하였습니다."

코메트는 야행성이고 블루와 유니콘들은 힘이 넘쳐 나니 대신 보석뱀을 보내온 건가. 자기 일에 신경 쓰지 말고 새 몬스터나 돌보라고?

마음에 들진 않았지만, 주인의 증표를 받아 들었다. 송태원이 테이블 위에 우리를 내려놓고 문을 열었다. 주인과 닮은 황금색 눈에 커다란 루비를 깎아 만든 듯한 작은 뱀이 스르륵 고개를 내민다. 붉은색 몸뚱이가 움직일 때마다 보랏빛, 분홍빛, 파란빛 등으로 바뀌며 화려하게 반짝거렸다.

"벨라레라고 했지?"

- 쉬잇.

이름에 반응하듯 보석뱀이 고개를 돌려 나를 바라보았다. 양육자 효과 메시지창이 뜨고 벨라레를 향해 떡잎 스킬을 사용했다.

```
2급 환상뱀종 - 붉은 보석뱀(유체) 벨라레
현재 스탯 등급 D
성장 가능 스탯 등급 A~S
최적화 초기 스킬
보석 무기화(SS) 성장 후 습득
맹독니(A) 획득
비늘 강화(B) 성장 후 습득
독 저항(B) 획득
※ 특정 보석을 일정 이상 섭취 시 성장
```

맹독이나 독 저항 같은 건 특별할 거 없는 독뱀류의 능력이었다. 하지만 보석 무기화는 처음 보는 스킬이다. 몸을 무기로 변화시킬 수 있다는 걸까.

'그래서 기승수가 필요 없는 리에트가 벨라레를 키워 달라고 한 건가.'

S급 몬스터의 SS급 무기화 스킬. 그 정도면 최소 SS급 무기의 능력치를 갖출 것이다. 뱀이니까 변화한다면 검이나 창 같은 거겠지. 리에트는 검을 쓰니 탐낼 만한 몬스터였다.

'유현이도 검을 사용하는데.'

한 마리 더 못 구하나. 명우가 있긴 하지만 SS급 무기는 언제 만들어 낼 수 있을지 모르니까. 유현이 무기용 보석뱀이라면 몇 날 며칠 밤을 새워서라도 빠르게 성장시켜 줄 텐데. 빼돌리는… 건 안 되겠지. 게다가 화염 저항 없이 독 저항뿐이기도 하고. 유현이와 함께 싸우려면 피스처럼 높은 화염 저항이 필수였다.

― 삐약.

그때 테이블 위를 돌아다니고 있던 삐약이가 보석뱀에게로 다가가고.

― 쉭!

벨라레가 순식간에 삐약이를 향해 덤벼들었다.

"삐약아!"

송태원이 빠르게 뱀을 움켜잡았지만 이미 삐약이를 문 뒤였다. 순간적으로 몸을 뻗어 덤벼드는 속도가 엄청나다. 그래도 아직 새끼라 이빨은 작고 독은 내가 해독해 줄 수 있으니 얼른 손을 뻗어 삐약이를 감쌌다.

"당기지 마세요. 억지로 뜯어내면 상처가 더 깊어질 겁니다."

일단 포션부터 꺼내고. 그때 삐약이가 날개를 파다닥 치더니 제 가슴께를

물고 늘어진 뱀을 단 채 앞으로 엎어졌다.

- 삐약!

그러곤 온몸으로 뱀 머리를 짓누르기 시작한다. 빽빽한 솜털에 보석뱀의 머리보다 몇 배나 더 큰 동글푹신한 몸. 이거… 깃털 베개로 얼굴 내리누르는 것과 비슷한 꼴 아닌가. 물론 힘은 보석뱀이 더 강하겠지만 지금은 송태원에게 잡힌 터라 꼼짝도 할 수 없었다.
'…숨 막히겠는데.'

- 삐약삐약!

기세등등하게 보석뱀을 짓누르는 삐약이의 모습에 송태원이 약간 당황한 기색으로 뱀을 잡은 손을 놓았다. 그럼에도 보석뱀은 삐약이 밑에서 벗어나질 못했다. 길게 늘어진 붉은빛 몸뚱이가 힘없이 꿈틀거린다. 헉.
"삐약아! 한 번만 봐주자!"
그러다 벨라레 죽겠다!

- 삑삐약!

내 말을 알아들은 건지, 이쯤이면 충분하다 싶은 건지, 삐약이가 영차 몸을 일으켰다. 머리를 툭 떨군 벨라레가 작게 쉬익거렸다. 포션 뚜껑을 열며 삐약이가 물린 곳을 헤집어 보았지만 상처 자국은 보이지 않았다. 털이 많아서 송곳니가 못 닿은 건가?

- 삐약삐!

"그래, 그래 삐약아. 네가 이겼다."

우리 애가 싸움도 잘하네. 그래도 이왕이면 사이좋게 지내라.

"C급 이상 독 스킬을 지닌 몬스터는 특수 관리 대상입니다. 하지만 한유진 씨께선 마수 사육 스킬에 더해 타인의 해독이 가능한 등급의 독 저항 스킬을 가지고 있기에 예외 처리 되었습니다."

송태원이 몬스터 등록서를 내밀며 말했다.

"그렇다 해도 이동 시 매번 헌터협회에 보고하셔야 합니다. 가급적 사육 시설 및 헌터 관련 건물 외에는 동반하지 마십시오."

벨라레가 가진 독 스킬은 무려 A급이다. 다른 공격 스킬들도 위험한 건 마찬가지지만 독은 대부분 지속성과 전염성을 지니고 있기에 더더욱 주의가 필요했다. A급쯤 되면 길 가다 한두 방울 흘린 것만으로도 비각성자는 사망에 이를 수도 있었다.

송태원이 여기까지 직접 온 것도 독 스킬 탓이 클 것이다. 약탈로 독을 쓰는 걸 방지할 수 있을 테니까.

- 시이.

삐약이에게 호되게 당한 벨라레는 찻잔 뒤에 몸을 숨긴 채 머리를 빼꼼 내밀고 있었다. 꼬리 끝이 불만스럽게 탁탁 테이블을 내리칠 때마다 다양한 빛이 반짝거린다. 여름 볕이 좋다 보니 이따금은 눈이 부셔 쳐다보기도 힘들 정도였다.

"그러게 왜 형… 음, 오빠일 수도 있고. 아니면 누나라거나."

삐약이도 벨라레도 아직 성별을 모른다. 삐약이는 무심결에 수컷이라 여기고 있긴 하지만.

"혹시 리에트가 벨라레의 성별은 말해 주지 않았나요? 그 밖의 주의 사항 같은 거라거나요."

몬스터 등록서에 서명 후 다시 송태원에게 건네주며 물었다.

"별다른 말은 없었습니다."

"그렇군요. 그럼 절 구해 주실 생각은 있으십니까?"

"예?"

무슨 소리냐는 표정의 송태원에게 나름 간절한 눈빛을 보냈다.

"저 지금 감금당한 상태입니다. 집에 가고 싶은데 안 보내 줘요. 엄연한 불법 행위니 저 좀 빼내 주세요, 송 실장님."

S급 헌터 둘이 짜고 스탯 F인 힘없는 헌터를 가둬 놓고 있습니다. 심지어 휴대폰도 압수당했다. 내 말에 송태원이 테이블 위의 다과를 바라보았다.

"⋯잘 지내고 계신 듯합니다만. 그리고 한유진 씨에게는 약간 강압적인 보호가 필요하다고 생각합니다."

"외출도 못 하고 TV도 못 보고 전화조차 못 하게 하는데 약간이 아니죠. 게다가 종일 성현제와 같이 있어야 합니다. 송 실장님이시라면 버텨 내겠어요?"

하루 종일, 저 인간이랑 같이, 그것도 하루로 끝나는 게 아니다. 송태원의 얼굴 위로 희미한 고민이 어렸다. 그의 시선이 우리를 구경하고 있던 성현제에게로 옮겨 갔다. 성현제가 가볍게 깍지 끼고 있던 손을 풀어 보이며 말했다.

"공주님을 구출하고 싶다면 기꺼이 높은 탑과 드래곤을 준비해 주겠네. 참, 자네 취향은 지하 감옥과 족쇄던가."

"그런 취향 없습니다."

⋯여기 지하 감옥도 있습니까. 탑이랑 드래곤은 또 뭐야. 남산타워라도 빌려서 리에트 캐스팅이라도 할 작정이냐.

송태원이 고민 끝에 다시 나를 돌아보았다.

"혹시 세성 길드장이 부당한 행위를 강요한 적 있습니까?"

"⋯대접은 잘해 주긴 하지만요."

"그렇다면 조금만 참아 주십시오."

쳇. 결국 송태원은 나를 구해 주지 않고 돌아가 버렸다.

저녁에 유현이와 통화하면서 던전 잠깐 가게 해 달라고 부탁했지만 칼 같은 거절만 돌아왔다. 동생 새끼 단호하기도 하지. 어쩔 수 없이 성현제가 자리 비우기만 바라며 또 하루가 지나갔다.

그리고 드디어 다음 날 저녁.

"던전 공략이 끝났다는군."

성현제가 잠시 나갔다 와야겠다면서 말했다. 세성의 다른 S급 헌터를 대신 보낸 S급 던전 공략이 완료된 것이었다. 공식적으로는 그가 던전에 들어간 것으로 되어 있으니 얼굴을 비쳐야만 했다.

"얌전히 기다리고 있을 것이라 기대해도 되겠나."

"어휴, 뭘 그런 걸 물으십니까. 당연히 튀려고 안달이겠죠."

솔직하게 대답해 줬다. 내가 가만히 있을 거라곤 성현제도 기대치 않을 것이다.

"그래도 제가 스탯 F다 보니 적당한 A~B급 한둘만 붙여 놓으면 별걱정 안 해도 될 겁니다."

그러니 안심하고 얼른 가 버려라. 성현제가 내 얼굴을 빤히 쳐다보다가 입을 열었다.

"역시 약간의 손해를 감수하더라도-."

"아 그냥 가시라니까. 계약서에도 세성 길드장이 직접 지키고 앉아 있어야 한단 말은 없잖아요. 길드장 업무 바쁘다는 거 유현이도 잘 알고 있을 텐데 신경 쓰지 마시죠. 이 정도 붙어 있었던 것만으로도 충분하다 못해 과합니다."

던전 간 척하느라 어차피 길드 내에 처박혀 있어야 했던 걸 감안하더라도 세성 길드장이 한 사람한테 내도록 붙어 있는 건 과하지. 이제 공략 끝났으니까 어차피 계속 날 감시하진 못할 거 아니냐는 말에 결국 성현제가 자리를 떠나갔다. 물론 그냥은 안 가고 A급 헌터 하나를 옆에 붙여 놓았다.

"저 때문에 수고가 많으시네요."

아닙니다, 라는 대답이 돌아왔지만 날 보는 시선이 그리 탐탁지는 않았다. 요 며칠 세성 길드에서 지내는 사이 내게 호의적인 태도를 보이는 사람도 많았지만 껄끄러워하는 눈길도 물론 있었다.

내가 유용한 스킬을 지니고 있다고 해도 대외적으로 알려진 것은 마수 사육 하나뿐이다. 당연히 세성 길드장에 비하면 한참 모자라는 헌터인 것이다. 그런데 잘나디잘나신 길드장님이 종일 데리고 다니며 신경 써 주고 있으니 눈에 거슬릴 만도 했다.

이러니저러니 해도 S급 헌터면 동경의 대상이니 질투 같은 게 날 수도 있고. 나는 세성에 몸 바쳐 일해 왔고 앞으로도 계속 길드 소속일 텐데 기승수 키워 주면 볼일 끝인 놈을 더 잘 대해 주네~ 같은.

'일부러 나한테 불만 가진 놈을 붙여 놓은 것이겠지.'

감시 대상에게 호의적인 것보다 그 반대인 경우에 더 철저하게 지키고 설 테니까. 빈틈 만들려고 꼬셔도 딱딱 잘라 거절할 거고.

전투계 헌터라는 황이경을 향해 미소 지어 보였다. 날 싫어해 주면 도망칠 때 부담 없어서 더 좋지.

"제가 답답해서 문을 못 닫아 놓고 지내거든요."

새로 받은 침실의 문을 활짝 열며 그에게 말했다.

"그러니 문에서 조금만 떨어져 주세요. 한 저쯤에 의자 놓고 앉아 계시면 어떨까요?"

문으로부터 서너 발쯤 떨어진 장소를 가리켰다.

"갑자기 들여다보거나 하진 마시고요. 사생활이란 게 있으니 부탁드리겠습니다."

"조용히 계시면 그럴 일 없습니다."

황이경은 순순히 고개를 끄덕이곤 자리를 옮겨 갔다. 침실이 넓은 데다가 작은 거실이 붙어 있어 안으로 들어오지 않는 이상 침대 쪽까지 보이진 않을 터였다.

 침대 위에 삐약이를 내려놓고 머리를 쓰다듬었다.

 "삐약이 넌 얌전히 있어."

 ─ 삐약.

 들릴세라 작게 속삭이곤 5세 이하 아동용 장난감들을 침대 위에 늘어놓아 주었다. 삐약이가 노는 소리가 들리면 내가 얌전히 있는 줄 알겠지.

 벨라레는 독 때문에 두고 가기 꺼끄러웠다. 주인의 증표를 밖의 헌터에게 맡길 수도 없고, 혹 제멋대로 빠져나가 사고를 칠 수도 있으니 데리고 가기로 하였다. 저택 구석에 독 흘렸다가 청소하러 온 사람이 중독당하면 안 되잖아.

 보석뱀을 손목에 감기게 한 다음 침실에 곁붙은 욕실로 들어갔다. 욕조 온수 예약이 가능했기에 한 시간 뒤에 물을 채우도록 설정한 뒤 불을 켜 놓은 채 문을 닫았다. 혹여 침실을 들여다본다 해도 내가 욕실에 있는 줄로 착각하겠지. 물소리까지 들리면 더더욱 내가 사라진 줄 모를 것이다.

 '이왕이면 조용히 나갔다 와야지.'

 들키지 않고 다시 돌아오는 게 목표다. 걸렸다간 침실 문이 자물쇠 달린 철창으로 바뀌게 될지도 모르니까.

 지갑 챙기고 은신 스킬, 숨은그림찾기를 썼다. 소리가 나지 않도록 최대한 조심스럽게 활짝 열린 문밖으로 나갔다. 의자에 앉아 있는 황이경 헌터는 나를 눈치채지 못했다. 바로 앞을 지나칠 때는 기척을 느꼈는지 주위를 두리번거렸지만, 그뿐이었다.

 계단을 내려가 미니포털이 있는 출구로 향했다. 대문을 열 때는 어쩔 수 없이 소리가 났지만 거리가 멀어 듣지 못했을 것이다. 저택이 넓어서 다행이다.

미니포털을 통해 안에서 밖으로 나가는 건 키가 필요 없었다. 물론 조작하기에 따라 다르긴 하지만 보통은 그랬다. 길드원들은 물론 집 안 관리를 위한 고용인들도 드나드는데 문지기를 안팎으로 두긴 번거로우니까.

밖으로 나가자 포털 키를 가지고 있는 A급 헌터가 지키고 서 있었다. 열 시에 야식 달라는 요청을 해 놓았으니까 그때 요리사와 함께 들어가면 될 것이다.

'아직 두 시간 정도 남았으니.'

바삐 움직인다면 충분히 패륜아들을 만나고 돌아올 수 있겠지.

조용히 걸음을 옮겨 긴 복도를 빠져나갔다. 미니포털에 A급 헌터가 경호원으로 버티고 있기에 그 밖의 경비 시설은 적은 편이었다. 침입해 봤자 집주인을 이길 사람은 아무도 없겠지만.

들키지 않고 무사히 건물 밖까지 나와 가까운 ATM기로 향했다. 5만 원권 지폐를 스무 장 뽑아 눌러 접고 메모 한 장을 적었다.

[죄송하지만 휴대폰 좀 잠시 빌리겠습니다. 휴대폰 대여비입니다. 사당역 물품 보관함 ○○○번 대에 보관해 두겠으니 오늘 밤 11시 이후에 찾으러 와 주세요. 보관함에 포스트잇 붙여 놓겠습니다.]

비밀번호에 더해 보관함에 자리가 없을 경우 분실물 센터에 맡겨 두겠다고 적었다.

메모장을 지폐 뭉치 사이에 넣은 뒤 길을 지나다니는 사람들을 살펴보았다. 여름이라 다들 차림새가 가볍다. 그중에서도 무방비한 에코백 안주머니에서 휴대폰을 꺼내 드는 사람 뒤를 쫓았다. 잠금 패턴을 풀고 메시지를 확인, 답장한 뒤 다시 에코백에 폰을 넣는다.

그가 버스정류장에 서서 안내판에 신경이 팔린 사이 휴대폰과 지폐뭉치를 바꿔치기했다. 가방이 약간 흔들리긴 했으나 눈치채지 못한 듯했다.

'가까운 하급 던전이…….'

휴대폰으로 공개 낙찰 된 하급 던전을 찾아보았다. 공개 낙찰은 던전 공략 길드나 팀 이름이 공개되기에 아무나 확인 가능했다.

마침 그리 멀지 않은 E급 던전이 낙찰된 채 내일 공략 예정으로 잡혀 있었다. 공략 시간을 미루는 건 브레이크 때문에 안 되지만 앞당기는 건 얼마든지 가능하다. D급 헌터가 팀장으로 있는 E급 위주 팀이 낙찰자로, 팀장은 연락처가 등록되어 있었다.

눈에 띄지 않는 골목 안으로 들어가 팀장에게 전화를 걸었다. 30대 안팎의 남자가 전화를 받는다.

"낙찰받으신 E급 던전의 공략 권리를 구매하고 싶습니다."

공략까진 안 하고 그냥 패륜아들만 만난 뒤 게이트 닫히기 전에 나올 생각이었다. 공략 포기했다고 하고 다시 이 팀에게 권리 넘겨주면 되겠지.

550에 낙찰받았다는 말에 천을 불렀다. ATM 출금 한도가 얼마더라. 한도 넘으면 상급 포션이라도 맡기면 될 것이다. 포션은 현금화하기 쉬우니까.

"네, 그럼 해당 던전 건물 앞에서 뵙겠습니다."

전화를 끊고 근처 상점에서 만 원 지폐를 놓고 마스크 하나를 챙겼다. 던전 갔다가 시간 남으면 동생 놈이 뭐 하고 있는지도 알아봐야겠다.

김민의 휴대폰에 또다시 전화가 들어왔다. 발랄한 벨소리와 함께 전화번호 앱이 모 중형 길드의 이름을 표시한다. 한유현은 그것을 확인하고 수신을 차단했다.

김민의에 대한 소문이 퍼지고 이내 여기저기서 연락이 오기 시작했다. 대부분은 별 가치 없는 상대였다. 하나 한 군데, MKC의 연락은 받아들였다.

'최석원도 처리해 둬야 하니.'

죽은 윤경수처럼 효도중독자와 계약한 S급 헌터다. 호수 던전 건 이후 몸을 숨기고 보호받고 있어 접근하기 어려웠다.

해연 길드장 한유현으로는 얼굴도 볼 수 없었다. 하지만 영입 대상인, 준S급 추정 김민의로서는 직접 만나 볼 수 있을 것이다.

이미 조용히 연락이 오가고 비밀리에 접선키로 약속되어 있었다. 최석원이 직접 나올지는 알 수 없었지만 길드를 옮기기 전에 길드장을 만나고 싶다 요구하면 들어줄 가능성이 컸다.

약속 장소로 가기 위해 집을 나서기 전, 한유진의 휴대폰으로 전화를 걸었다. 성현제가 먼저 전화를 받고 이어 형의 목소리가 들려왔다.

[한번 찾아와 주지도 않냐. 대체 뭘 한다고 바쁜 거야?]

부루퉁한 목소리에 한유현의 입가로 절로 미소가 떠올랐다.

"조금만 더 기다려. 최대한 빨리 정리할게."

[그러니까 뭘 정리하는 거냐고. 어차피 갇혀서 꼼짝도 못 하잖아. 말이나 좀 해 줘라.]

"저녁은 먹었어?"

[이제 곧 먹을 거다. 넌 어딘데? 집이냐?]

나도 집에 좀 가게 해 달라는 투덜거림 속에서 잠시간 통화가 이어졌다.

머잖아 전화가 끊어지고 한유현이 몸을 일으켰다.

마스크를 최대한 올려 쓰고 한적한 곳에서 콜택시를 불러 탄 뒤 사당역으로 향했다. 마침 해당 E급 던전도 사당역에서 그리 멀지 않았다. 사람이 많은 곳이라 최대한 구석진 곳에 내려 다시 은신 스킬을 쓰고 역으로 가 휴대폰부터 보관함에 넣어 놓았다.
'지하철역은 오랜만이네.'
회귀 전에는 자차가 있었고, 지금은 더더욱 지하철 탈 일이 없었다. 약속 시간까지 여유가 좀 남아 있었기에 잠시 서서 오가는 사람들을 바라보았다.
던전이 나타나지 않았더라면 나도 아직 저 사이에 끼어 있었겠지. 유현이도 2호선 타고 사당역 지나다녔을 거고. 지금은 잘빠진 커스텀 카 몰고 있지만.
'지금도 괜찮아, 지금도.'
성공이란 측면에서 보면 더 낫지. 사실 유현이 녀석도 공부하는 거 별로 재미없었을지도 모른다. 그래도 학교는 조금이라도 출석했으면 좋겠는데. …같이 등교하자고 꼬셔 볼까. 대학교도 학년에 따라 반이 다른가?
'쟤들 유현이 또래네.'
방학이라고 어디 놀러 갔다 온 걸까. 짐이 한가득이다. 홀린 듯이 애들을 바라보았다. 즐거워 보인다. 여행 좋지.
멍 때리고 있다 보니 순식간에 약속 시간이 다가왔다. 행인과 부딪치지 않게 조심하며 지하철역을 나와 던전으로 향했다. 던전 건물 앞에 서 있는 사람은 모두 넷이었다.
D급 하나, E급 셋. 특별히 주의해야 할 만한 초기 스킬은 없었다. 하지만 이후 습득한 스킬 중에 위험한 유가 있을 수도 있기에 은혜를 사용했다.

'다른 사람은 없는 듯하고.'

고작 마스크 하나로 얼굴을 감추었을 뿐이기에 조심해야 한다. 저 사람들은 평범하거나 어쩌면 선량한 이들일 수도 있지만 금덩이가 아무런 보호 없이 굴러다니고 있으면 없던 욕심도 생기기 마련이니까. TV에서 대대적으로 한유진 몸값 대박 비쌈! 떠들어 대기도 했고.

'저 정도면 인신매매범으로 직종 변경한다더라도 감당할 만하겠어.'

물론 나는 감당 못 하고, 대신 나서 주는 건 벨라레다. 내 손목에 감겨 있는 작은 보석뱀이 금색 눈을 반짝이며 조용히 혀를 날름거린다. 밤의 외출이 퍽 마음에 든 모양이었다.

'잘 부탁한다, 벨라레.'

하급 헌터라면 변변한 독 저항 스킬이나 아이템은 없을 테고, A급 독 스킬이면 찜을 쪄 먹고도 남는다. 그래도 제일 좋은 건 별일 없이 넘어가는 거지.

"밤까지 수고들 많으십니다."

은신 스킬을 풀고 어휴 반가워라, 하고 앞으로 나섰다. 리더인 D급 헌터가 날 위아래로 훑어보았다. 반팔이라 팔찌를 숨길 수 없었기에 은혜는 목걸이로 바꿔 했다. 방송에 몇 번 나와서 알아볼 수도 있으니까. 대신 벨라레가 팔찌처럼 손목을 차지했다. 광물로 이루어진 듯한 보석뱀이다 보니 꼼짝 않고 있자 특이하고 화려한 장신구로만 보인다.

그밖엔 귀걸이 외의 장신구는 없었다. 평범하게 가벼운 차림새다.

"어디서 들어 본 것 같은 목소린데."

"그래요? 주위에서 목소리 좋단 소리 꽤 하더라고요."

적당히 말을 넘기며 돈뭉치를 꺼내 들었다. 마스크와 같은 방식으로 산 봉투에 오만 원권을 백 장씩 넣었다. 돈 봉투 두 개를 D급 헌터에게 내밀었다.

"확인해 보시죠."

그가 봉투 안의 금액을 빠르게 확인한 후 고개를 끄덕였다.

"바로 들어갈 거라고 했었는데, 혼자인 거요?"

"네. 사정이 좀 생겨서요. 그래서 공략은 하지 않고 이삼십 분쯤 뒤에 도로 나올 겁니다. 공략은 여러분께서 예정대로 내일 해 주시면 감사하겠습니다."

"완전 돈 낭비로구만."

"그러게 말이에요. 그나마 필요한 건 입구 근처에서도… 아, 이건 말하면 안 되는데."

일부러 어깨를 으쓱해 보였다.

"급한 거라 그러니 얼른 들여보내 주시면 안 될까요."

D급 헌터는 나를 약간 미심쩍게 쳐다보았지만 긴말 없이 카드키로 문을 열어 주었다.

건물 안으로 들어가 게이트 앞에 서서 겉옷을 꺼내 들었다. 한여름에 겨울옷을 걸쳐 입자 벨라레가 눈을 동그랗게 뜨며 덮쳐드는 소맷자락을 피해 내 손 위로 몸을 옮긴다.

– 시익, 쉿!

"들어가면 추워."

세 번 노크를 하고 게이트 안으로 들어섰다. 언제나처럼 눈이 내리는 숲이 눈앞에 펼쳐졌다. 하늘하늘 떨어지는 눈송이가 콧등에 닿자, 벨라레가 깜짝 놀라며 목을 움츠렸다.

– 쉿쉿!

"눈 처음 봐?"

아직 새끼인 데다가 보석뱀이 나오는 던전은 아마 후덥지근한 정글이었을 거다. 기분 상한 듯 꼬리 끝을 떨어 대던 벨라레가 눈송이를 덥석 물었다.

입 안에서 녹아 물이 되어 버리자 당황한 모양인지 고개를 갸웃한다.

― 쉬잇.

보석뱀은 뒤늦게 추위를 느꼈는지 몸을 돌려 소매 안쪽으로 파고들었다. 몸은 완전히 옷 안쪽으로 넣고 머리만 살짝 빼어 주위를 살펴본다. 하는 짓이 은근 귀엽네.
[허어어~니이~.]
저 멀리서 배구공이 통통통 튀어왔다.
[오늘은 혼자네요? 웬일이에요?]
벨라레도 있는데.
"몰래 나왔거든."
[허니! 위험하게 혼자 다니면 안 되죠!]
이젠 배구공까지 저런 잔소리를 하네. 신입에게 목걸이, 은혜를 꺼내 보였다. 푸른색 심플한 보석에서 포르르, 파랑새가 튀어나왔다. 은혜가 삐삐거리며 배구공 위로 내려앉았다.
"은혜가 있으니 괜찮……."
[앗, 샬로스 씨!]
배구공이 폴짝 튀었다.
[샬로스 씨 마석으로 아이템을 만들어서인가요? 샬로스 씨 어릴 적이랑 똑같네요! 전 샬로스 씨보다 더 어려서 실제로 본 적은 없지만요.]
"어릴 적이랑 같다고? 그분 드래곤 아니었어?"
아이템 설명창에는 분명 드래곤 로드라고 적혀 있었는데.
[그쪽 세계는 모든 생물이 일정 이상 성장하면 드래곤이 되거든요. 용으로 승천한다던가? 샬로스 씨는 원래 새였어요. 그래서인지 하얀새 씨와도 종종 어울렸었는데.]

"…별을 헤아리는 새?"

무심코 배구공을 덥석 움켜쥐며 말했다. 파랑새가 폴짝 날아올라 내 어깨로 건너왔다.

[아직 못 찾았어요! 어디 있는지 몰라요!]

"…찾고 있긴 한 건가."

[당연히 찾고 있죠. 하지만 숨어 버리면 저희로서도 어쩔 수 없어요. 심지어 미래예지종이잖아요. 사실상 먼저 나서지 않는 한은 못 찾아요.]

…남의 동생을 데리고 가 놓고선 대체 어디 있는 거냐. 신입을 닦달한다고 해서 변하는 건 없기에 치솟아 오르는 감정을 꾹꾹 눌러 삼켰다.

"그, 디아르마의 후임자가 찾아왔었어."

[그래요? 별일 없었죠?]

"나한테 거래를 제안하던데. 자신과 계약하면 내게 소중한 사람들을 구해 주겠다고."

내 말에 배구공이 부르르 떨었다.

[안 돼요! 절대 안 돼요, 허니! 계약 안 할 거죠? 네?]

"글쎄. 영 힘들겠다 싶으면 어쩌겠어. 우리 애들이라도 살리고 봐야지."

일부러 힘 빠진 어조로 말했다. 배구공에 그려진 얼굴이 잔뜩 찌푸려지며 울상을 했다.

[그걸 어떻게 믿겠어요. 안 돼요, 그런 계약 하면 안 돼요!]

"안 된다고 해도, 솔직히 불안해. 회귀 전만 해도 던전 관리가 벅차서 터져 나간 곳 많았는데, 이번에는 그보다 더 빨리 난이도가 올라갈 거라고 했잖아. 과연 끝까지 던전을 막아 낼 수 있을까. 솔직히 자신 없어."

[저희가 도와드리잖아요, 허니! 회귀 전과는 달라요.]

"그럼 뭐가 내놔. 내가 안심할 수 있도록 행동으로 보여 달라고."

특히 내 동생이 쓸 만한 스킬이나 무기를 내놔라. 빠른 성장을 위한 아이템 같은 것도 괜찮고. 화속성 패륜아 없냐. 아무튼 뭐든 내놔. 말만 하지 말고.

[저기… 내놓으라고 하셔도요…….]

"아, 그냥 확 그 해파리랑 계약해 버릴까 보다. 세상 좀 망하면 어때. 우리 애들만 무사하면 난 만족해."

[허어니! 8ㅂ8]

"입만 나불거리는 놈들보단 확실하게 대가 지불하겠단 쪽이 훨씬 믿음직하지."

[ㅠㅠㅠ]

메시지창 쓸데없이 도배하지 마라. 눈앞이 어지럽잖아. 안절부절못하던 신입이 잠깐 침묵했다가 다시 떠들기 시작했다.

[준비가 필요해요! 허니가 원하는 아이템이나 스킬 줄 수 있도록 해 볼 테니까, 음… 어, 한 달쯤? 그때 다시 찾아와 주세요!]

"너무 오래 걸리는데. 해파리가 그렇게 오래 기다려 줄 거 같지 않다고."

[그, 그럼 삼 주!]

망설이는 척하다가 알았다고 고개를 끄덕였다. 이걸로 해파리와도 흥정해 볼 수 있지 않을까. 패륜아들이 뇌물 바쳐 가며 계약하지 말라고 말리는데 넌 뭐 더 얹어 줄 거 없느냐고 해 봐야겠다.

"해파리가 본격적으로 움직이는 데 얼마나 걸릴까."

[그건 도마뱀 주인에게 달렸어요. 계약 대상자가 몇 없으면 처음부터 다시 연결고리를 만들어 나가야 하니 오래 걸리겠죠. 그래도 체인의 계약이 파기되어서 다행이에요.]

계약이라고 하니 MKC 최석원이 떠올랐다. 그놈 아직 계약된 상태일 텐데, 이래저래 바빠서 신경을 못 썼다. 생각난 김에 최소한 계약 해지는 시켜 놔야지. 어떻게 만난다.

"참, 해파리가 초승달을 아는 눈치더라. 초승달은 아직 잠든 상태냐?"

[네. 음, 전 초승달에 대해 잘 몰라서요. 잠시만요, 나무 선배 불러 줄게요.]

잠시 뒤 초록색 글자가 메시지창에 떠올랐다.

[안녕, 허니. 신입 너무 괴롭히지 마.]

"괴롭힌 적 없습니다만."

[어떡해, 어떡해, 어떡해 하며 빙글빙글 돌고 있는데? 초승달과 후임자, 해파리라고 해 둘까. 그 둘은 아는 사이가 맞아. 서로 비슷한 속성이라 한때 같이 일하기도 했어. 지금은 갈라졌지만.]

"그럼 해파리의 약점이나 스킬 같은 걸 자세히 들을 수 있겠군요."

[초승달이 깨어난다면? 나도 해파리에 대해선 잘 모르거든. 다만… 허니에게 관심을 가졌다는 건 걱정되네. 허니, 부디 잘 생각해 줘. 계약은 안 돼.]

"당신들 하는 거 봐서요."

[너무 그러지 말고. 신입 울겠다~.]

울든 말든 무슨 상관이냐. 이쪽은 목숨이 걸린 판이다. 고작 눈물 좀 흘린다고 일이 해결될 거라면 몇 바가지든 채워 줄 수 있어.

"그리고 성현제, 체인 말입니다만. 회귀할 때 회귀 전 자신을 거부했다던가? 해서 기억이 아직 남아 있는 모양입니다."

파편에 대한 것까진 말하지 않았다. 너무 다 드러내 놓을 필요는 없으니까.

[체인이? 보통은 그렇게까지 되기 힘들 텐데. 기억이 남기는커녕 이상하다고 느끼는 경우도 극소수라… 어쩌면 초승달과 관계가 있을지도 모르겠어. 초승달 녀석 언제 깨어나는 거람.]

그러게 나도 얼른 깨어났으면 좋겠다. 여태까지 들은 것으로 보아 회귀 전 가장 활발히 움직인 패륜아는 다름 아닌 초승달인 듯하니. 초승달이 깨어난다면 얻을 수 있는 정보가 많을 터였다.

[일단 조사는 해 볼게. 허니, 부디 해파리와는 관계되지 말고 언제나 몸조심해.]

궁금한 거 몇 가지 더 물은 뒤 나가겠노라 했다. 이내 주위 환경이 바뀌었다. 약간 후덥지근한 메마른 숲이었다. 겉옷을 벗어 인벤토리에 집어넣고 게이트 쪽으로 몸을 돌렸다.

시간이 그리 오래 지나지 않았으니 한 아홉 시쯤 되었을까. 바로 돌아가면 열 시 전에 충분히 도착할 수 있을 것이다. 아직 안 들켰겠지?

"아이고, 이런."

게이트 밖으로 나가자 주위를 둘러싼 사람들이 보였다. 아까 본 D급, E급 헌터들이었다.

"뭘 기다리고들 계셨습니까. 신경 안 써 줘도 알아서 집에 잘 갈 텐데."

생채기 하나 안 났으니 걱정하지 말라는 내 앞으로 D급 헌터가 성큼 다가왔다.

"긴가민가했는데 한유진, 맞지?"

그러곤 내 마스크를 홱 벗겨 낸다. 귀찮게 됐네.

"지금 정확히 몇 시죠?"

"겁도 없이 혼자 돌아다니다니."

우리 벨라레, 배구공에 이어 또 무시당했구나. 진짜 한유진이다, 라는 중얼거림이 들려왔다. 신기한 거 보는 듯한 눈길도 느껴진다. 예, 예 관람료 성인 만 원, 청소년 오천 원입니다. 국가유공자는 무료예요.

"왜 이렇게들 막아서고 계신지 모르겠지만, 평화롭고 빠른 해결 바랍니다. 설마 저 팔아먹는 나쁜 짓을 할 생각은 아니겠죠?"

"얼굴 숨기고 나온 거 보니 들키면 안 되는 일 같은데. 적당히 합의 봐 줄 수 있어."

그 정도면 뭐, 시체 치울 일까진 없겠네. 얼마를 원하냐고 물으려는데 돌연 경고음이 요란히 울리기 시작했다. 놈들이 일제히 휴대폰을 꺼내 든다.

"던전 브레이크입니까?"

"…터졌다는 말은 없는데. 헌터 관련 사고인가."

반사적으로 대답해 주는 말에 순간 동생이 떠올랐다. 던전 브레이크가 아님에도 재난문자가 왔다는 것은 상급 헌터 관련 사고다. 세성에서도 S급 헌터가 막 공략을 마쳤으니 그쪽 문제일 수도 있겠지만.

 유현이가 연관되어 있을 거라는 직감이 들었다. 무언가 일 칠 거라고 며칠간 계속 예고해 댔지 않았던가. 결국 일 친 거겠지.

 손을 뻗어 D급 헌터의 팔목을 잡았다. 내 스탯이 F라는 걸 알고 있어서인지 뭐냐는 듯 쳐다만 봐 온다.

 "차 있죠?"

 "뭐?"

 "제가 면허가 없어서 운전도 해 주셔야겠는데."

 "갑자기 무슨……."

 스르륵, 벨라레가 순식간에 남자의 팔목으로 옮겨 가며 이를 드러낸다. 이어 재빠르게 말했다.

 "A급 독 스킬 가진 뱀입니다."

 A급 독. 남자가 굳었다. 다른 E급 헌터들도 당황하며 뒷걸음질 친다. 나를 잡아다 억지로 해독시키게 할 수도 있겠지만, B급 방어막 스킬 아이템도 있어서. D~E급 헌터들 독에 녹아내릴 동안 버티긴 충분하지.

 "자, 잠깐……."

 "얌전히 운전기사 노릇 해 주시면 목숨도 살려 드리고, 차비도 넉넉히 드릴게요."

 그러니 동생 놈한테 좀 데려다주라. 웃으면서 건넨 부탁에 D급 헌터가 딱딱한 표정으로 고개를 끄덕였다. 정말로 감사합니다.

 김민의의 모습을 한 한유현이 차에서 내렸다. 그가 도착한 곳은 커다란

저택 앞이었다. 근처 집들에서는 인기척이 느껴지지 않았다. 거주자들이 외출한 것이 아니다. 아예 아무도 살지 않았다. 좀 더 확실한 보안을 위해 주변의 집을 매입한 것일 터였다.

한유현은 문 앞으로 다가가 초인종을 눌렀다. 대답 대신 감시카메라가 그의 얼굴을 들여다보았다. 한유현은 거리낌 없이 고개를 들었다. 카메라에 연결된 모니터가 비추는 얼굴은 얼룩지듯 흐려져 있을 것이다. 쓰고 있는 안경의 효과였다. 상대가 생물이 아니라면 모자이크처럼 흐리게 처리되었다.

잠시 뒤 안쪽에서 사람이 직접 나와 문을 열어 주었다. 상급 헌터로 보이는 남자가 한유현을, 김민의를 확인했다.

"들어오십시오."

한유현은 천천히 걸음을 옮겼다. 정원을 지나쳐 실내로 들어설 때에는 더더욱 머뭇거리듯 느리게 움직였다.

안내된 응접실은 약간 어둑했고, 새 가구 냄새가 났다. 평소에는 쓰지 않는 저택인 듯했다.

잠시 뒤 최석원이 나타났다. 한유현은 놀란 표정을 지어 보였다. 실제로도 의외의 일이었다. MKC 길드장이 이렇게 바로 모습을 드러낼 줄은 몰랐다.

'내가 던전 공략을 마치기 전에 영입을 끝내고 싶어서인가.'

지난번 던전 공략 기간이 유독 빨랐으니 조급해질 만도 했다. 최석원이 사람 좋은 미소를 띠며 한유현의 앞으로 걸어왔다.

"김민의 헌터, 만나서 반갑군. 말은 많이 들었어."

"처음 뵙겠습니다, 최석원 길드장님."

"거두절미하고 말하지. 한유진의 납치를 도와라."

최석원이 거만을 떨쳐 버리지 못한 어조로 말했다.

"의외군요. 제 영입 건에 대해 말씀하실 줄 알았는데."

"영입? 새로운 S급 헌터라고 떠들어 대지만 그럴 리가 있나. 진짜 S급이라면 석시명 그 여우 새끼가 여기저기서 찔러 댈 수 있게 내버려두지도 않았 겠지. 한유진 옆에 붙여 놓았으니 B급 보조계는 아닐 테고 기껏해야 A급 전투 계, 아닌가?"

최석원이 자신만만하게 웃었다.

"S급이라는 의혹을 퍼뜨리고서 한유진의 보호를 맡긴다면 진짜 S급 헌터 를 곁에 둔 것과 비슷한 효과를 볼 수 있겠지. 섣부르게 덤비지 못할 테니까. 효율적인 방법이야."

"자신의 추측이 맞다고 믿으시는 겁니까."

냉랭함마저 약간 느껴지는 차분한 목소리에 최석원이 눈썹을 찌푸렸다.

"틀렸다고 해도 햇병아리 S급이지. 대답이나 해."

최석원이 계약서를 꺼내 들며 말했다.

"순순히 협조해 준다면 대가는 충분히 치러 주지. 다른 곳의 연락은 거절 하고 찾아온 것으로 보아 소속을 옮길 마음이 아주 없는 건 아니지 않나."

"이런 식으로 허술하게 서두르는 이유가 뭡니까. 한유진 씨를 납치해 거 래하려는 곳은 어디입니까."

"네가 알 것 없어! 서로 좋게 좋게 가자고. 원하는 게 뭐지?"

한유현은 최석원을 가만히 바라보았다. 거만하게 굴고 있지만 감출 수 없 는 초조함이 전신에 어려 있었다. 포식자에게 쫓기고 있는 초식동물 같다는, S급 헌터 상대로는 어울리지 않는 감상이 들었다.

'효도중독자와의 계약 때문인 건가.'

어쨌든 살아서 대답할 생각이 없다면 시체에게 물어보면 된다.

"잡아."

명령조의 말이 떨어진 직후, 최석원이 이변을 눈치챘다. 방 안에 한 명 더, 인기척이 있다. 하나 이미 늦었다.

독기가 스민 손톱이 그의 목덜미에 닿았다. 거의 동시에 날 선 칼날이 최석원의 목젖을 겨누었다. 뒤쪽은 반응이 느릴 수밖에 없었다 해도 바로 코앞의 움직임조차 따라잡지 못했다.

A급도, 애송이도 아니다.

"네놈……."

최석원이 이를 으득 갈았다. 자신에게 겨누어진 검이 눈에 익었다.

"한유- 윽!"

순식간에 퍼져 나간 독기가 거미줄처럼 전신을 옭아맸고, 최석원의 무릎이 구부러졌다. 수화한 손끝에서 독액을 떨어뜨리며 노아가 한유현을 차갑게 바라보았다.

"명령하지 마십시오. 어디까지나 한유진 씨의 안전을 위해 협조하는 것일 뿐입니다."

한유현은 대답 대신 시선을 아래로 내렸다. 노아의 독은 S급 스킬치곤 살상력이 약한 편이었다. 대신 몸을 마비시키고 움직임을 제한하는 효과가 탁월했다. 한번 제대로 달라붙으면 웬만한 해독 능력으로도 벗어나기 힘들었다.

"효도중독자와의 계약을 파기해. 그럼 목숨은 살려 줄 테니."

한유현이 말했다. 물론 거짓말이다. 형을 노리고 있는 놈을 살려 둘 생각 따윈 없었다. 하지만 바로 목을 베어 버린다면 윤경수 때처럼 시체를 이용당할 가능성이 컸다.

한유현은 허리를 숙여 바닥에 떨어진 계약서를 집어 들었다. 기다란 손가락 끝에서 몬스터 가죽을 다듬어 만든 양피지가 가볍게 흔들린다.

"계약서도 작성해 주겠어."

S급에게까지 효력을 발휘하는 불법 계약서였지만 이 정도야 형의 힘을 빌리면 쉽게 무효화가 가능했다.

최석원은 자꾸만 힘이 빠지려 드는 고개를 치켜들어 아직 앳된 티가 남아 있는 얼굴을 올려다보았다. 김민의의 모습은 사라지고 한유현이 그 자리에 서 있었다. 서늘하게 식은 두 눈 중 한쪽이 붉다.

그 눈과 마주치는 순간 살아남기 글렀다는 확신이 들었다. 최석원은 얼굴을 잔뜩 찌푸렸다. 윤경수를 죽인 것도 십중팔구 저놈일 터다. 제 형을 건드리려 했다는 이유로. 그것을 알고 있었기에 몸을 사렸다.

효도중독자, 디아르마의 후임이 나타나기 전까지는.

[용용이가 맡긴 일도 실패하고, 쓸모도 없어지고. 내가 널 살려 두어야 할 이유가 있을까?]

빈정거림을 담은 목소리에 최석원은 아무런 대꾸도 할 수 없었다.

[그래도 장기짝이 필요는 하니까 딱 한 달의 시간을 주겠어. 한 달 내로 네 길드를 추스르고 쓸 만하게 만들어. 만약 눈에 차지 않는다면 재료로나 사용하는 수밖에~.]

한 달. 이미 흐트러질 대로 흐트러진 길드를 재정비하기에는 너무 짧은 시간이었다. 범죄자로 수감될 처지에서 구해졌기에 최석원의 입지는 바닥에 떨어진 상태였다. 그나마 협회와 손잡고 MKC의, 길드의 위상만이라도 유지하려 들었으나 돌아온 것은 헌터협회의 물갈이였다.

연결되어 있던 고위층이 줄줄이 사라지고, 아무 도움 없이 타 길드들과 맞서게 된 것이었다. 처음부터 넘볼 수 없었던 세성과 S급 헌터가 둘이나 더 늘어난 해연, MKC와 달리 아무런 타격을 입지 않고 예전 그대로의 위치를 유지 중인 브레이커.

국내 2위의 길드가 3위도 아닌 4위까지 주르륵 밀려 내려가는 비참한 꼴이 눈에 선했다. 심지어 한신도 무시할 수 없었다.

막다른 길에 몰린 최석원은 국내가 아닌 해외로 눈길을 돌렸다.

'한유진을 넘긴다면 S급 헌터를 대여해 주겠다.'

중국의 제안이었다. 경력 2년 차의 바로 써먹을 수 있는 전투계 S급 헌터를 5년간 계약시켜 주는 것에 더해 한유진이 키워 낼 기승수와 헌터를 일정 비율 배당해 주겠다는 조건에 귀가 솔깃해졌다.

해연에 S급 헌터가 둘 늘었다고 해도 둘 다 갓 S급이 된 애송이들이다. 경력 있는 전투계 S급 헌터를 데려올 수 있다면 MKC는 다시금 확고한 2위 길드로 자리 잡을 수 있었다. 그뿐만 아니라 이후 국내에서 상급 기승수를 독점하는 것도 가능해진다. 한유진의 실종으로 인해 그를 보호할 책임을 지닌 길드들이 타격을 입는 것은 덤이었다. MKC는 한유진에게 관여할 수 없게 되어 버렸으니 아무런 책임이 없다.

유일하면서도 확실한 탈출구. 그렇게 느껴졌기에 최석원은 성급히 움직였고, 그 결과가 바로 지금 이 꼴이었다.

"…씨발, 한유현. 살려 주겠다고? 마음에도 없는 소리를 잘도 지껄이는군."

"계약서는 거짓말 안 해."

"바지사장 소리를 들어도 나도 길드장이다. 네놈 위치쯤 되면 계약 파기 감당은 얼마든지 할 수 있다는 거 알아. 성녀를 찾아가 구슬리는 것도 가능하겠지."

"형을 두고 해외까지 다녀올 여유는 없어. 계약서를 믿지 못하겠다면, 여기서 끝낼 건가."

카득.

빙글 방향을 돌린 검이 바닥을 짚은 최석원의 손 바로 옆을 꿰뚫었다. 반들거리는 대리석 위로 가는 금이 퍼져 나간다.

"최석원, 나는 네 시체만 있어도 돼."

"그런데 왜 바로 죽이지 않는 거지?"

"내가 모습을 빌린 사람에게 살인 누명까지 뒤집어씌우긴 조금 미안해서."

"미안하긴 개뿔이."

최석원의 입에서 비틀린 웃음소리가 새어 나왔다. 어차피 끝이라면, 건방진 애새끼 발목 정도는 잡아 비틀어야지.

"한유현 네놈은 첫인상부터 재수 없었어. 제 위에도 옆에도 설 수 있는 사람 한 명 없다는 것처럼 지랄하던 성질 더러운 애새끼가 이제 와서 형이란 놈을 끌어안고 안절부절못하는 꼴이 우습지도 않다고. 그거 진짜냐? 어? 씨발, 형이고 부모고 눈앞에서 찢어발겨도 꿈쩍 안 할 것 같던 새끼가."

 "죽여 달라는 건가?"

 "내 목숨은 내가 알아서 한다, 미친 애새끼야."

 최석원은 킬킬대며 자신과 새롭게 계약한 여자의 목소리를 떠올렸다.

 [패배자인 네게도 선택지 하나쯤은 줄게. 자살과 타살. 마지막까지 불태우는 건 좋아하니까 특전도 있어.]

 "…특전 좋지. 나는 루가 폐야와의 계약을 거절한다."

 지정된 말을 내뱉은 직후, 겨우 버티고 있던 최석원의 몸이 완전히 허물어졌다. 이어.

 싸아아.

 바랜 듯 칙칙한 푸른빛이 도는 안개가 순식간에 주위를 뒤덮기 시작했다.

 승합차에 올라타자마자 휴대폰을 빌려 해연 길드에 전화를 걸었다. 인사팀장과 연결해 달라는 요구를 했더니 잡상인 취급을 좀 받긴 했지만, 무사히 석시명과 전화할 수 있었다.

 [세성 길드에 계신 거 아니셨습니까?]

 "답답해서 산책 좀 나왔습니다. 그보다 김민의 헌터는 지금 어디 있습니까. 조금 전의 통행 제한 및 대피 발령과 관계가 있는 건 아니겠지요."

[당연히 아닙니다. 아시다시피 숙면 중이지요.]

내가 진짜 김민의가 궁금해서 전화했겠냐. 잘 아시는 분이 뻔하게 말을 돌리시네.

"석시명 팀장님께서는 해연을 누구보다도 우선시하셔야 합니다. 가족도 버리란 소리까진 안 하겠지만 외부인인 저보다는 먼저 생각하셔야죠. 안 그렇습니까?"

도하민에게 찾아 달라 할 수 있다면 좋을 텐데, 유현이에겐 1년 이상 사용한 일련번호가 있는 물건이 없다.

"그리고 저 개 얼굴 보기 전까진 안 돌아갈 겁니다. 지금도 처음 보는 낯선 헌터 넷이랑 같이 있어요."

[…김민의 헌터와 관련 있는 게 맞을 겁니다.]

석시명이 하는 수 없다는 듯 털어놓았다.

[MKC 쪽과 만나러 가셨습니다.]

MKC. 최석원은 효도중독자와 계약 상태다. 그냥 죽였다간 저번 같은 꼴이 날 테고, 계약을 해제하려면 내가 있어야 하건만 왜 혼자 처리하려 든 거냐, 동생 놈아.

"노아 씨에게 연락해 주시겠습니까."

[노아 헌터도 함께 가셨습니다.]

"유, 민의가 노아 씨와요?"

그 말을 듣는 순간 상황에 맞지 않게 입꼬리가 올라갔다. 나 없이도 둘이 같이 다니다니. 열심히 붙여 놨더니 조금씩은 친해진 모양이다. 보람이 있어, 진짜 좋네. 애들 둘이 일하는데 주책맞게 끼어들고 싶진 않았지만 상대가 상대니 어쩔 수 없다.

"송태원 실장님께 연락해서 가능하면 리에트도 데리고 와 달라고 전해 주세요. 아니다, 이미 움직이고 있겠구나. 협회 쪽에 부탁해야겠네요. 리에트에겐 제가 벨라레를 데리고 나갔다고 말하면 얌전히 나올 겁니다. 그리고 세성에도 제 위치 알려 주시고요."

그냥 최석원이라면 유현이와 노아 둘이서 충분히 상대하고도 남겠지만, 해파리 놈이 개입한다면 말이 달라진다. 저번 던전만 해도 인어여왕이 스킬을 주지 않았더라면 무사히 공략하기 힘들었을 것이다.

그러니 만약을 대비해 리에트와 성현제를 끌어들이도록 했다. 강소영도 불러 달라 할 걸 그랬나. 하지만 A급 헌터라 쉽게 와 달라 말하기엔 주저되었다.

"우리는 하급 헌터라 통제 지역 안으로 들어갈 수 없어."

운전 중이던 E급 헌터가 말했다. 이 사람들까지 끌어들일 필요는 없기에 차를 세우도록 했다. 그러곤 카드 한 장을 꺼내 들었다.

"이걸로 새 차 뽑으세요."

"뭐……."

"비싼 걸로요. 외제차든 스포츠카든 원하는 대로 고르세요. 아예 각각 한 대씩 뽑아도 됩니다. 막 써요, 막. 할부 말고 일시불로 팍팍."

어차피 내 카드도 아니다. 성현제의 카드를 당황해하는 C급 헌터에게 쥐여 주었다. 이어 넷 다 차에서 내리게 한 뒤 운전석으로 자리를 옮겼다.

'수동이네.'

1종을 따긴 했었는데 오랜만이라. 시동 한 번 꺼뜨렸다가 무사히 출발했다.

"새로운 마음으로 준법정신 지키며 살고 싶었는데."

- 쉬잇.

벨라레가 내 손목을 감아 돌며 혀를 날름거렸다. 핀잔이라도 던지는 거 같구먼. 그래도 아직 대놓고 법을 어긴 적은 딱히 없… 지 않았나? 체포 건도 무죄 처리 되었고, 그 밖에는 뭐, 나는 입만 털었을 뿐이다.

벨라레를 어깨 위로 올려 선생님 스킬로 시선 공유를 해 둔 뒤, 휴대폰으로 상황 기사 검색을 하며 내비게이터의 안내를 따라 밟았다. 일반 사람들은 폰 보면서 운전하면 절대 안 됩니다.

다행히 벨라레는 뱀이지만 나보다 더 시력이 좋았다. 동시에 열 감지를 하다 보니 백미러를 보지 않고도 뒤쪽 차량의 움직임을 알 수 있었다. 열 감지 범위가 제법 넓다.

처음에는 차가 좀 밀렸지만 갈수록 도로는 한산해졌다. 이윽고 주위의 차량이 완전히 사라지고 저만치 길을 막은 바리케이드가 보였다.

'죄송합니다, 지나가겠습니다.'

멈춰서 길게 사정 설명할 시간은 없다. 은혜를 사용하고 한껏 속도를 올렸다.

쿵-!

요란한 소리와 함께 반짝거리던 바리케이드가 날아간다. 제법 충격이 컸지만 차는 멀쩡히 속도를 유지한 채 도로를 달려 나갔다.

차 튼튼하네. 개조 살짝 한 건가. 헌터용 차량은 던전 브레이크를 대비해서 허가하에 등급 적정 수준의 개조가 가능했다.

뒤쪽에서 무어라 외치는 소리가 들려온 것 같지만 무시했다. 벌금 내겠습니다. 잠깐, 무면허 운전 걸리면 운전면허 따는 데 제한 생기나? 그건 좀 곤란한데.

"…안개?"

얼마쯤 더 달렸을까, 돌연 주위가 희뿌옇게 흐려졌다. 탁한 푸른 기 도는 안개 같은 것이 자욱하게 깔렸다.

'…던전 터진 것 같은 몰골인데.'

몬스터에 더해 이런 식으로 던전 환경의 일부가 새어 나오는 경우도 간혹 있었다. 하지만 기사에 던전이 터졌다는 말은 없었다. 그렇다고 다른 정보가 상세히 나와 있는 것도 아니었지만. 그저 상급 헌터 간에 충돌이 있어 지역 주민들은 대피하고 출입이 통제된다는 정도였다.

'어떻게 된 건지 보이지가 않네.'

헤드라이트 덕에 바로 코앞 도로는 대충 보이고 내비도 있어서 길 찾아가는 건 문제없었지만. 표지판이고 뭐고 하나도 안 보여도 찾아갈 수 있다니, 현대 문물의 승리다. 예예, 여기서 좌회전.

- 쉭쉭!

그때 벨라레가 경계 어린 소리를 내고 나 또한 느꼈다. 열을 품고 있는 인간 형태가 순식간에 접근해 온 것을.

콰득.

차가 붙잡혔다. 바퀴가 요란하게 아스팔트를 긁는다. 덩치 큰 승합차가 애들 장난감 자동차처럼 꼼짝 못 한다.

우드득-.

상황을 파악할 겨를도 없이 문이 뜯겨 나갔다. 이어 불쑥 들이닥친 커다란 손에 어깨가 잡히고 그대로 밖으로 내던져졌다.

"윽!"

- 시잇!

바닥을 데굴데굴 구르다가 가로수와 부딪혔다. 아프잖아. 저만치 튕겨 나간 벨라레가 불만 가득한 쉭쉭거림을 내며 빠르게 기어 왔다. 짙은 안개 탓에 상대의 모습은 잘 보이지 않았다. 하지만 누구인지 짐작이 갔다.

"그렇게 막 던지시면 안 되죠. 저 같은 물몸은 어디 잘못 부딪히는 것만으로도 황천에 발 담급니다, 송태원 실장님."

"한유진 씨라면 위험지역에 들어섬과 동시에 피해 무효화 아이템을 사용하셨겠지요."

잘 아시네. 안개 사이에서 송태원이 모습을 드러냈다. 별로 기분 좋아 보이는 얼굴은 아니었다. 당연하겠지만.

"이렇게나 안개가 짙은데 잘도 찾아오셨네요."

"차 소리의 주인은 한유진 씨뿐이었습니다."

손 내밀어 주는 것을 잡고 일어섰다. 벨라레, 화난 건 알겠지만 물지 마라. 참아 줘.

"그냥 말로 불러 세우시지."

"안 서셨을 거잖습니까."

역시나 잘 아시네. 오히려 속도를 더 올렸겠지.

"현 상황에 대해 파악된 거 있습니까?"

"아직은 없습니다. 있다 해도 관계자 외 발설 금지입니다만."

송태원이 지독한 안개를 바라보았다.

"한유진 씨가 여기 계시니, 이번 일에 해연 길드장이 관련되어 있나 봅니다."

"제 동생은 피해자입니다. 휘말린 거예요."

"보지도 않고 확신하시는군요."

"유현이에겐 이런 이상한 능력 없습니다. 이 정도로 광범위한 이상 현상을 일으킬 수 있는 헌터 자체가 현재로서는 없을 거고요."

그러니 일단 유현이가 있다는 곳부터 가 보자고 말하며 차를 찾았다. 열기가 남은 곳으로 다가가자 상태가 영 안 좋은 승합차가 보였다. 뜯겨 나간

문은 그렇다 쳐도 억지로 멈춰 세웠는데 엔진 살아 있을까. 멀쩡히 움직인다고 해도.

"음… 송 실장님이 저 들고 뛰실래요? 일직선으로 가면 차보다 훨씬 더 빠를 텐데."

"한유진 씨께선 이대로 돌아가 주십시오. 차 아직 움직일 겁니다."

"하지만 저 없으면 찾아가기 힘드실 텐데요. 안개도 엄청 꼈고 정확한 주소도 모르고."

휴대폰으로 지도 앱을 켜며 말했다.

"인간 내비 하나 지참하고 가시죠?"

저 어차피 순순히 안 돌아가요, 혼자 다니게 놔두는 것보단 나을 텐데, 라는 덧붙임에 송태원이 한숨을 쉬며 내게 손을 뻗었다.

송태원에게는 날듯이 달린다, 라는 말이 정말이지 걸맞았다. 내가 가리킨 방향으로 곧장 직진하며 그는 아예 건물 위를 뛰어넘었다. 도약하기 전에는 무게를 실었다가 공중에서는 확 줄였다. 발아래로 물결처럼 넘실거리는 안개가 휙휙 지나간다.

목적지에 거의 다다랐을 즈음, 머리 위쪽에서 열 덩이가 느껴졌다.

"송 실장님!"

안개 탓에 상대의 모습은 보이지 않았지만, 송태원도 이내 덮쳐드는 기척을 눈치챘다. 체공 상태라 피하기 힘들다 생각한 순간, 송태원의 몸이 아래로 훅 꺼졌다. 무게를 늘려 낙하하도록 만든 것이었다.

휙!

그와 거의 동시에 무언가가 날카롭게 머리 위의 안개를 할퀴고 지나갔다. 언뜻 보이는 금빛 비늘에 열기의 형태와 크기.

"노아 씨?"

분명 전용화한 노아인데 왜 공격을 가해 온 거지. 송태원이 날 강제로 붙잡고 있다고 착각이라도 한 건가.

턱, 송태원의 발끝이 건물 옥상을 디뎠다. 그가 나를 내려놓으며 하늘을 향해 고개를 꺾었다. 하지만 안개는 여전히 짙었다. 송태원에게 얼른 선생님 스킬을 사용해 벨라레의 열 감지를 공유해 주었다.

"노아 씨가 뭔가 오해한 걸 거예요."

"그러길 바랍니다. 일단 제압 시도해 보겠으니 해독 부탁드리겠습니다."

송태원이 와이어 로프를 꺼내어 양손에 당겨 쥐었다. 인벤토리에서 나왔으니 일반적인 강삭은 아니다.

짙게 낀 안개가 열 덩이의 움직임에 따라 흔들린다. 용의 날갯짓이 안개를 밀어냈다 끌어들이기를 반복하다가, 위로 훅 솟구쳤다.

- 크르륵!

낮은 으르렁거림과 함께 금색 용이 안개를 헤치며 송태원을 향해 내리꽂혔다. 전신에 독기를 휘감은 채 이와 발톱을 세운다.

송태원은 와이어를 감아쥔 채 그대로 노아의 돌진을 받아들였다.

카가각!

팽팽하게 당겨진 와이어가 금빛 비늘을 요란하게 긁으며 휘감긴다. 몸을 옆으로 비튼 송태원이 두꺼운 팔로 용의 목을 끌어안듯 붙들었다. 동시에 노아의 발톱이 그의 옆구리를 할퀴고.

콰득, 쿠르릉!

둘의 힘을 못 이긴 바닥에 크게 금이 가다가 이내 내려앉았다. 나까지 휘말려 떨어질세라 급히 난간 쪽에 매달리며 노아를 향해 선생님 스킬을 썼다. 약간의 저항은 있었지만 라우치타스의 천적 효과 덕분에 큰 무리 없이 송태원에게 일방적으로 노아의 움직임을 전해 줄 수 있었다.

그런데 저항이라니.

'역시 뭔가 문제가 있는 건가.'
송태원에게 덤벼드는 것에 더해 내 스킬을 저항하기까지 했다.

- 캬아악!

천장을 연이어 뚫고 1층까지 떨어져 내린 노아가 자신을 내리누르는 송태원을 밀어내기 위해 발버둥 쳤다. 송태원은 솜씨 좋게 용을 묶으며 무게를 더해 노아를 꼼짝 못 하게 붙잡았다. 하지만 독기가 퍼지고 있어 그냥 내버려뒀다간 송태원의 몸이 마비되고 말 것이었다. 독을 완벽히 막기엔 약탈 스킬의 범위가 너무 좁았다.

"아, 이런."

어쩌지. …어쩌긴 뭘 어째. 한숨 한번 삼키고 벨라레를 품에 안은 뒤 휑하니 뚫린 구멍 아래로 뛰어내렸다. 쿵, 소리와 함께 바닥에 떨어진 내 몸뚱이가 데굴데굴 구르다 멈추었다.

"크으, 아파라."

은혜 덕분에 큰 부상은 없었지만 자잘하게 다치는 건 감수해야 했다. 얼른 일어나 송태원에게로 다가갔다.

- 캬특!

내가 접근하자 노아가 사납게 이를 드러냈다. 콧잔등을 잔뜩 일그러뜨리며 으르렁거린다. 어째 말도 못 하는 거 같은데. 송태원을 뒤에서 끌어안아 해독해 주며 노아에게 말을 걸었다.

"노아 씨, 저 못 알아보겠어요? 한유진입니다."

- 그르르르.

쾅, 꼬리가 바닥을 내리쳤다. 이어 크게 휘둘러 덮쳐드는 꼬리를 송태원이 한쪽 팔만으로 쳐 낸다.

"전용화 상태로도 말할 수 있어요. 스킬 쓰듯 말을 만들어 내 보세요."

- 크읏, 이거 놔!

오, 말한다. 이성을 잃은 건 아니구나. 나를 못 알아보는 데다가 전용화 상태로 말하는 방법을 까먹은 걸로 봐선… 아마 기억의 일부를 잃은 모양이었다. 그것도 최근의 기억을.

"우리는 적이 아닙니다. 노아 씨를 해칠 생각이 없어요. 지금도 이렇게 다치지 않게 제압만 하고 있잖아요."

연회색 커다란 눈이 끔벅거리며 나를 바라보았다. 간간이 으르렁거리긴 했지만 날뛰는 건 멈추었다.

"일단 인간 모습으로 돌아오겠어요?"

노아가 송태원의 눈치를 살피며 고개를 끄덕였다. 드르륵, 용의 몸을 옥죄던 와이어 로프가 풀어지고 뒤로 한 걸음 물러선 노아가 전용화를 풀었다. 어깨를 약간 움츠린 그가 우리 둘을 번갈아 바라보았다.

"노아 씨, 저 기억 안 나세요?"

"……."

"저 스탯 F입니다. 노아 씨보다 훨씬 약해요."

그러니 안심하라면서 그에게로 천천히 다가갔다.

"여긴 한국이에요. 한국에 온 건 기억나세요? 저를 많이 도와주셨는데."

독일까 저주일까 기타 정신 계통 스킬에 당한 걸까. 해파리와 비슷한 모습을 지닌 디아르마의 후임자를 떠올렸다.

어지러울 정도로 화려한 색조를 띠며 하늘거리던 괴생물체. 겉모습과 스킬이 일치하는 건 아니지만 환상 계통에 더해 독도 지니고 있을 듯했다.

'안개가 기억을 지운 것이라면 더더욱 독성을 지녔을 확률이 높겠지.'

송태원과 내가 멀쩡한 것도 독 저항 스킬 덕일지도 모른다. 안개가 퍼져서 약화된 영향도 있을 거고.

"한국… 누님께서 말씀하셨던 거 같습니다."

높은 독 저항을 지닌 덕일까, 다행히 기억이 많이 사라지진 않은 모양이었다. 노아 씨에게 더욱 바싹 다가가며 최대한 다정한 표정과 어조로 말했다.

"저를 만나라고 했을 거예요. 한유진이요. 몬스터를 키우는 마수 사육사에게 맡길 몬스터가 있었지요. 벨라레, 기억납니까? 바로 이 보석뱀입니다."

- 쉬잇.

벨라레를 보여 주며 좀 더 몸을 붙였다. 이 정도면 내 독 저항 효과가 들텐데. 노아 씨의 눈을 들여다보듯 시선을 마주했다. 정신계 쪽 문제일 수도 있으니 선생님 스킬을 좀 더 강하게 썼다. 노아와의 기억을 떠올리며 전해 주려 해 보았다.

"벨라레를 맡기기 위해 저를 찾아오셨었죠. 그리고."

"…윽."

노아의 미간이 깊게 찌푸려졌다. 그의 손이 내 어깨를 붙잡았다. 신음 같은 으르렁거림과 함께 손톱이 세워진다. 천천히, 얕게 파고들어 피가 새어 나왔다. 송태원이 반사적으로 움직이려는 것을 손을 들어 막았다.

"누님과, 비슷한 느낌의……."

그때의 일이 떠올랐는지 어깨를 쥔 손에 힘이 더해졌다. 되레 그 덕에 피해 무효화가 적용되어 어깨가 뜯겨 나가는 불상사는 벌어지지 않았다.

"생각나세요?"

"…예. 아, 유진 씨. 그, 아앗!"

내 어깨를 본 노아 씨가 화들짝 놀라며 손을 떼어 냈다. 순식간에 창백해진 얼굴로 절절매며 치유 스킬을 쓴다.

"죄송합니다!"

"괜찮아요. 그보다 어떻게 된 건지 들을 수 있을까요."

노아 씨가 고개를 끄덕이며 최석원을 찾아간 일에 대해 말했다.

"그리고 쓰러진 최석원으로부터 갑자기 안개가 쏟아져 나왔어요. 저도 해연 길드장도 바로 물러났지만, 안개가 퍼지는 속도가 더 빨랐습니다. 지금 퍼져 있는 것보다 훨씬 짙었고 안개를 쐬자 눈앞이 잠깐 흐려지더니… 어, 해연 길드장이 저를 공격했던 거 같습니다. 잘 기억나지 않지만, 상처를 치료하며 도망쳤어요."

유현이가 노아 씨를 공격했다, 라. 아마 노아를 기억하지 못해 부분 수화한 걸 보고 위협을 느꼈지 싶었다.

"당황한 채 안개 속을 헤매고 다니다가 두 분을 공격하고 말았고요. 정확히는 한유진 씨를 노렸던 것 같습니다. 송태원 헌터가 더 위협적이니 먼저 처리하려 들었고요."

"기억을 잃게 한 안개는 독의 일종일까요?"

"독 위주에, 환각? 같은 느낌도 있었어요. 특히 처음 당했을 때요."

그래도 내 스킬로 기억을 되살릴 수 있어서 다행이다. 송태원을 돌아보며 말했다.

"유현이는 독 저항이 없기에 노아 씨보다 더 많은 기억을 잃었을 가능성이 큽니다. 그래도 저와 송 실장님은 기억하고 있겠지요. 노아 씨는 위험하니 나서지 말아 주세요. 송태원 씨도 일단 대기해 주시고요. 제가 먼저 대화해 보겠습니다."

기억을 아예 깡그리 잃지 않는 이상 나를 잊지는 않았을 것이다. 유현이가 초점도 안 맞는 갓난아기였을 때부터 곁에 있었으니까.

정확한 확인을 위해 송태원이 헌터협회와 각성자 관리실 쪽으로 연락했다. 안개가 퍼짐과 동시에 빠른 대피가 이루어졌으나 기억에 문제가 있는 다수의 사람이 있다는 대답이 돌아왔다. 최근 기억의 일부만이 흐려졌을 뿐이라 갑작스러운 사태로 인한 정신적 충격 정도로 가볍게 여겨진 모양이었다.

건물을 나서 곧장 유현이가 있는 곳으로 향했다. 장소를 이동했으면 어쩌나 걱정했지만, 다행히 최석원의 별장 쪽에서 열기가 느껴졌다. 아니, 화기다.

화르륵-.

불길이 긴 꼬리를 흔들며 안개를 밀어낸다. 그 안쪽으로, 반파된 건물 사이에 한유현이 서 있었다. 우리를 발견한 유현이가 눈썹을 움찔 올렸다.

"유현아."

앞으로 한 걸음 나서며 약간 떨리는 심정으로 동생을 불렀다. 기억이 아예 없어진 건 아니겠지. 유현이가 천천히 입을 열었다.

"형."

나를 알아보는구나. 다행이다. 하지만 목소리도 표정도 더할 나위 없이 차가웠다. 그것이 낯설기도 하고 낯익기도 하였다. 이어 한층 낮게 딱딱해진 목소리로 말한다.

"내 근처에는 얼씬도 하지 말라고 분명 말했을 텐데."

…기억났다. 저 소리 듣고 나도 맞서 전화하지 말라며 유현이 번호 차단했었지. 쓸데없이 떠오른 옛 기억에 무심코 주먹이 꽉 쥐어졌다.

"대체 무슨 생각으로 여기까지 온 거야. 형은 방해만 될 뿐이라는 사실을 받아들일 때도 되지 않았어?"

지겹다는 티를 대놓고 내며 동생이 말했다. 모르고 들으면 상처받을 정도로, 그럴듯한 표정과 그럴듯한 어투로 나를 밀어내려 하고 있다. 삼 년 동안, 그리고 다시 오 년 동안.

나야말로 묻고 싶었다. 대체 어떤 생각에 어떤 마음이었는지. 그 긴 시간 동안 혼자서, 대체 무슨 심정으로.

그 속을 알고도 싶었지만 동시에 짐작조차 하기 싫기도 했다. 직접적으로 마주한다면, 너무도 무거워서 꼼짝 못 하게 되어 버릴지도 모른다. 앞일이 어찌 되건 바라는 대로 뭐든, 동생이 원하는 대로 다 들어주고 싶어져 버려서.

"미안해."

짧은 한마디에 유현이가 눈에 띄게 동요했다. 오는 도중에 동생을 어떻게 구슬릴지 궁리를 해 놓았었는데 머릿속이 텅 빈 것처럼 하나도 떠오르지 않았다. 대신 내내 품고 있던 말이 내뱉어졌다.

"미안해, 유현아. 내가 너무 약해서."

좀 더 강했더라면. 진짜 부모뻘처럼 나이 차이가 나서, 좀 더 어른이었더라면. 그럼 버림받았다 생각지 않고 때가 되었을 뿐이라며 보내 줄 수 있었을까. 현실을 받아들이지 못한 채 쓸데없는 발버둥을 치지 않고. 괴로움에 지쳐 원망과 미움을 방패 삼지 않고.

모르겠다. 지금의 나는 여전히 움켜쥐고 있으니까. 절대로 놓지 못할 동생을.

상념을 떨쳐 버리려 애쓰며 천천히 걸음을 옮겨 갔다. 유현이가 미간을 좁히며 송태원을, 그에게 맡겨 놓은 벨라레를, 노아를 차례로 살펴보았다. 상황이 영 이상하다는 것을 느낀 모양이었다.

"유현아, 내가 설명해 줄게."

"…무슨 짓을 꾸미는 거지. 저자도 일단은 S급 헌터인 듯한데."

유현이가 경계의 빛을 띠며 노아와 송태원을 노려보았다.

"형을 끌어들인다 해도 달라지는 건 없습니다. 괜한 헛수고 마시죠."

"그런 거 아니야."

"아니면? 왜 형을 이런 곳까지… 여기는……."

"여긴 MKC 최석원의 별장이야. 기억나지 않겠지만 넌-."

혼란스러워하던 유현이가 움직였다. 반응할 틈도 없이 순식간에 내 앞까지 다다랐다. 유현이의 손이 내 팔을 강하게 잡고 당긴다. 차갑게 이글거리는 눈이 바싹 가까워졌다.

"뭐야, 이 마력은."

"…어?"

"게다가 이 귀걸이."

가슴께에 닿았던 동생의 손이 위로 올라가 귀를 만졌다. 이어링을 확인하듯 건드려 본다.

"상급 아이템 같은데."

"아, 그게. 세성 길드장이 준 거야."

얼떨결에 솔직히 대답해 버렸다. 세성이라는 말에 유현이가 인상을 확 찌푸렸다.

"빌어먹을, 제정신이야? 길드와, 헌터와 연관되지 말라고 몇 번이나 경고했는데. 세성? 형 진짜 미쳤어?"

귀걸이를 살피던 손이 내 멱살을 틀어잡았다. 가볍게 끌려 들리는 몸에 유현이의 표정이 더더욱 사나워졌다.

"…각성한 거 같은데. 스탯 등급은."

"F급이야. 근데 스킬 등급은 높아서 걱정 안 해도 돼. 유용한 특수 스킬이라 확실하게 보호받고 있어."

재빨리 덧붙였지만 동생의 귀에는 제대로 들어가지 않은 모양이었다. 죽일 듯 노려보는 눈길을 감당치 못하고 시선을 피했다.

"야, 너도 다 알고 있는 일이거든. 지금은 안개 독에 당해서 기억을 못 할 뿐, 윽!"

팔이 뒤로 거칠게 꺾여 붙잡혔다. 내 신음에 안절부절못하며 지켜보던 노아 씨가 당황하며 앞으로 나섰다.

"유진 씨!"

"저건 또 왜 형과 친한 척일까."

"척이 아니라 진짜, 악, 아파!"

부러질 정도로 꺾으면 은혜가 막아 주겠건만 어중간하게 힘을 가해 왔다. 어깨가 뻐근하다. 노아가 다급히 자신에 대해 설명했다.

"전 한유진 씨 소속 헌터 노아 루히르입니다!"

"…형의 소속? 대체 무슨 헛소릴 하는 거지."

"으… 임시지만 진짜야. 네 기억이 일부 사라져서 기억 못 하는 거라고. 인벤토리 확인해 봐. 처음 보는 무기들 있을걸. 그리고 검은 판의 계약서도 사라졌을 거고."

디아르마와의 계약을 언급하자 유현이의 얼굴이 딱딱하게 굳었다. 인벤토리 목록을 확인하는지 잠깐 침묵하다가 다시 입을 연다.

"계약서가… 젠장, 대체 무슨 일이 있었던 거야."

"이런저런 일이 많이 있긴 했지만 별문제는 없었어. 너도 다 아는 일들이고 같이 다니기도, 으윽. 야, 팔 좀!"

"내가 지켜보고만 있었다고? 제정신이 아니었군."

유현이가 싸늘하게 중얼거렸다. 사실 지켜보지만은 않았고, 감금 시도를 하기는 했었지. 심지어 현재도 감금 진행 중에 몰래 빠져나온 것이다.

"내 안전을 위한 조치는 충분히 취해 놓았어. 그래서 너도 괜찮다고−."

"말도 안 되는 소리 하지 마."

사나운 목소리가 낮게 으르렁거렸다. 포악한 맹수와도 같은 기세였지만 동시에 막다른 곳에 몰린 듯한 절박함이 희미하게 느껴졌다.

"내가 대체 어떤 심정으로, 형을 손에서 놓았었는데. 나는, 차라리……."

목소리 끝이 흐려지며 마지막 말은 거의 들리지 않았다. 대신 으득 이를 악무는 소리가 들려왔다. 나를 붙잡느라 인벤토리에 집어넣었던 검이 다시금 동생의 손에 쥐어졌다.

"기억 따위 상관없어. 형의 소속 헌터 같은 건 더더욱 필요 없고. 떠들어 댈지도 모르는 입들 역시 처리해 버리는 편이 낫겠지."

유현이로부터 화악, 진득한 살의가 넘쳐흘렀다. 광포하게 찔러 드는 기세에 노아가 얼굴을 굳히며 반사적으로 물러난다. 우리를 묵묵히 지켜보고 있던 송태원도 자세를 바꾸었다.

"유현아! 멈춰!"

처리라니, 뭘 하려고! 잡힌 팔을 빼내려 당기며 소리쳤다.

"기억만 돌아오면 괜찮아질 거야. 그러니 내 스킬을……."

"왜, 그새 정이라도 들었어? 나와는 달리 살갑게 대해 주기라도 했나 보지. 하지만 형, 저것들도 상급 헌터야. 형에겐 어울리지 않아."

얌전히 구경이나 하라는 협박에 가까운 속삭임과 함께 밀쳐지듯 팔이 놓였다. 뒤로 한 발짝 물러서는 동생을 쫓아 매달리듯 끌어안았다. 눈썹을 찌푸리긴 했지만 피하지도 거부하지도 않는다.

"바보 같은 소리 하지 마! 유현이 너보다 날 신경 써 주는 사람이 어디 있다고."

"뭐……."

"다 알고 있어. 네가 왜 그랬는지. 진짜 미련한 놈. 동생 주제에 혼자서 다 떠안으려 들기냐, 한유현."

동생의 어깨를 안은 팔에 힘을 줬다. 얼떨떨해하는 얼굴이 보기 좋다. 슬슬 독 저항 효과가 나타나지 않으려나.

"자꾸 그러지 마라. 할 만큼 했잖아. 충분히 힘들었을 거잖아. 내가 약해 빠지긴 했어도, 그래도 형이니까 조금쯤은 믿어 줘라."

"…하지만."

"유현아."

"…응."

잔뜩 날 서 있던 목소리가 눈에 띄게 수그러들었다. 그제야 스무 살답게 어린 티가 난다. 형이 되어서 내내 날 서게만 만들고. 정말이지 면목이 없다.

"내 동생, 한유현. 사랑한다."

일부러 회귀 직후와 똑같이 말했다. 다만 담긴 감정은, 조금 달랐다. 감싸 안은 어깨가 흠칫 떨렸다. 유현이의 표정이 약간 멍해진다. 늘어뜨려져 있던 손이 내 등을 마주 감싸 온다.

"그때, 도."

"기억나?"

"…조금. 맞아, 형과 화해했었지."

드디어 해독이 되어 가는 모양이었다. 노아 때보다 훨씬 오래 걸렸네. 해독 아이템을 안 지니고 있었던 건가. 유현이한테도 독 저항 스킬 있었으면 좋겠다. 어디서 스킬 부여 아이템 하나 못 구하나.

"내가 스킬 하나 쓸 테니까 거부하지 말고 받아들여."

확실하게 기억을 되살리기 위해 유현이에게 선생님 스킬을 쓰려는 그 순간.

싸아아-.

돌연 안개가 움직이기 시작했다. 몰이당한 양 떼처럼 우르르 반파된 저택 쪽으로 몰려간다. 동시에 유현이의 몸에서 푸른빛 안개가 스며 나온다.

"유현아!"

어찌 손쓸 틈도 없이 동생으로부터 나온 안개가 저택 안쪽으로 빨려 들어갔다. 유현이만 아니라 송태원과 노아에게서도 극소량의 안개가 흘러나와 역시나 저택을 향해 움직였다. 노아가 반사적으로 손을 뻗었으나 안개가 잡힐 리 없었다. 손가락 사이로 술렁 새어 나가 버린다.

설마 저 안개, 그러니까 독이 몸속에서 기억을 삼키고 있다가… 빠져나온 건가. 그럼 기억은?

"유현아, 혹시 더 떠오르는 거 있어?"

유현이가 고개를 짧게 저었다. 시발, 진짜 빼내 간 거냐.

"저기 뭔가 있어요!"

노아가 저택을 가리키며 소리쳤다. 직후 유현이가 나를 안아 들고 두 사람이 있는 곳으로 피했다.

어둠이 내려앉은 저택에 검푸른 덩어리 같은 것이 자리 잡고 있었다. 그 덩어리를 향해 안개가 몰려든다. 빨려드는 안개가 늘어날수록 덩어리의 크기가 점점 커져 갔다.

혹시나 싶어 덩어리를 향해 떡잎 스킬을 쓰자 시스템창이 떴다.

```
각성자 - 최석원(무해의 일족)
현재 스탯 등급 SS
각성 가능 스탯 등급 A~S
최적화 초기 스킬
반원 검(S) 획득
길 위의 선(S) 획득
소리 낚기(A) 획득
```

"최석원?"

"저게 최석원이라고?"

 유현이에 이어 노아와 송태원도 당혹감 어린 표정을 지었다.

 내가 봐도 최석원은커녕 인간도 아닌 듯하다만……. 무해의 일족은 또 뭐야. 게다가 스탯 등급이 SS로 상승했다. 원래는 S급이었을 텐데, 기억이 담긴 안개를 삼키고 성장한 건가. 젠장, 그럼 유현이 기억은! 이대로 사라져 버리는 건 아니겠지. 저 새끼 죽이면 돌아오나? 제발 그렇다고 해 줘라.

 최석원으로 표시된 검푸른 물체는 계속해서 덩치를 키워 나가더니 이내 저택의 크기를 가볍게 넘어섰다.

 쿠구궁.

 이미 반쯤 부서졌던 최석원의 별장이 원래의 모습은 상상조차 할 수 없으리만큼 완전히 짓밟혔다. 그 폐허 위에서 키가 수십 미터는 족히 됨 직한 인간 형상의 괴물이 천천히 허리를 편다. 말 그대로 거인이었다. 전신을 검푸른 중갑옷으로 감싼 듯한 거대 인형.

 두 눈이 있어야 할 부분에는 빛을 띤 안개가 일렁인다. 투박하게 대충 깎아 만든 듯한 두 손이 느릿하게 주먹을 쥐었다. 거인이 제 몸을 완전히 펼친 그때.

땅을 울리는 거친 발소리와 함께 역시나 거대하고 시커먼 무언가가 어둠 속에서 불쑥 튀어나왔다.

- 크르르!

쾅!

칠흑의 드래곤이 달려오던 기세 그대로 거인과 부딪쳤다. 산이 무너지는 듯한 굉음과 함께 거인이 크게 몸을 휘청였다. 거인에게 돌진한 검은 거체가 훌쩍 뒤로 뛰며 꼬리를 길게 휘두른다. 콰르르, 애꿎은 주변 건물을 꼬리가 두들길 때마다 폭삭폭삭 무너져 내린다.

톱니 같은 이빨이 빼곡히 박힌 입이 쩌억 벌어졌다. 겉보기엔 무시무시한 모습이지만 십중팔구 활짝 웃는 것일 터였다.

- 안녕, 자기야!

"안녕하세요!"

리에트와 그녀의 머리 위에 올라앉은 강소영이 활기차게 외쳤다. 타이밍 좋게 도착들 하셨네.

2장 안개바다 일족

2장
안개바다 일족

 넘실거리는 안개를 지근거리에 둔 바리케이드 앞에 차 한 대가 멈추어 섰다. 바리케이드를 지키고 서 있던 협회의 헌터들이 차에서 내려서는 남자를 보곤 움찔 굳었다. 차의 주인은 다름 아닌 세성 길드장 성현제였다.
 얼굴이 신분증인 수준이라 해도 절차상 확인은 거쳐야 하건만, 먼저 나서려는 사람이 없다. 서로 눈치만 힐끗힐끗 살핀다. 세성 길드장이 막 S급 던전 공략을 마치고 나왔다, 라는 소식을 들은 탓일 터였다.
 "던전 브레이크는 아닐 거라더니 아무리 봐도 던전 터진 것 같은 안개네요."
 역시나 차에서 내린 여자, 세성의 S급 헌터 에블린이 푸른빛 띤 안개를 바라보며 휘파람을 길게 불었다. 성현제 또한 안개 쪽으로 시선을 고정했다.
 "우리 한유진 군의 초대장이 좀 특별한 편이지. 평범하게 끝나는 일이 없다니까."
 성현제가 즐거운 듯 말하며 바리케이드 앞으로 다가갔다. 차의 헤드라이트 불빛 속에서 안개가 살아 있는 생물처럼 꿈틀거리고 있었다. 머금고 있는 탁한 푸른빛이 요사스럽다.

"공략 직후라 피곤할 텐데 이대로 가도 괜찮겠나."

"자상도 하셔라. 길드장님의 캔디 박스 실물 한 번쯤은 봐야죠. 그간 영 마주칠 기회가 없었잖아요."

에블린이 협회 직원이 내민 동의서에 길드장 대신 사인하며 미소 지었다. 이내 바리케이드의 일부가 치워지고 다시 차로 돌아가려는 그때였다.

사아아.

얌전히 꿈틀대기만 하던 안개가 돌연 빠르게 바리케이드를 넘어 주위를 가득 메웠다. 순식간에 가려지는 시야에 성현제가 눈썹 끝을 조금 올렸다.

"뭘까, 이건."

협회의 헌터들은 물론 고작 두 발짝 옆에 있던 에블린의 기척조차 느껴지지 않는다. 단순히 안개가 낀 것만으로는 S급 헌터의 감각을 완전히 가리기란 불가능하다. 그러니 무언가 다른 이유가 있을 터였다.

좀 더 기다려 볼 것인가 움직일 것인가. 고민하는 사이 앞쪽의 안개가 흩어지며 인영이 나타났다. 그에게 있어 익숙한 얼굴이 붙임성 좋은 미소를 머금었다.

"안녕하세요, 성현제 씨."

"한유진."

이미테이션은 취향이 아닌데. 그렇게 중얼대며 성현제는 안개 속에서 나타난 청년을 바라보았다. 한유진의 모습을 한 그것이 다시 입을 열었다.

"혹시 어릴 때의 일을 기억하고 계십니까?"

어릴 적의 기억이라니, 상황에 어울리지 않는 엉뚱한 물음이었다. 성현제는 지면을 통해 소량의 전류를 흘려보내며 입을 열었다.

"인터뷰는 홍보팀에 연락해서 스케줄을 잡도록. 내년 이맘때쯤이면 시간이 날 것도 같군."

"매정하군요."

한유진의 모습을 한 것의 대답에 성현제가 대놓고 실망 어린 표정을 지었다.

"흉내 내는 것은 겉모습뿐인 건가."

돌아온 반응이 영 재미없다. 퍼져 나간 전류에 에블린을 비롯한 협회 헌터들의 기척이 감지되었다. 안개에 휩싸이기 전과 위치가 달라지긴 했지만, 거리상으로는 여전히 가깝다. 그럼에도 쥐 죽은 듯 조용하다는 것은 주위의 소리가 차단되었다는 뜻일 터였다.

"그것뿐이라기에는 완벽하게 닮았을 텐데요. 그러고 보니 알아채는 게 빠르더군요."

"그야 내 아이템이라면 나를 보자마자 늦었다고 대뜸 탓하기부터 할 테니까. 몰래 도망친 건 신경도 쓰지 않고서 말이지."

세성 길드장님도 교통체증에는 별도리 없나 보군요, 헬기는 그새 엿 바꿔 먹었습니까 등등. 그러곤 당연하다는 듯이 혀끝으로 이리저리 부려 먹으려 들 것이다. 제 가치를 잘 알고 있는 만큼 거리낌 없이, 그러면서도 일정 선 밖으로는 절대 발 디디지 않으면서.

"계속 시시하게 굴 거라면 다른 한가한 사람을 찾아보게. 고작 S급 따위가 지각까지 해서야 F급님 볼 면목이 없어서 말이야. 내 프로필이 궁금하다면 세성 길드 홈페이지 방문을 추천하지."

기본적인 것은 나와 있다고 말하며 휘어지는 눈매가 싸늘했다. 이 이상 붙잡혀 있기엔 시간이 아깝다는 기색이다.

"그래도 성현제 씨가 가장 마음에 들어 하는 것인데 대접이 별로군요."

"겉모습만 가지고서 뭘 할까. 반응이라도 비슷해야 흥미가 일지."

차르르, 더 상대하기 귀찮다는 듯 금빛 사슬이 모습을 드러냈다. 고상한 수색자의 사슬. 그것을 본 효도중독자, 한유진의 껍데기를 쓴 루가 페야가 눈을 가늘게 떴다.

"그 사슬의 원주인을 조금도 기억하지 못하는 겁니까. 아무 이유 없이 당신 손에 들어가진 않았을 텐데."

"그때 말한 초승달인가? 해마다 두세 번 정도는 보고 있지."

"해마다 두세 번이라고요? 그쪽에서 연락해 오는 겁니까?"

"…고개를 들어 하늘을 보라, 라고까지 떠먹여 줘야 하는 건가."

"하늘?"

"그쪽 동네엔 달이 없나 보군."

맥 빠지는 대화라며 가볍게 투덜거린다. 이어 역시나 가볍게 손끝이 움직이고.

콰득!

쏘아진 사슬의 끝이 한유진의 가슴을, 진짜라면 마석이 있었을 부분을 단숨에 꿰뚫었다. 등 쪽으로 빠져나간 사슬 끝이 목을 휘감는다. 핏물이 뚝뚝 떨어지는 몰골이 끔찍했으나 한유진의 얼굴엔 표정의 변화가 거의 없었다.

그런 태도가 마음에 들지 않았다. 눈에 거슬린다.

"진심으로 진짜가 그리워지는군."

"어릴 때의 기억이 있습니까? 어린 시절이 진짜 있긴 했어요?"

"왜 자꾸 묻는지 모르겠지만 귀엽고 잘생긴 아이였지. 무척이나 말이야. 지금 모습을 보면 충분히 짐작 가지 않나."

진짜 한유진이었다면 대답을 듣는 순간 오만상을 찌푸리며 투덜거렸을 것이다. 그러면서도 잘난 건 인정하겠다며 고개를 끄덕였겠지. 하지만 가짜는 관찰하듯 성현제를 바라보았다.

"옮긴 게 아니라 심은 건가? 혹은……."

나직한 중얼거림 직후 한유진의 모습이 사라지고 흐릿한 해파리와 같은 형체가 나타났다.

"초승달에게 직접 물어보고 싶지만 안 되겠지. 좀 더 조사가 필요하겠어. 이 세계엔 의외로 신기한 것들이 많네~."

웃음기 섞인 말을 더 들을 필요 없다는 듯이, 안개를 꿰뚫고 황금빛 벼락이 내리쳤다.

쿵, 쿠궁.

검푸른 거인, 최석원이 휘청거리는 몸을 바로잡으려 했다. 균형을 잡느라 비틀거린 걸음걸음마다 아스팔트가 갈라지고 건물이 장난감 블록처럼 짓밟혔다.

"스탯 SS급입니다, 조심하세요! 리에트 너도 섣불리 덤비지 마!"

최적화 스킬은 S급 수준 그대로였지만 혹 모른다. 최적화 스킬이 아닌 새로운 SS급 스킬이 생겨났을 확률도 있었다.

'공유 스킬은 대기 시간이 아직 남아 있고.'

사용한 지 딱 일주일 지났다. 아직 반일을 더 기다려야 다시 쓸 수 있었다. SS급 스탯이라고 해도 리에트의 돌진에 밀려나는 것으로 보아 상대 못할 수준까지는 아닌 듯했다. 그래도 쉽지는 않겠지만.

일단 건드려 보고 안 되겠다 싶으면 공유 스킬 쿨타임 찰 때까지 시간 끌며 버티면 된다. 예림이가 있으면 좋았을 텐데. 성현제 이 인간은 더럽게 느리네. 상황 봐서 김성한도 불러야겠다. 현아 씨와 한신 길드장도 부를 수 있으려나. 요 며칠 정보가 차단된 채라 던전 공략 들어갔는지를 알 수가 없다.

"우선 리에트와 소영-."

말이 나오다 말고 끊겼다. 유현이가 돌연 나를 제 어깨에 둘러멘 탓이었다.

"야, 뭐 하는 거야!"

"내가 할 소리야. 일단 형을 피신시키겠습니다."

유현이가 송태원을 향해 말했다. 아차, 이 녀석 기억 돌아오다가 말았지. 지금 동생 눈에 나는 막 각성한 스탯 F급으로 비칠 터였다. 스킬은 물론이요, 은혜에 대해서도 까맣게 모르니 내 행동이 이상하게 보이겠지.

"유현아, 나 피해 무효화 아이템 있어. 최대 L급."

"…뭐?"

나직하게 한 말에 동생이 눈을 동그랗게 떴다.

"…그런 아이템이 있다고?"

"내 전용이야. 그러니 이 중에선 내가 제일 안전해."

걱정할 거 하나 없다는 말에 유현이가 미심쩍어하는 표정을 지었다. 못 믿는 유현이에게 송태원이 거들어 말했다.

"한유진 씨의 말이 맞습니다. 그에 더해 A급 던전 공략과 던전 브레이크 처리까지 끼어들었지요. 이번 일도 새삼스럽지는 않습니다."

아니, 지금 그런 것까지 알려 줄 필요는 없지 않나.

"그게, 무슨……."

송태원의 말에 유현이가 입술을 잘근 깨물었다. 상당히 크게 충격받은 얼굴이었다.

"F급이라며. 그런데 내가, 정말로 내가 형을 그냥 두고만 보고… 있었다고?"

"유현아."

"어째서 그걸, 난 대체 뭘 하고 있었던 건데!"

"뭘 했기는. 당연히 날 보호해 주고 있었지."

최대한 차분하게 말해 주었다. 분명 많이 혼란스러울 것이다. 그간 정말 여러 가지 변화가 생겨났으니까. 해연에 S급 헌터가 둘이나 더 생기고 마수 사육 시설이 만들어진 데다가 기승수들과 명우, 노아, 또 세성과의 관계에… 음, 성현제에 대해서는 자세히 말 안 하는 편이 낫겠다. 그 인간 괜히 오라고 했나.

"최근에도 네가 내 경호원 노릇까지 해 줬어. 외모 바꿀 수 있는 아이템 써서 내내 같이 다녔었는데. 근데 안경은 어쨌냐."

최석원을 만나러 갈 때 썼다고 노아 씨가 말했는데 안 보인다.

"…뭔지 몰라서 인벤토리에 넣어 놨어. 계속 같이 다녔다고."

"그래. 야, 일단 좀 내려놔 봐."

최석원은 과하게 커진 몸뚱이에 아직 적응하지 못했는지 별다른 움직임이 없었다. 그래도 먼저 덤벼들 때까지 구경만 할 수는 없는 노릇이다.

유현이가 머뭇거리며 나를 내려놓아 주었다. 혼란 속에서 어쩔 줄 몰라 하는 동생의 얼굴을 올려다보았다.

"다시 말하지만 내가 잘못될 일은 없어. 끽해 봐야 자잘한 상처 정도나 입겠지. 피해 무효화에 최저선도 있거든. 지금은 나보단 차라리 네가 더 위험하다고. 푸른 버들잎 응용법은 기억하고 있어?"

"어?"

"그거 이파리 밟고 다닐 수 있어. 비행 스킬 대용으로 사용 가능하다. 능숙해지면 비행 스킬보다 더 나은 점도 있을 거고."

"비행 스킬 대용이 된다고? 진짜?"

유현이가 무심결에 기뻐하다가 아, 하고 다시 표정을 굳혔다. 저번에 말해 줬을 때도 좋아라 하더니 비행 스킬이 많이 고프긴 했던 모양이다. 그에 더해 이린에 대해서도 설명해 주었다. 정령의 불꽃과 그것을 받아들여 무기화했을 때의 감각을 선생님 스킬을 써 가며 가능한 한 자세히 전하였다.

그사이, 거인이 제 몸을 느릿하게 움직이기 시작했다. 한쪽 발이 크게 내밀어지며 걸음을 옮긴다.

"바리케이드를 벗어나게 해선 안 됩니다."

송태원이 휴대폰을 꺼내 들며 말했다.

"일단 대피 반경은 최대한 늘리도록 하겠습니다."

"김성한 씨에게 연락해 바리케이드 밖에서 대기 부탁드리겠습니다. 한신과 브레이커도 부를 수 있을까요?"

"한신 길드장은 던전 공략 중이고, 브레이커 길드장은 몬스터 경매 참가를 위해 출국했습니다."

문현아 씨 언제 해외 나가셨대. 나와 송태원의 대화를 듣던 유현이가 의아해하며 끼어들었다.

"SS급 상대라면 김성한은 큰 도움 못 될 텐데."

"성한 씨 S급으로 성장했어."

유현이가 놀라 눈을 동그랗게 떴다.

"그럼 해연에 S급 헌터가 둘이야?"

"셋이다."

"…뭐?"

"피스까지 포함하면 넷이지."

"…피스는 또 뭔데."

우리 길드장님, 자기 길드 전력 파악도 안 되어서 어쩌냐. 최석원 저 새끼는 왜 남의 동생 기억을 훔쳐 가지곤 애를 어리둥절하게 만들고 있어.

노아가 전용화해 날아오르고 리에트가 몸을 낮추며 거인의 뒤쪽으로 빠르게 이동했다. 이어 검은 표범처럼 발톱과 이를 드러내며 뛰어오른다.

카가각!

- 으, 이거 엄청 단단한데?

흑룡의 송곳니가 검푸른 갑주를 길게 긁었다. 하지만 희미한 실선이 그어지는 것으로 끝이었다. 리에트가 공중에서 크게 회전하며 네 다리로 거인의 몸뚱이를 강하게 찍어 눌렀다.

쿠궁, 거인의 한쪽 무릎이 땅에 닿으며 둥근 구덩이를 만들어 낸다. 거대한 기둥과도 같은 팔이 자신을 짓밟는 용을 향해 휘둘러졌으나 리에트는 덩치와 어울리지 않는 날렵함으로 공격을 피했다.

- 아직은 느려서 할 만한데 빨라지면 답 없겠어.

리에트가 냉정하게 말했다. 역시 공유 스킬 사용 가능해질 때까지 시간을 끌어야… 아.

"리에트, 소영 씨! 지금 드래곤 라이더 스킬 스탯 통합 어느 정도 된 상태입니까?"

"대략 6할 정도예요!"

강소영이 크게 소리쳐 대답했다. 6할이라. 둘이 꽤 잘 맞는 것처럼 보이는데도 절반 조금 넘는 정도였다.

"소영 씨, 지금 스킬 하나 쓸 테니까 거부하지 마세요! 리에트 너도야."

이어 선생님 스킬을 둘에게 사용해 서로 감각을 연결시켜 주었다. 드래곤과 그 라이더가 순간 움직임을 멈추었다. 그러곤 동시에 놀라 외친다.

- 스탯 봐! 자기야, 대체 뭘 한 거야?

"세상에, 백 프로예요, 백 프로! 리에트 언니 스탯 전부 다 합쳐졌다고요! 한유진 님, 진짜 사랑해요!"

- 소영아, 너 빨리 S급 돼야겠다!

"둘 다 S급 스탯이면 진짜 죽여주겠네요! 생각만으로도 진짜 최고예요, 언니!"

아니, 소영 씨, S급 되는 건 천천히 하세요.

혹시나 싶었는데 선생님 스킬로 드래곤 라이더 스탯 통합률을 올리는 것이 가능했다. 그것도 단번에 백 퍼센트라니 예상보다 더 효과가 뛰어났다. 리에트가 저주독룡종인 덕일까.

끼기기긱.

그때 귀에 거슬리는 소리와 함께 거인이 크게 발을 굴렀다.

쿠궁!

땅이 거세게 흔들렸다. 넘어질 뻔한 걸 유현이가 잡아 주었다. 다시 한번 쿠구궁, 땅이 흔들리고.

콰과과과!

지면이 창날처럼 치솟았다. 길게 선을 이어 무시무시하게 솟아오르는 돌기둥을 이리저리 뛰며 피한다. 여유 있는 몸놀림이었지만 피하는 방향이 한쪽으로 몰아진다고 생각한 순간.

리에트의 움직임이 두텁게 솟은 대지의 벽에 가로막혔다. 그녀의 힘으로 못 뚫을 정도는 아니다. 쉽게 부술 수도, 잘라 낼 수도 있다. 하지만 그건 아무런 방해가 없을 때의 일이었다.

- 이 새끼가!

순간적으로 멈추고 만 리에트의 꼬리를 거인의 손이 움켜쥐었다. 가시가 까득까득 손바닥을 할퀴고 독이 흘러넘쳤으나 최석원은 아랑곳 않고 그대로 흑룡을 끌어당겼다.

"형은-."

반사적으로 나서려던 유현이가 나를 돌아보았다.

"노아 씨가 있으니까 걱정하지 마. 보조계 힐러야."

재빠른 대답에 동생이 불안해하면서도 고개를 끄덕였다. 푸른 버들잎이 흩날리고 한유현이 송태원을 붙잡고 위로 뛰어올랐다.

잎을 밟으며 공중을 달려 순식간에 돌벽을 넘어선다. 두 사람의 아래로 용을 끌어당기는 거인과 네 발의 발톱을 세워 버티는 리에트의 모습이 보였다. 바닥이 파이고 긁히는 소리가 요란한 가운데 유현이가 입을 열었다.

"스탯이 SS급이라곤 하나 저 정도로 타격이 없다는 건 아마도 저 갑주 자체가 스킬일 가능성이 큽니다."

길게 설명할 것 없이 송태원이 고개를 끄덕였다. 그의 손에 검은 그림자가 맺히고 이어 유현이가 송태원을 잡고 있던 손을 놓았다.

 송태원의 몸이 아래로 빠르게 떨어짐과 동시에 유현이의 두 눈이 붉게 물들었다. 이린의 몸이 타오르듯 커지고 이내 거대한 불꽃의 창이 되어 손에 들린다.

 직후, 송태원이 거인의 팔에 착지했다. 검은 그림자가 갑주를 두른 팔 위로 둥글게 퍼진다. 범위는 작았다. 그 조그만 과녁을 향해 창이 던져졌다.

 약탈 스킬을 최대한 적용하기 위해 아슬아슬한 순간까지 버티던 송태원이 약간의 화상을 입으며 뒤로 물러났다. 거의 동시에 불의 창이 약화된 부분을 파고들었다.

 카가각!

 눈부실 정도로 새빨간 불길이 회오리친다. 갑옷을 녹이고 안으로 파헤쳐 들어가.

 퍼버벙-!

 무시무시한 열기를 뿜어내며 터졌다. 거인의 팔이 너덜너덜해지며 힘이 빠지고, 그 순간을 놓치지 않은 리에트가 보이지 않는 칼날을 휘둘렀다. 약화된 팔이 완전히 잘려져 나간다. 주위의 돌기둥과 돌벽 또한 칼날에 썩둑썩둑 토막 났다.

 팔 하나를 잃은 거인이 쿵쿵대며 물러선다. 그리고 이내.

 "재생해 버렸어요."

 강소영이 허무해하며 말했다. 그녀의 말대로 잘려 나간 팔이 순식간에 되살아났다. 팔다리를 잘라 내는 건 소용없고, 역시 몸뚱이를 단번에 부숴야 하나.

 이대로 스킬 공유가 가능해지는 아침까지 버텨 볼까, 아니면. 나는 노아에 의해 화상을 치료받은 송태원을 바라보았다.

 "송태원 씨!"

그를 부르며 노아에게 손짓했다. 노아가 눈치 빠르게 다가와 나를 들어 올렸다. 단숨에 날갯짓해 송태원과 다른 사람들이 있는 곳까지 데려다주었다.

"약탈 스킬 말인데요."

거인의 상태를 살피며 말했다. 팔을 잃었던 탓인지 최석원은 섣불리 덤비지 않고 리에트와 대치 중이었다. 검은 용의 전신에서 가시가 따다닥, 위협적으로 물결친다.

"분명 무기에 어리게 할 수 있었지요? 혹시 커다란 창을 다른 사람이 잡은 상태에서도 스킬 적용이 가능합니까?"

드래곤 라이더 스킬을 가졌기에 강소영의 소유 무기 중엔 거창도 있었다. 중요한 기승수가 없어서 여태껏 제대로 쓸 일은 없었지만, 제법 비싼 값을 치르고 산 A급 무기가 인벤토리에서 썩어 가고 있다며 투덜거리는 소리를 들었었다.

"약탈 스킬이 적용된 채라면 저 갑옷을 충분히 뚫을 수 있을 텐데요."

"불가능합니다."

송태원이 딱 잘라 말했다.

"스며드는 약탈은 적용한 무기에도 효과를 발휘합니다. 무기의 스킬과 능력치는 물론 강도까지 하락시키기에 갑옷을 뚫기 전에 무기가 먼저 부서질 겁니다. 제가 중급 무기를 주로 사용하는 데에는 그런 이유도 있습니다. 무기의 성능보다는 내구도 위주로 고르죠."

그마저도 몇 번 쓰지 못해 망가지기 십상이라 하였다. 양날의 검이라는 거로군. 송태원의 육체에는 스킬 다운용이 아니고선 효과가 없기 때문에 더더욱 맨손 격투 위주의 전투를 하게 되는 모양이었다.

확실히 약탈이 쌍방 적용 된다면 SS급 스킬로 추정되는 저 갑옷 상대로는 S급 거창이라 해도 버티기 힘들지도 모른다. 단순히 찌르거나 베는 것이 아닌 돌격력까지 더해진 상태라면 무기에 가해지는 부담이 훨씬 커질 테니까.

약탈 스킬로 약해진 상태에서도 S급 장비 이상으로 튼튼한 창 같은 걸 어디서 구하… 아.

있다.

"형, 뭐 하는 거야?"

팔찌, 은혜를 벗어 드는 나를 보고 유현이가 눈살을 찌푸리며 다가왔다.

"그거 벗으면 안 되잖아."

"노아 씨와 함께 공중에 피해 있으면 돼. 저놈 날개는 없잖아."

"그래도……."

"바로 안전하게 피할게. 은혜야."

- 삐잇.

푸른색 새가 포르르 나타났다.

"피해 무효화 스킬 적용만 안 될 뿐 단순한 무기로는 다른 사람도 사용할 수 있지?"

- 삑.

은혜가 대답하듯 울었다. 타인이 들고 휘두르는 것조차 안 된다면 애초에 팔찌를 빼앗길 일도 없었을 것이다. 하지만 이미 여러 번 빼앗겼지.

"창으로 변해 줘. 최대한 커다란 돌격용 거창으로."

파랑새가 다시 푸른 보석 안으로 들어가고 팔찌의 형태가 변하였다. 쭉쭉 길어지더니 내 키를 가볍게 넘어선다. 순식간에 늘어나는 무게를 감당치 못하고 얼른 바닥에 내려놓았다.

잠시 후, 반투명한 푸른빛을 띤 삼 미터쯤 됨 직한 거대한 창이 나타났다. 보석을 세공해서 만든 듯 빛을 품은 데다가 물결무늬까지 유려하게 새겨져 있다. 어딜 봐도 장식용으로밖에 느껴지지 않는, 다시 말해 잘못 휘둘렀다간 와장창 깨지고 말 듯한 아름다운 창이었지만.

"튼튼함이 L급입니다."

"…예?"

"절대 부서지지 않는다고 하더군요. 반면에 저놈은 겨우 SS급이죠."

자신 있게 장담했다. 현존하는 아이템 중에 가장 튼튼할 우리 은혜. 약탈 스킬 적용해 봤자 S급 이상은 될 것이다.

"유현아, 거인 놈 시선 좀 끌 수 있겠어? 절대 무리하진 말고."

"저 정도 속도라면 문제없어."

"점점 빨라지는 거 같으니 조심해."

이러니저러니 해도 스탯 SS급이다. 거대두꺼비 바바르처럼 방어에 집중되어 S급은커녕 중하급 헌터보다 느리고 둔한 경우도 있긴 하지만 저놈의 바탕은 최석원이다. 두꺼운 갑주 차림이라곤 하나 인간형인 만큼 결코 느리진 않을 터였다.

유현이가 공중으로 뛰어올랐다. 이린이 동생의 팔을 타고 빙그르 돌며 화르륵 불길로 화했다. 정령의 불꽃이 하늘하늘 퍼져 나가더니.

푸른 버들잎의 이파리들을 집어삼켰다. 수백 수천 장의 불의 꽃잎이 흩날린다.

'저런 것도 가능했구나.'

흑염을 쓸 때는 본 적 없는 광경이다. 원래 적의 시야 교란용이던 푸른 버들잎이 불꽃이 되어 더더욱 어지럽게 거인의 주위를 맴돈다. 몸뚱이는 잎이 닿아도 치직 소리만 내고 사그라졌지만, 안개로 이루어진 눈은 달랐다. 불이파리가 닿을 때마다 파 먹히듯 증발된다.

기기긱, 거인의 팔이 휘둘러졌지만 팔랑팔랑 날아다니는 이파리를 다 막아 내기란 불가능에 가까웠다. 그렇게 최석원의 시야를 가리는 사이.

이린이 훌쩍 아래로 뛰어내렸다. 조용히 땅으로 스며든 불도마뱀이 거인의 발치로 다가가 막대한 화력을 뿜어낸다. 땅이 물렁하게 녹고 무거운 다리가 아래로 푹 꺼졌다.

'예림이 있으면 저대로 확 굳혀 버릴 수 있을 텐데.'

유현이 녀석, 잘하는구나. 기억은 없어도 몸이 익힌 건 그대로라서인가 이린을 능숙하게 다루고 있다. 걱정 안 해도 되겠네. 비틀거리는 거인으로부터 시선을 떼어 흑룡을 향해 외쳤다.

"리에트, 소영 씨!"

내 부름에 리에트가 훌쩍 뒤로 뛰어 이쪽으로 다가왔다. 용의 머리가 숙여지고 그 위에 있던 강소영이 나를 향해 손을 흔든다.

리에트의 덩치가 워낙 크다 보니 여느 기승수처럼 등에 타는 대신 머리에 안장 같은 걸 얹었다. 가시 사이로 줄을 걸치고 묶어 상당히 튼튼해 보였다. 창을 들고 돌격하기도 딱 좋은 위치다.

"이 창을 들고 공격하세요."

"그걸요? 안 부서질까요?"

- 툭 치면 산산조각 날 거 같은데.

"안 부서집니다. 다른 능력은 없지만, 내구만큼은 L급이에요. 여기에 송태원 씨의 스킬을 적용할 겁니다. 아까 보셨지요? 갑옷 약화하던 거."

"네! 근데 진짜 내구도가 L급이에요? 엄청 튼튼하겠네요."

"튼튼한 거 말곤 없지만요."

다른 무기들도 단단한 건 마찬가지라 이런 특이한 상황이 아니고서야 큰 쓸모는 없다. 스탯 올려 주고 유용한 스킬도 달려 있는 무기 내버려두고 안 부러지기만 할 뿐인 몽둥이를 사용할 이유가 있을까.

송태원이 창을 들고 리에트의 머리 위로 뛰어올랐다. 창을 받아 든 강소영이 낚싯대 휘두르듯 가볍게 앞을 향해 겨누었다. 창의 손잡이 끝부분을 용의 가시 틈새에 끼워 단단히 고정했다.

그 옆쪽으로 송태원 또한 자리 잡았다. 그의 손이 창에 닿고 검은 그림자가 푸른 창날을 타고 오른다.

"노아 씨, 스탯 대여 아직 안 쓰셨죠? 강소영 씨에게 근력 대여 부탁드려요. 보조 스킬도 최대한 걸어 주시고요."

- 네!

대답한 노아가 인간의 모습으로 돌아왔다. 날개만 꺼내 든 채다.
"팔찌가 없으니 인간형이 더 안전할 거예요."
그렇게 말하며 나를 안아 들고 공중으로 떠오른다. 확실히 은혜가 없으면 용의 등에 타고 있기 좀 불안하지. 용인 채로 들리기엔 발톱에 다칠 수도 있고. 도중에 노아에게로 옮겨 가 있었던 벨라레가 내게 머리를 들이밀었다.

- 쉬잇.

"너도 갑작스럽게 고생이다."
그냥 잠깐 나왔다가 바로 돌아갈 생각으로 데리고 온 거였는데.
"준비됐어요, 언니!"
강소영이 자신만만하게 외쳤다. 어지간히도 흥분했는지 뺨이 살짝 붉다. S급 헌터의 스탯을 고스란히 얻은 데다가 노아의 근력 스탯까지 더해졌으니 주체 못 할 정도로 힘이 넘쳐 나겠지.
거기에 역시나 스탯치가 늘어난 리에트와의 조합이다.

- 카르르!

흑룡 또한 즐거운 기색이 담긴 으르렁거림을 토해 냈다. 그러곤 머리를 낮추며 네 다리에 힘을 준다.

거인은 유현이에 의해 아직 발 묶여 있는 상태였다. 크고 느린, 그야말로 완벽한 표적.

창날 끝에 검은빛이 일렁이고 흑룡의 발이 땅을 짓누른다. 비늘 아래 무서울 정도로 꽉 들어찬 근육이 느릿이 꿈틀거렸다.

직후, 잔뜩 당겨진 활시위가 놓인 것처럼 검은 몸뚱이가 앞을 향해 쏘아졌다. 거인과 용. 둘 사이의 거리가 순식간에 좁혀진다.

유현이가 불길을 거두고 강소영이 이를 꽉 깨문다. 창의 끝이 거인의 품을 파고들기 직전, 송태원이 그러잖아도 무거운 거창의 질량을 최대한으로 늘린다.

그리고.

콰과광!

어마어마한 충돌음이 천지를 울렸다. 거창 돌격이라는 단순한 물리력의 부딪침이건만 수십 개의 폭탄이 동시에 터진 듯 온 사방이 흔들린다.

창의 끝은 정확히 거인의 가슴을 두드렸다. 갑옷이 움푹 패다가, 약탈 스킬의 효과가 스며듦과 동시에 산산이 찢겨 나갔다. 회오리에 휘말린 종잇장처럼 갈기갈기 찢어지는 갑옷 안쪽으로 푸른 창이 거침없이 파고들었다.

안으로, 또 더 안으로.

이윽고 거대한 구멍이 뚫리며 거인의 몸뚱이가 절반으로 갈라졌다.

콰아아아-.

거인의 몸을 꿰뚫고도 남은 힘이 길게 내달리며 직선상의 건물들을 줄줄이 쓸어버린다.

"노아 씨, 치유 스킬요!"

저 정도의 공격이라면 반발력도 장난 아닐 터다. 아니나 다를까, 창수인 강소영의 두 팔이 모조리 부러졌다. 창을 지탱하던 리에트의 가시 또한 꺾여 나간 채였다. 송태원 역시 창에 대고 있던 손이 거의 으스러지다시피 하였다.

둘은 그렇다 쳐도 강소영은 포션을 꺼내 들 수도 없는 상태였기에 근처로 날아간 노아가 얼른 치유 스킬을 써 주었다.

쿠르릉.

찢기다시피 반 토막 난 거인의 몸뚱이가 무너져 내린다. 입을 크게 벌리고 있던 강소영이 활짝 웃었다.

"지인짜 최고예요! 오십 년 뒤에 죽어도 여한이 없을 거 같아요!"

…오십 년 뒤가 뭐야. 백 세 시대에 A급 헌터치곤 단명이랄 수 있겠지만 여한 소리까지 나오기엔 너무 긴 세월 아니냐.

- 우리 스위티, 욕심도 없지.

용이란 용은 죄다 끌어안겠노라 당당히 선언하신 분이십니다만.

리에트의 머리 위로 내려서자 창이 다시 팔찌로 변했다. 은혜를 팔에 차며 마나 포션을 꺼내 마셨다. 짙게 몰려오는 피로감을 느끼며 선생님 스킬을 껐다. S급이 너무 많아. 강소영도 지금만큼은 S급 수준이고.

당장 집에 가서 눕고 싶었다. 그러고 보니 성현제 이 인간은 여기까지 걸어서 오고 있나. 완전히 지각이다. 파티 끝났으니 댁에 돌아가시라고 문자나 넣어 줄까.

'유현이 기억은 어떻게 되찾지.'

알아서 돌아왔다면 좋겠는데. 고개를 돌려 유현이를-.

구구궁.

무언가 묵직한 굉음이 귀를 후려쳤다. 동시에 몸이 공중을 날았다. 바닥에 처박히고 나서도 얼른 상황이 이해가 되질 않았다.

억지로 고개를 들었다. 짙은 피 냄새가 코를 찌른다. 저만치 멀리, 누군가가 서 있는 것이 보였다. 거인이 쓰러진 자리다. 그를 향해 떡잎 스킬을 썼다.

> 각성자 - 최석원(무해의 일족)
> 현재 스탯 등급 SSS
> 각성 가능 스탯 등급 A~S

 순간 눈을 의심했다. 스탯 등급 SSS. 거인이었을 때보다 한 단계 더 올라갔다. 공포 저항 메시지창이 눈앞에 떠오른다. 공기 중을 떠도는 피 냄새가 머릿속을 할퀴는 기분이었다.

 아직, 다른 메시지창은 나타나지 않았다. 그러니 무사하다.

 "…최석원!"

 몸을 일으키며 소리쳤다. 놈이 내 쪽을 바라본다. 이를 악물며 주위를 살펴보았다.

 가장 먼저 눈에 들어온 것은 쓰러진 흑룡이었다. 한쪽 어깻죽지가 깊숙이 갈라진 채 피를 쏟아 내고 있다. 정신을 잃은 것은 아니다. 하지만 리에트는 스킬의 영향인지 단순히 기운이 빠진 건지 일어나지 못한 채 황금색 눈을 번득이며 이를 드러내고 있었다.

 그 옆으로 강소영도 보였다. 땅에 굴러떨어진 채 정신을 잃었다. 송태원은 그 옆에서 간신히 상체만 일으킨 채다. 어딜 다쳤는지는 모르겠지만 핏자국이 보인다.

 그리고 노아는 저만치 잔해 사이에 쓰러져 있었다. 금빛 날개가 힘없이 늘어져 있다. 움직임은 없지만, 마지막 보은이 발동되지 않았으니 살아 있을 것이다.

 "그 정도 힘을, 아무 대가 없이 얻지는 않았겠지."

 최석원을 향해 걸음을 옮겼다. 놈은 거인의 것과 비슷한 갑옷 차림이었다. 드러나 있는 목 위의 피부가 시체처럼 창백하다. 머리카락은 안개가 뭉친 듯 탁한 푸른색으로 일렁이고 있었다. 두 눈 또한 인간의 것이 아니다.

 "말해 보시지, 뭘 내놓았는지."

숨을 삼키며 시선을 다시 옆으로 돌렸다. 동생의 모습이 눈에 들어왔다. 의식을 잃지는 않았다. 웅크리고 앉은 채 핏기 없는 얼굴로 이쪽을 바라보고 있다. 주위로 피가 스며든 흔적이 보인다.

속이 서늘해졌지만 아직은 괜찮다.

다시 최석원을 바라보며 미소 지었다.

"분명 작은 것은 아닐 텐데 내가 도와줄 수도 있거든."

"도와줄 수 있다고?"

최석원이 드디어 입을 열었다. 목소리가 쉰 것처럼 메말라 있다.

"네놈이 어떻게."

"네가 계약한 그 해파리와 안면이 좀 있어서. 가끔 만나는 사이야. 지금 꼴을 보니 정상은 아닌 듯한데 그대로 몬스터라도 되어 버리는 건가? 아니면 마지막 불을 활활 태우는 거라거나."

내 말에 놈이 입술 끝을 비틀어 웃었다.

"처음에는 남은 생명의 절반. 지금은 하루 정도 시간이 남았다. 처음 건, 빌어먹을. 함정이나 다름없었어."

"함정은 무슨. 평범한 사람은 내 목숨을 바칠 테니 최강이 되게 해 달라고 외쳐 봤자 중2병이냔 소리나 들을 텐데."

F급은 저런 계약 받아 주지도 않아요. 최석원의 일그러지는 얼굴을 감상하며 말을 이었다.

"살 수 있는 방법을 알려 줄까?"

놈이 움직였다. 순식간에 가까워져 내 멱살을 붙잡고 거칠게 당긴다.

"형!"

갈라진 목소리가 들려왔다. 제발 얌전히 있어라.

"엘릭서나 저주 해제 같은 건 소용없다. 단순히 수명이 줄어드는 게 아니라 그 여자가 가지고 가는 거라더군."

"그럼 더 쉽겠네. 해파리가 나를 무척이나 탐내고 있거든."

목 조이니까 멱살 좀 놓으라고 놈의 손을 툭 치며 말을 이었다.

"네놈보다 훨씬 더. 그러니 날 가져다주고 협상해."

살려 달라고.

"…협상? 그게 될 거라고 생각하나."

"당연히 되지. 고작 네까짓 거 내놓고 나와 계약할 수 있다고 하면 그 해파리, 뛸 듯이 기뻐할걸."

최석원이 미심쩍은 표정을 지었다.

"네게 그 정도의 가치가 있다고?"

"흔해 빠진 S급과는 비교가 안 된답니다. 뭘 계속 의심해? 얼굴에 물음표만 띄우다가 뒈지시려나."

하루밖에 안 남았다면서 되게 여유로우시네.

"어차피 밑져 봐야 본전 아닌가. 아, 마침 세상 살기 싫어졌던 거라면 강요는 안 해. 좋은 책과 음악 추천해 줄 테니까 남은 시간 편안하게 보내라고."

"괜히 시간 끌어 보려는 수작은 아니겠지."

"하루 내도록 헛소리할 자신 없어. 지금 바로 해파리와 만나게 해 주지. 어때?"

"지금 바로? 여기서 불러낼 수 있다는 거냐."

"여기선 당연히 안 되고, 던전 아무 곳에나 가면 돼. 내가 신호를 보낸 뒤 던전에 들어가면 해파리가 있는 곳과 연결되거든."

동생이 들을 수 있도록 일부러 목소리를 높여 말하다가, 아차 싶어졌다. 지금의 유현이에겐 패륜아들의 던전에 대한 정보가 없다. 운 좋게 기억이 돌아왔다거나 하진 않겠지. 하지만 이 방법 외에는 떠오르지 않았다.

최석원은 아직 몬스터가 아닌 각성자다. 그러니 던전에 들어갈 수 있을 것이다.

"뭘 하려는 거야, 형!"

간절한 외침이 들려왔다. 괜찮다고, 별문제 없을 거라고 말해 주고 싶었다. 무사히 돌아올 테니까 걱정 말고 상처부터 치료하고 있으라고.

"시끄럽군."

투덜거리듯 내뱉은 최석원의 손에 안개 같은 것이 뭉쳐 긴 칼날처럼 변했다. 이 시발 새끼가.

"내 동생 잘못되면 너 새끼도 죽어."

"F급 주제에 무슨 재주로 덤빌 거지?"

"계약이란 거 자의로 받아들여야 한다는 거 모르냐? 강제로도 가능했으면 해파리 놈이 날 그냥 두지 않았겠지."

"그래?"

놈이 비틀린 웃음을 머금었다. 그리고.

쐐액!

칼날이 던져졌다. 잔뜩 억눌린 신음이 희미하게 들려왔다. 내장이 끊어지기라도 한 듯 속이 뜨겁게 아프다.

"개자식."

"죽이진 않았어. 원래라면 전부 찢어 죽일 생각이었는데."

대꾸하는 대신 거칠어진 숨을 몰아쉬었다. 벌게진 눈앞이 쉽게 가라앉질 않는다.

"…이대로 쓸데없이 시간만 끌고 있을 거냐."

"도중에 네 마음이 바뀔 수도 있으니 두엇 정도는 본보기 삼아 처리하고 갈까 싶어서."

"F급 물몸이라 분통 터지는 것만으로도 죽어 버리는 수가 있으니 관둬."

놈이 낄낄대며 웃었다.

"아무 던전이나 상관없는 건가?"

"그래."

상관없으니 빨리 가자. 힘없이 가느다란 목소리가 계속해서 나를 부르고 있었다. 그 애달픈 호소를 억지로 모른 척했다. 빌어먹을 개새끼가 비웃는 시선으로 유현이가 있는 쪽을 바라본다.

또 무슨 짓거리를 할까 봐 등골이 서늘해졌다. 다행히 최석원은 나를 끌고 몸을 돌렸다. 등 뒤로 동생의 비명 같은 외침이 들려오다, 빠르게 멀어져 갔다.

콰과광-!
가벼운 손짓 한 번에 던전 건물이 순식간에 날아갔다. 태풍 앞 짚 더미처럼 깨끗이 치워내진 아래 게이트가 반짝거린다. 최석원이 나를 게이트 앞으로 들이밀었다.
"신호 보내."
놈을 힐끔 돌아보곤 게이트에다 대고 세 번 노크했다.
"됐어. 이제 들어가면 돼."
"너무 간단한데."
"내 전용이니까. 들어가 보면 알 거 아니냐."
최석원이 내 팔을 움켜쥔 채 게이트로 걸음을 옮겼다. 차가운 공기가 전신을 덮쳐들고 눈이 발에 밟혔다. 새하얗게 펼쳐진 숲을 놈이 조금 놀란 눈으로 바라보았다.
"정말로 다른 곳이군."
저벅저벅 거침없이 옮겨 가는 발걸음에 강제로 질질 끌려갔다. 이제 슬슬, 나타날 때가 되었는데.
그리고 드디어.
"몬스터인가?"
최석원이 먼저 반응한 직후 얼음 창이 날아들었다. 등급이 등급이니만큼 유현이 때와는 다르게 가볍게 창을 부숴 버린 뒤 나를 놓고 몸을 날린다.
콰드득!
최석원의 손이 보이지 않는 무언가를 정확히 잡아 으스러뜨렸다. 은신 스킬이 사라지고 붉은색 위주의 알록달록한 병정 인형이 나타났다. 동화책에 나오는 호두까기 인형과 비슷한 모양새다.

장난감 병정은 순식간에 조각조각 나 눈밭 위로 흩어졌다. 최석원이 여봐란듯이 나를 향해 고개를 돌린다.

"이깟 걸 믿고 나를 여기 데리고 온 건 아니겠지."

"그래 봬도 S급짜리인데 너무하네. 아, 그리고 함정 맞아."

나름 열심히 준비한 건데 시시했다면 미안해. 생글 웃으며 하는 말에 놈도 마주 미소 지었다. 사납다 못해 나를 아주 뼈까지 아득아득 씹어 먹을 듯 사나운 미소다.

"생각보다 멍청한 놈이군. 그런 소리는 적어도 게이트가 닫힌 뒤에나 해야지."

"명색이 길드장이란 놈이 게이트석 하나 없냐. 몰랐네."

"F급짜리가 입만 살았군. 일단 팔다리를 자른 뒤에 한유현 앞에서 죽여 달라 애원하게 만들어 주……."

텅, 나를 향해 뻗어 오던 최석원의 손이 보이지 않는 벽에 가로막혔다.

"하, 이까짓 방어막쯤."

이번엔 주먹을 틀어쥐고 힘껏 투명한 벽을 두드린다. 하나 소리만 요란할 뿐 벽은 꿈쩍도 하지 않았다. 놈의 표정이 일그러졌다. 재차 쿵쿵, 주먹질이 이어졌다. 분통에 차 헛손질해 대는 놈을 차갑게 바라보았다. 내 시선을 느꼈는지 최석원이 목덜미까지 시뻘겋게 열로 붉히며 분노를 토해 낸다.

"씨발, 이 쥐새끼 같은 게! 당장 나와!"

[허니!]

그때 배구공이 나타났다. 주제에 사나운 얼굴을 한 채 크게 외친다.

[얘들아, 집합! 합체!]

"저건 또 뭐야?"

최석원이 어이없어하며 신입을 쳐다보는 사이 숲에서 크고 작은 병정 인형들이 와글와글 모여들었다. 등급도 B부터 S까지 다양했다. 알록달록한 인형들이 한데 모이더니 뭉쳐진다. 그러곤 하나의 기사 인형이 되었다.

펄럭이는 흰 망토에 금색 견장과 견술. 붉은색 바탕의 화려한 제복 차림을 하고 옆구리에 검을 멋들어지게 차고 있다. 그것을 향해 떡잎 스킬을 사용해 보았다.

장난감 기사단장님 - SSS급
계약자 - □□□□

그냥 기사가 아니라 단장님이구나. 신입이 크게 퉁 튀어 올랐다.

[가라!]

명령이 떨어지자 기사단장이 우아한 동작으로 검을 뽑아 들었다. 반짝거리는 검 끝을 최석원을 향해 겨누었다. 그것을 본 최석원이 자신만만하게 어깨를 펴며 안개로 이루어진 검을 치켜들었다.

"별 이상한 것들이……."

푹.

최석원의 말은 끝까지 이어지지 못했다. 반응할 틈도 없이, 기사단장의 검이 그의 가슴을 꿰뚫었다. 상처에서 피는 흐르지 않았다. 대신 가시덩굴 같은 것이 뻗어져 나오며 최석원의 전신을 휘감았다.

"끄아아악!"

고통에 가득 찬 비명이 터져 나왔다. 하나 그것도 잠시, 최석원의 모습은 가시덩굴에 완전히 먹혀 사라졌다. 커다란 고치처럼 변한 가시덩굴이 점점 줄어들며 축구공만 한 크기가 되었다.

'그래도 같은 SSS급이었는데.'

반항 한번 제대로 못 하다니, 차이가 심하다. 하긴 SS급일 때도 등급치곤 만만했었지. 아마도 동급 중에선 하위권의 능력치가 아니었을까.

[허니, 허니! 어떻게 된 거예요?]

신입이 내게 다가와 물었다.

"해파리와 계약한 놈이야. 그런데 계약해서 목숨 좀 바친다고 저만큼 강해질 수 있는 건가?"

S급 헌터가 많은 건 아니지만 적은 것 또한 절대 아니다. 지금도 전 세계에 백 단위로 존재하고 앞으로 더더욱 늘어날 터였다.

그런 다수의 S급이 SS급, SSS급이 되어 나타난다면 곤란해진다. 그걸 어떻게 다 당해 내라고.

[목숨 좀이 아니에요, 허니. S급 각성자잖아요. 자기 목숨을 희생하는 계약 자체를 하려 들지 않는 사람들이라고요. 그리고 그 해파리가 편법을 쓴 탓도 있어요.]

"편법?"

[네. 해파리는, 뭐라고 했었죠, 사슴 선배? 아, 네. 안개바다 일족이에요. 안개를 퍼뜨려 타 종족의 기억을 삼키는 종족인데, 해파리가 저 남자를 자신의 일족으로 만들고 안개를 일부 내어준 거 같아요. 무해의 왕이 내어준 안개니 기억을 힘으로 바꾸는 능력도 뛰어났겠지요.]

기억. 황급히 배구공을 붙잡고 물었다.

"내 동생 기억! 유현이 기억도 저 새끼가 가져갔어!"

[진정해요, 허니!]

"되찾아야 하는데! 죽으면 기억이 주인에게 돌아가나? 설마 영영 사라지는 건 아니겠지?"

[기억을 뺏긴 지 얼마나 됐어요?]

"얼마 안 됐어. 한두 시간 이내일 거야."

[그럼 아직 괜찮을 거예요. 기사단장!]

신입의 명령에 기사단장이 가시덩굴 고치를 들고 다가왔다. 고치의 윗부분이 벌어지고 내용물이 나타났다. 자잘한 구슬들이 수백 개 넘게 빼곡히 들어차 있었다.

[약간은 사라졌을 수도 있겠지만 대부분 멀쩡해 보이네요. 주인의 몸에 가져다 대면 알아서 스며들 거예요. 크기가 클수록 기억이 많이 들어 있을 거고요.]

그 말에 유독 크기가 큰 구슬이 눈에 들어왔다. 최석원과 가장 가까운 거리에서 짙은 안개를 마셨을 유현이다. 아마도 이 구슬이 유현이의 기억이겠지.

인벤토리에서 빈 병과 주머니를 꺼내 동생의 것을 포함한 구슬들을 옮겨 담았다. 고치의 가장 밑바닥에 흐린 빛을 발하는 마석이 나뒹굴고 있었다. 주워 보니 SSS급 마석이었지만, 등급치곤 크기가 작고 탁하다.

"별 쓸모는 없겠네."

상태가 이상해서 팔거나 남 주기도 뭣하다. 명우가 무기 만드는 데 쓸 수 있으려나?

[허니, 마수 조합하면 되잖아요. 등급치곤 약하긴 하지만 S급 이상은 나올걸요.]

"저주독룡종 마석이 아니라 불가능해."

[네? 왜요? 허니는 저주독룡종의 주인이 아니라 양육자잖아요. 종 같은 건 상관없어요.]

"…뭐? 상관없다고?"

[당연히 상관없죠. 지금도 인간에 용, 그리폰, 뿔사자 등등~ 키우고 있잖아요.]

배구공이 빙글빙글 돌며 대답했다. 아니, 그래도 원래 스킬이 저주독룡종을 조합하는 건데 진짜 상관없나? 최석원의 마석을 집어 들어 바라보았다.

"조합 가능하다 해도 이건 좀 찜찜한데."

몬스터가 아닌 인간의 마석이다. 그래서인지 사용하기 영 껄끄러웠다.

"우리 세상 각성자는 SSS급 정도 되면 마석이 생기는 건가? 아니면 종족이 바뀐 탓이야?"

[보통은 SS급부터 생겨나요. 해당 세계 종족의 한계를 넘었다는 뜻이거

든요. 몬스터들은 허니 세계 종족이 아니라 등급 상관없이 랜덤으로 마석을 가지는 거고요. 자세히는 설명 못 하고 대충은 그래요.]

최석원의 마석도 일단은 챙겼다. 신입이 시간 얼마 안 남았다고 외쳤다. 원래는 30분 정도 유지 가능하지만 오늘처럼 연속으로 들어오면 유지 시간이 리셋되지 않았다. 사용한 시간을 회복하려면 일주일 정도 걸린다고 하였다.

[그럼 허니, 조심하세요!]

신입의 말이 끝나기가 무섭게 주위 풍경이 바뀌었다. 황량한 벌판이 눈앞에 펼쳐졌다. 유현이가 걱정할 테니 얼른 돌아가야.

- 크르르.

짐승의 으르렁거림을 듣자마자 게이트를 향해 달렸다. 하지만 딱 한 발 내딛자마자 묵직한 것이 등을 내리누르듯 덮쳤다. 망했다.

"윽, 물어 봤자 소용없, 아 젠장!"

뒷덜미를 꽉 깨무는 이빨이 생생하게 느껴졌다. 이어 다른 몬스터들도 눈앞에 나타났다. 부질없이 허우적거리면서 떡잎 스킬을 사용했다.

```
2급 육지늑대종 - 긴이빨늑대
현재 스탯 등급 A
각성 가능 스탯 등급 B~A
```

최석원 개새끼. A급 혹은 S급 던전에 들어왔구나, 망할 새끼야. 물론 이렇게 빨리 몬스터가 덤벼들어 온 것은 가슴의 마석 탓이 클 터였다. 그래도 전부 최석원 새끼 잘못이다. 점잖게 C급 이하 던전이었으면 얼마나 좋아.

딱 다섯 발자국 앞에 반짝이는 게이트를 두고서 질질 끌려갔다. 몬스터들이 마석을 꺼내려고 몸 여기저기를 갉작여 댄다. 은혜 피해 무효화 A급 정도로 해 두면 꽤 오래 지속될 것이다. 죽은 척 버티다가 포기하고 떨어져 나가면 빠져나가는 수밖에. 게이트석 아까우니 빨리 포기해 주면 좋을 텐데.

간간이 약하게 스치는 이빨에 하나둘 상처가 생겨나기 시작했다. 피가 흐르자 몬스터들이 더욱 흥분해 날뛴다. 진정될 기미 없이 자기들끼리도 이를 드러내며 으르렁거린다. 아무래도 게이트석 쓰게 생겼다고 한탄하는 그때.

- 캐갱!

내 몸을 짓누르던 몬스터가 비명을 내질렀다. 이어 살이 타는 냄새가 났다.
"유현아!"
동생이 와 줬구나. 몸을 일으키려는 내 앞에 유현이가 털썩 주저앉듯 무릎 꿇었다. 두 팔을 뻗어 나를 강하게 끌어안는다.
"야, 너 상처는 다 치료-."
말을 끝맺지 못했다. 작게 흐느껴 우는 소리가 내 입을 틀어막았기 때문이었다.

동생은 손이 별로 가지 않는 어린애였다. 울거나 떼쓰는 일이 거의 없었다. 어릴 때도 그 정도였으니 나이가 들고서는 더더욱 눈물 보기가 힘들었다. 나이가 들었다, 라고 해 봐야 여전히 어린 십 대였지만.

그것은 내 손을 떠나고 나서도 마찬가지였다. TV 화면 속에서나 주로 마주칠 때쯤에는 정말로 눈물 따위 볼 일이 없었다. 앳되던 얼굴은 순식간에 흔들림 없는 어른이 되었다. 되었다고 생각했다.
"유현아."
가늘게 떨리는 몸을 마주 끌어안았다. 짧게 숨인지 눈물인지를 들이켜는 소리가 들려왔다. 어쩌지. 어릴 때는 어떻게 했더라.

나도 어린 건 마찬가지였던 때라 별달리 뾰족한 수는 없었다. 그냥 끌어안았다. 부둥켜안고 서툰 말로 달래 주려 애쓰기도 하고, 더 어릴 때는 같이 울어 버린 적도 있었다. 내가 어쩔 줄 모르고 있으면 저 알아서 눈물을 그치고 이젠 안 울어 형, 훌쩍이며 말하던 동생이었다.

그랬었건만.

"난 괜찮아. 조금 긁혔을 뿐이야."

털끝 하나 다친 곳 없이 멀쩡하게 나가서 안심시켜 줄 생각이었는데. 저놈의 개새끼들이 방해를 했네.

"그놈은 죽었어. 걱정할 거 없어."

"……."

"다친 곳은 괜찮아? 치료 다 했어?"

"…형."

"그래, 유현아. 괜찮아."

"…안 괜찮아, 전혀 안 괜찮아!"

젖은 목소리가 소리쳤다.

"속이 너무 아파서, 죽을 거 같아. 형, 나는…….."

말하다 말고 작게 숨을 헐떡인다. 나까지 목이 막히고 말라붙는 느낌이 들었다. 어쩔 줄 몰라 하다가 퍼뜩 빼앗긴 기억을 떠올렸다. 한 손으로 동생의 등을 토닥여 주며 인벤토리에서 병을 꺼내었다. 유현이의 기억 구슬만 따로 담은 유리병이다.

"네가 빼앗긴 기억이야. 기억이 돌아오면 좀 괜찮아질 거다."

던전에 들어가면 도움받을 수 있는 상대가 있었다는 걸 알게 될 테니까. 아무것도 모른 채 날 보내야 했을 때보다 마음이 편해질 것이다. 부디 조금이라도 나아지길 바랐다.

유현이가 숙이고 있던 고개를 들어 올렸다. 눈가가 발갛다. 깨물었는지 입술에 피딱지가 앉아 있었다. 나를 바라보는 시선에 온갖 서러움이 다 묻어났다. 그 엉망인 얼굴에 무척이나 속이 상했지만, 동시에 달갑고 안심되기도 하였다.

혼자 다 집어삼키고 멀쩡한 척 태연한 얼굴을 하는 것보다는 이 편이 더 낫다. 더 보기 좋다.

"기억 되찾고 집에 가자."

"…집에?"

"응, 집에. 옛날 집은 아니지만 그래도 우리 집이야."

"우리 집……?"

"그럼 우리 집이지 누구 집이겠냐."

우리 집. 동생이 멍하게 중얼거리는 사이 유리병을 열어 구슬을 꺼내었다. 유현이의 몸에 가져다 대자 이내 흡수되어 사라진다. 물기 어린 눈이 두어 번 깜박였다.

"기억나? 내가 한 짓 그렇게 위험한 거 아니었지?"

잠시간 말이 없었다. 갑자기 돌아온 기억에 혼란스럽기라도 한 건지 입을 꾹 다문 채 나를 바라보기만 했다. 그래도 조각조각 난 듯한 표정이 점차 안정을 되찾아 간다. 위태롭게 흔들리던 눈빛도 그럭저럭 가라앉았다.

"…그래도 싫어."

볼멘 목소리가 한참 만에 대답했다. 동생의 미간이 깊게 찌푸려진다. 얼굴 펴라고 손가락으로 꾹 눌렀다.

"S급이라고 주름 안 지는 건 아니다. 아마도."

5년 후에도 다들 팽팽해서 모르겠다. 성현제 그 인간도 여전히 반들반들했었고.

"진짜 미칠 거 같았어. 죽을 거 같았어."

"응."

"던전 들어가기 전에 그 자식이 마음을 바꿀 수도 있었잖아. 그리고 만약에, 제대로 도움받지 못했다면. 그럼, 던전 안에서."

진정되었나 싶던 목소리가 또다시 바들바들 떨리며 힘겹게 이어졌다.

"…던전 안에 남으면, 흔적 하나 없이, 사라져 버리는데. 나는, 형."

"미안."

"…미안하단 소리 하지 마. 또 안 그럴 거 아니잖아. 형은."

"미안해. 하지만 유현아, 난 안 죽어."

앞날을 어떻게 안다고 오만한 소리였지만, 진심이었다.

"절대 못 죽어. 무슨 일이 있어도 아직은 안 돼. 못 죽어."

어떻게 건진 목숨인데. 아직 해야 할 일이 남아 있건만 감히 어떻게 끝을 낼까.

"적어도 너 결혼하는 건 봐야지. 예림이도."

혼주석에 앉는다는 중요한 의무가 있다. 인벤토리에서 삐약이용 손수건을 꺼내 동생 얼굴을 닦아 주었다. 이러는 게 대체 몇 년 만이냐.

"내가 약해 빠진 건 사실이지만 그래도 무모한 건 아니다. 답 없는 상황에 몸 던지진 않아. 최소한 내 목숨은 붙여 놓을 자신 있을 때만 움직인다고. 그리고 말이다."

어느새 튀어나온 이린이 손수건 끝을 물었다. 달라는 듯 당기더니 꿀꺽 삼켜 버린다. 그래, 너도 오늘 수고 많았다. 얼마든지 먹어라.

"네가 그랬잖아. 무슨 일이 있어도 나 구해 주겠다고. 난 너 믿고 있어."

동생의 표정이 느슨히 풀어졌다. 이럴 때 보면 참 알기 쉬운 얼굴이다. 그 오랜 시간 동안, 정말로 모르겠다고 생각했는데.

"유현이 널 믿고 무슨 일이 있어도 살아 있을 테니까. 네가 봐도 난 쓸모가 많잖냐. 어떤 상대든 나 살려 놓게 만들 자신 있어. 협박을 하든 아부를 하든, 어떻게 해서든지. 그러니까 구하러 와. 서두르지 말고 확실하게 준비해서. 난 언제까지든 기다릴 수 있어."

지금에 비하면 손에 쥔 거 하나 없을 때도. 별별 무모한 짓 다 하면서도 살아는 남았다. 몸뚱이 하나조차 변변찮았던 과거에 비하면 지금이야 넘칠 정도의 패를 쥐고 있다.

"…애초에 구해질 일이 없으면 되잖아."

"그러면야 좋지만 세상일이 어디 뜻대로 되더냐. 오늘만 해도 잘 끝날 줄 알았지. 그 새끼가 SSS급으로 부활할 줄은 꿈이나 꿨겠냐고."

"최석원의 계약자가 형을 탐내고 있다는 건 또 뭔데."

"아, 그거? 도마뱀 후임 놈 있잖아, 그때 그 좀비. 걔가 자기랑 계약하면 내가 소중히 여기는 사람들을 구해 주겠다고 했는데 거절했어. 그 새끼 너한테도 관심 있는 거 같던데 계약 같은 거 하자고 해도 절대 받아들이면 안 된다. 나도 거절했으니 너도 뭔 제안을 하든 거절해."

유현이가 잠깐 머뭇거리다가 고개를 끄덕였다. 재차 엉뚱한 생각 하면 절대 안 된다고 다독인 뒤 일어났다.

"게이트 닫히기 전에 나가자."

"아까 우리 집이랬지."

"그래, 우리 집이지."

유현이가 몸을 일으켰다. 어깨부터 발치까지 흘러내린 핏자국이 눈에 들이박힌다. 최석원 그 씹어 먹을 개새끼가. 너무 편하게 보내 줬다.

"…오늘, 같이 자도 돼?"

"눈물 자국 남아 있어서 그런가, 열 살쯤 더 어려 보이니 돼."

팔베개도 해 줄까. 자장가도 불러 줄 수 있는데. 웃으며 하는 말에 유현이도 겨우 작게 미소 지었다.

"그런데 형, 세성 길드에 있어야 하는 거 아니었어?"

"당연히 튀었지. 이 정도면 오래 버틴 거다?"

"무모한 건 아니라고 하더니 혼자 돌아다녔다고."

"혼자 아니었다. A급 독 스킬 지닌 벨라레 있었고 은신 스킬도 썼는걸. 너야말로 나 없이 최석원을 만나러 가 놓고서. 서로 숨기는 거 없기로 하자, 응?"

"형 하는 거 봐서."

"지금은 열 살쯤 더 먹어 보이는구나. 혼자 자고도 남을 나이 같은데."

실없는 소리를 하며 게이트를 빠져나갔다. 휑한 풍경 속에 익숙한 얼굴들이 보였다. 다들 무사해서 한시름 놓았다. 강소영은 아직 정신을 못 차린 채 인간으로 돌아온 리에트의 품에 안겨 있었다. 벨라레 또한 주인의 어깨에 올라앉아 있다.

"최석원은 죽었습니다."

나를 보는 시선들에 놀라움과 의아함이 깃들었다. 스탯 F급짜리가 S급들을 순식간에 전투 불능으로 만든 괴물과 함께 갔다가 괴물 퇴치 완료되었습니다, 하고 돌아오면 누구든지 놀라고 말겠지. 의심도 할 테고.

"물론 제가 처치한 건 아니고요, 일종의 차도살인 같은 겁니다. 자세히는 말 못 하지만 남의 손 좀 빌렸지요."

아무튼 깔끔히 처리되었으니 걱정하지 말라는 내 말에 노아와 송태원이 안도했다. 송태원이 미심쩍어하는 기색은 남아 있었으나, 나는 물론이고 유현이까지 무사한 모습에 믿긴 하는 모양이었다. 턴전에서야 살아 나오는 게 진실이다.

반면에 리에트는 조금 아쉬워하는 티를 내다가 내게 대뜸 말했다.

"자기야, 동생한테 잘해."

…미친? 내가 왜 저 인간한테 그딴 소리를 들어야 하는 거지.

"네가 할 소리냐? 너야말로 노아한테 잘해 주시지."

"자기는 없어서 모르-."

"리에트 헌터."

유현이가 내 앞을 반쯤 가리듯 나서며 리에트의 말을 끊었다.

"괜한 소리 하지 마십시오."

"편들어 주는 건데 까칠하긴."

아니, 왜 리에트가 유현이 편을 들어 주는 거냐. 이유는 모르겠다만 아무튼 남의 편보다야 낫긴 하지. 내 동생이 그새 마음에 들기라도 한 건가. 보는 눈은 있다만 형으로서는 반갑지 않았다. 전형적인 나쁜 친구잖아.

"이번에는 저도 유진 씨가……."

노아가 조금 우물쭈물하며 말하다가 유현이의 눈총을 받고 입을 다물었다. 심지어 송태원까지 뭔가 묘한 눈빛으로 유현이를 바라보고 있었다. 대체 내가 떠난 사이에 유현이가…….

"신경 쓰지 마."

동생이 나를 감싸듯 말했다.

"형이랑 다르게 나에 대해 잘 모르니까 과장되게 반응하는 것뿐이야."

…하긴, 유현이가 우는 건 나도 오랜만에 보는 거라 놀랐었다. 그래도 리에트와 송태원이 저러는 게 영 찝찝한데.

"나 피곤해, 형."

"응?"

"아직 불안하기도 하고. 얼른 집에 가고 싶은데."

"그래? 그럼 빨리 가야지. 송태원 실장님, 이거 받으세요."

송태원에게 기억 구슬들을 건네주었다.

"안개에 휩싸였던 사람들의 기억입니다. 맞는 주인에게 가져다 대면 알아서 흡수될 거예요. 송태원 씨 것도 있지 싶습니다. 노아 씨도 확인해 보세요."

두 사람이 각자의 기억을 찾아갔다. 뭐가 없어졌었던 건지 슬쩍 물어보았다. 노아는 강소영이 리에트 면회할 겸 데이트하자고 꼬드기는 기억이었고 송태원은 삼 일 연속된 야근과 놓쳐 버린 분리수거일이었다.

뒤처리는 미안하지만 송태원에게 떠넘겼다. 무려 MKC 길드장이 SS~SSS급으로 변했다가 사망한 초유의 사태였기에 한 번쯤은 나나 유현이를 붙잡을 줄 알았건만, 그는 조용히 고개를 끄덕였다. 나는 그렇다 쳐도 유현이는 중요한 증인인데도 어쩐 일인지 내일 출석하라는 말로 끝냈다.

벨라레를 건네받고 노아의 도움을 받아 사육 시설로 돌아왔다. 오랜만에 집에 오니 좋구나. 어지간히도 피곤했던지 따뜻한 물로 샤워하다가 몇 번이나 벽에 머리를 부딪힐 뻔했다. 욕조였으면 틀림없이 물속에서 곯아떨어져 버렸을 것이다.

우리는 침대에 눕자마자 누가 먼저랄 것도 없이 기절하듯 잠에 빠져들었다.

"끝까지 쓸모가 없었네."

실망스러워하는 목소리가 안개로 가득 찬 수조 속을 울렸다. 루가 페야는 길고 부드러운 촉수 끝으로 턱 아래를 문질렀다.

그 S급 인간이 스스로를 바치도록 유도하는 것은 어렵지 않았다. 하나 현재 저 세계에서는 당해 낼 자가 없으리라 믿어 의심치 않았던 자신의 일족을 해치워 버릴 줄은 예상치 못한 일이었다.

"당연히 내게 도움을 청해 올 것이라 생각했는데. 빠져나가 버렸어."

만약을 대비해 초승달의 흔적이 느껴지는 남자를 확인할 겸 묶어 놓기도 했다. 현재 세계에서 패륜아들의 선택을 받은 자는 틀림없이 그 인간이라고 확신했다. 허니 그 남자만 막으면 패륜아들이 끼어들 수 없을 것이라 생각하였는데.

"지금 인간의 힘으로 막아 냈을 리는 없고, 양육자가 패륜아들의 선택인가? 어째서지?"

페야는 다섯 번째 촉수를 느릿하게 갸웃거렸다. 양육자는 분명 드물었다. 하지만 긴긴 시간과 수많은 세계가 존재했기에 그간 나타난 숫자는 열을 가볍게 넘어갔다. 그리고 매번, 패륜아들은 양육자에게 큰 관심을 두지 않았다.

오히려 그들은 양육자를 방해물로 여겼다. 쓸모 있는 태생 S급들이 양육자 탓에 이상 행동을 보이는 경우가 종종 있었기 때문이었다. 그래서 초기에 양육자를 살해하고 세계 관리를 시작하는 일도 흔했다.

양육자를 잃은 태생 S급은 그들답지 않게 슬퍼하긴 했으나 이내 원래의 성정으로 돌아갔다. 키워 준 상대라 하나 애초에 동족이 아닌 것이나 다름없는 사이다. 사랑을 주고받는 데 선도 한계도 존재했다.

그러니 이번에도 패륜아들은 양육자에게 큰 관심을 두지 않았을 것이라 생각했다. 디아르마의 스킬을 얻은 것은 의외였으나 키운다는 점에서 연관이 있으니 패륜아와 관련된 남자, 성현제가 전해 주었으리라 추측했다.

실제로 마석을 품은 양육자를 돌보고 있는 것도 그 남자였다. 하지만 양육자는 SSS급 무해의 일족을 던전으로 데리고 가 처리했다. 던전 안에서의 일은 알 수 없지만, 패륜아의 개입이 있었을 것이다.

즉, 이번 세계에서 패륜아들이 선택한 사람은 양육자다.

"이상하네~. 뭔가 더 있는 걸까."

흥미롭다. 폐야는 티타임 동료에게 전화를 걸었다. 스마트폰을 닮은 물건을 모양만 갖춘 귀에 대고 전화하는 시늉을 내었다.

"안녕, 채터박스."

[무슨 일이야? 무해의 왕.]

"여기서는 해파리야. 그렇게 된 거 같더라."

[□□리, 해파리. 거의 항상 그랬지 않나? 해파리가 있는 세계라면 말이야.]

"중요한 건 그게 아니야. 나 좀 도와줘."

[응? 왜? 적당히 하고 말 거라더니.]

"뭔가 특별한 게 있어."

폐야는 목소리를 낮추며 말을 이었다.

"감이 와. 이번에는 진짜야."

[진짜라고 해서 진짜인 적이 열에 한 번도 안 되었을 텐데. 그리고 그쪽 세계의 신입은 귀찮다고. 신입인 주제에 유능해. 나와는 상성도 별로야.]

"그럼 우선 한 가지만 찾아 줘."

[한 가지?]

"하얀 새가 가지고 간 인간의 시체."

양육자가 가장 깊게 생각하는 것.

[하얀 새라니, 쉽게 찾지는 못할 거 같은데.]

"종적을 감추었으니까 어딘가에 보관해 뒀을걸. 십중팔구 눈이 내리는 나무 주변이겠지."

[거기 엄청 넓잖아. 오래 걸릴 거야.]

"보답은 톡톡히 할 테니 최대한 빨리 부탁해. 인간들은 금방 죽어 버린다고."

하얀 새가 왜 굳이 그걸 가지고 갔는지도 궁금하다. 루가 페야는 잘 부탁한다는 말을 남기고 전화를 끊었다.

S급 각성자라고 하여 지치지 않는 것은 아니다. 심지어 이미 꽤 과로한 상태에서 전투를 거치고 부상까지 입은 채로 다시 하룻밤을 꼬박 새운다면 눈가가 아리고 머릿속이 지끈거려 올 수밖에 없었다.

송태원은 한숨을 삼키며 책상 위를 향해 있던 고개를 들었다. 그가 지금 있는 곳은 각성자관리실이 아닌 헌터협회의 집무실 중 하나였다. 원래라면 처리해야 할 서류가 협회를 거쳐 각성자관리실로 보내져 올 것이었다. 하지만 그것을 기다리는 대신 그냥 협회 책상 하나를 빌려 바로 받아 보고 있는 중이었다. 인력과 시간을 굳이 낭비할 필요는 없거니와 그럴 여유 또한 부족했다.

"MKC 관리 S급 던전은 이게 마지막입니다."

협회 직원이 파일 하나를 책상 한쪽에 올려놓고 커피라도 가져다드릴까요, 하고 물었다. 카페인이 통하진 않았지만 부탁하겠노라 대답한 송태원은 다시 서류로 시선을 옮겼다.

최석원은 불법 아이템을 사용, SS급으로 성장하였지만 견디지 못하고 폭주한 것으로 처리되었다. 현장에 있던 S급 헌터 송태원, 리에트, 노아에 더해 준S급으로 추정되는 김민의와 A급 헌터 강소영이 합세해 최석원을 막아 내는 데 성공하였으나, 최석원은 근처 A급 던전으로 도주 후 행방불명이 되었다.

사실과는 상당 부분 달랐지만 그렇게 보고하였다.

무엇보다 SSS급으로 변한 최석원을 스탯 F급인 한유진이 처리했다고 말할 수는 없었다. 제대로 설명키 불가능하거니와 당사자 또한 비밀로 해 주기를 부탁해 왔다.

최석원의 행적은 송태원이 직접 MKC를 찾아가 알렸다. 길드장이 던전 내에서 행방불명되었다. 사실상 사망하였다. 이 소식을 접하게 된 상급 길드원들이 날뛰는 것을 막기 위해서였다.

이어 밤새워 가며 MKC 내 S급 장비와 S급 던전 관련 서류들을 모두 수거했다. 상대가 상대인 만큼 관리실이나 협회의 다른 헌터에게 맡길 수 없었다. 길드 와해를 코앞에 두고 있는 만큼 길드원이 빼돌리지 않도록 빠르게 처리할 필요 또한 있었다.

덕분에 아침 해가 밝아 오도록 MKC를 뒤지고 협회로 돌아와서도 놓친 것이 없나 마지막 검토를 직접 하는 중이었다.

'정리가 끝나면 기자 회견도 해야…….'

씻고 옷도 갈아입어야 한다. 송태원은 건네받은 커피를 마시지 않고 감싸쥐었다. 여름이지만 종이컵 너머의 온기가 달갑게 느껴졌다. 커다란 손안의 하얀 종이컵이 우스우리만치 작게 보여 나름의 틀어진 기분 전환도 되었다.

갑자기 들이닥친 불청객만 아니었더라면 말이다.

"송태원 실장."

그가 나타난 것은 문이 열리기 전부터 눈치채고 있었다. 하지만 송태원은 굳이 먼저 아는 척하지 않고 자신의 이름이 불린 뒤에서야 고개를 돌리며 자리에서 일어났다. 성현제, 세성의 길드장이 미소 띤 낯으로 서 있었다.

그리고 머리 위에 하얗고 동그란 새끼 새가 올라앉아 있다.

– 삐약!

 사람이 아니라 표정을 알아보기 힘들지만, 저 새끼 새가 지금 무척이나 불만스러워하는 것 같다고 송태원은 생각했다.
 "여기까진 무슨 일로 찾아오신 겁니까."
 나직이 울리는 송태원의 목소리에 성현제를, 정확히는 삐약이를 보고 굳어 버렸던 협회 직원들이 퍼뜩 정신 차리고 조용히 밖으로 도망쳤다.
 "당연히 어젯밤 일을 묻기 위해서라네. 내가 없는 사이 한유진 군과 즐거운 시간을 보낸 모양이더군. 남의 것을 주웠으면 주인 손에 돌려주는 게 예의라고 말했었지 않았나."
 "우선 한유진 씨는 물건이 아닐뿐더러 스스로의 관리 소홀부터 탓하시지요."
 "그 부분에 대해선 할 말이 없군."
 성현제가 짐짓 불쌍한 표정을 지어 보였다.
 "애까지 버려 두고 집 나가 버릴 줄은 나도 몰랐지."

– 삑!

 조그만 부리가 자신에게로 다가오는 손끝을 힘껏 쪼았다.
 "강소영 헌터도 현장에 있었습니다."
 "소영이는 데이트 중이라. 어제의 감각을 잊기 전에 되살려야 한다며 새벽부터 리에트 헌터와 던전에 들어가 버렸다네."
 깨어나기가 무섭게 던전 공략 보고서만 남기고 사라졌다. 그야말로 물 만난 물고기가 따로 없었다.
 강소영과 리에트가 던전에 들어가 버렸으니 남은 사람 중 성현제에게 객관적인 정보를 줄 만한 사람은 송태원밖에 남지 않았다. 한유진도 정보 제

공을 거절치는 않을 것이나 가장 많이 알고 있는 사람은 가장 마지막에 상대하는 편이 좋다. 정보의 격차는 적을수록 필요한 것을 정확하고 깊숙이 뽑아낼 수 있는 법이니.

"곧 공식 발표가 있을 예정입니다."

"재미없는 농담이로군. 아침은 먹었나?"

송태원은 대답 대신 S급 각성자 중에서도 유독 이질적인 남자를 바라보았다. 동시에 어젯밤의 일을 떠올렸다.

한유현.

역시나 성현제와 비슷하게 선득한 느낌을 주는 각성자였다. 하지만 어젯밤만큼은 다르게 느껴졌다.

사방을 내려다보는 고고한 맹수가 아닌 인간. 그것도 이제 겨우 성인이 된 어린애. 그렇게 비치고 생각되었다. 목줄에 매인 척 흉내만 내는 짐승이 아니라, 타인을 향한 온갖 감정에 휘감긴 채 무력하게 바닥을 길 수밖에 없는 평범한 인간으로 보였다.

하면, 눈앞의 이 남자도 가능할 것인가. 혹은 다른 S급 각성자들은. 한유진이 이미 끌어안고 있는 S급 각성자들은 어떠할까.

그때 문이 벌컥 열리며 40대 중후반의 여자가 들어섰다. 전 헌터협회 실무자였지만 자리를 빼앗겼다가 이번 사태로 복귀한 최은영이었다. 송태원과 성현제를 번갈아 바라본 그녀가 배부른 미소를 머금었다.

"어휴, 살맛 나네. 우리 송 실장님도 여러모로 대단하시지만."

큰 걸음으로 저벅저벅 두 남자에게로 다가가며 말을 잇는다.

"여전히 예술적이야, 세성 길드장님. 새로운 패션도 잘 어울리시네요. 내가 협회 떠나고 가장 아쉬웠던 게 성현제 씨 실물 가까이서 볼 기회가 없어진 거였는데."

"이런, 개인 연락처를 드린 줄 알았건만, 실례했군요."

"번호야 머릿속에 똑똑히 기억하고 있지요. 다만 세성 길드장님과 사적인 만남을 가지기에는 제 용기가 살짝 부족합니다."

최은영은 웃는 낯 그대로 송태원에게로 시선을 돌렸다. 다만 눈길은 한결 부드러워진 채다.

"MKC 단속은 얼추 끝났으니 뒷정리는 맡겨 두셔도 됩니다. 이제 그만 들어가 보세요."

"괜찮습니다."

"송 실장님은 괜찮아도 보는 사람은 안 괜찮습니다. 마침 차 좋은 거 끌고 오셨을 분도 계시겠다, 부탁드려도 되겠습니까, 세성 길드장님."

"책임지고 안전하게 모셔다드리지요."

"그럼 송 실장님께서 협회 분위기 흐리는 S급 헌터 몸소 쫓아내 주시는 것으로 알고, 내일 뵙겠습니다."

핑계를 덧붙이며 급한 불은 껐으니 모레 오셔도 됩니다, 라는 말에 송태원은 약간 머뭇거리다가 책상을 정리했다.

눈을 떴을 때 방은 이미 제법 밝아져 있었다. 동생은 아직 곤히 잠이 든 채였다. 스킬이나 포션의 도움을 받는다 해도 큰 상처를 치유하는 데는 자체 에너지도 소모되니 꽤나 피곤할 터였다. 최석원 개새끼.

심지어 안개인지 스킬인지에 회복 저하 효과가 붙어 있었는지 어깨 쪽의 흉터가 아직 남아 있었다. 옷깃 사이로 드러난 붉게 도드라진 흔적을 보자 또다시 열이 오른다. 진짜 그렇게 쉽게 죽게 내버려둬선 안 되는 거였는데.

'아침… 이 아니라 점심인가.'

점심이라기엔 또 좀 이르고. 아무튼 밥 챙겨 먹여야지. 침대에서 내려서자 유현이가 눈을 가늘게 떴다. 더 자라고 말하며 머리를 쓰다듬어 주었다.

밤새 시력이 또 조금 올라간 탓에 렌즈는 끼지 않았다. 매일 조금씩 회복되고 있다 보니 렌즈든 안경이든 매일 새로 맞춰야 했다. 그래도 이젠 없어도 제법 잘 보인다.

― 쉿.

광합성이라도 하려는 듯 창틀 위에 올라가 있던 벨라레가 나를 향해 머리를 치켜들었다. 보석뱀을 데리고 침실에 붙은 욕실로 들어갔다. 벨라레는 물을 좋아하는지라 샤워기를 고정하고 틀어 주자 그 밑에서 빙글빙글 맴을 돈다. 나도 대충 씻고 침실을 나섰다.

삐약이 데리러 가야 하는데. 여기로 보내 달라고 할까.

― 삐약!

"…응?"

주방과 이어진 거실 쪽에서 익숙한 소리가 들려왔다. 새삼 놀랍지는 않았다. 알아서 공간이동 해 온 모양이구나. 우리 삐약이 기특…….

"일어났군."

"…시발, 미친?"

성현제다. 입에서 욕이 절로 튀어나왔다. 동시에 닫고 나왔던 침실 문이 벌컥 열리며 부스스한 머리에 덜 깬 얼굴의 유현이가 나타났다.

"형!"

"나올 거 없어. 저건 내가 처리할 테니 가서 더 자."

들어가라 했지만 유현이는 졸린 눈을 하고서도 성현제를 노려보고 섰다. 세성에 맡길 땐 언제고 뭘 또 으르렁거리고 있냐, 가서 씻기부터 하라며 동생을 겨우 다시 침실로 들여보냈다.

성현제는 어젯밤 감감무소식이었던 주제에 얄미울 정도로 멀쩡한 얼굴을 하고 있었다. 이 인간이 제때 도착했더라면 최석원에게 성현제 씨만큼은 건드리지 말아 달라고 애절하게 소리쳤을 텐데.

"오랄 땐 안 오더니 웬 무단 침입입니까."

"놓고 간 걸 전해 주는 김에 변명이나 할까 해서."

성현제가 내 주위를 빙글빙글 도는 삐약이에게 시선을 주며 말했다. 공간이동 해 온 게 아니었구나.

"들어는 드리죠."

시큰둥하게 대답하며 주방으로 들어갔다. 피를 많이 흘렸으니 역시 고기를 먹여야겠지. 하지만 며칠 집을 비운 탓에 냉장고에 쓸 만한 요리 재료가 있을 리… 있다. 신선한 채소에 고기는 물론 해산물까지 보였다.

성현제를 돌아보자 그가 카드 한 장을 꺼내 식탁에 내려놓았다.

"이것도 잊고 갔더군."

"막 쓰라고 준 건데요. 그보다 냉장고 채운 거…….."

"비록 집 나가 버리긴 했으나 계약은 계약이지. 내겐 한유진 군을 잘 먹일 의무가 있다네."

"그 계약, 파기된 거 아니었습니까."

"일정 수준의 보호 장치를 마련하였음에도 제 발로 나가 버린 건 위반 사항이 아니라서. 역시 은신 스킬인가?"

스킬 들통나는 게 싫어서라도 제시간에 돌아갈 생각이었는데.

"예, 예. 드디어 숨겨진 보너스를 발견하셨군요. 축하드리며 보너스 스킬인 만큼 이용 요금은 받지 않겠습니다. 필요하실 때 언제든지 연락 주십쇼."

"무료라니 의외로군."

"가끔은 이런 서비스도 있는 거죠. 물론 출장비 따로에 기본 30분 초과 시 10분당 추가 요금 붙습니다."

정말 양심적인 요금제다. 벨라레를 내려놓고 냉장고 안의 재료들을 꺼내는데 성현제가 묘하게 만족스러워하는 얼굴로 나를 바라보았다.

"뭘 그렇게 쳐다봅니까?"

"역시 진짜가 좋다 싶어서."

"헛소리할 거면 대파나 써시죠."

S급 대파가 따로 있냐. S급이 직접 썬 대파를 줄이면 S급 대파지. 파 한 단을 통째로 던져 줬더니 들고서 빙그레 웃는다. 대파 좋아하시나 봐.

"해파리가 나타났었다고요?"

치이익, 달궈진 팬 위에서 고기가 익어 간다. 성현제가 계란찜용 그릇에 달걀을 깨 넣으며 고개를 끄덕였다.

"초승달을 아느냐고 묻더군."

"아. 패륜아 쪽 중 한 명인데 지금은 잠들어서 못 만나요. 해파리와 아는 사이였다더군요."

왜 굳이 성현제까지 찾아가 물은 것일까. 수색자의 사슬 때문에? 해파리와의 대화는 그리 길지 않았지만 시간이 틀어진 공간이었던지 놈을 태워 버리고 안개가 걷히고 나자 자정에 가까워져 있었다고 했다.

"덕분에 캔디 박스를 못 보게 되었다며 불평을 들어야 했지."

웬 사탕 상자. 어린애라도 동행하고 있었나. 그에게 안개바다 일족에 대해 간략히 설명해 주었다.

"또 계약 같은 건 하지 않으시길 바라겠습니다. 저주독룡종이 아니라서 해주 못 해 드려요."

"아직은 한유진 군이 첫 번째이니 걱정 말게나. 생각보다 시시하기도 했고."

거짓말하는 것 같지는 않았다. 그래도 성현제에게 찾아갔다는 소리를 들으니까 국내에 있는 S급 헌터들이라도 단속해 두어야겠다는 생각이 들었다. 몇 명 없긴 하지만. 두 명 늘려 놨는데 두 명이 사라져 버렸네. 노아와 세성의 신입을 포함하면 두 명 더 늘어난 셈이긴 하다.

"세성의 새 S급 헌터, 에블린이었던가요. 그 사람은 믿을 만합니까? 다른 S급 헌터에게도 해파리가 접근할 수도 있으니까요."

"잡상인과 사이비종교를 무척이나 싫어하는 아가씨지."

"그건 저도 싫습니다."

아무튼 쉽게 넘어가지 않을 거란 소리였다. 우리 애들이야 걱정할 거 없고 문현아도 혹할 성격 아니고. 김성한도 유현이를 배신할 사람이 아니니 남은 건 송태원과 한신뿐이다. 송태원도 딱히 걱정은 없을 테니 한신의 박민규를 한번 만나 봐야겠군.

S급 헌터들이 해파리에게 넘어가는 것까지 막고 나면 국내 정리는 얼추 끝나는 셈일 테다.

"MKC 헌터들은 양보하세요. 우리 쪽 팀 두 개나 새로 만들어야 한다고요."

길드장이 죽었으니 빠져나올 A급 헌터가 제법 많을 것이다. 수담은 상대적으로 작은 데다가 부길드장이 잘 추슬렀지만 MKC는 덩치가 큰 만큼 많이 새어 나오겠지. 거기에 S급 던전과 S급 장비 매물도 나올 것이다.

"아, 힐러! 힐러는 특히나 절대로 빼 가지 마세요. 세성엔 A급 힐러 이미 있잖습니까."

"상급 힐러는 많을수록 좋네만."

"안 돼요, 절대로. S급 헌터가 셋이나 되는데 A급 힐러가 하나도 없다는 게 말이 됩니까. 순순히 양보하시죠."

내 기억으로 MKC A급 힐러는 실력이 제법 좋았다. 중국인 남자였던가. 현재 국내 A급 힐러는 세성과 MKC, 단 두 곳에만 있었다. 그러니 브레이크와 한신은 물론 다른 중형 길드들도 기웃거릴 텐데 라이벌을 하나라도 줄여 둬야지.

냉기 저항 아이템도 다 우리 애 거를 외치며 상을 차렸다. 중간에 유현이가 돕겠다고 주방에 기어들어 왔지만 포션이나 바르고 있으라며 거실로 쫓아 보냈다. 저 정도 부상이면 휴가 길게 내도 되지 않나.

"한유진 군."

밥그릇과 수저를 둘만 놓으냐 인심 써서 셋을 놓으냐 고민하는데 성현제가 나를 불렀다.

"도와준 게 있으니까 특별히 밥은 먹게-."

성현제가 내 팔을 잡고 끌어당겼다. 어느새 틀어 놓은 물소리가 싱크대로부터 들려왔다. 그가 나직하게, 물소리에 섞여 S급 헌터라도 엿듣지 못할 목소리로 물었다.

"끝까지 계약하지 않을 자신 있나?"

해파리와의 계약을 말하는 것일 터다. 그가 내 속을 파헤치기라도 할 듯 들여다봐 왔다.

"무슨 상관입니까."

"빼앗기는 건 익숙하지도, 좋아하지도 않거든."

"익숙하지 않다니 편하게 살아오셨네요."

"다정하게 표현하자면 한유진 군을 걱정하고 있다네."

그러면서 눈웃음 짓는 게 퍽이나 다정해 보인다. 계약해 볼 생각 있는데요, 하면 당장에라도 족쇄 채울 시선이다. 동생에게 도와 달라 말하면 유현이 놈은 상냥하게 목줄까지 내밀겠지.

"계약할 생각 없습니다."

상황을 모면하고자 하는 거짓말이 아니었다. 해파리의 제안은 여전히 유혹적이었다. 하지만.

"동생이 아직 어려서요. 걔 두곤 못 가겠더라고요."

아파 죽겠다는데, 어쩌겠냐. 마주 부둥켜안아 주는 수밖에. 그리고.

"댁은 잼 바른 식빵이나 드시죠."

그 정도가 딱이다.

"붉은 모래섬은 꼬마 아가씨에게 잘 맞을 던전이긴 하지."

쓸데없이 우아한 손놀림으로 식빵 테두리를 뜯어내며 성현제가 말했다. 테두리는 먹지 않겠다는 편식이나 하고 있지만 저 인간은 국내 1위의 헌터 길드 길드장이다.

그리고 못지않게 세련된 젓가락질을 선보이는 훤칠하게 잘생긴 청년은 예비 2위 헌터 길드 길드장이다. 내 동생 얼굴에 직접 금칠하기 좀 겸연쩍긴 하지만 객관적인 사실이니까. 너무하다 싶을 정도로 완벽하게 잘났지.

축약해서 여기서 오가는 몇 마디가 국가적인 영향을 미칠 수도 있다는 뜻이었다. 덤으로 나도 있고.

"공략할 능력이 갖추어졌다면 말이야."

"최석원도 관리한 던전을 박예림 헌터가 공략 못 할 리 없지 않습니까. 팀원만 적당히 갖춰지면 됩니다."

유현이가 자신만만하게 말했다. 이러니저러니 해도 역시 길드장이다. 예림이 편들어 주는 것 좀 봐라. 물론 우리 예림이가 그만큼 잘나기도 했지만. 던전 환경이 속성에 맞다면 최석원 그 개새끼보다 훨씬 더 나을 거다.

유현이가 손가락 끝으로 스마트폰 화면을 넘겼다. 성현제가 온 김에 MKC 관련 구두 협의를 해 놓으려고 석시명에게 요청해 받은 자료였다. 이런 일이야 빠르게 손쓸수록 많이 빼먹을 수 있으니까.

어차피 현재 S급 여력이 남아도는 곳은 해연과 세성뿐인지라 둘이서 합의하면 반쯤은 끝나는 일이었다. 예전 같으면 헌터협회에서도 욕심깨나 냈겠지만 지금은 쉽게 손대지 못하겠지. 신규 S급 팀 만들어야 하는데 섣불리 끼어들었다간 욕이나 배부르게 얻어먹을 거고.

"형은 관심 있는 거 없어?"

"나야 딱히… 아, 노아 씨 줄 만한 거 있으려나."

노아 씨를 계속 경비원 노릇 하게 둘 수는 없었다. 물론 당사자가 싫다면 억지로 던전에 들여보낼 생각은 없지만 길드까진 아니어도 공략팀 정도는 만들지 않겠냐고 물어봐야지. 만약 팀을 만들게 된다면 던전 관리권도 몇 개 얻어 놓아야 할 것이다.

"혹시 독 쓰기 좋은 A급 던전 없어? 노아 씨 혼자 가볍게 공략할 만한 거면 좋겠는데. 팀 만들게 되면 독 저항 장비도 필요할 테고."

"길드장씩이나 했던 사람을 형이 신경 쓸 필요는 없을 거 같은데."

유현이가 시큰둥하게 말했다. 하긴 충분히 경력 있는 헌터이니 내가 일일이 챙겨 줄 필요는 없겠지만, 자꾸 어리다 생각된단 말이야. 동생보다 어린 탓도 있지만 울먹거리던 얼굴이 영 머릿속에서 지워지지 않는다.

"노아 씨 아니면 내가 챙길 건 없지. 유현이 넌 힐러 꼭 영입하고. 경쟁 치열하겠지만 일단 세성 길드장님은 흔쾌히 양보해 주기로 했어."

내 말에 동생이 미심쩍은 시선을 성현제에게 던졌다.

"형이 또 뭐 대신 주기로 한 건 아니고?"

"아니야. 어제 얼굴도 안 비친 데다가 남의 집 무단 침입 한 게 미안해서 양보해 줬어. 그렇지 않습니까?"

"한유진 군이 원한다면 그렇다고 해 두지."

"감사의 뜻으로 음료도 드리지요. 우유와 오렌지주스가 있으며 커피는 귀찮으니 셀프입니다."

성현제는 오렌지주스를 택했고 서비스 정신을 듬뿍 담아 직접 따라 주었다. 이어 컨택할 헌터들에 대한 논의가 이루어졌다. 성현제가 관심을 보이는 헌터는 몇 없었다. 현재 세성은 인원을 추가할 필요가 딱히 없는 탓도 컸다. 해연이 제일 부족하지.

"비슷한 계통의 보조계라면 이쪽이 더 낫지. 최석원의 메인 공략팀보다는 서브 쪽이 더 알차니까. 메인 팀은 쓸데없이 얽힌 게 많아서 말이야."

"저도 소문은 들었습니다."

성현제가 선심 쓰듯 조언을 해 주고 유현이도 별 거부감 없이 받아들였다. 잘된 일이긴 한데 역시 조오금 질투 나긴 했다. 여러모로 잘나셔서 좋겠다 정말.

그렇게 정해진 영입 목록을 석시명에게 보냈다. 석시명 씨 한동안 본업으로 바쁘겠네.

"어제 일로 헌터협회에 가 봐야겠지? 각성자 관리실로 가는 게 나으려나."

벨라레에게 마석 가루 섞인 고기를 먹이며 말했다. 슬슬 연락 올 때가 되었는데.

"송 실장은 퇴근했으니 내일쯤에나 가면 될 거라네."

"퇴근이요? 잘된 일이지만 의외네요."

일 다 처리할 때까지 꿋꿋이 버틸 거라고 생각했다. 그래서 얼른 가서 어제 일이라도 빨리 끝내게 도와줄까 싶었는데 퇴근을 했다니.

"내가 직접 집까지 모셔다줬지. 겸사겸사 아침 식사에 장보기까지 해결해 주려 했는데 거절하더군."

"그러잖아도 피곤한 사람 괴롭히지 마세요."

둘이서 장 보는 광경을 상상만 해도 어색해 죽겠다. 식사는 또 어디서 하려고. 송 실장님은 금액 상한선도 있을 텐데. 정말이지 생각하면 생각할수록 극과 극인 두 사람이다. 내 말에 성현제가 억울한 표정을 지어 보였다.

"왜 사람 선의를 못 믿는 것인지. 무리할까 걱정되어 재출근하면 업무 데스크 옆에 의자 하나 가져다 놓고 서류 정리 도와주겠노라 말까지 해 놓고 왔건만."

"송 실장님 오늘만큼은 푹 쉬시겠네요."

절대 출근 안 하시겠네. 그건 잘됐다. 식탁 치우는 동생을 흐뭇하게 바라보다가 문득 입을 열었다.

"해연은 아직 해외 쪽은 신경 안 쓰고 있지?"

"응. 경매 관련 루트만 만들어 놓았어."

이건 다른 길드들도 큰 차이가 없을 것이다. 세성만 제외하면 말이다. 고개를 돌려 오렌지주스를 마시고 있는 성현제를 바라보았다.

"혹시 일본 쪽에도 손이 닿아 있습니까?"

"크게 신경 쓰는 곳은 아니지만 줄이 없지는 않지."

"제가 일본에 있는 던전 하나를 가지고 싶어져서 말입니다만, 협력 좀 해 주시죠."

스태미너 포션 재료 던전, 슬슬 공략 끝날 때가 되었다. 들키기 전에 꿀꺽 해야지.

오후에 해연에서 S급 던전 공략이 끝났다는 연락이 왔다. 유현이도 던전 공략을 간 것으로 되어 있기에 은신 스킬을 공유한 채 해당 던전으로 향했다.

던전 건물 근처에는 소수의 협회 직원과 역시나 몇 안 되는 기자가 어슬렁거리고 있었다. S급 던전 공략이라고 해도 특별한 점이 없는 경우에는 협회 직원 정도나 확인을 위해 찾아올 뿐이다. 이번에는 예림이의 첫 S급 공략이라서인지 기자가 와 있었다.

은신 스킬을 쓴 유현이와 함께 그들을 지나쳐 건물 안으로 들어갔다. 다행히 예림이도 피스도 다른 헌터들도 큰 부상은 입지 않은 듯했다. 게이트 근처에 멀쩡하게 서 있는 예림이와 피스를 확인하자마자 절로 안도의 한숨이 새어 나왔다.

"아저씨!"

- 끼앙!

예림이가 나를 보고 반갑게 소리치고 피스가 유체 크기로 변해 폴짝폴짝 뛰어왔다. 반가움에 어쩔 줄 몰라 하며 온몸을 내 다리에 비벼 대는 피스를 품에 안아 들었다. 그러고 보니 이렇게 오래 떨어져 있었던 적은 처음이구나. 저번 유현이와의 던전 공략은 평균보다 훨씬 빨리 끝났으니까.

"그래, 그래, 피스야. 아빠 많이 보고 싶었어?"

– 끄우우웅.

 피스가 귀를 잔뜩 눕힌 채 애절한 목소리로 울었다. 꼬리 떨어지겠다, 이 녀석아. 나도 정말 반갑구나. 오랜만에 피스를 안고 있자니 절로 마음이 편안해진다. 포근하고 따뜻하고… 예림이가 물이라도 뒤집어씌웠나 던전 돈 것치곤 깨끗하네.
"앗, 한유현! …길드장님!"
 은신 스킬을 푼 유현이를 보고 예림이가 대뜸 눈꼬리를 치켜올리며 소리쳤다.
"이 사기꾼, 날 속이고 혼자 나가 버리고! 요!"
 …사기꾼이라니.
"가위바위보로 나갈 사람 정한 거 아니었어?"
"그렇긴 한데요, 한유현이 피스도 끼워 넣었다고요!"
"피스도?"
"네! 가위바위보로 정하자고 하더니 갑자기 피스도 해 볼래, 보자기밖에 못 내겠지만 이래서, 가위 내면 최소 무승부 아님 이기는 거니까 가위 냈는데!"
 예림이가 성난 사자처럼 으르렁거리며 유현이를 노려보았다.
"저 새끼가 바위 내고는 피스는 당연히 정식 참가 아니라고! 근데 피스가 진짜 가위바위보 하진 않고 그냥 쳐다만 보고 있었어서, 기권이나 다름없어서 틀린 말은 아니고! 아 씨, 피스가 가위바위보를 할 리가 없는데 속은 저도 바보지만 치사하잖아요, 사기꾼!"
 으아아아 소리치는 예림이의 모습에 해연 길드 헌터들이 슬금슬금 구석으로 몸을 피했다. 예림이가 발을 동동 구를 때마다 몸에 걸친 푸른 숄이 날개처럼 하느작거린다.

"…유현아?"

동생이 뭐가 잘못되었냐는 듯 뻔뻔한 얼굴로 대답했다.

"난 사실대로 말했어."

그래 뭐, 가위바위보로 정했다는 게 틀린 말은 아니다만. 다음부터 속이지 말라고 한 뒤 예림이를 달랬다. 유현이가 잘못했네, 하고 편을 들어 주자 그럭저럭 진정한다.

"아, 나가기 전에 숄은 인벤토리에 넣어 둬. 장물이니까. 쓸 만은 했어?"

"쓸 만한 정도가 아니라 좋았죠, 엄청!"

예림이가 유현이를 노려보면서도 나한테는 방긋 웃어 보였다. 표정 변화가 바쁘다.

"수속성 강화에 회피 스킬에 비행 보조도 되니까요. 이거 쓰면 비행 속도도 더 올라가고 비행 중 공격 흘리기도 편해요!"

방어력 약한 예림이에게 잘 맞을 거라는 예상이 맞았다. 어중간하게 방어 쪽 보조해 주는 장비 차느니 속도와 회피에 집중하는 편이 낫다.

"제가 보스 잡는 거 아저씨도 보셨어야 했는데. 마침 강가였거든요. 물에 빠뜨린 다음에 통째로 얼려 버리곤 산산조각을 냈죠!"

냉기에 약한 몬스터종이라 냉기 버프 걸고 혼자서 순식간에 처리해 버렸다며 자신만만하게 자랑한다. 유현이가 초반에 나와 버렸으니 사실상 S급 팀 리더로서 던전 공략한 것이나 마찬가지인데 잘해 냈다. 기특하기도 하지.

"피스와는 잘 지냈어? 다른 팀원들도 괜찮았고?"

"피스랑은 속성이 안 맞아서 같이 전투할 순 없었지만요, 엄청 빨랐어요. 저도 맞는 기승수 가지고 싶어요! 비행 스킬 있으니 없어도 괜찮을 거라고 생각했는데 차이 많이 나더라고요. 체력이랑 마력 보존에도 도움이 되고요."

예림이에게 맞는 기승수를 키워 주고 싶은 마음은 굴뚝같지만 구하기 쉽지 않을 것이다. 일단 냉기 저항 기본에 비행에 수중 활동도 가능해야 할 테니… 그런 몬스터가 있긴 있으려나? 우리 애가 능력이 너무 좋아도 문제구

나. 정 안 되면 비행과 수중 활동 따로 두 마리를 구해 보는 수밖에.

"아저씨는 괜찮은 거예요? 길드장이 튀어 나갔으니 아무 일 없지는 않았을 텐데."

"별일 꽤 있기는 했다만 보다시피 멀쩡해."

최석원에 대한 건 나가서 천천히 설명해 주는 게 낫겠지. S급 주제에 왜 이리 줄줄이 죽어 나가냐. 어린 후배 S급이 불안해지게시리. 비록 동생과 내가 차례로 죽인 셈이긴 하지만, 애초에 이상한 계약을 안 하면 될 거 아니냐고.

"이거 확 염색해 버릴까요?"

마고스의 숄을 집어넣으려던 예림이가 천을 흔들어 보이며 말했다.

"응? 염색?"

"네. 그냥 천이니까 색만 바꾸면 밖에서 써도 못 알아볼 거 같은데. 가끔 던전 터지기도 하니까 안 쓰긴 아깝잖아요."

확실히 색이 달라지면 겉으로 봐선 눈치채기 힘들 거 같긴 하다. 특별한 무늬나 모양도 아니니까.

"염색이 될지는 모르겠지만 시도는 해 보자. 무슨 색이 좋아?"

"빨간색 빼고 아무거나요. 물들이기 쉽게 검은색 할까요?"

"너무 칙칙하지 않냐."

"때 안 타고 좋죠."

생활력이 느껴지는 말에 괜히 안타까워졌다. 때 탈까 봐 색 신경 쓸 나이는 아니지 않나.

"그냥 마음에 드는 색으로 해. 어차피 S급 장비쯤 되면 잘 더러워지지도 않아."

장비에 통하는 염료가 개발되었는지 모르겠다. 찾아봐야지.

밖에 기자 와 있다는 말에 예림이가 물방울을 만들어 내 세수했다. 현아 언니가 선물해 준 거라면서 빗과 거울을 꺼내 머리도 정돈한다.

"옷도 갈아입고 싶은데."

"너무 깔끔하게 나가도 욕먹어. 특히 넌 이번에 첫 S급 던전 공략이니까 고생한 티가 나는 게 좋아."

"앗, 그래요?"

예림이가 얼른 머리칼을 살짝 흐트러뜨렸다. 돈 잘 버는 상급 헌터들이 너무 쉽게 던전 도는 티를 내는 건 이미지에 악영향을 주기 쉽다. 유현이나 성현제, 문현아 같은 경우에는 국민들을 안심시키기 위해서 여유 있는 모습을 보여 달라는 요청이 들어오긴 하지만, 예림이는 아직 신인에 나이도 어리니까. 힘든 과정을 겪어 가며 성장하는 스토리를 넣어 주는 게 여러모로 이득일 것이다.

이미지 잘 잡아 놓으면 혹여 사고 좀 치더라도 애가 고생하는데 실수할 수도 있지, 하고 넘어가기도 쉽고.

인터뷰는 짧게, 피로한 티 내면서도 밝은 기색으로. 내용에 대해서도 적당히 조언해 준 뒤 밖으로 나갔다. 이상한 질문 던지며 달라붙는 기자 놈이 있을까 봐 걱정했는데 다행히 별문제 없이 잘 끝났다. 하긴 어려도 S급 각성자니 코앞에 두고 허튼짓거리는 못 할 것이다. 만만한 상대나 쥐어 잡지.

유현이도 무사히 던전 공략 끝내고 나온 척했고. 그럼 이제 김민의 헌터가 원래대로 돌아갈 때가 되었다. 음, 그냥 바꿔 놓기만 하면 안 되겠지.

3장 무늬만 S급

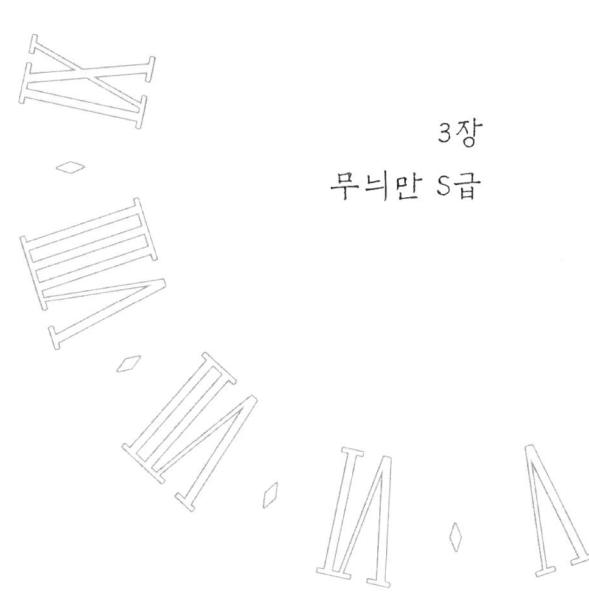

3장
무늬만 S급

― 꺄우으웅!

꾸웅 끼웅거리며 피스가 바닥에 납작 엎드렸다. 욕조에 안 들어가겠노라 항의하는 걸 억지로 들어 올렸다.

"싫어도 씻어야지. 착하지, 피스야."

― 끄르르릉.

"도와줄까?"

동생이 묻는 걸 고개 저어 대답했다.

"진짜 반항하면 내가 감당이나 하겠냐. 나 봐주면서 부리는 엄살이야."

성체까지도 필요 없고 유체 상태로도 앞발 한 번 휘두르면 나 정도는 그대로 나가떨어진다. 바동거리는 피스를 번쩍 안아 든 채 개인 욕실로 향했다.

예림이와 피스가 던전에서 나와 바로 향한 곳은 다름 아닌 해연 길드 내의 대중목욕탕이었다. 집 놓아두고 웬 공중목욕탕이냐 하면, 던전 공략 직후 엉망인 상태로 집에 들어가기는 좀 꺼려지기 때문이었다.

며칠을 제대로 못 씻은 데 더해 몬스터의 체액과 살점도 여기저기 묻어 있는 경우가 흔하다. 그 꼴로 집에 들어가긴 그렇지. 이미 따뜻한 물 가득 채워져 있는 대중탕으로 직행해 피로 풀고 비치된 옷이나 가운 대충 걸치고서 집에 올라가 자면 딱인 것이다.

물론 이것도 시설 잘되어 있고 길드 내 차량으로 이동 가능한 경우에나 해당되었고, 하급 헌터는 게이트실에 갈아입을 옷과 물티슈 따위를 준비해 두곤 했다. 엉망인 꼴로 나가면 승차 거부 당하기 십상이니까.

'피곤해 죽겠는데 대충 닦고 옷 갈아입기 정말 귀찮았지.'

자차 있을 때나 카풀할 땐 신발만 갈아 신고 우비 입기도 했다. 그래도 냄새는 배니까 심할 땐 그냥 옷 갈아입고 더러워진 옷가지는 비닐에 넣어 꽁꽁 묶었지. 이런 소소한 데에서도 상급 헌터와 하급 헌터는 차이는 컸다.

아예 공간이 나뉘어 있는 개인 탕으로 피스를 데리고 들어가 물에 넣었다. 사람 쓰는 목욕탕에 몬스터 넣는 게 잠깐 머뭇거려졌지만 일반인도 아니고 헌터 전용이잖아. 기승수는 동등한 팀원 취급해 줘야 마땅하다.

"어때, 나쁘지 않지? 여기 물 좋네."

- 끄우웅.

동그랗던 눈이 가늘게 떠진 채 불만을 가득 품는다. 꿍얼꿍얼하던 피스가 돌연 풀쩍 뛰어올랐다. 도망치려는 건가 싶었는데.

첨벙!

공중에서 아성체로 커져서는 그대로 욕조로 떨어졌다. 당연히 물이 높게 튀고 나까지 폭포수라도 맞은 것처럼 흠뻑 젖어 버렸다.

"…재밌냐."

- 갸르르르.

피스가 만족해하며 그릉거렸다. 그래도 미안하긴 했는지 내 뺨을 길게 핥고는 더 날뛰지 않고 둥근 욕조 안에 몸을 둥글게 말았다. 네 기분 풀렸다니 됐다. 피스 엉덩이를 툭툭 치며 다시 유체로 돌아가라고 한 뒤 꼼꼼히 씻겼다. 내 꼴을 본 유현이가 비치된 옷을 가져다주었다. 찜질복과 비슷한 간단한 상하의다.

"불로 오물을 태워 버릴 수 있으니 그렇게 신경 써서 씻길 것까진 없어."

"그래도 제대로 씻는 거랑 같냐. 화염 저항을 그 정도로 정교하게 컨트롤하기도 힘들 거잖아."

"그 녀석은 옷이 없으니 쉬울걸. 지금도 바로 물기 말릴 수 있으면서 일부러 가만히 있는 거야."

유현이가 수건에 감싸여 있는 피스를 바라보며 말했다. 유현이를 마주 쳐다보던 피스가 발라당 몸을 뒤집었다.

- 꺄앙.

"그래, 그래. 얼른 닦아 줄게."

할 수 있다고 해도 말이야, 안 그래도 피곤할 텐데 굳이 힘쓰게 할 필요 있냐. 드라이기로 마저 털을 말려 준 뒤 휴게실로 나갔다.

이런저런 시설을 갖춘 너른 휴게실 테이블에 먼저 나온 예림이가 앉아 있었다. 나를 보더니 식혜가 든 물병을 짤짤 흔들며 얼른 오라고 말한다. 그 옆으로 달걀도 보였다. 사우나 시설이 있긴 하다만 저런 것도 제공하냐.

"원래는 반나절쯤 지지고 나오는데요."

"자주 이용하나 보다?"

식혜 따르는 손놀림이 익숙하다. 물병을 탕 내려놓으며 예림이가 말했다.

"던전 공략 직후에는 멀리 가기 귀찮으니까 여기 오고요, 평소엔 현아 언니네 종종 가요. 거기 미역국도 맛있지만 떡만두라면 진짜 죽이거든요. 주방 아주머니 요리 관련 스킬 있는 거 아니냐는 소문도 돈다니까요."

물론 명우 오빠 반찬도 그에 못지않다는 아부를 덧붙이는 것도 잊지 않았다.

"예림아, 놀라지 말고 들어."

구운 계란을 까면서 말했다.

"MKC의 길드장이 사망했다. 바로 어젯밤에."

"아, 결국 죽였네요."

"…응?"

"길드장님이 그랬죠? 비밀은 지킬게요."

예림이가 식혜를 컵에 따라 유현이를 향해 툭 밀었다. 테이블 위를 미끄러져 간 컵이 정확히 동생 앞에 멈춘다.

"그 자식이 아저씨 해치려고 했었다면서요. 그럴 만했죠. 이해해요, 이해해."

"…아니, 유현이가 안 죽였는데."

"네, 네. 그랬겠죠. 길드장님 저랑 같이 던전 돌고 있었잖아요. 알아요."

예림이 이 녀석 말하는 것 좀 봐라. 식혜를 한 모금 마시며 유현이가 입을 열었다.

"아쉽지만 내가 못 죽였어."

"뭐? 진짜? 실망이다, 한유현."

"실망은 무슨 실망이냐! 그런 식으로 가볍게 이야기하면 안 되지. 이유가 뭐든 사람은 웬만해선 해치지 마. 법을 지키라고."

깐 계란을 유현이와 예림이에게 주며 말했다.

"아무리 세상이 변했다지만 폭력을 우선시하지 마라. 둘 다 말이야. 물론 상대가 먼저 덤벼들면 봐줄 필요 없지만. 뿌리까지 아주 말려 버리, 아니 그래도 정도는 지켜야지. 특히 예림이 넌 직접 손대기보단 나나 길드에 연락부터 먼저 해."

S급이니 뭐니 해도 주위에 어른이 없는 것도 아닌데 어린애 손 더럽힐 필요는 없다. 무릎 위에 자리 잡은 피스에게도 계란을 내밀어 봤으나 냄새만 맡을 뿐 입을 대진 않았다.

"MKC 길드장이 사라졌으니까 빠져나올 A급 헌터들이 많을 거다. 그중에는 예림이 네 팀에 들어가고 싶어 하는 사람들도 있을 거야. 마침 S급 던전을 돌 수 있는 능력이 된다는 걸 증명한 참이니까."

계속 S급 공략팀에 소속되고 싶어 하는 A급 헌터라면 기회를 놓치기 싫겠지. 잘만 하면 유리한 조건으로 계약 가능할 것이다.

"석시명 팀장이 쓸 만한 A급 헌터 명단과 자리를 마련해 줄 테니까 면접 보고 골라."

"제가 직접요?"

"당연히 네가 직접 봐야지. 네 팀인데. 지금 당장은 기본만 갖추면 돼. 방어계 보조계 치유계 세 타입으로. 힐러야 S급 던전 들어갈 만한 스탯 자체가 적으니 큰 문제 없으면 되는 대로 받아들이고, 보조계는 네 속성 위주로 맞춰. 방어계는 어중간하게 방어 외 스킬이나 스탯 있는 건 별로야. 방어 쪽에 치중되어 있어야 A급 헌터로 S급 몬스터 공격을 막아 내는 게 가능하거든."

자신과 동급 던전이라면 모를까 상위 등급에서는 이도 저도 아닌 애매한 방어력으로는 버텨 내지 못한다. 하지만 방어력에 집중되어 있고 힐러가 뒷받침해 준다면 A급 방어 헌터도 S급 상위까지 그럭저럭 제 역할을 할 수 있었다.

"근데 전 보호는 딱히 필요 없는데요."

"넌 당연히 필요 없지. 보호받는 건 힐러와 보조 헌터야. S급 던전은 S급 헌터가 전방으로 나서고 그를 보조해 주는 형식이 보통이거든."

다만 공략 정보가 완벽한 S급 하위 던전은 노련한 A급들만으로도 공략팀을 만들기도 한다.

"예림이 너도 이번에 경험해 보지 않았어?"

"저랑 피스랑 앞서서 다 쓸어 버려서요. 딱히 보조나 치유 스킬도 안 받았는데."

"독불장군처럼 굴면 안 되지. 여차할 때 도움을 받지 못하면 안 되니까, 반대로 한눈판 사이 팀원들이 전멸당하는 수도 있으니 일정 거리 이상은 절대 떨어지지 마."

언제 어디서나 안전이 최고다. 그 밖에 내가 해 줄 수 있는 조언을 건네주었다. 유현이도 시큰둥하게나마 몇 마디 거들었다. 예림이는 사기나 치지 말라며 투덜거렸지만.

"실질적으로는 예림이 네 주도하에 첫 S급 던전 공략한 거니까… 축하 선물이라도 해 줘야겠는걸. 뭐 사 줄까?"

"선물보다는 같이 저녁 먹고 놀아요! 길드장님도 특별히 끼워 줄게요."

"나야 좋지만 유현이 너, 시간 되냐?"

"공략 내용 협회에 보고해야 하는데 얼마 안 걸릴 거야."

"길드장님 수고요."

"박예림, 너도 가야 해."

"아니, 왜요!"

"S급 던전 공략은 특이 사항이 있을 때마다 자세한 내용을 알려야 하고 이번 공략의 특이 사항은 바로 박예림 너잖아. 앞으론 팀의 리더로서도 보고해야 하니 이참에 배워."

"아, 그냥 팀원 1 하고 싶다~."

예림이가 투덜거리며 테이블 위에 길게 엎어졌다. 나도 저녁 되기 전에 일 처리 하나 해 둬야겠다.

"드디어 끝난 겁니까?"

요 며칠 햇볕을 못 받아서인가 좀 퀭해진 얼굴의 청년이 활짝 웃으며 말했다. 그 아무것도 모르는 얼굴을 보자 안타까운 감정이 절로 밀려들어 왔다.

유현이에게 신분을 강탈당한 김민의는 해연 길드의 밀실에 내내 갇혀 있었다. 유현이가 집에 있을 때는 그도 깨어났지만, 바깥에 나가는 것은 물론 통신도 막힌 채였다. 혹여 말이 새어 나갈까 싶어서였지만.

'덕분에 그간의 사정을 전혀 모르고 있지.'

TV야 볼 수 있었지만, 심야에 깨어나 있다 보니 김민의와 관련된 소식은 접하지 못한 모양이었다. S급 헌터가 아니냐 하는 의혹도 아직은 확증 없는 루머다 보니 인터넷상이면 몰라, TV에서까지 떠들진 않은 탓도 있었다.

"게임도 슬슬 지겨워졌는데 다행이에요. 하마터면 독서를 시작할 뻔했다니까요~. 안고 계신 고양이 피스 맞죠? 실물로 보니까 더 귀엽네요!"

갑자기 갇혀 버렸음에도 불구하고 해맑은 태도에 더더욱 그가 안쓰러워졌다. 참 괜찮은 청년인 거 같은데.

"김민의 씨."

내가 진지하게 부르자 김민의의 표정도 덩달아 굳어졌다. 그가 불안해하며 입을 열었다.

"어… 아직 더 갇혀 있어야 하는 겁니까? 사나흘 정도는 괜찮을 거 같아요. 아직 못 깬 타이틀도 있고."

"아뇨, 나가셔도 됩니다. 다만… 그사이 김민의 씨께선 준S급 헌터가 되셨습니다."

"…예? 저 B급 헌터인데요? 스탯은 C급밖에 안 되는데요."

난데없이 무슨 황당한 소리냐는 표정에 차분히 설명을 해 주었다.

"김민의 헌터께서는 돌진해 오는 트럭을 튕겨 내고 사람들을 구조하였습니다."

"네……?"

"또한 S급 헌터의 난동을 견제, 발을 묶어 두셨고요."

"뭐, 뭐라고요? 뭔 급이요……?"

"세성 길드에서 A급 헌터를 손쉽게 제압하셨고 타 S급 헌터들과 협력하여 SS급 헌터의 폭주를 막아 냈습니다."

그가 넋 나간 얼굴로 나를 쳐다보았다. 나는 한껏 미안해하는 표정을 지어 보였다. 제 동생이 짧은 시간 동안 많은 일을 해 버렸네요. 내 옆에 서 있던 석시명이 계약서를 내밀었다.

"이번 일에 대해 비밀을 지키겠다는 새로운 계약서입니다. 조건이 좀 더 무거워진 대신 보상은 충분히 해 드리겠습니다."

"입은 당연히 다물고 있을 건데요… 근데……."

어째야 좋겠냐는 길 잃은 표정에 다정히 대답해 주었다.

"우선 예상치 못하셨을 사태에 대한 위로와 사과를 표하며, 방법은 대략 세 가지가 있습니다."

"세 가지요?"

"네. 첫 번째는 다들 착각한 거라고, B급 헌터 맞다고 무조건 우기는 겁니다. 목격자와 증거가 많기 때문에 의심은 받게 되겠지만, 언젠가는 사그라지겠지요."

다만 믿지 못하는 사람이 많을 거라 한동안은 고생깨나 해야 할 거라는 말에 김민의가 울상을 지었다.

"특히 속았다고 생각한 상급 헌터들이 시비를 걸어올 수 있기에 책임지고 경호를 붙여 드리겠습니다."

"시비라니……."

"김민의 씨가 보조계다 보니 더더욱 반감을 가질 가능성이 크거든요. 두 번째 방법은 신분 세탁하고 잠적해 버리는 겁니다. 몇 년 해외에서 지내셔도 괜찮고요."

과하지만 가장 안전한 해결법이었다. 해외로 비밀리에 스카웃되어 국내 떴나 보다, 소문 흘리면 금방 잠잠해질 것이다.

"어우, 그건 좀… 아는 사람들 다 연락 끊어야 하잖아요. 저 썸타는 여사친도 있는데."

"역시 좀 그렇죠? 마지막으로는 그냥 아예 S급 헌터로 못 박아 버리는 겁니다."

제일 추천하는 방법이에요, 라는 말에 김민의가 입을 딱 벌렸다.

"아, 아니 저 B급이라니까요? 어떻게 S급 헌터가 돼요."

"이미 준S급 헌터인걸요. 세 사람만 입 맞추면 고양이도 호랑이 되는 법입니다."

안전하고 확실하게 잘 처리해 주겠다는 말에도 김민의는 떨떠름해했다.

"제가 거짓말은 잘 못해서요. 좀 더 생각해 봐도 될까요?"

"빠르게 시작할수록 좋으니까 내일 중으로 대답 부탁드리겠습니다."

김민의가 고개를 끄덕이며 석시명으로부터 압수당했던 휴대폰을 돌려받았다. 그간 온 메시지를 확인해 보며 그가 히죽 웃는다.

"아 미친, 다들 저더러 S급 헌터 된 거 축하한대요. 한턱 쏘라고 난리… 으아악 왜 니들이 사귀냐!"

김민의가 비명처럼 외쳤다. 저런, 아무래도 썸탄다고 착각했던 분이 그새 연애 시작하셨나 보네.

"이참에 그냥 새 인생 살까 봐요."

휴대폰을 한참 동안 들여다보던 김민의가 완전히 풀이 죽은 채 중얼거렸다. 사귀던 중에 깨진 것도 아니고 고백했다 차인 것도 아니고 쌍방인지 일방인지 모를 썸 좀 타다 망한 것일 뿐인데 극단적이구만.

"많이 좋아했어요?"

"이번에는 진짜 확실하게 느낌이 왔다고 생각했는데……."

역시 일방적인 짝사랑이었나 보다. 어쨌든 힘내라고 토닥거려 주었다.

"헌터 되어서 대형 길드 들어가면 인기 많아진다고 하더니 왜 전 S급

소리까지 듣고도 차이는 걸까요?"

그러게 솔직히 인간적으로 혹할 수밖에 없는 조건인데 거들떠도 안 본 거 보면… 그쪽에선 썸의 시옷도 못 느꼈던 게 아닐까.

"너무 실망하지 마세요. 앞으로 더 좋은 인연 만나게 될 수도 있죠."

"아니에요. 쉽지 않을 거 같아요. 생각해 보면 그 잘난 길드장님도 아직 연애 한 번 못 해 보셨는데 썸이라도 타 본 거면 양호…….'

"우리 유현이는 안 한 거고."

비교할 걸 비교해라. 우리 때문에 피해 입었으니 딱 한 번 봐준다. 말실수 한 걸 알긴 아는지 김민의가 재빨리 제 입을 틀어막았다.

"으아, 에오에오."

"괜찮아요. 살다 보면 말이 헛나갈 수도 있죠. 한 번쯤은 말입니다."

두 번은 물론 안 된다. 안 그래도 신경 쓰이는구만 남한테서까지 듣고 싶진 않아. 애가 좀 늦된 건… 사실이긴 하고. 요즘 애들은 연애 되게 빨리 한다던데. 상급 헌터 상대면 안전상 문제로 사귀지 못할 것도 없고. …혹시 마음에 드는 상대가 비각성자라서 티 안 내고 포기했다거나 한 건 아니겠지.

기회 봐서 슬쩍 물어볼까.

김민의에겐 내일까지 차분히 고민해 보라고 말해 두었다. 어떤 선택을 하든, 혹은 그 밖의 다른 방법을 제시하든 보상은 최대한 만족스럽게 해 줄 생각이었다. 그래도 이왕이면 앞으로도 신분 써먹을 수 있도록 S급으로 남아 준다면 편할 텐데.

"벌써 MKC 헌터들 몇몇이 연락을 해 왔습니다."

밀실을 나서 복도를 걸어가며 석시명이 말했다.

"박예림 헌터 주도로 S급 던전 공략에 성공하였고 속성에 맞는 S급 던전 권리를 매입할 예정이라는 말을 풀기가 무섭게 덤벼들더군요."

"S급에서 놀다가 A급 공략팀으로 뚝 떨어지고 싶진 않을 테니까요."

버는 돈의 액수 차이도 있지만 더욱 강해지고 싶다는 욕심을 가진 상급 헌터라면 S급 던전 공략은 필수다. 등급 높은 아이템과 스킬을 얻을 가능성이 A급 던전보다 훨씬 높으니까.

"예림이 팀에 이상한 헌터 걸리지 않도록 면접 대상 선별 잘 부탁드리겠습니다."

"걱정 마십시오. 뒷조사도 철저히 할 예정입니다."

"참, 조만간 편의 시설을 위한 건물 하나 새로 짓는다지요."

내 말에 석시명이 고개를 끄덕였다.

"예. 기숙사를 포함해 올릴 예정입니다. 이미 근처 건물 매입 흥정에 들어갔습니다."

"그 시설, 저희 쪽에서도 이용 가능할까요?"

연약하고도 귀한 몸이 많아서 아무 곳에나 보낼 수가 없다. 그러니 안전이 보장된 편의 시설을 이용할 수 있는 기회를 놓칠 수는 없지. 내 물음에 석시명이 부드럽게 미소 지었다.

"물론 가능하지요. 어차피 한 식구나 마찬가지 아닙니까."

"은근슬쩍 끌어들이려 하진 마시고요. 이용료는 제대로 지불하겠습니다."

"이용료라니 섭섭한 말씀이시군요. 위치도 사육 시설과 가까운 곳으로 잡아 보겠습니다."

"그건 감사한 말씀이네요."

그때 휴대폰이 울렸다. 액정에 스킬이라는 두 글자가 떠 있었다. 성현제다. 무슨 일인가 싶어 전화를 받아 보자 다름 아닌 일본 던전 건이었다.

"낮에 말한 건데 벌써 알아보신 겁니까? 부지런하시네요."

[부지런하게 말 한마디 했지.]

하긴 '알아봐.' 한 마디면 알아서 척척척 보고서 올라오는 위치에 있으니까. 스태미너 포션의 재료가 있는 던전을 낙찰받은 길드는 중형 정도의 규모라고 했다. 만만한 편인 상대였지만 한국에서 접촉해 온다면 대형 길드가 개입할 가능성이 클 것이라 말했다.

[타국과 던전을 거래하는 것은 원칙적으로는 금지되어 있으니 웬만한 조건으로는 받아들이지 않을 거라네.]

"솔깃할 만큼 먹음직스러운 미끼를 흔들어 보여야지요."

[한유진 군이 이렇게나 열성으로 노리는 것이 무엇인지 무척이나 궁금하군.]

웃음기 섞인 기대가 크다는 말에 괜히 눈독 들이지 말라며 미리 선을 그었다.
"세성 지분은 말씀드린 대로 3할입니다. 거래 연결에 더해 향후 던전의 보호비까지 전부 포함해서요."
해외에 있는 만큼 공략팀 외 던전을 지키기 위한 인력을 따로 차출하긴 힘들었다. 하지만 던전의 가치가 드러난다면 몰래 침입해 공략하려 드는 일본 길드들이 분명 있을 터였다. 그래서 던전의 보호도 세성의 도움을 받기로 했다.

관련 내용으로 몇 마디 더 나눈 뒤 통화를 끊으며 석시명을 돌아보았다.
"슬라임 던전을 판돈으로 걸어야 하게 될지도 모르겠습니다. 그럴 만한 가치는 충분히 있다고 장담하지요."
물론 내 말만으로는 당연히 불안할 테니 설득을 해야겠지, 라고 생각한 순간 석시명이 가볍게 대답했다.
"준비해 두겠습니다."
"…예?"
"던전 거래를 위한 절차는 복잡한 편이니까요. 그것도 국제 거래라면 챙겨야 할 서류며-.”

"아니, 그게 아니라. 너무 쉽게 받아들이시는 거 아닙니까?"

금광이나 다름없는 슬라임 던전인데? 한창 돈 들일 곳도 많아서 잃기라도 하면 타격이 클 텐데 석시명답지 않게 쉽게 내놓겠다 대답을 한다. 무슨 꿍꿍이냐는 의심스러워하는 시선에 석시명이 짧게 웃었다.

"한유진 씨께서 길드장님께 해가 될 만한 일을 하실 리 없으니까요."

"절 얼마나 보셨다고 그렇게 장담을 하십니까. 몇 달 지나지도 않았는데. 의심 같은 거 안 하세요?"

"의심하는 건 예전에 뒷조사 몇 번 해 본 뒤로 포기했습니다. 이래저래 수상쩍은 건만 먼지 한 톨 안 나오니 어쩌겠습니까. 능력 부족한 쪽이 그냥 믿어야지요."

헌터 계약이니 던전 정보니 하는 수상쩍은 행동들은 회귀한 덕분이니까 털어 봐야 아무것도 없는 게 당연하다. 그렇다고 해도 아예 포기할 줄은 몰랐는데 의외네.

"그리고 만에 하나 일이 잘못되면 그것을 빌미로 종신 계약을-."

"안 합니다. 포기 좀 하세요."

거참 끈질기기도 하시지. 저런 석시명의 태도가 익숙해질 법도 하건만 또다시 낯선 듯 묘한 기분이 들었다. 가치가 없다 못해 마이너스인 장애물 대하듯 하던 게 엊그제 같건만. 지금은 간질간질할 정도로 따뜻한 시선만 보내와 이따금은 도리어 속이 얼음조각을 품은 듯 서늘해졌다.

그땐 그럴 만했다고 생각하지만. 지금도 내가 아무 능력 없어지면 가차 없이 돌아서려나. 전과 달리 유현이와 사이가 좋으니 차갑게 굴지는 않을지도.

"그럼 일단 준비는 해 주세요. 아, 그리고 던전 부산물 제작 업체 좀 알아 봐 주실 수 있을까요?"

누구 씨 생일 선물을 슬슬 마련해 둬야 할 거 같아서 말입니다.

헌터협회에서 돌아온 유현이, 예림이와 함께 저녁 먹으러 나갔다. 해연 길드에서 바로 출발한지라 피스도 동행한 채였다. 이래저래 눈에 띄는 조합이기에 룸이 따로 있으며 상급 헌터들이 자주 찾는다는 식당으로 향했다.

서로 내 옆자리를 차지하겠노라고 소리 없는 신경전을 펼쳐 대서 맞은편에 둘을 나란히 앉혀 주었다. 내 옆엔 피스가 대신 자리했다. 테이블에 턱을 얹은 피스가 살랑살랑 꼬리를 흔들었다.

예림이가 축하에는 역시 술이라며 샴페인을 시키더니 마시진 않고 손날로 병목을 자른 뒤 분수처럼 치솟게 만들었다. 치솟은 샴페인이 죄다 유현이를 향해 날아들었지만 도중에 깨끗이 증발했다.

"던전 밖에서 스킬 막 쓰면 안 돼."

"네."

"응."

대답은 잘하지. 예림이는 이것저것 잔뜩 시켜 잘 먹는 반면에 동생 녀석은 까다롭게 굴었다. 내 독 저항 높으니 걱정 말고 먹으라며 음식을 건네다가 문득 물었다.

"너희, 혹시 좋아하는 사람 같은 거 없냐. 요즘엔 연애도 빨리 시작한다던데."

"우와, 아저씨. 아저씨 같은 질문~. 없어요, 그런 거. 내 또래나 연하는 다 애들이잖아요. 그렇다고 나이 많은 건 또 싫고요."

너도 애다만.

"나도 없어."

"지금 말고 예전에는? 한 번도 없었어?"

"없었어."

동생의 무심한 대답에 가슴이 아파 왔다. 진짜 없냐. 예림이도 조금 놀란 표정이었다.

"얼굴은 멀쩡하니까 인기 많았을 텐데 의외네요. 물론 저도 고백은 여러 번 받아 봤어요."

다 찼지만, 하고 까르르 웃는다.

"우리 게임장 가요. 요 근처에 괜찮은 데 있어요!"

저녁을 먹은 뒤 아직 이른 시간이니까 놀다 가자며 예림이가 말했다. 각성자들이 놀다가 시설 좀 부숴 먹어도 보상만 해 주면 괜찮다는 곳이었다. 그래서인지 우리 외의 다른 헌터들도 보였다. 하나 유현이와 마주치자마자 다들 슬금슬금 자리를 피해 버렸다.

한쪽에 자리 잡은 사격장으로 간 예림이가 후식 내기용으로 종종 해 봤다며 능숙하게 총을 들어 올렸다. 총기류와는 거리가 멀 거 같았던 유현이도 자세가 제대로 잡혔다. 나는 이 중 유일한 군필이었지만.

'S급들을 어떻게 이기겠냐.'

녀석들, 바늘귀도 맞히겠다. 표적의 정중앙을 맞히는 건 기본인지라 누가 더 정확하게 가운데를 쏘았냐를 따지기 위해 자까지 등장했다. 차이는 거의 없었지만 예림이를 축하하기 위해 나온 만큼 예림이의 편을 들어 주었다.

"한유현 많이 무뎌졌네~. 아저씨랑 펑펑 노느라… 아 씨 부러워!"

으스대던 예림이가 바락 화를 내다가 그걸 같갖게 바라보던 유현이와 눈이 마주치고는 싸우자며 덤벼들었다. 정 싸우고 싶으면 게임으로 승부 내라고 말렸더니 승패는 못 내고 애꿎은 기계만 세 대나 부숴 먹어 버려 성현제 카드로 지불했다.

그것으로도 모자라 인형 뽑기 하다가 또 한 번 기계를 고장 냈다.

"현아 언니도 인형 뽑기는 잘 못해서 기계 종종 망가뜨려요."

부러진 레버를 손에 든 채 예림이가 변명처럼 말했다. 반면에 강소영은 솜씨가 좋다고 했다. 그 옆에서 유현이가 파란색 곰인지 고양인지 모를 인형을 단번에 뽑아 예림이에게 던져 주었다.

"형은 가지고 싶은 거 없어?"

"나는 딱히… 저거 삐약이 좀 닮았네."

"그 옆에 토끼도 뽑아 줘요."

역시나 한 번 만에 인형이 출구로 떨어졌다. 처음 해 본다더니 정말 잘하네. 아무래도 내 동생은 못하는 게 없나 보다.

 밤이 늦을 때까지 이것저것 하며 놀다가 두 사람은 나를 집에 데려다준 뒤 해연 길드로 돌아갔다. 피스와 함께 집에 들어서자 기다렸다는 듯이 삐약이의 소리가 들려왔다. 종종종 다가와서는 내 품에 안긴 피스를 올려다보며 삐약거린다.
 "오랜만에 보지? 피스야, 삐약이가 너 많이 보고 싶었나 보다."
 피스를 바닥에 내려 주자 파닥거리는 새끼 새를 바라보더니 앞발을 들어 삐약이의 머리를 툭툭 두드렸다.

 - 삐약!

 "벨라레라고 새로 온 마수도 있어."
 우리가 있는 거실 쪽으로 향하며 말했다. 우리 속에 있던 벨라레가 나를 보고 머리를 치켜들며 쉬익거렸다.
 "얌전히 잘 있었어? 벨라레, 이쪽은 피스야. 싸우지 말고-."

 - 크르릉.

 보석뱀을 본 피스가 나직이 으르렁거렸다. 우리에서 막 나오던 벨라레가 그 소리를 듣고는 빳빳이 굳었다. 그러곤 스스슥.

 - 삐약.
 - 쉿, 쉿.

 삐약이 뒤로 몸을 숨겼다. 아니, 벨라레 네가 훨씬 더 강한데. 한 번 졌다고 삐약이를 자기보다 우위로 생각하는 건가? 하얀 털 뭉치 뒤에서 머리만 빼꼼 내민 벨라레를 피스가 눈을 가늘게 뜨며 노려보았다. 그러자 삐약이가 무어라 삐약대며 날개를 파닥거렸다.

― 삐약삐약!
― 크흥.

못마땅한 듯 머리를 한차례 흔든 피스가 벨라레를 향해 재차 이를 드러내 보인 뒤 내게로 다가왔다. 보석뱀이 마음에 들지 않는다는 투지만 공격할 의사는 없어 보였다.
"삐약아, 네가 잘 설명해 준 거야?"

― 삐약!

"기특하기도 하지. 피스도 착해."
우리 애들은 똑똑한 데다가 착하기도 하고 귀여운 건 당연지사고 아무튼 잘났다. 흐뭇한 심정으로 피스와 삐약이를 쓰다듬어 주었다.

다음 날, 더더욱 얼굴이 퀭해진 김민의가 말했다.
"밤새 고민해 봤는데요, 역시 잠적은 좀 그렇고 S급이냐 그대로 B급이냐 중에서 선택하기로 했어요."
"둘 중에선 아직 못 고르셨나 봐요."
"더 생각해 봐야 답 안 나올 거 같아서 그냥 동전 던지려고요."
그걸로 결정해도 되는 거야, 댁 인생. 김민의가 백 원짜리 동전을 손가락 위에 올렸다.

"앞면은 S급, 뒷면은 B급!"

힘찬 외침과 함께 동전이 핑그르르 공중을 맴돈다. 그리고 툭, 바닥에 떨어졌다. 이순신 장군님께서 대책 없는 중생을 가엾게 바라보셨다.

"스탯은 C급이지만 B급에 근사한 수치군요. 조금만 구르면 B급까지 가겠어요."

내 말에 김민의가 뒤통수를 긁적였다.

"아니, 전 편하게 살고 싶은데요."

"…그런데 왜 동전 던져서 결정한 겁니까? 그냥 B급으로 남는 편이 덜 귀찮을 텐데."

"S급 되면 공부할 필요 없잖아요. 길드장님도 수업 한번 안 들어가고도 학점 4.0 받았다던데요."

학점이 4점이라니 뭔 소리야. 백 점 만점은 아닐 테고 10점 만점이라고 해도 반도 안 되는 거잖아.

"아무리 수업 안 들어간다고 해도 4점밖에 안 줘요?"

"네? 아, 4.5점 만점이에요."

"예?"

만점이 5점도 아니고 4.5점? 점수 책정이 뭐 그러냐. 아무튼 B급까지는 던전 공략으로 수업 빼먹는 것까진 가능하지만 과제도 하고 시험도 쳐야 한단다. 제적은 면했지만 성적 미달로 유급당한 경력의 김민의 학생은 S급이 되어 날로 학점 먹겠다며 두 주먹을 불끈 쥐었다.

"그게 아니었다면 길게 고민할 필요 없이 B급으로 남았을 거예요."

"아, 예. S급 되면 던전 안 돌고 날로 돈도 받아먹을 수 있을 겁니다."

"헐, 진짜요?"

더불어 인생의 일부도 날려 먹게 되겠지만.

아무튼 키워드 적용해 키워 주면 스탯 B급까진 충분히 갈 것이다. A급까지 올릴 수 있으면 좋겠지만 힘들겠지. 노아 이후로 사람한테는 웬만하면 키워드 안 쓰겠다고 했지만 위험 요소는 없어 보이는 상대니까.

김민의는 A급부터 C급까지 꽤 다양한 스킬을 가지고 있었다. A급 스킬은 방어계 버프로 효율이 상당히 좋아서 스탯만 따라 줬다면 S급 팀까지도 들어갈 수 있었을 거라 하였다. 하지만 스탯 C급으로는 보호받는 보조계라 해도 A급 던전이 한계다.

"스탯만 S급으로 맞추면 스킬은 지금 정도로도 S급 헌터 인정받을 수 있겠네요. 그럼 이거 삼키고 편히 주무시고 있으세요."

내민 알약을 보고 김민의가 울상을 했다.

"또예요?"

"앞으로 종종 보게 될 테니 친하게 지내세요."

페이크 치고 움직일 수 있는 S급짜리 신분을 그냥 내버려둘 순 없지. 범죄는 저지르지 않도록 노력하겠습니다.

헌터협회에 연락해 김민의 헌터의 등급 재측정을 받기로 하였다. 물론 잠든 김민의가 측정을 받는 건 아니었다. 대신 협회로 갈 사람은 다름 아닌 노아였다.

"갑작스럽게 부탁해서 미안해요."

"아니에요. 어려운 일도 아닌걸요."

안경을 쓰며 노아가 생글 웃었다. 잘 어울리네. 바탕이 되니 뭔들 안 어울리겠냐마는. 마치 대학생 컨셉으로 촬영 중인 해외 모델 같다.

김민의로 변할 수 있는 안경이 있으니 S급 인증받는 거야 쉬웠다. 하지만 아무 S급 헌터의 스탯으로 측정했다간 후에 곤란해질 가능성이 컸다. 특히 체력과 근력은 일상생활에서도 티가 많이 나는 스탯이다. 거짓으로 S급입니다, 해 봤자 상급 헌터와 가벼운 악수 한 번으로도 들통날 수 있었다.

그렇기에 아예 체력과 근력 스탯을 확 낮추어 측정받기로 했다.

"여기 스탯 하락 페널티 붙은 계약서예요."

준비해 둔 S급 계약서와 펜을 노아에게 내밀었다. S급치고는 체력과 근력 스탯이 낮은 편인 노아였다. 그 두 스탯만 보면 A급에 더 가까운지라 계약을 어겨 스탯 하락시키고 해연의 디버프 스킬 지닌 헌터의 도움도 받으면 A급 이하로 떨어뜨리는 것이 가능했다. 그 정도면 김민의를 스탯 B급으로 만들고 아이템 적당히 맞춰 주면 등급을 의심받을 일이 없을 것이다.

물론 스탯 하락만 시키면 평균치가 S급에 못 미치게 된다. 그래서.

"노아 오빠, 오랜만~."

예림이가 손을 팔랑이며 방으로 들어왔다. 마력 스탯이 독보적으로 높은 예림이다. 노아의 스탯 대여 스킬로 예림이의 마력 스탯을 절반 빌려 오고 그에 더해 그림자 없는 낮으로 버프까지 주면, 뻥튀기된 마력 스탯으로 S급 수준의 평균 스탯치를 만들 수 있게 되는 것이다.

그리고 마력 스탯은 평소에는 F급이든 S급이든 티가 전혀 나지 않는다.

"스탯 대여도 네 버프도 지속 시간이 그리 길지 않으니까 협회에 도착한 뒤에 써야 해."

예림이의 버프는 그림자 없는 낮의 범위를 벗어나면 얼마 안 지나 효과가 사라진다. 그러니 협회에 가서 사용한 다음에 최대한 빠르게 측정을 끝마쳐야 했다.

"노아 씨, 여기 마스크요. 입 모양은 티 나니까요."

번역 아이템을 쓰면 눈치채기 힘들 정도로 자연스럽게 한국어를 하는 것처럼 들리지만 입 모양은 다르다. 노아에게 마스크를 챙겨 주고 밖으로 나갔다. 대기하고 있던 헌터에게 체력 근력 스탯 디버프를 받은 뒤 주차장으로 향했다. 나와 예림이는 아직 면허증이 없기에 노아가 운전석에 자리 잡았다.

"면허 따야 하는데. 아저씨, 이번 주말엔 납치 일정 없죠?"

"일단은 없는데 일본 가야 할지도 몰라."

"진짜요? 저도 가도 돼요?"

"밀린 수업 성실하게 다 들으면."

투덜거리면서도 네, 대답한다. 그사이 차가 출발하고 노아의 손이 능숙하게 핸들을 돌렸다. 운전을 맡겠다고 해서 살짝 걱정했었는데 잘하네. 길드장 씩이나 한 충분한 어른인데도 자꾸 잔걱정이 든단 말이야.

협회 건물 근처에는 이미 기자가 여럿 와 있었다. 방송에 나오는 걸 원치 않아서 카메라에는 모습이 흐릿하게 비치는 아이템을 쓰겠다 말했는데도 포기하지 않은 모양이었다.

차에서 내리기 전에 예림이와 노아가 각각 스킬을 썼다.

"저 헌터마켓에 갈 건데 뭐 필요한 거 있어요?"

"마나 포션이랑 S급 계약서 서너 장쯤 사다 줘. 여기 카드."

세성 길드장의 카드를 건네주며 네 것도 이걸로 긁으라고 말했다. 거절하지 않고 카드를 받아 든 예림이가 씨익 웃었다.

"진짜 막 써도 돼요?"

"당연히 되지. 이왕 쓰는 김에 한도 어디까지진지 알아봐라."

"네엡! 다녀오겠습니다!"

신나 하며 차에서 내린다. S급 아이템은 경매로만 나오니까 세성 길드 거덜 낼 정도로는 못 쓰겠지만. 억 단위 찍으면 카드 돌려 달라고 연락 오려나.

"그럼 노아 씨, 아니 김민의 헌터. 가실까요."

"네."

노아가 고개를 끄덕이며 마스크를 썼다. 차에서 내리자 기자들이 접근해 왔지만 죄다 무시하고 빠른 걸음으로 안으로 들어갔다. 버프와 디버프 효과 떨어지기 전에 얼른 측정받아야 한다.

"이쪽으로 오십시오."

기다리고 있던 협회 직원이 우리를 측정실로 안내해 주었다. 가는 길 도중에 소란스러운 소리가 작게 들려왔다. 누군가가 고함도 질렀다.

"뭔가 어수선하네요."

"아, MKC 헌터들이 몇 찾아와서요. 길드장이 아직 실종 상태일 뿐인데 S급 던전과 아이템을 압류했다고 불만을 품은 모양입니다."

협회 직원이 한숨을 섞어 말했다.

"다들 A급 헌터라 감당하기 어려운데 예비 부회장님께서 송 실장님을 호출하진 말라고 하신 탓에 실랑이가 길어지고 있습니다."

"예비 부회장님이시라면."

"아직 확정된 건 아니지만 최은영 이사님께서 맡게 될 예정입니다."

협회 이사진 중 한 명으로 복귀한다고 들었는데 부회장직이라니. 송태원을 부르지 말라고 한 건 나도 동의한다. 긴밀히 협력하는 관계라 해도 어디까지나 서로의 소속은 다르다. 긴급사태가 아니고서야 협회 힘으로 처리할 수 있도록 해야지 송태원에게 너무 의지하는 건 좋지 않다.

'윗물을 갈아치우니 확실히 나아지네.'

이대로 더 신경 쓸 필요 없어졌으면 좋겠다.

"요청하신 대로 스탯만 재측정하겠습니다."

스탯 측정은 금방 끝났다. 체력과 근력은 중급 헌터로 보일 정도로 낮으면서도 마력은 국내는 물론 해외 헌터를 통틀어서도 최고 수준이다. 그 비상식적인 수치에 협회 직원이 의아한 얼굴을 했으나 스탯 평균값은 어쨌든 S급에 턱걸이했다.

측정 결과를 놓고 협회 직원들이 무어라 수군거리다가 윗선에 전화도 걸었다. 잠시 뒤 직원이 약간 곤혹한 얼굴로 입을 열었다.

"스탯 S급에 스킬 A급. 일단은 보조계 S급 헌터십니다만… 김민의 헌터의 S급 던전 공략 가능성에 대해서는 의견이 나뉠 듯싶습니다."

"김민의 헌터는 특성상 던전 공략에는 참가하지 않을 예정입니다."

"예? 던전을 공략하지 않는다고요?"

"네. 지난 며칠간 김민의 헌터의 활약상에 대해서는 들으셨을 겁니다. 측정된 스탯과 달리 전투계 S급 헌터 수준의 능력을 보일 수 있었던 것은 새로 얻은 스킬 덕분입니다. 마력 스탯을 타 스탯으로 전환하는 스킬이지요."

물론 그런 스킬 실제론 없다. 내 말에 협회 직원들이 놀란 표정을 지어 보였다.

"아, 그래서……. 확실히 김민의 헌터의 마력 수치라면 타 스탯으로 전환 시 전투계 헌터로서 활동 가능하실 겁니다. 그런데 왜 던전 공략을 하지 않으시겠다는 거지요?"

"스킬에 시간 제한과 대기 시간이 있는 탓입니다. 긴 시간 이루어지는 던전 공략에는 적합하지 않은 스킬이지요. 그래서 던전에는 보조로 가끔 들어가고 주로 해연 길드와 몬스터 사육 시설의 보호를 맡아 주실 예정입니다."

다시 말해 던전 공략은 불가능한 반쪽짜리 S급 헌터다. 하나 다른 S급 헌터들이 던전에 들어가느라 비워지는 자리를 든든히 맡아 줄 수 있다는 것만으로도 그 가치는 충분했다.

나는 손을 뻗어 노아의, 김민의 어깨에 올리며 미소 지었다.

"특히 사육 시설 쪽에 많은 주의를 기울여 주실 예정입니다. 이런저런 일들을 많이 겪은 저로서는 든든하기 그지없지요."

노아가 나를 바라보며 마주 방긋 웃었다.

"그러시군요. 정말 든든하시겠습니다. 듣기론 두 분께서 사이도 좋으시다더군요."

"네. 제가 무척이나 아끼는 동생이랍니다. 그간 여러 가지로 도움도 많이 받았지요."

지금도 이렇게 선뜻 김민의 노릇을 해 주고 있다. 별로 해 준 것도 없는데 너무 받기만 해서 종종 미안해질 정도다.

던전 공략은 제대로 못 한다는 말에 약간의 논의가 더 있었으나 기본 조건은 만족했기에 김민의의 헌터 등급은 무사히 S급으로 올라갔다. 다만 S급 헌터로서의 실질적인 대우는 받기 힘들 것이라 하였다. 사실상은 A급 정도 될까.

등급 수정 절차 마치고 헌터증 재발급을 기다리고 있을 때였다.

쾅!

"여기서 이러시면 안 됩니다!"

문이 거칠게 열리며 헌터들 몇이 말리는 협회 직원을 뿌리치며 안으로 들어왔다. 그중 한 남자가 노아를 노려보며 소리쳤다.

"김민의! 대체 길드장님께 무슨 수작을 부린 거냐!"

이런 젠장. MKC 길드원이구나. 그것도 김민의, 유현이와 최석원이 만나기로 했다는 사실을 알고 있는 놈인 듯했다. 즉 최석원의 측근이다. 나는 재빨리 노아를 끌어안으며 속삭였다.

"저주 해제됐어요? 디버프는 풀리려면 아직 몇 분 남은 거 같은데."

"해제됐어요. 6분… 이제 5분 남았어요."

노아는 보조계인 데다가 지금은 부분 수화도 할 수 없으니 디버프가 완전히 풀리기 전까진 A급 헌터들을 상대하기에 불리하다. 은혜를 사용하며 몸을 돌려 노아를 보호하듯 섰다.

"주인이 없으니 개새끼들이 목줄 풀고 날뛰네."

혼잣말하듯 중얼거렸지만 A급 헌터들 귀에는 당연히 똑똑하게 들이박혔을 터다. 놈들의 얼굴이 대번에 일그러졌다.

"이 새끼가 지금 뭐라고……!"

"들었어? 미안해. 근데 틀린 말은 아니지 않나. 최석원이 있었더라면 나한테 면목이 없어서라도 제 애완견들이 짖게 내버려두진 못했을 텐데."

길드 단속 제대로 못 해서 납치당하게 만들고, 아예 납치 주모자가 되기도 하고. 무능에 부패까지 끼얹었다.

"이왕 얼굴 마주친 김에 무능한 길드장 대신 사과라도 하지 그래? 얌전히 머리 숙이고 꼬리 치면 새 주인 찾아 줄 수도 있는데. 해연 세성 브레이커, 어디든 말이야."

내 인맥 쩌는 거 잘 알지 않냐는 말에 두 놈 정도가 무심코 솔깃한 표정을 지었다. 그것을 눈치챈 최석원의 측근이 얼굴은 물론이요 목까지 시뻘겋게 붉혔다.

"이 자식들이!"

퍼억, 내 말에 혹한 헌터가 거칠게 휘둘러진 주먹에 얼굴을 맞고 비틀거렸다. 나머지 하나도 발로 걷어찬 최석원의 측근이 나를 향해 성큼성큼 걸어왔다.

"네놈도 분명 아는 게 있겠지!"

"물론 있지. 직접 보기도 했고. 최석원이 어떻게 꼬리 말고 도망쳤는지 자세하게 묘사해 줄까? 죽기 싫다고 징징거리던 얼굴이 정말-."

커다란 손이 내 멱살을 잡기 위해 뻗어 왔다. 하지만 그보다 먼저 노아가 움직였다. 내 동체시력으로는 따라잡을 수 없는 속도로 노아의 손이 남자의 팔목을 잡아 꺾었다.

"물러나 계세요."

나직한 목소리와 함께 어느새 내 앞으로 나선 노아가 긴 다리를 접어 올리며 남자의 명치를 가격했다.

"컥!"

이어 반쯤 접힌 몸뚱이를 가차 없이 들어 내던진다. 콰당탕, 몸뚱이와 집기가 부딪치는 소리가 채 끝나기도 전에 또 다른 비명이 울렸다. 내 눈으론 좇아가기도 전에 헌터 하나가 기절한 채 바닥을 주르륵 미끄러지며 널브러졌다.

"진짜 S급 전투계 수준이 가능하네요!"

줄줄이 쓰러지는 MKC 헌터들의 몰골에 협회 직원이 감탄했다. 우리 노아가 스탯이 좀 처지긴 해도 평범한 보조계는 아니지. 순식간에 상황이 정리되고 잠시 뒤.

"어떤 개새끼들이야!"

예림이가 눈을 부라리며 뛰어들어 왔다. 차디찬 안개를 휘감으며 주위를 휙 둘러보더니 벌써 끝났냐며 아쉬운 소리를 내뱉는다.

"쇼핑은 잘했어?"

"네! 5억 좀 넘게 썼는데 한도 오버 안 됐어요."

"잘 썼네. 잘했다."

우리 예림이, 돈도 팍팍 잘 쓰네. 혹시나 싶어 휴대폰을 바라봤지만 스킬 씨로부터의 연락은 없었다. 뭔가 좀 아쉽기도 하고.

예림이로부터 카드와 마나 포션을 받아 들며 협회 직원들을 돌아보았다.

"우리 민의 헌터 실력, 눈으로 똑똑히 확인하셨죠? 아직 의심하는 사람들이 많으니 말 좀 잘 퍼뜨려 주세요."

일시적이나마 S급 헌터 수준이 될 수 있다는 걸 확실시해야 괜히 시비 거는 사람이 안 생기니까. 잘 부탁들 드립니다.

난동을 부렸지만 MKC 헌터들에게는 별다른 제재가 가해지지 않았다. 이 정도 소소한 일로는 상급 헌터에게는 벌금 딱지조차 안 나온다. 헌터협회 내이고 헌터 대상이니 기껏해야 주의나 받고 끝이었다.

"젠장, 두고 봐라. 절대 이대로 끝내지는 않을 테니까."

최석원의 측근이 이 바득바득 갈며 대놓고 보복 의지를 불태운다 해도 마찬가지였다. 상대에 대한 보호 조치 같은 것도 없었다. 뭐 그건 일반 경찰들도 대충 넘기는 일이 흔하긴 했지만.

"해연에서 길드장님을 해친 것이 분명한데도 협회 놈들은 한통속이 되어 조사조차 하지 않고! 특히 김민의 네놈, 무슨 수를 써서라도 죽여 버리겠다!"

상대가 안 되는 걸 체감케 해 주면 포기할 줄 알았는데 끈질긴 놈이네. 진짜 김민의를 공격하는 건 곤란하기에 놈의 앞으로 다가갔다. 노아와 예림이가 조심하라며 내 곁에 바싹 붙어 왔다.

"헛짚는 게 하도 불쌍해서 알려 주는 건데, 김민의 씨는 보조계 S급에 아직 성장한 지 얼마 지나지도 않아 최석원을 상대할 정도는 안 되었어. 칼을 겨눈다면 나머지 S급들 중 하나지. 보조계 말고 전투계 말이야."

그때 있었던 나머지 전투계 S급이야 리에트와 송태원, 도중에 발 묶였다는 성현제와 에블린이다. A급이 이 갈고 덤벼 봐야 흠집도 안 날뿐더러 나도 별 신경 안 써도 되는 사람들이다.

"그리고 양심도 없는 새끼야, 해연이 해치긴 뭘 해쳐. 최석원 그 개새끼가 칼 물고 설치다가 제풀에 엎어져 뒈진 거지. 얌전히 잘 사는 사람 먼저 납치하려 든 게 누군데 억울하다고 지랄이냐."

괜히 해연 이미지 더럽힐 생각 말라는 소리에 놈이 전신을 부들부들 떨었다.

"씨팔, 그게 뭐 어쨌다고! 어차피 스탯은 F짜리가 건방지게!"

참 세상 살기 편한 마음가짐이다. 치사하고 더러운 속내를 보니 다른 S급들이 주도했다고 해 봤자 만만해 보이는 김민의를 계속 노릴 가능성이 크겠구만. 그럼 더 만만한 상대를 내미는 수밖에.

"그 건방진 F급짜리가 너네 집 대장 개새끼 실종에 3할 정도는 보탬이 되었지. 아니다, 애초에 나 잡으려다 삐끗한 거니 50퍼쯤으로 해 둘까? 그 정도는 될 거 같은데."

"뭐… 이 새끼가!"

노아가 재빨리 나를 뒤로 당기고 예림이의 손이 나를 향해 날아든 주먹을 막았다. 말 그대로 어린애와 성인이 맞붙었지만 작고 가냘파 보이는 손은 조금도 밀리지 않았다. 커다란 주먹의 표면에 하얗게 얼음이 퍼지기 시작하고 최석원의 측근이 황급히 물러났다.

"예림아, 공격 스킬은 쓰지 말고. 협회 내잖니. 눈치 좀 봐주라."

"공격 스킬 안 쓰고 죽이는 건요?"

"안 돼. 진정해야지, 평소 안 그러던 애가 입이 좀 험해졌네."

보는 사람 많다. 이미지 관리하자, 예림아. 예림이에 이어 내 뒤에서 노아도 싸늘해진 목소리로 말했다.

"빠르게 처리하는 편이 나을 거 같습니다. 그냥 넘어갈 눈빛이 아니에요."

"안 돼요, 민의 씨. 손대지 마세요. 법은 지켜야죠."

노아의 말대로 놈의 눈은 반쯤 뒤집어져 있었다. 긁어 댄 보람이 있는지 김민의보다는 내가 더 거슬린다는 눈빛이다. S급보다 스탯 F가 훨씬 만만하기도 할 테고. 저런 놈들이야 쉬운 상대부터 노리기 마련이지.

"주제에 충성스러운 개새끼 씨, 이름이나 알자."

"최동균이다. 똑똑히 기억해 둬라."

같은 최 씨네. 혹시 친척이라 더 저러는 건가. 최동균은 나한테 험한 꼴 보여 주겠다며 왁왁거렸고 예림이는 창을 꺼내 들다가 내 제지로 씩씩거렸다.

"범죄는 안 된다."

"길드장한테 말하는 건요?"

"그것도 안 돼. 말하지 마. 민의 씨도 나서지 마시고 말하지도 마세요. 아예 저놈 근처에도 가면 안 됩니다. 예림이 너도 마찬가지야. 저 새끼가 접시 물에 알아서 코 박고 죽어도 정황상 괜히 의심 산다."

마침 헌터증도 나왔기에 애들 달래 가며 자리를 떠났다. 복도를 걸어가는 내내 예림이의 걸음걸이가 킹콩처럼 요란했다. 저러다 바닥에 구멍 나겠다.

"저걸 어떻게 그냥 내버려둬요?"

"우리나라는 사적인 제재가 허용되어 있지 않단다, 예림아. 그리고 어차피 저런 놈들은 오래 못 살아요."

괜히 네 손과 이미지 더럽힐 필요 없다고 다독이다가 한산한 복도에서 걸음을 멈췄다.

"잠깐 화장실 좀 갔다 올게."

화장실은 넓고 깨끗한 데다가 칸이 여느 공중화장실과 달리 튼튼하고 두꺼웠다. 평범하게 만들어 놓으면 파손율이 높다던가. 각성자 등록 하러 막 각성한 사람들이 많이 드나들다 보니 그런 모양이었다.

사람은 없었지만 그래도 혹 모르니 가장 안쪽 칸으로 들어가 휴대폰을 꺼내었다.

[MKC의 최동균을 처리해 주실 수 있겠습니까. 주변 의심 안 가도록 원인 확실하게 해서요.]

그냥 내버려두기엔 김민의 안전도 문제에 유현이가 또 괜히 나설까 봐 걱정되었다. 녀석 귀에 오늘 일이 안 들어갈 리 만무하고, 어떻게든 손써 버리겠지.

그게 나쁘다는 건 아니다. 상대가 먼저 적의를 드러낸 이상 필요한 일이기는 했다. 하지만 MKC 헌터들을 해연에 흡수하려는 지금 상황에서는 여러모로 모양새가 좋지 않았다. 어쨌든 예전 직장 동료니까 대놓고 해치는 건 자제해야지.

[이유가 마음에 들지 않아.]

성현제가 이내 답장을 보내왔다. 뭔 소린지 모르겠다.

[적지도 않은 이유가 마음에 들지 않는다니, 무슨 소립니까.]
[한유진 군이 끌어안고 있는 어린애들에겐 이빨도 발톱도 있지.]

뭐야. 그러니까 우리 애들 위한 부탁을 자기한테 하지 말라 이건가. 애들이 충분히 알아서 처리할 수 있으니까?

[저 죽이겠다는 놈입니다만. 자칫 댁 아이템 관리 제대로 안 할 생각입니까?]
[그럴 리가.]

계속 빙빙 돌려 말하기냐. 문자 오고 가는 게 답답해져서 전화를 걸었다.

"싫으면 싫다고 그냥 말을 하세요. 다른 방법 찾을 테니까."
 끈 떨어진 A급 헌터 하나 묻는 것쯤 어렵지 않다. 성현제를 통하는 게 제일 쉽고 빠른 방법이니 연락한 거지.

[부탁은 그렇게 하는 것이 아니야.]

 어르듯 부드럽지만 동시에 내려다보는 티가 나는 목소리가 말했다.

[계산 없이 그놈이 거슬리니 치워 달라 말한다면, 얼마든지 들어주겠네. 내가 그 정도쯤 못 해 줄까.]

"부탁이 아니라 거래면 됩니까."

[저런, 쌀쌀한 소리를 하는군. 순수하게 스스로를 위해 내게 매달리는 모습을 보고 싶었을 뿐이건만.]

 뭐라는 거야 진짜.
"댁 잘난 건 인정하지만 그래 봤자 내가 정말로 원하는 건 못 줘요."

[줄 수 있다면?]

"그럼 이미 달려가서 무릎이라도 꿇었겠죠. 울면서 매달릴 수도 있고. 엎드려 기어 구두라도 핥아 드립니다. 정말로."
 그 정도쯤 어렵지 않다. 그깟 자존심 갖다 버리는 거 새삼스럽지도 않고. 진짜 바닥 좀 기어서 바라는 대로 모든 게 잘 끝날 수 있다면 감사할 따름이지.
 진심으로. 더 잃을 일 없이, 되찾기까지 할 수 있다면.

[…전화상이라는 게 아쉽군.]

성현제가 나직하게 중얼거렸다.

[내 부족함에 대한 사과의 의미로 거래가 아닌 부탁으로 받아들여 주지.]

"…일단은 감사합니다."

속 안 뒤집고 순순히 들어줬으면 더 고마웠겠지만. 이어 식사는 제때 하고 있느냐 등의 쓸데없는 잔소리를 하기에 전화를 끊었다. 체중계 보낼 테니 몸무게 재서 보고하라니, 헬스 트레이너냐.

"그럼 나도 생일 챙기는 게 좋을까요?"

화장실에서 나오는데 예림이의 고민스러워하는 목소리가 들려왔다.

"네. 그 편이 안전해요."

"뭐, 사 주지. 생각나는 게 없는데. 그 아저씨 돈도 많잖아요. 안 가진 거 없겠죠?"

"사 주긴 뭘 사 줘."

무슨 이야기 하나 했더니 세성 길드장 생일을 말하는 모양이었다.

"신경 쓸 필요 없어."

"하지만 안 챙기면 괜히 시비 걸어올 수도 있다는데요."

"걱정 마. 세성 길드장이 너한테 헛짓거리하면 내가 멱살 잡고 던져 버릴 테니까."

"멱살 잡았다가 그대로 들려 가는 미래가 눈에 선한데요. 길드장놈님 막 날뛰고 서울 막 불바다 되고."

내가 그렇게나 못 미덥냐. 물론 나도 내 무력에 대해선 믿음이 바닥 치고 땅을 뚫는다만.

"그리고 쓴 게 있으니까요. 5억 질렀으니 만 원 정도는 갚아 주죠, 뭐."

착하기도 하지. 그보다 노아도 생일 선물 해 줬던 건가. 한국에 없을 때였으니 해외에서 보냈다는 거잖아? 설마 싶어서 물어봤더니 노아가 아니라고 대답해 주었다.

"전 시비 걸 대상이 아니라 챙겨 줄 필요 없었어요."

"시비 걸 대상이 아니라고요?"

"그게… 음, 누님의 부속품 같은 느낌이었지요. 굳이 건드릴 필요 없이, 길들어 있다고 해야 할까요. 아무튼 생일 선물로 트집 잡는 것도 관심 있는 상대에게나 하는 거니까요."

"아니, 노… 민의 씨가 어디가 어때서 관심이 없대요? 그 인간한테 관심받아서 좋을 거 없긴 하지만, 얼마나 유능하고 잘났는데. 보는 눈이 없네."

어디 하나 빠지는 곳 없는 사람이 노아 씨 아니냐. 심지어 성장 환경이 그리에트다. 그 환경에서 이렇게 성격까지 좋으니 완전 천사 수준이지. 그런 놈 신경 쓰지 말라면서 다시 걸음을 옮겼다.

밖에서 기다리고 있던 기자들에게 저녁에 인터뷰할 거라고 말해 놓고 차에 올라탔다.

"리에트는 소영 씨와 던전에 들어가 버렸으니 여유는 좀 더 생긴 셈이네요. 두 사람이면 금방 나오겠지만 소영 씨 일로 승부 보기로 해 놓고서 말도 없이 멋대로 행동했으니 그걸 빌미로 유리하게 날짜를 잡을 수 있을 겁니다."

"승부라뇨?"

예림이가 뒷좌석에서 고개를 빼꼼 내밀며 물었다.

"저 없는 사이에 무슨 일 있었던 거예요?"

리에트와의 일을 대략적으로 설명해 주자 예림이가 신나 하며 노아의 어깨를 두드렸다.

"나도 응원해 줄게요! 버프 걸어 줘도 되나?"

"개인적인 대결이니까 안 되지. 딱 나까지만 도와주기로 했어. 아, 숄 빌려주는 건 괜찮겠다. 속성 효과는 못 받지만 노아 씨에게 유용할 거야."

비행과 회피에 도움이 되는 데다가 숄 형태라 전용화 상태로도 사용 가능하다.

"다른 사람이 버프 걸어 주는 건 안 돼도 스탯 대여는 괜찮을 거고요. 유현이나 세성 길드장에게 부탁하면 상당한 도움이 되겠지요."

둘 다 스탯 좋으니까. 그리고 또 한 가지를 더 갖추면 리에트와의 싸움에서 충분히 승산이 있을 것이다. 이왕 붙는 거 이겨야지.

"세성 길드장도 초대해서 사람 잘못 봤다는 거 확실하게 느끼게 해 주자고요."

우리 노아 씨는 충분히 잘났다. 그 인간 관심은 필요 없지만 무시받는 건 안 되지.

해연으로 돌아와 김민의를 깨워 상황을 설명해 주었다. 김민의는 스탯을 B급으로 올려야 안전할 거라는 말엔 울상을 지었지만, 사육 시설 쪽으로 출근하며 놀고먹어도 된다는 소리에는 반색했다.

"안 그래도 던전 도는 거 물리던 참이었거든요!"

직접 몬스터를 잡진 않지만 피 튀기는 현장이 영 적응되지 않는다고 말했다. 헌터라고 해서 다들 몬스터 사냥을 즐기는 건 아니었다. 대체로 싸움을 좋아하는 전투계 중에도 드물게 평화주의자가 있었고 보조나 치유 쪽은 그 비율이 더욱 높았다.

그래서 젊었을 때 바싹 벌고 나중에 헌터 관련 사무직 할 생각이었는데 잘되었다며 좋아하는 얼굴을 보니 양심의 가책이 많이 사라졌다. S급이 된 이상 사무직으로 받아 주는 곳은 없겠지만 연봉 잘 챙겨 줄 테니 은퇴하고 놀고먹으세요.

"계약 기간은 5년입니다. 그때까지 비밀 엄수하셔야 하고요."

"네, 네~. 근데 진짜 S급 헌터만큼 돈 주는 거예요?"

"당연하죠. 아무리 집 지키기만 한다 해도 S급 헌터인데 푼돈만 챙겨 주는 건 이상하게 비칠 테니까요."

예림이와 똑같이 기본급 연 백억이다. 김민의는 진짜 그렇게 챙겨 줄 줄 몰랐다며 좋아 죽으려 했다. B급 중급 헌터일 때는 던전 열심히 돌아도 백억의 반의 반도 못 벌었으니까. 보조계다 보니 상대적으로 던전 수입이 적기도 했을 터다.

"대신 신분은 필요할 때마다 빌려주셔야 합니다."

"얼마든지요! 근데 인터넷은 연결해 주면 안 돼요?"

"손 간수 잘하시리라 믿고 편의 시설 최대한 갖춰 드릴게요."

만에 하나 적대 세력에서 공격해 오거나 한다면 가장 먼저 노려진다는 위험성이 있다는 솔직한 주의 사항에 던전 도는 것도 위험한 건 마찬가지라며 헤죽 웃는다. 백억인데 그럴 수도 있죠, 라니. 낙천적이어서 좋구나. 하긴 더 위험한 일 하고도 쥐꼬리만큼 버는 사람도 세상에 널렸다.

이어 석시명에게 넘겨진 김민의는 저녁에 교육받은 대로 인터뷰를 하였다. 대략 흔한 B급 보조계였지만 준S급으로 성장할 수 있어서 기쁘고도 감격스러우며 다른 보조계 헌터들도 희망을 가지라는 내용이었다. 시스템이 사라지면 F급도 S급 될 수 있다 했으니 완전한 거짓말은 아니다.

그리고 밤에, 유현이와 열받은 예림이가 찾아왔다.

"아저씨!"

억울하고 분하고 원통한 얼굴의 예림이가 목소리 높여 소리쳤다.

"한유현 진짜 아저씨랑 같이 살기로 했어요?"

"…응?"

그러고 보니 유현이 녀석 짐을 챙겨 왔네. 손에 큼직한 캐리어가 들려 있다. 어떻게 된 일이냐며 동생을 바라보자 배시시 웃는다.

"형이 먼저 우리 집이라고 했잖아."

그야 그랬다만.

"아예 옮기는 건 아니고, 저쪽은 바쁠 때만 쓰려고. 안 돼?"

"안 될 거야 없지만. 여긴 애들 많아서 밤에 시끄러울 수도 있다."

"괜찮아."

그럼 마음대로 하란 소리에 예림이가 울상을 지었다.

"아저씨, 저는요!"

…넌 또 왜.

- 푸르릉.

유현이와 예림이가 나타나자마자 훈련용 인형 뒤로 숨어 버린 두 유니콘이 머리만 빼꼼 내민 채 경계 어린 눈빛을 보내왔다. 등급 차이 때문인지 종족 특성인지 다른 마수들과 달리 저 망아지들은 예민한 편이었다. 예림이와 처음 만났을 때도 손을 물어 버렸었는데, 이제는 아예 접근조차 하려 들질 않는다.

"하양아, 까망아. 이리 와."

내 부름에 하양이가 먼저 또각또각 발굽 소리를 내며 다가왔다. 이어 까망이가 몸을 낮추었다가 풀쩍 단번에 뛰어온다. 아직 어린 망아지 크기지만 내 뒤에 둘 다 숨기는 무리건만 어떻게든 숨겠다고 서로 몸을 최대한 붙인다. 그러면서 내 옷자락을 잘근거렸다. 옷 씹는 버릇이 있어서 여러 벌 버렸지.

"저도 집 옮길래요!"

예림이가 외치고 망아지들이 또다시 흠칫 놀란다.

"한유현만 홀랑 들어가는 건 치사하잖아요!"

"아니, 유현이는 내 동생이잖아. 치사하단 소리가 왜 나오냐. 우리 원래 같이 살았어."

같이 산 기간이 떨어져 산 기간보다 훨씬 길다. 회귀 전을 제외하면 이제 겨우 3년이니까. 별일 없었으면 여전히 같이 살고 있었을 거고. 올해 입대했으려나.

내 말에 예림이가 분한 얼굴을 하고 유현이가 보란 듯이 내 곁으로 다가왔다. 망아지들이 기겁하며 타닥타닥 다시 인형 쪽으로 도망친다.

"내가 태어날 때부터 같이 살았지."

"역시 치사해!"

…당연한 일 가지고 뭐 하냐, 둘 다.

"짐은 그것뿐이야?"

잠깐 여행 가는 것도 아니고, 캐리어 하나면 너무 적지 않나. 동생 집에 개인용품은 별로 안 보이긴 했다만.

"당장 입을 옷 정도만 챙겼어. 다른 건 집에도 있고, 필요한 건 사면 되니까."

하긴 돈 있으니 무슨 걱정이겠냐. 그래도 다른 챙길 물건이 없다는 말은 탐탁잖게 들렸다. 예전 집 떠나서 3년이나 살았으니 이런저런 잡다한 추억거리들이 제법 쌓였을 만하지 않나. 아예 옮긴 건 아니니 해연 쪽 집에 둬도 상관없어서일까.

"먼저 들어가 있어. 방은 계속 쓰던 곳 쓸 거냐?"

"응. 그 방이 좋아."

동생 녀석이 방긋방긋 웃고 있다 보니 나도 절로 미소가 지어졌다. 그래도 성인이긴 한데 너무 귀엽게 구는 거 아니냐. 어릴 때 생각도 나고.

유현이를 올려 보낸 뒤 두 유니콘에게도 집으로 돌아가라고 했다. 말 한마디에 알아서 통통 뛰어간다. 그러곤 토라진 듯 불퉁하게 서 있는 예림이에게로 다가갔다.

"예림아."

"저 혼자 사는 거 싫어요."

툭 내뱉는 목소리가 조금 풀이 죽었다.

"기숙사 좋긴 한데, 전보다 편하긴 한데, 그래도 좀 쓸쓸해요."

그 말을 듣고 나서야 어린애를 혼자 두었구나 싶어졌다. 언제나 활기차게 다른 사람들과도 잘 어울리고 놀러 다녀서, 아무 문제 없구나 생각해 버렸다. 쓸쓸해할 만한 게 당연한데도.

"미처 챙겨 주지 못해서 미안해."

"아니에요. 안 맞는 사람들이랑 사는 것보단 훨씬 나아요. 하지만 나도 아저씨랑 같이 살고 싶은데. 안 돼요?"

"안 될 것까진 없지만 일단 성별이 다르고 나이도 어리고……."

"아저씨보다 제가 훠얼씬 더 강하니까 상관없어요."

"그래도 불편하지 않을까."

"삼촌네 살 땐 사이 나쁜 사촌 새끼가 둘이나 있었는걸요. 방도 저 혼자 못 썼어요."

"불편했겠다."

"죽이고 싶었죠."

예림이가 진지하게 말했다.

어떻게 해야 하나. 잠깐 고민하다가 걸음을 옮겼다.

"우리 같이 산책 좀 하자."

"너무 심각하게 나오는 거 아니에요? 아저씨가 싫으면 거절해도 돼요."

"싫은 건 아니야."

다만 걸리는 것이 있었다.

예림이와 함께 옥상정원으로 올라갔다. 가로등이 군데군데 서 있긴 하지만 제법 어둡다. 해가 졌음에도 여름 공기는 아직 후덥지근했다. 그리고 이내.

"윽."

모기가 팔에 달라붙었다. 가로등 근처에는 다른 날벌레들도 우글거린다. 벌레 싫어.

"참, 아저씨는 모기가 물죠."

"보통은 물지. 게다가 독 저항이 인식할 정도가 안 되는지 가려워."

자기는 각성 후엔 모기 물린 적 한 번도 없다며 예림이가 차가운 탄식을 약하게 사용했다. 피부가 서늘해지며 하얀 안개가 주위로 퍼져 나간다.

"이러면 모기가 안 올걸요."

"시원하네."

"그쵸. 에어컨이 따로 필요가 없다니까요."

그때 푸드덕 날갯짓 소리와 함께 블루가 나타났다. 부리를 쫘악 벌리며 인사하는 눈이 반쯤 감겨 있었다. 해 뜨면 일어나고, 해 지면 자는 녀석이다 보니 지금은 한창 잠들어 있을 시간이었다.

"계속 자지 왜 나왔어."

– 꺄우.

"블루야, 오랜만!"

내게 머리를 비비고 예림이는 힘껏 들이받은 그리폰이 하품을 쩍 했다. 얼른 들어가 자라며 목덜미를 쓰다듬어 주자 꼬리를 휙 흔들곤 다시 날아간다.

"블루 진짜 현아 언니 줄 거예요?"

"브레이커에서 이번에 몬스터 새끼 무사히 낙찰받으면 안 보낼 수도 있고. 현아 씨가 잘 돌봐 주긴 할 것 같지 않냐."

"엄청 아껴 주겠죠. 블루가 냉기 저항 있으면 저랑 같이 던전 돌아도 될 텐데. 현아 언닌 속성 안 타서 부러워요."

"너한테 맞는 기승수도 반드시 구해다 주마. 냉기 저항 있는 몬스터 새끼 얻기만 하면 제일 먼저 키워 줄게."

"특별대우라고 욕먹는 거 아니에요?"

"욕 좀 먹으면 어때. 원래 사회는 인맥빨이야."

이런저런 이야기를 하면서 길을 따라 걸었다. 이번에 공략한 S급 던전 이야기도 나왔다. 보스를 혼자 빠르게 처리한 덕분인지 괜찮은 S급 아이템을 받았다고 했다.

"덕분에 남은 빚 다 갚게 됐어요. 그동안 반쯤 갚았었는데, S급 아이템 감정가가 딱 남은 금액만큼 나왔거든요."

"경매 들어가면 좀 더 나올걸? 반쯤 갚은 것도 대단하네. 더 오래 걸릴 줄 알았는데."

"그 큰 두꺼비 나왔던 던전 덕이 컸죠. 그때 마석 제가 다 먹었잖아요. 두꺼비 부산물도 금액 분배했는데 그게 또 엄청 비쌌었죠."

그 밖의 던전에서도 S급인 덕에 분배 비율이 높다 보니 차곡차곡 잘 모였다면서 활짝 웃는다. 이제 겨우 중학생인데 너무 기특한 거 아니냐. 내가 다 뿌듯해짐과 동시에 가슴 안쪽이 무거워졌다.

'내새끼 스킬의 키워드 효과……'

예림이에게는 알고 적용한 건 아니다. 하지만 신경이 쓰일 수밖에 없었다. 유현이는 애초에 내가 양육자였지만 예림이는 다르다. 내게서 다른 사람의 모습을 보았고, 그로 인해 호감이 생긴 것이다.

그 사실을 계속 모른 척할 순 없었다. 무엇보다도, 나도 이 아이를 좋아하고 있으니까.

그냥 친분 있는 헌터로 끝낼 것이라면 입 다물고 있어도 괜찮다. 아는 사이 정도로 인사나 하며 지나치는 수준이라면 스킬 효과로 인한 시작이었다 해도 별로 거리끼지 않았다. 나는 그리 도덕적인 인간도 아니니까.

하지만 예림이는 너무 가까워졌다. 그리고 더욱더 가까워지고 싶어 하고 있었다. 우리 둘 다.

"예림아, 네게 말해 줘야 할 게 있어."

스킬창에는 대상이 키워드 효과를 알게 되면 스킬의 적용이 불가능하다고 적혀 있었다. 그 알게 되는 범위가 어디까지일까. 일단 내게 양육자를 투영해 보는 효과는 스킬창에는 없었다. 키워드를 정확히 말해 주지 않고 두루뭉술하게, 스킬창에 표시되지 않은 숨겨진 효과를 설명해 주는 것도 금지되어 있는 것일까.

'만약 스킬이 적용 취소된다면.'

내새끼 스킬의 성장 버프를 예림이에게 줄 수 없다는 건 큰 손해다. 하지만 내가 인어여왕의 스킬을 뜯어낸 것처럼 어떻게든 보충해 주면 된다. 그러니까.

"일전에 나를 보면 어릴 때 알고 지내던 아저씨가 생각난다고 말했었지."

내 말에 예림이가 크게 당황한 얼굴을 했다.

"어, 그거 역시 신경 쓰고 계셨어요? 지금은 안 그래요!"

"안 그래?"

"네! 처음엔 그 아저씨 생각이 많이 났던 건 사실이에요. 아저씨가 제 앞에 나타나 준 것도요, 계속 상상해 왔던 일이었거든요."

예림이가 조금 부끄러워하며 말을 이었다.

"그 아저씨가 세상을 떠났다는 건 알고 있지만 어릴 때 일이잖아요. 그래서 어쩌면 살아 있었고, 갑자기 나타날지도 모른다는 상상을 했었어요. 소공녀처럼요. 부모님 대신 옛날처럼 절 돌봐 주겠다면서, 삼촌 집에서 데리고 나가 정원이 있는 저택에서 살게 되는 꿈 같은 거 꿨는데. 그런데 아저씨가 진짜로 나타나서 각성시켜 줬잖아요."

상상과는 좀 다르긴 했지만 더 좋았다고 말했다. 돈이며 집이며 인형 같은 게 그냥 주어지는 것보다 자기 힘으로 얻을 수 있게 된 것이 더 만족스럽고 즐겁다고.

"그래서 비슷하게 느낀 건 사실이지만 이젠 아니에요. 아저씨가 더 좋아요."

또렷하게 나를 마주 보며 말했다. 문득 김성한이 떠올랐다. 예림이 또한 김성한처럼 내게서 양육자가 생각나게 하는 키워드 효과가 사라진 것일까. 그럼에도 여전히 내게 호감을 나타내고 있다면.

어쩐지 속이 뜨끈해졌다. 조금 망설이다가 공포 저항 스킬을 껐다. 공포 저항을 켜 놓은 채라면 나 혼자 방어벽을 세우고서 쉽게 말해 버리는 셈이니까.

"일단… 고마워."

"뭐가 고마워요. 아저씨가 저한테 잘해 주니까 좋아진 건데."

"그래도 고마워. 그리고 예림아, 처음 우리가 가까워진 건… 사실은 내 스킬 효과 덕이 커."

"…네?"

예림이가 두 눈을 동그랗게 떴다. 입안이 약간 마르는 느낌이 들었다.

"일종의… 상대방에게 호감 같은 걸 느끼게 하는 스킬 효과가 있었어. 스킬창에는 설명이 안 나온 탓에 나도 처음에는 몰랐는데, 네가 나를 어릴 때 돌봐 준 아저씨처럼 느낀 게 바로 그 스킬 때문이야."

말을 하면서 스킬창을 확인해 보았다. 박예림, 그 세 글자는 사라지지 않고 그대로 남아 있었다. 다행히 이런 식의 설명으로는 키워드 적용이 취소되지 않는 모양이었다.

한숨을 삼키고 다시 입을 열었다.

"미안하다. 널 속인 거나 다름없지만 난……."

"잠깐만요."

예림이가 혼란스러워하는 표정으로 한쪽 손을 들어 올렸다.

"그럼, 어, 아저씨가 저한테 잘해 준 것도… 스킬… 때문이에요?"

"응? 아니, 스킬은 너한테 적용된 거니까."

"…진짜죠?"

"진짜야."

"다행이다."

예림이의 얼굴에 잠시 드리워졌던 불안한 기색이 순식간에 사라졌다. 활짝 웃으면서 내 팔을 아프지 않게 툭 친다.

"전 또 아저씨가 스킬 때문에 친절한 건 줄 알고 놀랐잖아요. 스킬 아니었음 저 안 좋아하는 줄 알고."

"그럴 리가 없잖아. 그리고 스킬에 지속 시간이 있어서 지금은 너한테도 효과 사라졌어. 좀 전에 더는 나를 어릴 때 알던 그 아저씨로 생각하지 않는다고 했잖아. 스킬 효과가 사라졌기 때문이야."

"진짜요? 그럼 저도 양심의 가책 같은 거 느낄 필요 없겠네요?"

그동안 찜찜했었는데 속 시원해졌다며 기지개까지 쭉 켠다. 기분 좋다고,

날아갈 것 같다더니 정말로 공중에 살짝 떠올랐다. 나와 눈높이를 맞춘 예림이가 씨익 미소를 지었다.

"아저씨 정말 쓸데없는 걱정 하고 있었구나."

"…쓸데없는 걱정이라니."

"그렇잖아요. 갑자기 짠, 하고 나타나서 이것저것 다 퍼 주고, 나 너 좋아해, 귀여워해 티 팍팍 내 놓고선 사실은 스킬로 네가 날 좋아하게 만든 거였어, 라니. 솔직히 그 반대여야 맞는 거 아니에요? 아저씨가 날 홀린 게 아니라 내가 아저씰 홀린 거 같았다고요."

…그 정도였나. 잘 모르겠다.

"예림이 네가 먼저 날 좋아해 주니까 그런 거지. 그게 스킬 효과 때문이었고."

"비싼 밥 사 주고, 각성하게 해 주고, 계약이며 이것저것 도와준 사람을 안 좋아할 정도로 양심 없지 않아요, 저."

"그래도 좀 더 심각하게 생각해 볼 일이라고. 사람의 마음을 흔드는 정신계 스킬을 쓴 것부터가 문제야. 가볍게 넘어가면 안 돼. 예림이 네가 잘 몰라서 심각성을……."

"또 이러신다."

예림이가 내 말을 끊으며 내 손을 잡고 악수하듯 흔들었다.

"그냥 미안했다, 하고 끝내요. 그리고 블루 살았던 복층 저 주시면 돼요."

"복층? 거기 넓긴 한데 한쪽이 벽 대신 난간으로 트여 있어서 네 방으로 쓰긴 불편할 텐데."

"커튼 달면 되죠. 예전부터 복층에서 살고 싶었어요! 가짜지만 창문도 나 있잖아요. 열 수 있으면 진짜 완벽했을 건데. 저는 짐 많아서 다 옮기는 건 힘들고, 기숙사랑 아저씨 집이랑 둘 다 쓰려고요. 길드장님처럼요."

그래도 되죠, 라는 말에 고개를 끄덕였다.

"그럼 이제 얼굴 펴세요. 그만 미안해하고 대신 저까지 들어오는 거 틀림

없이 싫어할 한유현 퇴치하는 걸 도와주세요!"

"그렇게 싫어하진 않을 거 같은데."

"말 듣자마자 인상 확 찌푸릴 모습 눈에 선하거든요. 지금도 아저씨 늦게 들어온다고 언짢아하고 있을걸요."

그러니 얼른 들어가자며 앞장서는 뒷모습을 조금 멍하게 바라보았다. 이렇게 마무리 지어도 되는 걸까 하는 생각이 여전히 남아 있었지만, 마음은 확실히 가벼워졌다.

우리 예림이가 너무 착해서, 너무 쉽게 용서를 해 주네. 그때 예림이가 나를 휙 돌아보았다.

"또 그렇게 보신다. 그러면서 뭘 계속 미안해해요."

"응?"

"빨리 와요. 어서요."

팔랑팔랑 흔드는 손짓을 따라 발을 내디뎠다. 시원한 안개가 주위를 맴도는 탓인가, 팔에 매달리는 온기가 유독 기껍게 느껴졌다.

4장 남매 싸움

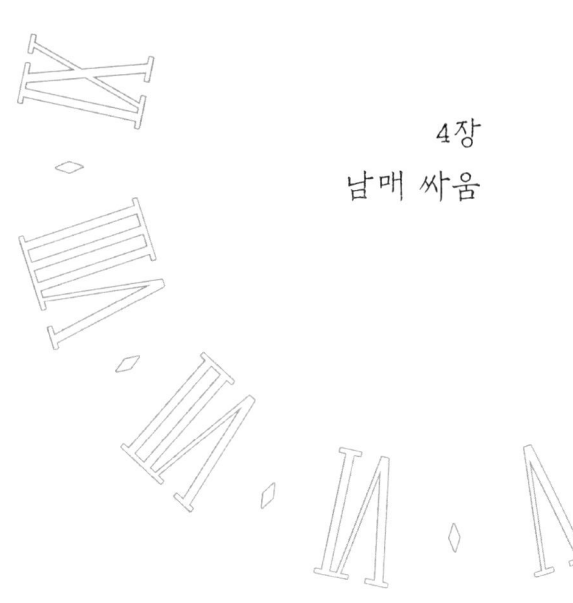

4장
남매 싸움

"진짜 난 안 가도 되겠어?"

최석원과 관련된 일로 오늘쯤엔 협회나 각성자 관리실로 가 봐야 했다. 하지만 동생은 갈 필요 없다고 딱 잘라 말했다.

"형은 대외적으로는 전투 관련 능력은 없는 것으로 알려져 있으니까. 단순 목격자일 뿐이니 굳이 갈 이유 없어. 내가 김민의 헌터와 함께 가면 돼. 게다가 MKC 쪽에서 시비도 걸어왔었다며."

"걔들이야 예민해질 만한 상황이잖냐. 혹여 마주쳐도 적당히 넘겨 줘. 해연에도 여럿 들어올 텐데 인상 나빠져서 좋을 거 없으니."

최 어쩌고와 같이 왔던 헌터들도 길드 옮기게 해 주겠다던 내 말에 솔깃해했으니 나머지야 말할 것도 없을 터다. 최 어쩌고 외에는 크게 시비 걸어 올 것 같지도 않고, 그놈은 성현제가 처리해 주겠지.

"김민의 씨 잘 챙겨 줘."

계약 조건에 무척이나 만족하고 있긴 하지만 일단은 본의 아니게 휘말린 사람이니. 유현이와 함께 현관 쪽으로 걸어가며 거실을 향해 소리쳤다.

"예림아, 넌 안 가냐!"

"전 좀 늦어도 돼요!"

"되긴 뭘 돼. 10시에 수업 있다며. 짐 거의 안 챙겨 왔으니 그 전에 기숙사에도 들러야 하잖아. 얼른 나와."

학용품은 하나 없이 인형만 들고 왔다. 예림이가 툴툴대며 나타났다.

"진짜 느긋이 가도 되는데. 전 길드장이랑 달리 비행 스킬도 있거든요. 한유현이 걸어서 돌아가는 동안 날아서 휙 일직선으로 들어가면 되니까 금방이에요."

뻐기며 말하는 예림이를 유현이가 한심하다는 듯 바라보았다.

"기억력이 나쁘군."

"뭐?"

"유현이 비행 스킬 대용 스킬 있잖아. 둘이 싸우진 말고."

어젯밤에도 한바탕할 뻔한 걸 겨우 말렸다. 아침 식탁에서도 젓가락이 벽에 꽂히는 불상사가 일어났었고. 진심으로 죽자 살자 덤비는 건 아닌, 가벼운 다툼이긴 했지만. 그 가벼운 다툼에 스탯 F급 등 터진다고 잔소리를 늘어놓고 나서야 겨우 진정되었다.

나란히 서서 미안하다고 얌전히 사과하는 모습이 좀 귀여웠지. 화난 척해야 하지 않았더라면 사진을 찍어 뒀을 텐데.

"그거랑은 다르죠! 뛰는 거랑 나는 게 어떻게 같아요. 게다가 던전 밖에서 나뭇잎 날려 대는 거 민폐예요. 그거 누가 다 치워요?"

실물 잎이 아니라 스킬이라서 사라지는 거다만. 워낙 진짜 같아서 자세히 안 보면 착각할 법은 했다. 유현이가 그것을 지적하며 비웃기 전에 재빨리 먼저 나서서 화제를 돌렸다.

"예림아, 여기 열쇠. 곧 다 바꾸긴 할 거지만 일단 가지고 가."

전에 송태원으로부터 받은 열쇠들을 내밀었다. 유현이만 옮겨 왔다면 모를까 예림이도 있는데 문을 그대로 둘 수는 없었다. 포털 키는 물론이고 현관문 열쇠도 전부 교체할 생각이었다. 다른 길드들이 항의해 올 수도 있겠지만 애초에 내 집이다.

정 싫으면 계약 끊든가. 세성과 브레이커는 그럴 일 없겠지만.

"진짜 저 가져도 되는 거예요?"

"너도 여기 사는 사람인데 당연히 되지. 열쇠가 없는 게 더 이상하지 않냐."

"그건 그렇죠!"

예림이가 신나 하며 열쇠를 받아 챙겼다. 둘을 현관까지 배웅하며 옷에 털이 묻진 않았나 살펴보았다. 유현이는 괜찮았지만 예림이는 그새 피스를 끌어안기라도 했는지 군데군데 빨간 털이 묻어 있다. 현관에 놓아둔 테이프 클리너로 털을 떼 주었다.

"오늘은 어디 안 나갈 거지?"

"응. 명우한테나 가 보려고."

"혹시 무슨 일 생기면 바로 연락해. 건물 내에서도 절대 혼자서는 다니지 말고."

"걱정 마. 피스 옆에 붙이고 다닐 테니까. 노아 씨도 있고."

나보다 다섯 살이나 어린 놈이 무슨 애 혼자 집에 두고 나가는 것 같은 얼굴을 한다. 정신적으로 치면 열 살 차이다, 이놈아. 그 옆에서 예림이도 비슷한 표정을 지으며 나를 쳐다보았다.

"저한테도 연락하세요, 아저씨. 바로 날아올 테니까요."

"그래, 그래. 공부 열심히 하고. 대학 쉽게 갈 수 있다고 해서 게을리하지는 마라."

"아, 원래는 방학인데."

"중학교는 슬슬 개학할 때 됐잖아. 뭣보다 보충 수업이고. 예림이 너, 수업 제대로 안 들으면 연락해 달라고 말해 놨어."

"예, 예. 다녀오겠습니다~."

"다녀올게."

둘이 나란히 문을 나섰다. 현관 바로 앞에 있는 미니포털 너머로 사라지는 두 사람의 모습을 지켜보다가 문을 닫았다.

내 옆으로 바싹 다가붙는 피스와 함께 거실로 돌아가자 커튼이 활짝 젖혀진 복층이 보였다. 아침에 예림이가 뛰어내린 흔적이었다. 커튼보다는 가벽 같은 걸 대는 게 어떻겠냐는 말에 끝끝내 고집을 꺾지 않더니 저러고 싶어서 그랬던 모양이다. 올라갈 때도 날아서 커튼 열고 들어가고 내려올 때도 그냥 뛰고. 편해 보이긴 했다.

'그래도 커튼은 좀 닫고 다니지.'

방문도 아니고 벽을 열어 놓은 셈이잖아. 잠깐 머뭇거리다가 계단을 올라갔다. 예림이는 신경 쓰지 말라 했지만 그래도 여자애 방이니 함부로 드나들기 꺼려진다.

"피스 넌 안 돼. 털 날려."

- 끼웅.

피스가 따라 올라오려다 말고 걸음을 멈췄다. 네 털로 뒤덮이는 건 내 침실로도 충분하단다. 지금은 덜해졌지만 날이 막 더워졌을 땐 털갈이하는지 엄청 날렸었다.

제법 넓은 복층에는 한밤중에 옮겨 온 침대와 작은 서랍장 외의 가구는 없었다. 제대로 준비하자고 했지만 예림이가 굳이 밀고 들어온 탓이었다. 넓은 게 좋다면서 예림이가 직접 골랐다는 너른 침대 위에는 커다란 인형이 뒹굴고 있었다. 이불의 절반은 바닥까지 닿아 늘어진 채다.

침대를 정리하고 커튼을 쳤다. 가구를 더 들이긴 해야 할 텐데 뭘 사야 하나. 옷장에 책상도 필요할 거고. 유현이도 원래라면 아직 공부용 책상이 있어야 할 나이인데.

'저녁에 같이 가구 사러 갈까.'

유현이도 뭐 더 필요한 게 있을지도 모르고. 예산은 넉넉하니 제일 좋은 걸로 사야지. 요즘 애들 책걸상 브랜드가 뭐가 제일 잘나가지. 그리고 또 그릇이랑 수저도 더 사야 할 거고. 앞으로 계속, 같이 지내려면.

…순간 머릿속이 죽은 듯이 새하얘졌다.

돌아올 거라 믿은 적이 있었다. 언제까지였는지는 모르겠지만, 어쩌면 계속 포기 못 하고 있었을지도 모르겠지만.

그리고 돌아왔다. 그 사실에 순수하게 행복해하고 싶었다. 하지만, 하지만.

― 삐약.

어느새 날아왔는지 삐약이가 내 앞에 둥둥 떠 있었다. 피스가 올라오진 못한 채 끙끙거리는 소리도 들려온다. 서랍장 위의 시계를 보자 애들 나가고 삼십 분 넘게 흘렀다. 한참을 멍하게 서 있었구나.

"그래, 내려가자."

계단을 내려가자 피스가 얼른 발치로 달라붙는다. 그때 휴대폰이 울렸다. 확인해 보자 예림이 담당 가정교사다. 예림이가 아직 도착하지 않았단다. 나간 지 꽤 됐는데 무슨 일인가 싶어 예림이에게 전화를 걸었다.

[앗, 아저씨! 블루가 놀아 달라고 해서… 지금 바로 날아가요!]

전화를 받자마자 변명을 늘어놓는다. 녀석 참. 그래도 경쾌한 목소리를 듣자 나까지 기운이 나는 것 같다.

뒷정리를 대충 해 놓고 나도 집을 나섰다. 피스는 물론이고 삐약이에 벨라레까지 따라붙었다. 그나마 코메트는 자고 있어서 다행이지 다 데리고 다니기도 은근 힘들다. 내가 피곤해하는 것을 눈치챘는지 피스가 안아 달라 하지 않고 앞장서 걸음을 옮겼다.

'기특하다니까.'

우리 애들은 정말 하나같이 너무 잘나서 문제다.

빌딩 쪽으로 향하는 길에 조용한 날갯짓 소리가 들려왔다. 위를 올려다보자 노아가 부드럽게 날아 내려오고 있었다. 내 앞에 착지해서는 평소보다 더 수줍게 미소 짓는다.

"안녕하세요, 유진 씨."

인사를 하고는 어째서인지 머뭇거리며 말을 이었다.

"저어… 해연 길드장과 박예림 헌터가 한유진 씨와 함께 살기로 했다고 들었습니다."

"벌써 말이 퍼졌나 보네요."

"어젯밤에 조금 요란했었으니까요."

하긴 예림이가 커다란 침대 들고 공중을 가로질러 오고 유현이가 마음에 안 드는 티 팍팍 내며 실수인 척 침대 불태워 버리려고 했으니까. 그 난리를 치고서 소문이 안 나는 게 더 이상하겠지.

"어쩌다 보니 예림이도 제 집에 들어오게 되었어요. 아직 어리다 보니 혼자 사는 게 쓸쓸했던 모양이더라고요."

유현이야 친동생이니 새삼스러울 것도 없는 일이고.

"그렇군요. 박예림 헌터는 아직 어리죠……. 저는 별로 안 어리고요."

"예림이보다야 나이가 많지만 노아 씨도 어린 편, 아, 아니에요."

너무 애 취급 하면 기분 나쁘겠지. 안 그래도 자꾸 어리게 느껴져서 태도로도 티가 많이 날까 봐 걱정이다. 보통 저 나이대면 어른스러워 보이고 싶을 테니까. 심지어 전 길드장이기까지 하니 자칫하면 무례하게 보일지도 몰랐다.

"노아 씨는 훌륭한 어른이죠."

"…네."

노아 씨가 약간 시무룩하게 대답했다. 어째 뭔가 실망한 것 같기도 하고……?

"노아 씨?"

"아뇨, 그, 전에 누님께서 계실 땐 유진 씨 집에 머무르게 해 달라고, 했었 잖아요."

"네, 그랬죠. 리에트는 던전 들어갔으니 당분간은 괜찮을 거예요."

"…네, 맞아요."

"그리고 이번에 리에트를 이기면 불안감도 많이 덜어 낼 수 있을 거고요."

굳이 숨어들 필요 없을 정도로 자신감이 생길지도 모른다. 내 말에 노아가 발이라도 동동 구를 것처럼 어쩔 줄을 몰라 했다. 누나와의 싸움이 걱정되는 건가. 무섭기는 하겠지.

어린 시절부터 내내 자신을 억압해 왔던 오랜 공포의 대상이다. 묶인 줄을 단숨에 끊어 내고 날아오르기란 쉽지 않은 일일 터다. 손을 뻗어 노아 씨의 어깨를 살짝 토닥여 주었다.

"너무 부담 가지지 마세요. 이기든 지든 노아 씨가 한 발 나아간다는 것만큼은 분명한 사실이니까요."

"…유진 씨, 저는. 그러니까……."

노아가 들리지 않을 정도로 작게 무어라고 말했다. 네? 하고 되묻자 얼굴을 붉힌다.

"아니요, 그게, 저도……."

또 작게 웅얼거리더니, 이내 스르르 사라져 버렸다. 은신 스킬을 쓴 모양이었다. 바로 눈앞에서 스킬을 썼건만 내 스탯이 워낙 낮다 보니 흔적도 찾아볼 수 없었다.

"노아 씨?"

무심코 앞으로 걸어가는 나를 보이지 않는 손이 부드럽게 붙잡았다.

"전 이대로 따라갈게요."

왜지. 이유를 모르겠다. 편한 대로 하라고 말하곤 다시 걸음을 옮겨 갔다. 나와는 다르게 피스는 아마도 노아가 있을 곳을 정확히 바라보고는 내 뒤를 쫓아왔다.

빌딩으로 들어서자 여기저기서 아는 척을 해 왔다. 명우 효과 때문인지 여전히 1층 로비를 어슬렁거리는 헌터의 수는 많았다. 진짜 카페라도 하나 낼까. 상급 헌터들은 돈 많으니 비싸게 받아먹어도 장사 잘될 거 같은데.

 명우의 작업실은 전보다 더더욱 경비가 엄중해졌다. 들어 보니 그간 무단 침입 하려는 헌터가 몇 있었던 모양이었다. 명우에게 잘 보이고 싶은 상급 헌터가 드글대고 있어서 별문제 없이 처리되긴 했지만.
 "혈기만 앞서는 멍청한 놈들은 어디에나 있으니까요."
 다들 각 길드에서 중징계를 받았다며 대장간 앞을 지키고 있던 헌터가 말해 주었다.
 대장간 안은 그새 설비가 더 늘어났다. 사람 또한 낯선 얼굴이 몇 더 보였다. 전에 봤던 서동백이 반가워하는 표정을 지으며 내게 다가왔다.
 "어서 오세요, 선생님 뵈러 오신 거지요?"
 "선생님이요?"
 "본격적으로 아이템 만드는 방법을 배우기 시작해서요, 선생님이라고 부르고 있어요."
 스킬 가르치는 걸 시작했구나. 그러고 보니 저기 저 이민석 씨도 수리하는 게 아닌 형태가 덜 잡힌 무언가를 만들고 있었다.
 "손님이 와 계시긴 한데, 한유진 씨라면 괜찮을 거예요. 이쪽으로 오세요."
 손님? 서동백을 따라가자 마나열로를 앞에 두고 명우와 또 다른 사람이 서 있는 게 보였다. 얌전히 땋아 내린 머리카락에 동그란 안경을 쓴 여자. 세성의 S급 헌터인 에블린이었다. 그녀는 화살을 들고 있는 명우를 집중해 바라보고 있었다. 전에 만든다던 화살의 주인이 바로 에블린이었던 모양이다.
 "유진아."
 내가 온 것을 눈치챈 명우가 진지하던 표정을 풀며 미소를 머금었다. 마지막으로 보고 얼마 안 지났건만 몸이 더 좋아진 것도 같고. 여자지만 S급 헌터라 키 크고 신체의 균형도 잘 잡힌 에블린 앞에서도 별로 안 꿀려 보였다.

…둘이 은근 잘 어울리네. 혹시 화살 만들어 주는 게 에블린이 마음에 들어서일까.

"내가 방해하는 거 아닐지 모르겠네."

"전혀 아니야. 어서 와."

내가 다가가자 에블린이 흥미 가득한 눈길로 바라봐 왔다.

"말로만 듣던 그 캔디 박스? 정말 반가워요."

"…예?"

갑자기 웬 캔디 박스 타령이냐. 그때 허공에서 스륵 나타난 팔이 나를 끌어안듯 하며 뒤로 당겼다. 노아였다.

"조심하세요. 에블린 헌터는 마안을 가지고 있습니다."

"마안?"

노아 씨의 말이 떨어지기가 무섭게 에블린의 미간이 좁아졌다. S급치곤 약한 편이던 그녀의 기세가 순식간에 흉흉해진다. 사나운 빛을 띤 눈동자가 나를, 노아를 노려보았다.

"입이 너무 가벼워. 아무리 주인을 바꾸었다고 해도 옛 동료의 스킬에 대해 떠들고 다니면 안 되잖니."

이런. 그녀의 말대로 타인의 스킬에 대해 함부로 밝히는 건 민감하게 반응할 만한 일이다. 하지만 노아도 쉽게 물러날 생각이 없어 보였다.

"유진 씨에게 접근하도록 놓아두기엔 당신은 너무 위험합니다."

"충성스럽기도 해라."

공기가 더더욱 살벌하게 날카로워져 가는 가운데.

터엉!

묵직한 소리가 울렸다. 망치를 내려쳐 시선을 끈 명우가 냉랭하게 에블린과 노아를 바라보았다.

"에블린 헌터, 지금 뭐 하시는 겁니까."

명우가 놀랄 정도로 차갑게 말했다.

"비각성자나 다름없는 사람이 바로 앞에 있는데 싸움을 걸 생각은 아니겠지요."

에블린이 눈가를 미미하게 찌푸렸다. 하지만 명우를 돌아보는 태도는 꽤나 공손했다.

"유명우 헌터께서는 잘 모르실 수도 있겠지만 타인의 스킬에 대해 밝히는 것은 암묵적으로 금지되어 있습니다. 특히나 상급 헌터 사이에서는 스킬의 특성에 따라서 칼부림도 충분히 일어나곤 하는 일이지요. 관계자가 아니라면 간섭해선 안 되는 문제이기도 합니다."

상냥하게까지 느껴질 정도로 차분한 어조였으나 축약하자면 잘 모르면 얌전히 있으라는 뜻이었다. 하지만 명우는 물러나지 않았다.

"조금 전 노아 헌터의 위험하다는 말의 뜻은 뭡니까."

"과민한 반응이죠."

"아닙니다! 에블린 헌터는……."

노아 씨가 머뭇거리며 말끝을 흐렸다. 어디까지 말해도 괜찮을지 고민하는 듯했다. 그런 노아의 태도에 명우가 다시 입을 열었다.

"역시 제대로 말씀해 주셔야 하겠습니다, 에블린 헌터."

"스킬에 대한 것은 아무리-."

툭. 명우가 들고 있던 화살을 마나열로에 던졌다. 소리도 없이 순식간에 녹아내리는 화살의 모습에 에블린이 눈을 휘둥그레 떴다.

"자, 잠깐만요. 유명우 헌터?"

이어 테이블 위에 쌓여 있던 화살 무더기로 명우의 손이 향하자 에블린이 급히 두 팔로 화살들을 그러모았다.

"아깝게 왜 그러세요, 말로 하세요!"

"화살 정도로 안 끝납니다."

"…예?"

"활 제작 의뢰도 거절하겠습니다. 물론 다른 장비들도 마찬가지입니다. 에블린 헌터와 관련이 있는 사람이라면 대장간의 출입을 금지시키겠습니다."

줄줄이 이어지는 말에 에블린의 얼굴이 당혹감으로 물들었다. 장비 제작을 맡아 주지 않겠다는 건 그렇다 쳐도, 마지막 말은 세성 길드까지 거부하겠다는 뜻이나 다름없었다. 나조차도 과하다는 생각이 드는 선언이었다.

"그건, 겨우 스킬에 대해 말하지 않았다고……."

"긴말할 생각 없습니다."

명우의 얼굴이 단호라는 두 글자를 그리듯 딱딱하게 굳었다. 어떤 말도 듣지 않을 것 같은 그 표정에 에블린이 난감해하다가 결국 입을 열었다.

"누설하시지 않을 거라고 믿겠습니다. 제 스킬은 미약하게 상대의 행동을 조종하는 겁니다. 눈을 마주친다는 간단한 조건으로 사용 가능한 정신계 스킬이지만 그런 만큼 비각성자나 스탯 F급 정도에게만 통합니다. 일반적인 상황에 한해서는요."

F급에게 통한다는 말에 명우가 미간을 좁혔다. 그것을 본 에블린이 변명하듯 설명을 덧붙였다.

"그렇게 위험한 스킬은 아니에요. 단순히 제가 하는 말이 설득력 있게 들리는 수준일 뿐입니다."

에블린은 위험하지 않다고 말했지만 전혀 그렇지 않게 느껴졌다. 그녀의 말에 설득력을 더해 준다니, 사용하기에 따라선 유용하고도 위험한 능력이다.

"게다가 평소에는 안경으로 막고 있습니다. 상시 적용되는 스킬이거든요. 눈을 직접 마주쳐야 하기에 평범한 안경알이라 해도 앞을 가려 주는 것만으로도 효과를 막아 줍니다."

그러니 걱정하지 말라면서 에블린이 부드럽게 미소 지었다. 살벌하던 기세가 완전히 가시자 마치 동화책에나 나올 것 같은 전형적인 착한 선생님 같다. 우리나라는 아니고 외국 동화의… 가정교사? 그러고 보니 억양도 귀에 잘 들어오면서도 세련된 편이었다. 통역 아이템 안 쓰고 있는 거 같은데 한국말 잘하네.

"에블린 씨."

내 부름에 그녀가 질문을 위해 손을 든 학생을 보듯 눈을 둥글게 휘었다.

"네, 캔디 박스 씨."

…뭔 소린가 했더니 저거 날 부르는 호칭이었냐. 리에트도 자기 소리 해대긴 했지만.

"비각성자에게 통한다는 말은 헌터 외의 상대와 협상할 시 유리하게 이끌 수 있다는 뜻이겠군요. 특히 길드 차원에서는 상당히 쓸모 있겠는데요."

정부는 물론이고 헌터협회만 봐도 상층부에는 일반인들이 다수다. 아직은 상급이든 하급이든 헌터가 소수인 세상이었다. 거기에 정신계 스킬 대비도 허술한 편인 시기였다.

"조금은 그렇지요. 아, 일본과의 협상에도 제가 참석할 예정입니다."

"잘 부탁한다고 말씀드려야겠군요."

세성 측에서는 이번에 에블린과 처음 계약한 것처럼 발표했지만 실은 오래전부터 관계를 맺어 오지 않았을까. 그녀의 힘이라면 던전이 생긴 초기부터 각국에 발을 뻗어 놓기 쉬웠을 것이다.

"아무튼 안경 하나로 쉽게 막을 수 있는 스킬이니 그리 경계하지 않으셔도 괜찮습니다, 여러분."

"…상대가 불안정한 상태면 훨씬 강하게 먹혀들기도 해요."

노아가 뒤에서 작게 속삭여 왔다. 정신계 스킬은 보통 그렇긴 하지. 속삭였다곤 하나 이 정도 거리라면 S급 헌터의 귀에 닿지 않을 리 없다. 아니나 다를까 에블린이 인상을 살짝 찌푸렸다가 다시금 온화한 얼굴을 하였다.

"저희 길드장님이 무서워서라도 캔디 박스 씨껜 손끝 하나 대지 않을 테니 걱정 마세요."

"유진아, 혹시 모르니 안경이나 렌즈 하고 다녀. 내가 정신계 스킬 방어 효과 있는 아이템도 한번 만들어 볼게."

"스킬 방어는 쉽지 않을걸. 보통은 정신력 스탯을 최대한 올리는 걸로 막긴 하는데."

내게도 선생님 스킬용 정신력 스탯 붙은 아이템은 몇 있었다. 평소에는 잘 사용하지 않지만.

"에블린 씨, 그 스킬 저한테 한번 써 보지 않으시겠습니까."

"유진 씨?"

"유진아?"

"아니, 그냥 어느 정도인지 확인해 보려고. 지속성이 있는 것도 아니고 위험하다 싶으면 막아 주면 되잖아."

뭘 그렇게들 놀라냐. 내 말에 에블린이 안경을 벗었다. 가리는 것 없이 드러난 눈에 희미한 푸른빛이 감돌았다.

"확인시켜 드리면 유명우 헌터께서도 불안을 덜 수 있겠죠. S급 무기는 그러잖아도 부족한 데다가 원거리 타입은 더더욱 적어서 여기서 쫓겨나면 곤란하거든요."

그러면서 나와 눈을 마주쳐 왔다. 눈동자가 꽤 예쁘다는 것 외에는 별다른 느낌이 들지 않았다.

"유명우 헌터께 말씀 좀 잘해 주실 수 있겠어요? 활이 꼭 필요하거든요."

"말하는 거야 어렵지 않죠. 무기가 드물면 확실히 곤란한 경우가 많겠네요."

고개를 끄덕이다가 아차 싶어졌다. 오늘 처음 본 사이에 무슨 헛소리냐. 말을 잘해 주긴 뭘 잘해 줘. 그렇게 생각하면서도 명우에게 부탁해 볼까, 하는 마음이 들었다. 알면서도 흔들리다니. 모르는 상태라면 영락없이 홀리겠는데.

"이 정도의 가벼운 부탁은 쉽게 들어주게 할 수 있습니다. 하지만, 피스라고 했지요? 저도 기승수가 필요한데 제게 넘겨주실 순 없을까요?"

"미쳤, 아니, 안 됩니다. 당연히."

내 옆에 앉아 있던 피스가 자기 이름을 부른 것을 알아듣고 무슨 일이냐는 듯 고개를 갸웃했다. 넘겨주긴 뭘 넘겨줘. 농담이라도 거슬린다.

"이렇게 정도가 지나치면 거부감이 커져 스킬이 통하지 않게 되지요."

"적당히 조절을 잘해야겠군요. 그래도 충분히 위협적인 스킬입니다. 이렇게 쉽게 알려 주시는 게 부담될 정도로요."

"쉽게는 아니죠. 유명우 헌터님께는 앞으로도 계속 신세 지게 될 테니 별수 있겠습니까."

이런 정성을 알아 달라는 말에 명우가 염두에 두겠노라 대답했다.

"그리고 사실 오래 써먹을 수 있는 스킬이 아니긴 해요. 이미 알음알음 알려져서 머잖아 별 쓸모 없어질 예정이기도 하고요. 막기 너무 쉬우니까요."

에블린이 안경을 쓰려다 말고 다시 나와 눈을 마주했다.

"참, 캔디 박스 씨는 세성 길드장을 어떻게 생각하시나요. 솔직하게요."

"예? 그야 위험한 사람이죠. 능력이야 좋지만, 잘나긴 잘나서 무심코 의지해 버릴까 봐 조심해야 하는……."

완전히 믿을 수 없어서 문제지, 성현제가 던전을 막을 확실한 의지를 가지고 있다면 그에게 모든 걸 맡기는 편이 더 나을지도 모른다. 나보다 더 나를 잘 사용할 것 같기도 하고. 이미 실패해서 회귀한 사람보다야, 스스로의 힘으로 갖출 거 다 갖춘 사람에게 새로운 기회와 능력이 주어졌다면.

그때 노아의 손이 내 눈을 가렸다.

"그만하세요."

"그냥 조금 궁금했을 뿐이야, 퍼피."

노아의 손이 치워지자 안경을 쓰고 미소 짓는 에블린이 보였다. 화살을 인벤토리에 넣은 그녀가 이만 가 보겠다며, 비밀 잘 지켜 달라고 말했다.

"그런데 왜 절 그… 런 식으로 부르는 겁니까? 웬만하면 이름으로 불러 주시죠."

좀 많이 민망한 호칭이잖아.

"다들 그렇게 불러요."

"…네?"

"한국 말고 영어권 쪽이긴 하지만요. 홍콩에서의 일 이후로 캔디 박스와 허니팟으로 통용되고 있어요."

"…예?"

아니, 왜? 어쩌다가? 에블린은 허니팟이 더 우세하지만 자기는 캔디 박스가 마음에 든다는 알고 싶지 않은 사실을 알려 준 뒤 떠나갔다. 아니, 진짜 왜냐… 어떤 놈이 저런 민망한 소리를 퍼뜨린 거야.

"유진아, 괜찮아?"

명우가 내 앞으로 다가오며 물었다. 노아도 어째서인지 걱정스러워하는 시선으로 나를 바라보고 있었다.

"에블린 씨의 스킬이야 일시적인 거라잖아. 당연히 멀쩡해."

"표정이 좀… 안 좋아 보이셨어요."

"맞아. 혹시 세성 길드장이 괴롭히기라도 했어? 생각하기도 싫을 만큼?"

그런 거라면 세성과 거래 끊겠다는 명우의 말에 황급히 고개를 저었다.

"아니야, 전혀. 일단은 잘해 주는걸. 그리고 명우 너, 그런 말 쉽게 하는 거 아니다. 아무리 네가 갑이라고 해도 S급 헌터 상대인데 열받아서 앞뒤 없이 덤벼들기라도 하면 어떡하려고 그래. 안전이 최고야. 화날 일 있어도 일단 보내 놓고 나중에 통보하는 식으로 해야지."

"평소엔 안 그래."

명우가 어깨를 으쓱하며 말했다.

"갑질하는 거 별로 좋아하지도 않아. 나도 원래는 당하는 입장이어서 그런가, 내 능력 가지고 남 휘두르고 싶은 마음 전혀 없어. 네 일만 아니라면."

전보다 더 커진 것 같은 손이 망치질로 인해 실금이 간 테이블을 스윽 매만졌다.

"딱 하나만 지키면 돼. 내 친구 건드리지 말라는 거. 그 하나 있는 조건도 못 지키는 놈은 누구든 간에 못 받아 줘. 세성 길드장이든 뭐든."

어떤 상대든 물러설 일 없다는 말에 괜히 가슴이 술렁거렸다. 명우 쟤는 왜 저렇게 나한테 잘해 주냐. 자꾸 미안해지게.

"…그렇게까지 말하면 내가 면목이 없어지잖냐. 오늘도 부탁할 거 있어서 찾아온 건데. 되게 속물같이 느껴지고 그러네."

"속물은 뭐가 속물이야. 유진이 넌 대놓고 나한테 이것저것 요구해도 돼. 진짜 막 대해도 십 년 정도는 받아 줄 수 있다고."

"야, 무슨 십 년씩이나… 은혜만으로도 충분하고 넘치는데."

"너한테 받은 내가 그렇다는데, 뭘. 하지만 십 년 말고 평생 가려면 말이야."

명우가 씨익 웃으며 말을 이었다.

"부탁해, 고마워. 이 두 마디면 돼."

순간 말문이 꽉 막혔다. 스킬만 보고 명우에게 접근한 내가 나쁜 놈처럼 느껴졌지만, 동시에 정말 잘했다 싶어졌다. 정말로.

"…명우야."

"그래서 부탁할 건 뭔데?"

"어, 이것 좀 봐 줘."

인벤토리에서 SSS급 마석, 최석원의 마석을 꺼내 들었다.

"혹시 이 마석으로 무기를 만들 순 없을까? 은혜도 마석으로 만든 거잖아."

"SSS급이네? 만들 수야 있지. 하지만 마석의 본체에 따라 달라져. 본체가 가지고 있던 능력 같은 거 말이야."

"칼 쓰던 놈이었어. 갑옷 스킬도 있었고."

"몬스터가? 특이하네. 인간형은 드물다고 들었는데 심지어 SSS급이라니. 그런 능력이면 충분히 무기로 만들 수 있을 거야. 아마도 검이 잘 맞겠지."

"검 좋지! 혹시 SS급이 나올 수 있을까?"

"일단 바탕은 좋고 내가 가진 재료 중에서 SS급짜리 쓰면, 그럭저럭? 내 실력이 아직 모자라서 재료 대비 성능은 떨어지겠지만. 동생 주게?"

"아니. 일단은 상품용이야. 우승 상품. 조만간 이벤트 하나 열어 볼 생각이거든."

남은 두 태생 S급 헌터는 물론 전 세계 S급 헌터들 중 해파리의 마수에서 보호할 필요가 있는 능력자들을 찾아내기 위해서. 그러려면 역시 눈 돌아갈 만한 상품이 걸린 랭킹전이 최고다.

그리고 유현이가 우승해서 SS급 무기를 차지하면 금상첨화지. …성현제 어떻게 처리하지. 다른 헌터들이야 유현이가 쉽게 누를 수 있을 텐데 성현제가 문제다. 전투예지 그거 진짜 사기잖아. 랭킹전 규칙으로 금지시키고 싶다.

"시간 좀 걸리긴 하겠지만 최대한 빨리 만들어 줄게."

"고마워, 정말로. 너도 필요한 거 있으면 뭐든지, 언제든 말해."

"저기, 유명우 헌터."

얌전히 우리 대화를 듣고 있던 노아가 명우에게 조심스럽게 말을 걸었다.

"혹시 괜찮으시다면 안장 하나 의뢰할 수 있을까요?"

"안장이요?"

"네. 제가, 유진 씨가 쓸 안장이에요."

안장이라는 말에 당황하며 노아를 돌아보았다.

"노아 씨, 전 안장 필요 없다니까요. 지금으로도 충분해요. 제가 노아 씨에게 신세를 자주 지긴 했지만 몬스터가 아닌 사람이잖아요."

"하지만 안장이 있는 게 더 편하실 거잖아요. 아니면 최소한 줄 같은 거라도요."

"줄은… 설마 목줄 같은 건… 아니, 역시 그것도 아니죠."

아무리 드래곤일 때라고 해도 원래는 사람인데 목줄이라니. 그건 역시 아니다. 고개를 절레절레 젓는 내게 명우가 줄자를 꺼내 들며 말했다.

"그럼 하네스는 어때? 등반용 하네스 같은 거."

"하네스?"

"응. 그거라면 인간 모습일 때도 착용 가능하니까 더 편할걸."

"맞아요, 좋을 거 같아요! 인간일 때와 드래곤일 때 동시에 사용 가능한 하네스를 만들어 주실 수 있나요?"

노아가 기대감 어린 눈빛으로 명우를 바라보았다. 등반용 하네스… 라면 괜찮으려나? 어떤 거지?

"물론 가능하죠. 마침 세성에서 화살 맡기며 선물로 S급 몬스터 가죽 보내온 게 있으니 그걸로 만들면 될 겁니다."

"감사합니다, 유명우 헌터."

"천만에요. 앞으로도 우리 유진이 잘 부탁드려요. 뭐 더 필요한 거 있으면 언제든지 말하고요."

그러면서 명우가 능숙하게 노아의 가슴이며 허리 둘레를 쟀다. 이어 드래곤 모습일 때의 사이즈도 측정했다.

"옵션도 붙여서 튼튼하게 만들어 드리겠습니다."

"비용은 얼마쯤 될까요?"

"당연히 무료입니다."

명우가 시원스럽게 대답하고 노아 씨가 고맙다며 해사하게 웃었다. 둘이 은근 잘 맞네.

노아의 안장 대안 하네스 제작 상담은 제법 길게, 자세하게 이루어졌다. 노아에겐 아직 전용화 시 쓸 만한 장비가 없는 만큼 능력치와 전투 스타일에 맞춰 제대로 만들기로 했기 때문이다. 그에 더해 리에트와의 일을 듣고는 여유되는 대로 몇 가지 더 제작해 주겠다 하였다.

"기승수용 장비는 희귀한 데다가 체형이나 덩치도 제각각이라 대부분은 맞춤 제작을 해야 돼. 이미 관련 문의도 여럿 들어와 있고."

해연은 물론이고, 세성과 브레이커에서도 주문 대기 중이라고 하였다. 피스용은 이미 몇 완성되었지만 성체 크기에서 거대화 상태까지만 사용 가능해 지금처럼 유체화일 때는 착용이 불가능했다.

"장비의 사이즈 조절도 한계가 있으니까. 사이즈 조절 범위를 너무 크게 잡으면 등급 대비 다른 성능이 떨어지게 되거든."

노아는 소형 드래곤이라 인간일 때와 같이 사용할 수 있었다. 리에트는 절대 불가능하겠구먼.

"노아 헌터, 혹시 탈피 같은 거 하면 챙겨 와요. 자기 신체 일부면 마력 파장이 잘 맞는 데다가 귀속형으로 만들면 성능도 재료 대비 올라간다더라고요."

"지금도 드릴 수 있어요. 회복 스킬 있으니까 가죽 약간은-."

"안 되죠, 노아 씨!"

무슨 소릴 하는 거냐. 어차피 싸우다 보면 종종 다치기도 하는 거, 괜찮다는 노아 씨를 뜯어말렸다. 그거랑 재료로 쓰겠다고 직접 생으로 잘라 내는 게 같냐.

"어제 동생이랑 박예림 헌터가 집에 들어왔다면서?"

"어. 너도 들었냐. 예림이가 혼자 사는 게 쓸쓸하다더라고. 여자애라서 좀 걱정되긴 하는데, 그래도 혼자 내버려두는 것보단 나을 거 같아서."

방은 복층이 좋다 하니 어쩔 수 없고 욕실은 예림이 전용으로 하나 내주었다. 집에서도 옷이나 잠옷 꼬박꼬박 입고. 그나마 집이 넓어서 많이 불편할 것 같진 않았다.

"둘이 생각 외로 아웅다웅 대해서 이제 겨우 하루 지났는데 일주일은 넘은 것 같다니까. 주로 예림이가 먼저 시비 걸긴 하는데, 동생 녀석도 은근 틱틱거리고. 생각해 보면 첫 만남부터 그러긴 했었지."

그렇다고 또 사이가 나쁜 건 아닌 듯한 모양새였다. 진짜 나빴으면 이미 집이 박살 나지 않았을까.

"좋아 보이네."

어젯밤과 오늘 아침 일을 이야기하는 나를 바라보던 명우가 미소 지으며 말했다. 잘됐다는 말에 무심코 내 얼굴을 손으로 매만졌다. 별로 달라진 건 없는 것 같은데.

"틈틈이 약과 만들어 둔 거 있으니 가지고 가. 전에 맛있었다며."

"응, 고마워."

진짜 너무 많이 퍼 줘서 감사의 말이라도 한껏 마음을 담아 말했다.

사육 시설로 돌아가기 전 석하얀 팀에도 들렀다. 하지만 낮이라서인지 텅 비어 있었다. 오늘은 웬일로 집에 돌아가서 자는 모양이었다. 게이트 탐색 및 측정이 곧 완성될 거라던데 밤중에 와 봐야 하나.

'슬슬 석하얀 팀 보안도 더 신경을 써야 하겠는데.'

사람의 안전이야 지금으로도 충분하다. 노아도 있고, 상급 헌터들이 1층에 득시글거리고 있으니까. 하지만 연구 성과는 되레 빼돌려질 가능성이 컸다. 상급 헌터들은 죄다 타 길드 소속에 노아가 석하얀 팀만 종일 들여다볼 수는 없으니까.

블루가 피스처럼 덩치 조절이 가능했다면 석하얀 팀에 보내 놓으면 딱이었을 텐데. 사람은 꼬셔서 자료를 빼낼 수 있지만 몬스터 상대로는 불가능하니까. 다 커도 덩치가 작은 S급 몬스터 새끼를 구해 볼까.

─ 꺄아우!

빌딩을 내려가 걸어 돌아가긴 좀 귀찮아 전처럼 노아의 도움을 받아 옥상 정원으로 내려섰다. 기다렸다는 듯이 날아온 블루가 내게 뛰어들려 하자 안겨 있던 피스가 이를 살짝 드러냈다.

─ 크흥.

피스의 꾸지람에 한쪽 앞발을 들어 올리며 멈춰 선 그리폰이 민망하다는 듯 꼬리를 슬슬 흔든다. 이어 우리 주위를 한 바퀴 빙글 돌곤 나 대신 노아에게 덤벼들었다. 거세게 몸을 부딪쳐 오는 블루를 노아가 가볍게 받아 주었다.

- 꺄! 꺅!

평소에 노아가 자주 놀아 주어서인지 친근감 있게 부리를 비비며 폴짝폴짝 뛰는 블루를 내 팔의 벨라레가 눈만 살짝 돌려 훔쳐보았다. 아무래도 블루에게 겁을 먹은 모양이었다. 맹금류는 뱀도 곧잘 잡아먹곤 하는 탓일까. 덩치도 훨씬 크고.
 그간 틈틈이 훈련시킨 덕에 전보다 더 자란 블루는 이젠 사람 한 명 정도는 태우고 날 수 있을 만큼 커졌다. 덕분에 살살 몸을 대어 와도 나로서는 감당하기가 조금 힘들었다. 워낙 활기 넘치는 탓에 힘 조절이 잘 안되는 탓도 있었고.

- 꺄아!

노아가 블루를 달랑 들어 올려 공중에 높이 던졌다. 날개를 접은 채로 붕 떠올랐다가 파드득 하늘을 빙그르르 맴돈다. 그러다 저만치 날아가는 비둘기를 발견하곤 쫓아가 버렸다. 순식간에 해연 건물 꼭대기까지 올라가 자리 잡고 앉는 블루를 바라보다가 고개를 내렸다.
 "혹시 내일이나 모레 시간 되나요?"
 노아 씨에게 물었다. 리에트와의 승부를 위해 그에게 반드시 필요한 것이 하나 있었다. 바로 새로운 공격 스킬이다.
 노아가 지닌 공격 스킬은 독과 통증 전이밖에 없었다. 그리고 둘 다 리에트 상대로는 큰 효과를 보지 못하는 종류였다. 통증 전이는 노아의 스킬을 잘 알고 있는 리에트니 성현제처럼 진통제를 사용하는 등의 대비책이 있을 게 분명했다. 게다가 노아의 독은 등급 대비 살상력이 약한 편이라 두 배 효과를 받아도 강한 독 저항을 지닌 리에트에게는 타격이 적을 터였다.

그러니 리에트에게 유효할 만한 공격 스킬이 필요했다.

'다행히 내새끼 스킬을 내일 사용할 수 있으니까.'

얻을 수 있는 공격 스킬이 하나쯤은 있겠지? 스킬명만 보고 찍어야 한다는 게 걱정되지만. 정 안되면 리에트를 잘 설득해서 한 달 뒤로 기간을 미루거나 패륜아들에게 가서 공격 스킬 얻을 수 있는 방법을 알려 달라고 해야지.

"전 언제든지 시간 있어요."

무슨 일이냐며, 뭐든 말하라며 보내오는 눈빛이 조금 부담스러웠다. 명우도 명우지만 노아 씨는 정말이지 내게 과하게 호의를 표하는 것 같다. 키워드 효과도 대상이 리에트라 마이너스면 마이너스였지 호감을 더해 주진 않을 텐데.

"언제나 생각하는 거지만 노아 씨는 제게 너무 잘 대해 주시는 것 같아요. 전 별로 해 준 것도 없는데."

정말로 별거 없다. 기껏해야 리에트를 막아 준 게 다였다. 내 말에 노아가 잠시 망설이다가 입을 열었다.

"아니에요. 유진 씨는 저한테 많이 주셨어요."

"많이요?"

내 기억에는 없는데. 뭘 많이 줬다는 거지.

"언제나 저를… 귀엽게 봐 주셨잖아요."

"…네? 어, 아니. 그게요."

내가 노아 씨를 무심코 어리게 보긴 했지만 당사자 입으로 직접 들으니 꽤나 당황스러웠다. 어린 취급한 티가 많이 났었나. 노아 또한 부끄러워하며 말을 이었다.

"전 그게 좋았어요."

"그… 렇다니 다행이네요. 노아 씨가 아주 어린 것도 아니고, 길드장이기까지 하셨으니 싫어할 거라고 생각했거든요."

"아뇨, 전혀요."

노아가 고개를 절레절레 저었다. 가느다란 머리카락이 따라 흔들리며 반짝거린다.

"유진 씨도 짐작하시겠지만, 누님은 절 어리고 약하게 보긴 했어도 진짜 어린애다운 대접은 해 주지 않았어요. 각성한 뒤로는 더 그랬죠. 아직 어렸어도 A급 헌터니까, 누님이 아닌 다른 사람들도 마찬가지였어요. 기대치는 높고, 뭐든 잘할 거라고들 생각하고. A급이니까 어떤 일을 해내든 그 정도는 당연히 할 수 있다고들 여겼죠."

S급으로 성장한 뒤에는 더더욱 심해졌다고 말했다. 외롭고 쓸쓸해질 정도로.

"하지만 유진 씨는 반대로 제가 뭘 하든 기특하게 여겨 줬어요. 몬스터를 잡든 한글을 쓰든 정말 잘한다고 칭찬해 주셨죠."

"노아 씨가 진짜로 잘하시긴… 했으니까요."

한글 가지고 그런 건 내가 생각해도 과했던 거 같다. 그래도 빨리 배웠다고. 한글도 한글이지만 어려운 한국어도 제법 몇 마디 할 수 있게 되었고.

노아가 약간 붉어진 얼굴로 소리 없이 웃었다.

"또 저를 걱정하고 불쌍하게도 여기셨죠."

"…불쌍하게까지는, 아니고요. 그건 좀 기분 나쁘셨을 것 같은데……."

"아니에요. 그것도 좋았어요. 그래서 유진 씨가 이것저것 시키는 게 즐거웠어요. 그럴 때마다 정말로 따뜻하게 바라봐 주셨거든요. 말로도 칭찬 많이 해 주셨고요. 용일 때는 머리도 자주 쓰다듬어 주셨죠."

…나도 얼굴이 붉어질 것 같다. 머리 안 쓰다듬으려고 했는데, 피스랑 다른 애들 어르던 버릇 탓에 무심코 자꾸 손이 가 버려서.

"그 모든 게 다 정말로 좋아요. 어리광 부릴 나이는 아니지만, 그렇지만 좋은걸요. 길드장이니 S급 헌터니 능력 되는 어른으로 봐주는 것보다요. 철없는 소리지만 귀여움받는 게 더 기뻐요. 유진 씨는 제가 뭘 하든 잘했다고

만 해 주시니까 편안하기도 하고요. 살면서 요즘이 제일 행복한 것 같아요."

고민하거나 부담 가질 필요 없이 그냥 말만 따르면 칭찬이 돌아오는 나날.

"너무 이렇게 기대기만 하면 안 된다는 거 알고는 있지만요. 하지만 조금만 더, 딱 일 년, 아니면 반년만이라도 더 어린애처럼 지내고 싶어요……. 안 될까요?"

"당연히 되죠."

걱정스럽게 물어 오는 말에 얼른 대답했다.

"애초에 노아 씨는 아직 어린걸요. 일 년이 아니라 그보다 더 그래도 돼요. 요샌 대학 졸업해야 사회생활 시작하는 게 대부분이잖아요."

학생이면 아직 애지.

"그리고 어른이라고 해도 어리광 좀 부릴 수도 있는 거죠. 애, 어른이 뭐 딱 선 잘라서 나누어지나요. 환갑 지나도 부모나 조부모에게는 애로 보이기도 하는 거고요. 몇 살을 먹든 간에 귀여움받는 게 좋을 수도 있죠. 서로 그게 좋다면 나쁠 거 하나도 없잖아요. 남한테 피해 주는 것도 아니고."

누굴 미워하거나 싫어하는 것보다야 훨씬 낫지 않나. 내 말에 노아가 기쁜 듯 웃었다.

"역시 유진 씨는 제게 많이 주고 계세요. 그러니까 조금도 신경 쓰지 마시고, 필요할 때 언제든지 불러 주세요. 전 그게 더 좋으니까요."

"그래도 너무 공짜로 부려 먹는……."

"제가 좋다니까요. 대신 계속 귀여워해 주세요."

별거 안 해도 귀엽긴 하다만. 그래도 노아 씨가 정말로 행복해하는 표정이라 나 또한 마음이 가벼워졌다.

"그리고 유진 씨도요, 좀 더 행복해지셨으면 좋겠어요. 제가 뭐든 힘껏 도와드릴 테니까요."

…아무래도 노아 씨는 외모만이 아니라 속까지 천사인 게 맞는 것 같다.

어쩌다 리에트와 남매로 태어난 걸까. 하늘의 실수가 분명했다.

펄럭, 커튼이 요란하게 젖혀지더니 예림이가 뛰어, 아니 날아 내려왔다. 거실까지 활공하듯 천천히 내려서는 두 팔을 펼쳐 보였다.

"아저씨랑 같은 잠옷!"

전에 내게 선물해 준 것과 똑같은 병아리 자수가 들어간 잠옷이다. 보란 듯이 생글대는 것에 유현이의 눈이 가늘어졌다. 유현이가 뭐라고 말하기 직전, 예림이의 손에 들려 있던 상자가 유현이를 향해 던져졌다. 뭔가 싶어 보니 잠옷이 든 상자다.

"머리 숙여 감사를 표해라, 한유현."

동생은 거만하게 턱 끝을 치켜들며 말하는 예림이를 본 척도 않고 옷상자를 들고 방으로 들어갔다. 예림이가 입을 삐죽이며 내게 투덜거렸다.

"저것 봐요, 아저씨. 챙겨 줘도 고맙단 소리 한번 안 한다니까."

약 올리지 않고 챙겨 주면 반응이 좀 다르지 않았을까 싶다만. 대답 대신 그냥 웃음으로 넘겼다. 둘이 투닥거릴 때 괜히 한쪽 편들면 역효과만 난다는 사실을 하루 만에 충분히 깨달았다. 과해진다 싶을 때, 둘 다 그만해 하고 막아서는 편이 나았다.

"부엌에 명우가 만든 약과 있다."

"헉, 진짜요?"

예림이가 만세를 부르며 주방으로 달려갔다. 그사이 잠옷으로 갈아입고 나온 유현이가 내 옆에 앉았다. TV 화면을 잠깐 보는가 싶더니 이내 나한테 달라붙어서는 오늘 협회에서 귀찮게 굴었다고 투덜거린다.

"전보다 더 공정해지긴 했지만 그만큼 더 깐깐해졌어."

"그래도 공정한 편이 낫지."

힘든 일 있으면 나도 도와주겠다며 달래는 사이, 약과를 입에 문 예림이가 돌아왔다.

"…아저씨는 아저씨보다 더 큰 놈이 저러는 게 징그럽지도 않아요?"

"응? 아니. 솔직히-."

"안 들을래요. 또 귀엽다고 하려고."

인상을 찡그리다가 약과를 베어 물고는 행복해하는 표정을 짓는다. 야금야금 약과를 다 먹은 예림이가 내 옆으로 바싹 붙어 앉았다. 그러곤 팔을 뻗어 나를 끌어안았다.

"…박예림, 손 닿잖아."

"싫으면 길드장님이 떨어지시든가."

둘이서 또 으르렁거리기 시작했다. 뭐, 평화로운 저녁이다.

명우는 하룻밤 새 안장 대용 하네스를 완성했다. 심지어 이런저런 유용한 옵션이 붙은 S급 장비였다. 나와 노아는 그저 입을 벌려 감탄할 수밖에 없었다.

"나도 이렇게 빨리 완성될 줄은 몰랐어."

밤을 꼬박 새운 명우가 햇살이 눈부시다는 표정을 지으며 말했다. 장비를 시험해 보기 위해 다 같이 옥상정원으로 나와 있었다. 블루가 오랜만에 본 명우에게 반갑다고 덤벼드는 불상사가 있었지만 명우는 의외로 수월하게 블루의 치댐을 받아 넘겼다. 물어보니 그새 스탯이 더 오른 모양이었다. 그것도 체력과 근력 위주로.

레벨업 없이 계속 스탯이 오르다니, 저러다 S급 찍는 건 아니겠지.

"전부터 생각한 건데 난 역시 무기보단 이런 비살상 장비가 더 손에 맞는 거 같더라. 쌓인 경험치가 다른 탓도 있겠지만 박예림 헌터 창 만들 때보다 이 하네스나 피스 장비 만들 때가 훨씬 쉽고 빨랐어. 더 재밌기도 하고."

하네스의 끈을 길게 펼치며 명우가 말했다.

"은혜도 방어를 위한 아이템이 아니었다면 L급 마석을 썼다 해도 저 정도 등급은 나오지 못했지 싶어. 그리고 사실, 몬스터 대상용이라 해도 무기를 만드는 건 약간 찝찝하긴 하니까."

살상용 무기를 만드는 것이 찝찝하다는 말에 뒤통수를 한 대 맞은 기분이 들었다. 심지어 헌터들 사이의 싸움도 종종 벌어지니 언제든지 사람을 향해 겨누어질 수 있는 무기다. 그 사실이 나는 이미 너무 익숙해져 버렸지만, 명우는 그렇지 않겠지.

…나도 회귀한 게 아니라면 명우와 비슷한 생각을 스스로 떠올릴 수 있었을까.

"그럼 내가 부탁한 것도…….."

"아냐, 신경 쓰지 마. 지금 세상에 무기가 필요하다는 사실은 나도 잘 알고 있으니까. 던전으로부터 사람들을 지키기 위한 거잖아. 물론 그런 이유가 없었더라면 무기는 만들지 않았겠지만."

그러면서 하네스의 등 부분을 보여 주었다.

"색상은 어제 이야기한 대로 하얀색으로 했어. 눈에 띄는 색상이면 노려질 가능성이 있으니까. 하체 부분까지는 필요 없으니 가슴 줄로만 만들었고."

흰색 가죽 줄에 연결고리는 금빛을 띠고 있었다. 내구성을 높이기 위함인지 군데군데 금속 장식이 덧대진 채였다. 그런데 가슴 부분만 있으니까 솔직히, 그, 음… 강아지…….

노아 씨에게 무척이나 미안해졌다. 정작 당사자는 장비가 빨리, 뛰어난 성능으로 완성되었다는 사실에 싱글벙글거리고 있긴 하지만.

"등 부분에는 손으로 잡을 수 있는 고리도 달았어. 그리고 이건."

명우가 가운데에 길게 늘어진 줄을 들어 보였다. 끝에 금속 버튼 같은 것이 장식처럼 달려 있었다.

"안전용 줄이야. 이걸 이렇게 허리에 대고 버튼을 누르면."

명우가 금속 버튼을 내 허리에 대고 눌렀다. 그러자 차락, 소리와 함께 벨트가 튀어나와 허리를 감았다.

"자동으로 벨트를 착용할 수 있어. 풀 때도 버튼만 누르면 돼. 속도를 중시했지."

확실히 줄로 묶어 두면 안전하긴 하겠지만 비상시에 빠르게 풀 자신이 없어서 포기했는데. 이렇게 쉽고 편한 벨트까지 포함시키다니. 대단하다는 내 말에 명우가 기분 좋은 듯 미소를 지었다.

"지금 상태로는 짧지만 드래곤용으로 바뀌면 일어설 수 있을 만큼 길어질 거야. 그리고 여기 봐. 여기 두 군데가 색이 좀 다르지? 이 부분은 일종의 흡착 효과가 있어. 여길 밟고 서면 웬만해서는 미끄러지지 않아."

밟는 압력으로 흡착되는 거라 힘만 빼면 쉽게 발을 뗄 수도 있다고 했다. 설명하는 명우의 표정이 무척이나 즐거워 보여, 확실히 이런 류의 장비를 만드는 게 좋은가 보다 싶어졌.

언젠가는 다양한 기능성 아이템들만 만들어도 되는 날이 오게 되겠지. 만약 던전과 각성자 시스템 자체가 사라지게 된다더라도, 명우의 손재주는 그대로니 공방을 차려도 좋을 것이다. 언젠가는, 꼭.

"성능엔 자신 있지만 혹시 모르니 은혜 켜고 시험해 봐."

노아에게 하네스를 건네주며 명우가 말했다. 하네스를 착용한 노아가 용의 모습으로 변했다. 옅은 금빛을 발하는 비늘 위의 하얀색 가죽 줄이 제법 잘 어울렸다. …잘 어울린다고 해도 되는 건가.

– 유진 씨!

얼른 타 보라며 노아가 재촉하듯 꼬리를 흔들었다. 이러면 안 되지만 정말로 덩치 큰 강아지 같다. 귀여워.

"그럼 실례할게요."

노아 씨의 등 위로 올라가 허리 벨트를 착용했다. 서 있을 필요는 없기에 흡착 부분에 무릎을 대고 손잡이 끈도 잡았다.

"제대로 한번 비행해 봐요. 모의 전투를 한다고 생각하고요."

급격한 비행 시에는 내가 버틸 수가 없어서 등에 타는 것이 아니라 노아가 안아 들고서 날곤 했다. 하지만 그렇게 되면 노아의 손이 묶이는 셈이었다. 보조로서 전투에 참가한다면 모를까, 직접적인 싸움이 된다면 불리할 수밖에 없었다.

그래서 리에트와의 싸움 때 어떤 식으로 해야 하나 고민했었는데. 하네스로 버틸 수만 있다면 걱정이 해결된다.

좀 더 실감 나는 움직임을 위해 블루를 도와 달라 불렀다. 녀석에게는 놀아 준다는 소리로 들렸겠지만. 이어 선생님 스킬을 노아에게 썼다. 노아가 하늘로 날아오르고 블루가 순식간에 뒤쫓아 왔다.

- 꺄아.

펄럭, 희미하게 금빛을 띤 하얀 깃털 날개가 크게 한 번 퍼득이더니 순식간에 노아를 지나쳐 하늘 높이 치솟았다. 아직 덜 자랐지만 비행 실력만큼은 용종보다 뛰어난 그리폰이다. 진짜 드래곤도 아닌 노아로서는 여전히 따라잡기가 힘들었다.

휘익, 바람을 가르는 소리와 함께 블루가 번개처럼 노아를 향해 내리꽂혔다. 금빛 피막 날개가 물결치듯 움직이며 노아의 몸이 수직으로 곤두선다. 그 움직임을 미리 알고서 손잡이를 잡은 손아귀에 힘을 잔뜩 주었다. 벨트와 연결된 끈이 팽팽하게 당겨졌다. 무릎에 닿은 흡착판이 아직 효과를 발휘하고 있어 생각보다 버티기 쉬웠다.

그러나 이어, 몸이 완전히 뒤집혔다. 삼각형을 그리며 빠르게 주위를 돌아 덤벼 오는 블루를 피해 노아가 롤러코스터처럼 한 바퀴 크게 맴돈 것이었다. 무릎이 떨어지고 몸이 공중으로 떴지만 버틸 수는 있었다. 노아는 이내 다시 정상적으로 날갯짓하고 나도 정신 차리고 자세를 바로잡았다.

- 괜찮아요?

"네, 조금 더 날아 보죠."

잠깐 머뭇거리던 노아가 곡예에 가까운 비행을 이어 갔다. 급하강에 급상승, 급회전에 블루와 싸우듯 공중에서 부딪치기까지. 팔이 좀 아파 오긴 했지만 중간부터는 요령이 생겨 허리 벨트 끈에 최대한 의지하는 식으로 팔 힘을 줄였다.

딱 한 가지, 멀미약만 챙기면 문제없겠다. …독 저항이 문제네. 전에 독 저항 무시하는 멀미약 만들어 달라고 요청은 해 놨는데 감감무소식이고.

"잠깐… 쉬죠."

어지럽다. 노아가 날개를 길게 펼쳐 수평으로 비행했다. 그 옆으로 블루도 따라 날개를 나란히 했다.

"할 만은 하네요. 너무 연속으로 오래 곡예비행하지만 않는다면요."

리에트와 싸우기 전에 배를 비워 놔야겠다. 굶으면 멀미가 더 난다고 하지만 토하는 것보다야 낫지.

그때 노아와 블루가 해연 길드 건물 쪽을 향해 고개를 돌렸다. 내 눈에도 이상한 것이 비쳤다. 공중을 가로지르는 물줄기였다.

허공을 구불구불 기어가며, 물줄기가 모양을 만들어 냈다. 글자였다.

아저씨!

예림이야. 내 시력으로는 흐릿했지만, 노아의 시력으로는 창문을 열고 이쪽을 바라보고 있는 예림이가 뚜렷이 보였다. 이어 물줄기가 다시 새로운 모양으로 바뀌었다.

오늘 저녁에
치킨!

…편한 휴대폰 놔두고 뭐 하냐. 싱글벙글 웃는 예림이를 향해 두 팔을 들어 동그라미를 만들어 주었다. 그래, 너 먹고 싶은 거 먹어라.

예림이가 무어라 입을 벙긋거리고 물줄기가 한곳으로 모여들었다.

♥

물로 만들어진 하트를 흐뭇하게 바라보는 그때였다. 돌연 나타난 불꽃이 하트를 휘감았다. 물이 순식간에 증발되고 불길 또한 흩어져 사라졌다. 예림이보다 몇 층 위쪽 창가에 유현이가 서 있는 것이 보였다.

나를 향해 미소 띤 얼굴로 손을 흔든 동생이 휴대폰을 꺼내 들었다. 문자를 보내는가 싶더니 예림이가 오만상을 찌푸린 채 제 휴대폰을 들여다본다. 그러곤 씩씩대며 창가에서 멀어져 갔다.

'…둘이 뭐 하냐.'

기사에 해연 길드 불꽃 하트, 이딴 거 뜨는 게 아닐지 몰라. 그래도 둘이 은근 잘 놀긴 하는구나.

불과 얼음이 상극이라곤 하지만 적당히 가까이하면 너무 뜨겁지도, 차갑지도 않은 적당한 온도가 될 수 있다. 그러니 다른 방향으로 보면 도리어 잘 맞는 사이이지 않을까.

아래로 내려가자 하품을 하던 명우가 어떠냐고 소감을 물어 왔다. 당연히 완벽하다고 칭찬을 퍼부어 주었다. 벨트 작동도 잘되고 손잡이도 튼튼하고 흡착 부분도 유용했다.

"저녁에 내가 치킨 튀겨 줄까?"

"그러면야 고맙지. 아, 나도 도울게."

명우 혼자 만들면 유현이 녀석 또 입에 안 대려고 할 수도 있으니까. 내가 같이 만들었다고 하면 먹을지도 모른다.

"노아 헌터도 오죠."

"저도요? 그래도 될까요?"

명우의 말에 노아 씨가 반색하며 나를 돌아보았다. 안 될 거야 없지. 얼마든지 오라는 대답에 뛸 듯이 기뻐한다.

저녁까지 눈 좀 붙여야겠다며 명우가 돌아갔다. 블루는 아직 성이 차지 않았는지 공중을 빙글빙글 돌며 간간이 노아에게 같이 놀자는 듯 꺅꺅거렸다.

"노아 씨, 노아 씨에게는 새 공격 스킬이 하나 있어야 한다고 생각해요."

내 말에 노아가 동의한다는 듯 고개를 끄덕였다.

"저도 제대로 된 공격 스킬이 있으면 좋겠다 싶었어요. 제일 가지고 싶은 건 다른 스킬이지만요."

"가지고 싶은 스킬이요? 뭔데요?"

"…소형화요."

노아가 조금 쑥스러워하며 말했다.

"피스처럼 유체화도 괜찮고요."

그 말에 무심코 피스를 돌아보았다. 거대화에 유체화 스킬을 가진 피스다. 소형화 스킬도 있기는 하겠지. 그런데 왜 작아지고 싶다는 거지. 귀엽긴 하겠지만. 금색 새끼 드래곤… 음, 좀 과하게 귀여울 거 같은데. 지금도 체형이 유선형으로 부드러운 편이니 어려지면 진짜 동글동글하니 예쁘겠지. …상상할수록 반칙이다.

"음, 그런 스킬 얻을 수 있으면 좋겠네요. 저도 한번 알아볼게요. 소형화면 저한테도 유용할 거 같고요."

들려 다니기 편하겠지. 배구공에게 얻을 수 있는 방법 없냐고 물어봐야겠다.

노아 씨에게 내가 일종의 성장 방법을 알아보는 스킬 같은 걸 가지고 있다고 간략히 설명해 주었다. 김성한도 그 스킬로 S급으로 성장시킬 수 있었다고. 그러곤 내새끼 스킬을 노아에게 사용했다.

시스템창이 눈앞에 떠오르고 노아의 미습득 최적화 스킬 목록이 나타났다. 스킬 이름밖에 볼 수 없었지만 대부분 보조계로 보이는 스킬들이었다.

그중에서 단 하나뿐인 S급 스킬이 눈에 들어왔다.

```
고요한 상처(S)
```

…스킬명이 어째 소리 없는 비명을 떠올리게 만들었다. 상처라는 이름이 붙었으니 공격 스킬일 가능성이 컸다. 어쩌면 회복 스킬류일지도 모르지만, S급이면 그것도 환영이다.

나머지 스킬 중에서는 괜찮은 공격 스킬로 보이는 이름은 없었고 랜덤으로 돌리기엔 도박이니, 유일한 S급 스킬을 얻는 게 낫겠지. 고요한 상처를 선택하자 다시 메시지창이 나타났다.

```
대상자 노아의 고요한 상처(S) 습득 조건
상급 각성자 500명 제압
(진행도 459/500)
```

상급 각성자 제압이라니, 이건 틀림없는 공격 스킬이다! 내새끼 스킬 효과에 더해 라우치타스의 천적으로 습득 조건이 많이 완화되었을 것임에도 500명이었다. 원래는 명우처럼 만 명쯤 되지 않았을까.

'마흔한 명밖에 남지 않은 건 다행이네.'

동시에 노아가 험하게 살아왔다는 생각이 또다시 들었다. 몬스터도 아니고 상급 각성자를 상대할 일이 저렇게나 많았다니. 헌터 관련 체계가 빠르게 자리 잡힌 한국과 달리 해외는 아직 불안정한 곳이 많은 탓이 컸겠지만, 그래도 신경 쓰였다.

"상급 각성자를 41명만 제압하면 새로운 S급 스킬을 얻을 수 있다네요. 조건을 보니 공격 스킬인 것 같아요."

"정말요?"

내 말에 노아 씨가 기뻐하다가 살짝 걱정스러워하는 얼굴을 했다.

"누님이 나오기 전에 스킬을 얻을 수 있을까요? 이유 없이 싸움을 걸고 다니는 건 안 되잖아요."

"걱정 마세요. 좋은 장소가 있습니다."

이유 있게 싸움 걸면 되지. 유현이에게 잠깐 나갔다 오겠다고 목적지를 알려 줬다. 위험한 곳은 아니었기에 조심해서 다녀오라는 답장이 돌아왔다. 예림이에게도 말해 준 뒤 노아를 타고 날아올랐다.

우리가 향한 곳은 다름 아닌 경기도에 위치한 상급 헌터 전용 훈련소였다. A급 이상의 본격적인 전투 훈련은 안전을 위해 수도 밖, 도심지를 벗어난 전용 훈련소에서만 행해져야 했다. 협회와 길드 공용 훈련소는 인적이 없는 황량한 땅에 자리 잡고 있었다. A급 던전 브레이크까지 터진 곳이라 주위에 민가라곤 단 한 채도 보이지 않았다.

혹시라도 몬스터로 오해당해 공격당할세라 훈련소 관리를 맡은 협회에 미리 연락해 놓고 연무장으로 내려섰다. 어차피 부서질 게 뻔하기에 바닥재 따위 없이 흙바닥의 휑하니 넓기만 한 운동장 위로 흙먼지가 일어났다.

'제법 많네.'

연무장에 나와 있는 헌터 수만 해도 일곱이다. 안쪽에도 더 있겠지. 저들을 잘 꼬셔서 노아와 대련하게 만들면 조건을 금방 달성할 수 있을 것이다. 뛰어난 실력을 보인 사람에게 주겠다고 하고 상품이라도 하나 걸까. 홍콩에서 얻어 온 A급 아이템 중 괜찮은 거 한둘 정도면 되겠지.

"여기까진 무슨 일이십니까."

그때 건물 안쪽에서 익숙한 얼굴이 나타났다. 송태원이었다. 도복 비슷한 것을 입고 있는 그의 이마에 땀이 희미하게 어려 있다. S급이라도 거칠게 움직이기 더운 날씨긴 하다. 보통은 품이 헐렁해야 할 옷인데도 송태원에게는 몸에 딱 맞아 보였다. 정말 몸이 좋기는 좋다니까. 부럽다.

"견학 겸 대련을 할까 싶어서요."

노아로부터 내려서며 한 말에 또 다른 목소리가 반응해 왔다.

"몸을 단련해 두는 것이야 환영할 일이지만 여기 시설은 한유진 군에게는 맞지 않을 텐데."

성현제였다. 저 인간은 왜 또 여기 있는 거지 싶어 돌아보자, 손에 든 활이 보였다. 손가락 사이에 느슨히 끼워져 있는 화살은 분명 어제 에블린이 가져간 명우표였다. 저걸 시험해 보려고 온 건가. 에블린도 같이 와 있으려나? 오늘은 셋 다 필요 없는데. A급이 필요하지 S급은 사양이라고.

"송 실장님께서 여기 계신 줄은 몰랐네요."

오늘은 필요 없는 성 모 씨는 없는 셈 치고 송태원에게 말했다. 그가 나직하게, 여느 때처럼 의무적인 투로 대답했다.

"별다른 일이 없다면 달에 두 번 정기적으로 방문합니다. 주로 각성자관리실과 협회 소속 헌터들의 훈련을 보조해 주기 위해서입니다."

"수고가 많으시군요."

대화는 사람 얼굴을 보며 해야 한다. 알고는 있지만 시선이 무심결에 자꾸만 아래로 내려갔다. 옷깃 사이가 좀 많이 벌어지셨네요. 원래도 틈이 꽤 있는 데다가 옷 사이즈 탓에 어쩔 수 없겠지만, 그래도 공직자잖아.

…솔직히 여러모로 과하다.

"…그 옷 좀 작지 않으십니까. 운동복이면 그래도 사이즈가 더 다양할 거 같은데요."

일반 기성복 대상자보다 몸 좋은 사람이 많을 테니까.

"평범한 옷은 못 버티기 때문에 특수 제작 된 것입니다."

주로 훈련소에서 신체 능력 측정 시 입는 것이라 했다. 공용이라 사이즈는 몇 없고 송태원은 측정 상대 역을 주로 맡는 모양이었다. 오늘 훈련소에 평소보다 상급 헌터의 수가 많은 것도 그가 와 있는 덕이었다. 일반 길드 소속이라 해도 신청하면 상대해 준다 하였다.

"단순한 훈련은 하급 던전을 이용하는 편이 좋지만 정확한 측정을 위해서는 기계가 필요하니까요. 측정 자료는 따로 기록되지 않고 그 자리에서 바로 삭제됩니다."

그 밖의 육체적 능력 외 스킬이나 아이템을 시험해 보기 위해서도 많이들 찾아오는 모양이었다. 설비가 꽤나 다양하게 잘되어 있어서 온도나 독성치, 회복력, 유효거리 등 다양한 요소를 측정 가능했다.

그때였다.

키이이잉-.

귀를 긁는 듯 거슬리는 소리가 들리고 거의 동시에 뻗어 온 팔이 나를 붙잡았다. 직후.

콰과광!

요란한 폭음에 이어 거친 바람과, 어디서 날아왔는지 모를 파편이 떨어져 내렸다. 반쯤 끌어안기다시피 해 내게는 별 피해 없었다. 다른 사람들도 상급 헌터니 생채기 하나 입지 않았을 테고. 그런데 무슨 일이야.

"에블린의 시험 사격이라네."

나를 등 뒤에서 붙잡은 채 성현제가 말했다. 사격이면 활 쏜 건가. 여파만 보면 뭔 로켓포라도 날린 거 같은데.

"왜 좋은 던전 놔두고 여기서 난립니까?"

"구간별 속도 측정을 위해서지. 스킬 사용에 약간 문제가 있다 하던데, 확실히 좀 느리긴 하군."

소리만 듣고도 아냐.

"그런데 화장품?"

"자외선 차단젭니다. 예림이가 바르고 다니래서."

F급 피부는 보호해 줘야 한다면서 덕지덕지 발라 줬다. 정작 자기는 S급이니 괜찮댔지만. 향이 좀 진한 편이긴 했지.

"이제 좀 놓죠."

"솔직하게 의지해도 괜찮네만."

아, 또 무슨 개소리야. 뜬금없이 뭔 소린가 싶었다가 어제 일을 떠올렸다.

"…에블린 씨가 말했습니까?"

"스킬을 쓴 것에 대해서는 대신 사과하지. 당사자가 원했다고 해도 무례한 일이었어."

괜히 내 가슴이 뜨끔해졌다. 무례… 그렇지. …근데 댁 틀림없이 에블린 스킬 여기저기 잘 써먹고 다녔을 거 같은데 뭘 새삼.

"저 말고 다른 사람들한테도 미안해했습니까?"

"미안할 상대에게 스킬을 쓰게 할 리가 있겠나."

아, 네. 미안해할 상대가 얼마나 되는지는 굳이 묻지 않았다. 어차피 그때그때 다르지 싶고.

"뭐, 전 괜찮습니다. 그리고 별 의미 없는 말이었어요. 성현제 씨가 잘났다는 거야 세상이 다 아는 사실이고. 저처럼 생각하는 사람 한둘도 아닐걸요."

인생사 지치고 힘들다 보면 누가 나 대신 일 다 해결해 주고 나는 놀고먹게 해 줬으면, 싶은 생각이야 흔히 할 수도 있지. 재벌이 갑자기 내가 네 할애비다, 하고 나타난다거나 차에 치였더니 차주가 아랍 부자라서 백억쯤 보상금으로 준다거나. 그냥 그런 맥락의 진정성 없는 헛소리였을 뿐이다.

"별 의미 없는데도 조심까지 하고 있다는 거로군, 한유진 군은."

"제가 좀 쓸데없이 주의 깊은 편이라. 옛말에 돌다리도 두들겨 보고 건너라 하지 않았습니까. 조심해서 나쁠 건 없죠."

아무튼 놔라. 노아 씨가 안절부절못하고 있잖아. 성현제의 팔로부터 몸을 빼내려고 하는데 또다시 귀에 거슬리는 소리가 들려왔다. 이어 조금 전보다 미세하게 빠르게 폭음이 터졌다. 이번에는 노아가 날개를 넓게 펼쳐 내 쪽으로 오는 파편을 전부 막아 주었다.

"…언제까지 저러는 겁니까?"

"협회에는 10회로 신고했다네."

"성현제 씨 것까지 포함해서요? 활도 쓰는 줄은 몰랐습니다만."

그가 들고 있는 활을 내려다보며 말했다. 외견은 평범해 보이는 활이다.

"메인 무기는 아니지만 다용도로 쓸 수 있으니까. 특히 이번에 받은 화살은 응용하기 좋을 듯해서 시험해 볼 겸 함께 온 거라네."

하기야 보조용으로 사용하면 편한 무기이긴 했다. 다만 활이라는 무기 자체가 드물고 화살까지 아이템으로 쓰려면 유지비가 너무 많이 들어서 편히 사용하긴 힘들지만. 하급 헌터에게는 사치스러운 무기지.

재차 놓으라고 하고 나서야 겨우 성현제로부터 풀려났다. 노아 씨가 기다렸다는 듯이 내게로 머리를 들이밀며 성현제를 힐끔 노려보았다.

― 유진 씨는 안으로 들어가 있는 게 좋을 거 같아요.

"은혜 약하게 쓰고 있으면 돼요. 그보다 상대할 사람을 모아야 하는데."

운동장에 나와 있던 일곱 명의 헌터가 어느새 사라지고 없었다. 나 같아도 세성 길드장이 어슬렁거리는 곳 근처에 있기 싫겠지만. 역시 오늘은 도움이 안 된다.

"송 실장님, A급 헌터가 여기 몇 명쯤 와 있죠?"

"현재 열일곱 명이고 아홉 명이 사용 예약 되어 있습니다."

스물여섯 명이라. 모자라네. 하루 만에 끝낼 필요는 없지만.

"여기 방송 시설 있죠? 써도 될까요."

송태원이 또 무슨 짓을 할 셈이냐는 눈빛을 했다. 그냥 리에트와의 일 대비로 노아와 가볍게 대련할 사람을 모을 거라고 말해 주자 방송실로 안내해 주었다. 인간으로 돌아온 노아에 더해 성현제도 할 일 없는지 따라왔다. 좀 가라.

상급 헌터들이 제 능력 시험해 보는 장소이니만큼 방송실 직원도 비각성자가 아닌 방어계 중급 헌터였다. S급 헌터들이 우르르 몰려온 사실에 넋 나간 얼굴을 한 직원이 더듬더듬 마이크를 켜 주었다.

[훈련소를 찾아 주신 헌터분들에게 알려 드립니다. 금일 오후 두 시부터

훈련소 제1 운동장에서 간단한 대련 이벤트가 있을 예정입니다. A급 장비를 비롯한 다양한 상품이 준비되어 있으니 많은 참석 부탁드리겠습니다.]

A급 장비 하나 정도면 할 일 없는 A급들을 모으기에 충분할 것이다. 이왕이면 다른 사람들에게도 알려 줘서 마흔한 명 채워 주면 더 좋고.
"이벤트인가."
방송을 마치는데 성현제가 불길하게 중얼거렸다.
"한유진 군이 여는 이벤트에 한 손 거들지 않을 수 없지."
"필요 없거든요."
방송실 직원에게 얼른 마이크 끄라고 손짓했지만, 그는 꼼짝 못 한 채 눈치만 살폈다. 대신 송태원이 나섰다.
"괜히 일을 키우지 말아 주십시오."
"그저 내 마음을 표현하려는 것일 뿐이건만 너무하는군."
댁 마음 필요 없습니다. 부디 넣어 두세요. 성현제가 마이크 쪽으로 한 걸음 내디뎠다. 동시에 송태원의 오른손 끝이 움찔 떨렸다. 어두운 색조의 눈에 서늘한 기색이 어렸다. 둘 사이에 맴도는 긴장감에 노아 또한 어깨를 굳혔다. 가여운 직원은 금방이라도 숨이 넘어갈 듯 창백해졌다.
"당사자인 제가 괜찮다니까 좀 넘어가 주시죠."
"그간의 내 정성이 부족해서 한유진 군이 넘어오질 않은 모양이니 말이야. 앞으로는 더욱 적극적으로 나서기로 했다네."
그 소리를 듣자마자 망했다 싶어졌다. 이미 충분히 과한데 뭘 더 어쩌려고 미친. 게다가 지금 이건 정성은 개뿔이 그냥 심술부리는 거 아니냐. 아무래도 내 대답이 거슬리기라도 했던 모양이었.
성현제가 다시 걸음을 옮기고 송태원의 시선이 방송실 기계를 향했다. 정 안되면 부숴 버릴까 생각하는 모양이었다. 송태원의 발끝이 약간 비틀렸다. 그와 동시에 성현제가 눈가를 휘며 그를 돌아보았다.

"이를 드러냈으면 물어야 한다는 걸 잊지 말게."

그러곤 거침없이 마이크 앞으로 가 섰다. 송태원은 결국 움직이지 못하고 성현제가 아나운서처럼 선명한 목소리로 방송했다.

[본 이벤트의 상품으로 세성 길드에서 S급 장비 보라색 숲의 링을 협찬해 주셨습니다.]

…야, 잠깐만. S급 장비라니 진짜 일 키우고 있잖아. 그때 내 폰이 울렸다. 유현이다. 전화를 받자 동생이 부루퉁한 목소리로 말했다.

[왜 형이 여는 이벤트에 해연이 아니라 세성이 협찬을 해?]

"그게 성현제가… 그보다 어떻게 안 거냐."

[훈련소에 가 있던 헌터가 연락해 줬어. 해연에서도 협찬할게.]

그러면서 왜 자기에게 먼저 말 안 했냐고 불만을 표한다. 애초에 이럴 생각이 아니었단다. 달래 보려 했지만 동생은 물러날 기세가 아니었고 성현제 놈도 더 잘됐다 흥미 있어 하는 낯짝이었다. 결국 해연 길드에서도 S급 장비를 하나 내놓았다. 나는 무척이나 미안해하는 표정으로 송태원을 바라보았다.

"이러려던 게 아닌데, 죄송합니다."

"…아직 헌터 관련 개인적인 이벤트를 막을 법규는 없으니, 날짜라도 미뤄 주시길 부탁드리겠습니다."

송태원이 피곤 어린 시선으로 성현제를 바라보며 말했다. S급 장비가 두 개나 걸려 있으니 전국에서 헌터들이 몰려들 게 뻔했다. 단시간에 그 난리를 대비하기는 힘들었다. 송태원의 묵직한 눈길에 성현제가 짜증 날 정도로 상큼하게 미소 지었다.

"최근 헌터계에 사건 사고가 많았으니 이벤트로 분위기를 바꿔 보는 것도 좋지 않겠나."

퍽이나 그런 좋은 의도로 일 치셨겠습니다. 송태원이 무어라 말하려다 말고 한숨을 내쉬었다. 정말 미안해지는 모습이었다. 그냥 취소할까도 싶어졌지만 그랬다간 성현제가 아예 제 주도로 이벤트를 진행해 버릴 거 같아서 포기했다.

내 손에 있는 게 그나마 낫지. 저 인간 손에 들어갔다간 규모가 배 이상 뛰어 버리는 난장판이 벌어지지 않을까. 당연히 처음 시작했다는 이유로 나까지 질질 끌고 들어갈 거고.

"이벤트 날짜는 이번 주말로 하죠. 협회 측에 최대한 협조하겠습니다. 이 일 자체야 나쁜 건 아니니까 너무 걱정 마세요."

"감사합니다."

"아뇨, 저야말로 세성 길드장이 없을 때 이벤트 발표를 해야 했는데. 방심했습니다."

그냥 노아의 대련 상대만 간단히 모을 생각이었는데 성현제가 이런 식으로 끼어들 줄은 몰랐지. 이렇게 된 거 랭킹전 예행한다고 치고 준비해 봐야겠다.

S급 장비가 두 개나 걸린 상급 헌터 대상 이벤트 개최는 그날 저녁 뉴스까지 탔다. 무기만큼 비싼 건 아니고 비교적 하위에 속하는 아이템이었지만 그래도 수십억은 웃돌았다. 무엇보다 S급 장비라는 게 돈만 있다고 해서 살 수 있는 것도 아니었다. 보통은 경매를 통해서만 판매되고 S급 헌터 우선권이 있었기에 A급 헌터들로서는 놓칠 수 없는 기회였다.

"링은 나도 가지고 싶은데. 마력 옵션이 꽤 괜찮더라고요. 그냥 저도 참가하면 안 돼요? 아직 경력 얼마 안 되니까 A급이라고 쳐서."

치킨 뜯던 예림이가 말했다.

"안 돼. S급 헌터는 참가 불가다."

감당하기 힘들어서라도 안 된다. S급 헌터가 참가하는 대련이면 힐러 또한 A급으로는 부족했다. 과거 랭킹전의 경우에는 성녀님의 협조가 있느냐 없느냐에 따라 규모까지 달라지곤 했다. 싸우기 좋아하는 성향의 전투계 헌터라 해도 자기 목숨은 아까우니까.

'랭킹전 제대로 열려면 그분 도움을 받아야 할 텐데.'

한번 찾아가 봐야 하나. 흔쾌히 도와주려 할지는 모르겠지만. 꼭 랭킹전이 아니더라도 만나 보긴 해야 할 것이다. 능력이 능력인 만큼 던전에 대한 사실을 적당히 알려 주고 협력을 구하는 것도 괜찮겠지.

"참, 아저씨 클렌징은 제대로 했어요? 그거 보정되는 거라 제대로 씻어야 하는데."

"응?"

"안 했구나. 이리 오세요."

예림이가 손에 묻은 기름기를 티슈에 슥 닦고는 나를 일으켜 세웠다. 이어 그다지 궁금하지 않았던 지식이 조금 더 늘어나 버렸다. 귀찮구만, 이거.

여기저기서 헌터 대련 이벤트가 화제가 되고 방송국들까지 중계권을 두고 다투기 시작했다. 심지어 해외에서도 관심을 보이는 모양이었다. 헌터협회도 이참에 그간의 불미스러운 이미지를 벗어 보겠다고 적극적으로 나섰다.

본선은 협회가 알아서 프로그램을 짜도록 넘겨주고, 대신 예선에는 내 입김이 들어갔다. 원래 목적은 노아의 상급 헌터 41명 제압이었기에 본선에 들어갈 만한 전투력을 지닌 상급 헌터를 S급 헌터와의 대련으로 골라내자고 요청했다.

덕분에 노아는 쉽게 스킬 조건을 달성했고 고요한 상처(S)를 얻었다.

그리고 이벤트가 개최되기 하루 전날, 리에트와 강소영이 던전에서 나왔다.

"송 실장님, 국회의사당 폭파시키고 싶어요."

[참으십시오.]

"하긴 송 실장님도 참고 계신데 제가 나서긴 좀 그렇겠죠. 그래도 밀어 버리고 싶어요."

[심호흡을 하시고 근처에 피스가 있다면 쓰다듬으십시오.]

청와대에선 안전을 가장 중요시하라고 그랬다던데, 시벌놈들이. 다 그런 건 아니지만 상당수가 문제였다.

상급 각성자 대상 대련 이벤트는 짧은 준비 기간에도 불구하고 잘 진행되어 가고 있었다. 일단 대회장 같은 것은 만들지 않았다. 어차피 던전 부산물, 그것도 최상급을 쏟아붓는 미친 돈지랄을 하지 않는 이상 다 부서질 것이기 때문이었다. 안전상 일반 관중을 입장시킬 수도 없으니 더더욱 불필요했다.

그래서 장소는 상급 헌터 훈련소 부근, 에블린의 사격으로 깔끔히 밀어 놓은 산 아래로 정해졌다. 방송국에서 시설이 너무 부족하다고 불만을 표해 왔으나, 어차피 비각성자는 물론이요 중급 헌터조차도 방어계가 아닌 이상 접근이 금지되었다. 대결 중계는 드론이나 상급 헌터를 통한 것만 가능했다.

그 밖의 규칙이나 점수제 등도 큰 문제 없이 빠르게 정해졌다. 내가 미래의 랭킹전 규칙을 알려 준 덕분이었다. 비록 그대로 받아들이진 않고 고집스럽게 수정하긴 했지만, 토대가 튼튼하기에 완성까지 금방이었다.

'준비도 잘되었고, 화제도 장난 아니고.'

나는 그냥 토너먼트식으로 우승자 이하 4위까지 상 주고 말 생각이었는데 협회에서는 리그전을 원했다. 물론 하나하나 다 붙여 놓을 수는 없고 10개 그룹으로 나누어 승부를 정한 뒤 10위부터 순위를 결정짓는 방식이었다.

다시 말해 국내 A급 전투계 헌터들의 랭킹을 매기겠다는 뜻이었다.

그냥 싸움 구경도 재밌건만 강자들의 순위를 정한다, 라는 말에 흥분하지 않을 사람은 몇 없었다. 국내는 물론이요 해외까지 들끓었고 물밑에서 도박판이 여럿 세워졌다.

─ A급 헌터도 역시 세성이지 S급 하위던전팀 팀장 구하사 걔가 빼박 1위 아니냐

─ 해연 김성한 쫌만 늦게 S급 됐어도 우승 먹는 건데! S급 될 정도면 A급 중엔 당빠 최강이지

　└ 방어계를 어디다 대냐 ㅂㅅ아

　└ ㅅㅂ 공격 안 먹히면 끝이지! 김성한 공격 스킬도 있다 그랬거든!

─ 강소영 왜 던전 들어갔냐ㅠㅠㅠㅠ 우리 소영이 싸우는 거 보여 주세요ㅠㅠㅠㅠㅠㅠ

─ 부산의 수호신 해풍길드 황세문 파이팅!

어느 길드의 누가 강하니 하며 A급 헌터들에게도 관심이 쏟아져 내렸다. 그간 S급 헌터들에 가려져 상대적으로 주목을 덜 받았던 그들도 연이은 인터뷰 요청과 사람들의 응원에 들떠 하는 기색이 역력했다.

그렇게 성황리에 이벤트, 제1회 한국 A급 헌터 랭킹전이 개최되나 싶었는데.

'리에트가 튀어나와 버렸지.'

강소영은 피곤해 죽으려고 하면서도 예선전이 끝났다는 사실에 아쉬워했다. 그리고 리에트는, '그럼 대회에서 페블이랑 싸우면 되겠다!'라고 즐겁게 외쳐 버렸다. 리에트가 아직 범죄자 신분인 탓에 던전 앞에서 대기하고 있던 협회 관련자들 앞에서 말이다.

S급 남매가 결투를 하기로 했다는 말은 빠르게 퍼져 나갔고 과도한 관심에 흥분 상태이던 몇몇 사람이 '대박이다!'를 외쳤다. S급과 A급은 그 위상이 사뭇 다르다. 회귀 전 랭킹전도 S급과 A급으로 나뉘어 있었건만, 둘의 차이는 월드컵과 국내 리그 수준이었다.

S급 헌터의 전투를 최초로 생중계한다.

협회 측 관계자 중 상당수가 이건 반드시 진행해야 한다며 나섰다. 하지만 물갈이한 보람이 있었는지 위험성을 고려해야 한다며 던전 밖 S급끼리의 전투는 기각되었다. 심지어 노아와 리에트는 강한 독 스킬까지 사용하기 때문에 아무리 외진 곳이라 하여도 전력으로 실력을 드러내게 할 순 없었다.

그렇게 잘 끝나는 줄 알았는데.

높으신 분들이 끼어들고 말았다. 이번 기회에 빌붙어 자기 경력 한 줄 더 넣고 지지도를 올리고 싶어 하는 국회의원들이었다.

회귀 전에는 각성센터 개장으로 국민의 눈길을 끌었는데, 그게 무산되니 이번 랭킹전으로 시선을 돌린 모양이었다. 마음 같아선 꺼지라고 하고 싶었지만 헌터협회는 일단은 국가기관이기에 들어오는 압력을 무시할 수가 없었다. 거기에 방송국이며 각종 대기업들까지 안전거리 범위 넓히고 독 안 쓰면 되지 않느냐고 참견해 왔다.

그래도 당사자가 싫으면 못 하는 법이니 리에트에게 이런 거 안 좋아하지 않느냐, 자칫하면 스킬 다 들통날 거라고 말했는데.

'내가 처음이면 환영이지~.'

라는 뒷목 잡을 대답이 돌아와 버렸다. 스킬이야 눈으로 본다고 다 아는 것도 아니고 드러나 봤자 자기는 여전히 강할 것이며 개막식이면 서비스로 해 준다나 뭐라나. 심지어 노아 씨까지 내 얼굴을 빤히 바라보더니 괜찮다고 승낙을 했다.

결국 노아 VS 리에트 전이 개막식으로 벌어지게 되고 만 것이었다.

"그나마 독을 안 쓰기로 했으니 감당할 만하겠지만요. 마무리 다 해 놓은 시점에 말 몇 마디 얹어서 일 늘리는 데는 선수라니까요. 망할 인간들."

바로 전날에 무슨 난리냐. 자기들이야 혀 나불대고 뒷짐 진 채 지켜만 볼 뿐이니 편하시겠지. 절로 한숨이 나왔다. 지금쯤 TV며 포털 사이트에는 S급의 결투 광고가 한창일 터였다. 노아한테 협찬받아 달라는 전화도 엄청 걸려 왔지. 헌터용 장비가 아닌 브랜드 상품 걸치고 전투하라니 미쳤냐는 소리를 곱게 순화시켜 말해 줬더니 인터뷰 때만이라도 입어 달라나.

"아무튼 정말 죄송합니다. 리에트만 아니었으면 주말에까지 나오실 필요 없으실 텐데. S급 헌터가 끼어들어 버렸으니 근무… 하셔야겠죠?"

[리에트 헌터의 일이 아니었다더라도 현장 대기 하고 있을 예정이었습니다.]

"…진심으로 죄송합니다. 세성 길드장 놈을 제가 어떻게든 막았어야 했는데."

[아닙니다. 여러모로 도와주셔서 감사했습니다.]

"천만에요. 당연히 해야 할 일이죠."

나도 책임이 있는 만큼 모른 척할 수는 없었다. 업무 관련 대화가 조금 더 오간 뒤 내일 보자며 전화를 끊었다. 고개를 들자 보이는 하늘이 어둑하다.

"아, 모기."

옥상정원에는 여전히 날벌레가 많았다. 손을 휘휘 젓다가 휴대폰을 내려다보았다.

'역시 이대로는 안 돼.'

짜증 나지만 참고 부탁하자. 연락처 목록에 들어가 '망할 스킬'에게 전화를 걸었다. 일 크게 벌여 놓고 혼자 한가하신지, 얼마 지나지 않아 전화를 받는다.

[드디어 화가 풀리셨습니까.]

"…일단은요."

[사과의 선물에 답장 한번 없더니 무언가 아쉬울 일이 생긴 모양이로군.]

"사과의 선물은 무슨 개… 말도 안 되는 소립니까."

부탁해야 하는 입장이니 조금쯤은 굽히자.

"…선물 잘 받았어요. 답장을 못 해 드려 죄송합니다."

헌터협회에 있던 나와 송태원 앞으로 3분 간격으로 꽃바구니 배달을 줄줄이 보내는 미친 짓 참 잘 받았다. 퀵 배달원은 안까지 들어올 수 없고 우리 둘은 외부 유출 불가 일을 하는 도중이어서 직접 연락 오는 대신 방송이 광광 잘도 울려 댔지. 반드시 육성으로 전해 듣게 해 달랬다는 메시지 죽이더라. 감동의 쓰디쓴 눈물이 흘렀습니다.

그 와중에 송태원은 흔들림 하나 없이 태연한 얼굴이라서 살짝 존경스러워졌다. 하긴 나보다 3년이나 더 오래 저 인간을 상대… 아, 갑자기 또 눈물 날 거 같네.

[이런, 또 한유진 군의 귀여운 아이들 때문인 모양이로군. 이번에는 노아인가.]

"가끔은 눈치 없는 척도 좀 하시… 아뇨, 정말 예리하십니다. 대단하셔요."
일단 아부를 해 보았는데 내가 들어도 참 성의 없는 목소리였다.
"별로 힘든 일은 아니고요, 쉬운 일인데. 부탁 하나만 들어주세요."
내가 말한 부탁의 내용에 성현제는 약간 어이없어하는 웃음을 흘렸다가 들어주겠노라 대답하였다. 정말로 어려운 건 아니니까.
통화를 끊고 고개를 돌려 빌딩 쪽을 올려다보았다. 저만치 건물 꼭대기에 희미한 금빛을 발하는 물체가 웅크리고 있었다. 오라고 손짓을 하자 기다렸다는 듯이 훌쩍 뛰어내린다. 활짝 펼쳐진 금색 날개가 은은한 빛을 뿌리며 내 앞으로 천천히 내려왔다.
"왜 드래곤 모습을 하고 있어요?"
내 물음에 노아가 목을 약간 기울이며 대답했다.

– 비행 연습을 좀 더 할까 싶어서요. 블루만큼 능숙해질 수 있으면 좋을 텐데요.

"타고난 날개부터가 다른걸요. 그리고 지금도 충분합니다. 너무 걱정 말고 일찍 들어가서 푹 쉬세요. 잘될 겁니다."
이길 거라는 말은 하지 않았다. 부담이 갈 수도 있으니까. 하지만 자신은 있었다. 모든 일이 생각대로, 예상대로 되는 건 아니라지만 준비는 충분했다.
내밀어 온 머리를 습관적으로 쓰다듬어 주었다. 연회색 눈을 가늘게 뜨며 노아가 미소 지었다.

― 네. 좋은 밤 되세요, 유진 씨.

내일 뵈어요, 하고 다시금 용이 날아올랐다. 빌딩 쪽으로 멀어지는 모습을 잠시 바라보다가 나도 정원을 떠났다. 으, 모기.

제1회 한국 A급 헌터 랭킹전의 날이 밝았다. 떠들썩하고 흥분하고 다들 신나 보였다. 휴대폰 속의 방송에서는 말이다. 정작 경기장은 휑했다. 그냥 산 아래 허허벌판이었으니까.

하늘에는 촬영용 드론이 십수 대 떠다니고 있었다. 다만 이쪽을 향해 오는 카메라는 없었다. 촬영을 원치 않는 S급 헌터도 있으니 거슬리면 무심코 부숴 버릴 수도 있다고 경고해 둔 덕분이었다.

아무것도 없는 경기장 근처에는 사람도 몇 없었다. 만약을 대비한 힐러 한 명과 힐러를 보호하기 위한 방어계 A급 헌터 둘, 드론 관리를 맡은 역시나 방어계 A급 헌터 셋뿐이었다. 그 외엔 주인공인 노아와 리에트를 비롯해 유현이, 예림이, 성현제가 다였다.

다른 대회 관련자들은 전부 상급 헌터 훈련소에 있었다. 랭킹전 참가자인 A급 헌터들을 비롯해 각종 콩고물 주워 먹고 싶어 하는 인간들, 방송국 관계자들, 그리고 묵묵히 대기 중일 송태원까지.

지금 TV 방송에서 나오고 있듯이 그쪽은 무척이나 떠들썩할 것이었다. 괜히 흥분해서 사고는 치지 마라, A급들. 주말 근무 중인 공무원 과로하게 만들지 마.

"형, 선크림 두세 시간마다 덧발라 주는 게 좋대."

유현이가 선크림을 꺼내 들며 말했다. 처음 예림이가 나한테 발라 줄 때에는 뭐 하는 거냐는 눈빛이었지만, '아저씨는 F급이니까 관리 잘 안 해 주면 피부암 걸릴 수도 있거든!'이라는 말에 둘이 같이 꼬박꼬박 챙기기 시작했다.

선크림 없이 천 년 넘게 살아온 인류인데 뭘 새삼… 이란 생각이 들긴 했지만, 애들이 챙기고 싶다니 어쩌겠냐. 귀찮긴 해도 얼굴 정돈 대 줘야지. …목에 손에 팔다리까지도 뭐.

"슬슬 시간 됐지. 예림아, 부탁할게."

"네!"

대답과 함께 예림이가 창을 꺼내 들었고, 미리 퍼다 놓았던 물들이 솟구쳤다. 얼음처럼 물도 만들어 낼 수 있긴 하지만 그러려면 마력 소모가 더 크다.

치솟은 대량의 물이 양쪽으로 갈라지며 경계선을 대충 그어 놓은 경기장 양 끝으로 이동했다. 그러곤 둥글게 굽어지고 휘어지며 화려한 모양새의 입구를 만들고는 그대로 얼어붙었다. 여름 햇살 아래에 얼음의 통로가 아름답게 반짝거린다. 드론이 빙글빙글 돌며 그것을 촬영했다.

"역시 저 정도는 있어야지."

노아 씨 첫 전투 방송인데 아무것도 없는 흙바닥에서 시작해서야 되겠냐. S급 랭킹전도 다 부서질지언정 시작은 화려하게 했다.

현장은 고요했지만 현장을 비추는 방송에서는 배경 음악이 빵빵하게 깔렸다. 휴대폰으로 방송을 확인하면서 리에트와 노아를 향해 손짓했다. 기다란 장검을 일부러 허리춤에 비스듬히 찬 리에트가 씨익 웃고는 먼저 발걸음을 옮겼다.

광택 도는 검은색 가죽 워커가 얼음길 위를 내디딘다. 둥글게 굽어진 통로를 반쯤 들어선 그때.

화르륵!

아래에서부터 불길이 치솟았다. 미리 가 있던 이린이다. 새빨간 불꽃이 크게 부풀어 오르며 얼음을 녹이고 리에트를 휘감았다. 열기에 흔들리는 짧은 흑발과 불길의 심장처럼 빛나는 황금색 눈동자.

뜨거운 불에도 아무런 타격을 받지 않고 녹아내리는 얼음 사이로 태연히 걸어 등장하는 그 모습이 웅장한 배경음과 함께 전파를 탔다. 여러 이유로 생방송은 아닌지라 현장보다는 조금 늦었다.

조그만 휴대폰 화면인 것이 아쉬울 정도로 화려한 자태를 선보인 리에트가 걸치고 있던 코트, 실레키아의 날개를 높이, 멀리 내던졌다.

[세계적으로 유명한 S급 프리 헌터, 흑룡 리에트!]

그 모습과 함께 리에트를 소개하는 자막이 크게 박혔다. 실레키아의 날개는 물론 대기하고 있던 A급 헌터가 재빠르게 회수했다. 협조해 주신 성현제 씨에게 1감사.

드론들이 일제히 방향을 돌리고 이번에는 반대쪽 얼음 통로를 비추었다. 여유만만한 리에트와 달리 약간 긴장한 기색의 노아가 화면에 비쳤다. 그의 시선은 반대편에 비스듬히 서 있는 누나에게 붙박여 있었다.

걸음이 옮겨지고 역시나 통로의 중간쯤에 다다랐을 때였다.

쿠르릉!

번개가 쳤다. 수백 가닥으로 나누어진 빛이 얼음을 휘감으며 눈부시게 번쩍인다. 모두의 시야가 가려진 그 찰나.

콰지직-!

황금색 한 쌍의 날개가 넓게 펼쳐지며 빛이 감도는 얼음을 산산이 깨부쉈다. 수천 개의 보석과도 같은 얼음조각이 흩뿌려지는 가운데, 금빛 드래곤이 모습을 드러낸다.

바닥에서부터 다시 빛이 튀어 오르고, 사방으로 퍼져 나가는 전류에 휘감긴 드래곤이 태양의 화신처럼 높게 날아올랐다. 재빠르게 로우앵글로 촬영된 그 모습이 숨 막히도록 환상적이었다.

'역시 성현제에게 부탁하길 잘했어!'

잘 어울릴 줄 알았다! 최고다! 협조해 주신 성현제 씨에게 2감사. 드론들 촬영 잘하고 있겠지? 방송국에 무편집 영상 보내 달라고도 말해 놓았다. 물론 편집본도 받아 챙길 거고.

"특수 효과로 써먹히게 될 줄은 몰랐는데."

"잘하시네요. 부업 삼으셔도 되겠어요."

공격력은 최소로 한 데다 빛 효과 조절도 완벽했다. 과하지도 않고 덜하지도 않고, 딱 좋았어. 완벽해. 물론 우리 유현이, 이린이도 리에트에게 어울리게 불길 진짜 어울리게 잘 넣었고 예림이야 두말할 거 없는 메인이지.

[S급 남매의 동생, 전 아크 길드장 황금룡 노아 루히르!]

아니, 왜 노아 소개는 남매의 동생이 먼저냐. 보조계 무시하는 건가. 이어 전투계와 보조계의 차이 탓에 노아에게는 특별한 보조 스킬과 아이템이 다수 적용된다는 설명이 떴다. 내 스킬에 대한 걸 들킬 순 없었기에 그런 식으로 변명해 두었다.

나는 여기 오기 전부터 은신 스킬을 쓰고 있는 상태라 S급들 외에는 볼 수가 없었다. 지금도 주위 A급들에게 수상한 티를 내지 않기 위해 특수 효과 준비용이라며 간이 파티션을 친 상태였다.

내 은신 스킬이 촬영 시에는 어떻게 나타나는지도 미리 확인을 해 보았다. 정지 화면으로 자세히 들여다보아도 작고 흐릿한 그림자가 있는 듯 없는 듯 정도의 티밖에 나질 않았다. S급 헌터라 해도 촬영된 화면은 일반인과 같은 것만 볼 수 있으니 내가 들통날 일은 없었다.

누군가 이상하다는 의문을 제기한다면 노아가 받은 보조 스킬 효과 중 하나라고 하면 그만이고.

"그럼 다녀올게."

"조심해, 형. 절대 무리하진 말고."

"조심하세요, 아저씨."

"걱정 마. 은혜 있잖아."

혹시나 싶어 빠질 수도 있는 팔찌 대신 목걸이로 바꾸었다. 그것도 목에 딱 달라붙는 형태로. 독은 쓰지 않기로 했으니 독 저항 끄고 미리 멀미약도 먹어 두었다.

숨 한번 깊게 들이켜고 땅에 내려서 있는 노아에게로 향했다. 계획된 대로만 하면, 승산은 충분히 있었다.

- 유진 씨.

내가 다가오는 것을 본 노아가 날개를 내리고 몸을 바싹 낮추어 주었다. 그의 등에 올라 하네스와 연결된 벨트를 착용했다. 이어 선생님 스킬을 노아에게 썼다. 반대편 끝에 선 리에트의 모습이 선명하게 인식된다.

예림이에게 빌린 숄을 노아의 목에 감아 주었다. 눈에 덜 띄게 하기 위해서 하네스처럼 하얀색으로 염색했다. 손을 뻗어 비늘 덮인 등을 가볍게 두드렸다.

"처음에는 회피에만 집중하는 겁니다."

- 네.

멀리서 예림이가 공중으로 떠오르는 것이 보였다. 방송용 헤드셋을 착용하고 한 손에는 카메라를 들고 있었다. 안력을 향상시켜 주는 아이템도 사용한 채다.

일반인은 위험도 하거니와 동체시력이 움직임을 따라잡지 못해 A급 랭킹전에는 비행 스킬을 지닌 A급 헌터가 촬영 및 해설로 투입될 예정이었다. 하지만 지금은 불가능했다. 자칫했다간 휩쓸려 인명피해가 발생할 수도 있으니까. 그러나 예림이는 S급에 순간이동도 가능하기에 안전하게 S급 전투 중계를 할 수 있었다.

나도 이어폰을 끼고 미리 예림이의 마이크와 연결해 놓은 수신기를 켰다. 이내 예림이의 목소리가 뚜렷하게 들려왔다.

[안녕하세요~. 오늘 경기의 중계를 맡은 박예림입니다.]

발랄하게 인사하며 자신을 비추는 드론을 향해 손을 흔든다.

[지금은 둘 다, 두 선수 다 대기 중이네요. 전투 시작 신호는 세성 길드장님께서 맡아 주실 예정입니다.]

그 세성 길드장은 방송 장비와 힐러가 있는 곳에 가 있었다. 이왕 온 김에 방송 장비의 보호를 맡아 주기로 했기 때문이었다. 스킬만 보면 도리어 자기가 부숴 먹을 판이지만.

유현이도 그곳에서 멀지 않은 곳에 서 있었다. 노아의 스탯 대여 유지 시간은 30분이라 필요할 때 빌리기로 부탁해 놓았다.

[세성 길드장이 손을 들어 보이네요. 곧 시작할 모양이에요.]

예림이의 중계를 들으며 자세를 좀 더 안정적으로 낮추고 공격 스킬 두 배를 노아에게 공유했다. 비행 중 불가피하게 스킬 해제될까 걱정했었는데 다행히 끈으로라도 연결되어 있으면 접촉 상태로 쳐주었다. 여태까지도 피부가 직접 맞닿은 게 아닌 옷이나 장갑 따위가 사이에 있었고.

정확하게 실험해 보자 대략 대상자의 키 절반까지는 끈이나 막대 따위의 물건을 통한 연결도 유효했다. 다만 팔을 벌린 손끝이 아닌 몸통에서부터의 거리였다. 사실상 팔을 쭉 뻗어 잡은 것보다 조금 더 긴 범위였다.

하늘 위로 희미하게 빛이 파짓 튀었다. 노아의 두 날개에 힘이 들어가고 뒷다리가 땅을 박찰 준비를 한다. 리에트 또한 허리에 차고 있던 검을 손에 빼 들었다.

둘 사이의 공기가 팽팽하게 당겨지는 그 순간.

콰과광!

뇌성이 쳤다. 노아가 날 듯이 펼쳤던 날개를 접고 앞으로 뛰었다. 동시에 대기가 크게 떨렸다. 만약 그가 날아올랐다면 있었을 지점에.

기이잉-.

반달 같은 검격이 넓게 스치고 지나간다. 이어 등 뒤에서 폭음이 들려왔다.

[리에트의 공격에 산 중턱이 깊게 파헤쳐졌습니다! 노아 오빠 곧장 날아오르지 않고 잘 피했어요! 이제 날아오릅니다! 리에트, 바로 쫓아가는군요.]

"산 쪽으로요!"

이쪽은 비행이 가능하니 평지보단 장애물이 있는 쪽이 낫다. 노아가 빠르게 날개를 펄럭였다. 굳이 뒤를 돌아보지 않아도 예림이가 리에트의 움직임을 말해 주고 있었다. 이내 아래가 여름의 숲으로 바뀌었다.

콰과광!

[리에트가 검을 휘두르자 나무가 전부 잘려, 아니 부서졌습니다! 스킬일까요, 바람 같은 것에 휘감긴 파편들이 하늘을 향해 던져집니다.]

숲의 일부가 공중에 펼쳐졌다. 가지와 잎이 그대로 달려 있는 나무가 바로 옆을 스치고 지나간다. 노아는 그간 갈고닦은 비행 실력으로 파편을 피하거나 일부는 발톱으로 부수며 다시 리에트로부터 빠르게 멀어져 갔다.

"이대로 계속 피하세요. 리에트가 전용화할 때까지."

공격 스킬 효과가 두 배가 되었다 해도, 노아에게는 큰 효과가 없었다. 애초에 보조계와 방어계에게는 그리 쓸모없는 스킬이었다. 일단 적용할 만한 공격 스킬이 있느냐부터가 문제였으니까.

노아 또한 마찬가지였다. 독은 쓸 수 없고 소리 없는 비명도 리에트에게는 통하지 않았다. 랭킹전에서는 장비 외의 아이템은 사용 금지이니 진통제도 못 먹는다. 그러니 쓸 만하지 않을까 싶었건만.

'누님에게는 효과 없을 거예요.'

작전을 짜며 리에트가 가진 스킬에 대해 알려 주던 노아가 말했다. 리에트의 전투 보조 스킬, 승리를 향한 심장. 싸움에 집중할 시 상대의 움직임에 대한 반응을 빠르게 해 주고 부상의 통증을 크게 감소, 빠른 지혈로 활동에 지장 없도록 도와주는 효과를 지니고 있었다.

때문에 두 배 치의 소리 없는 비명이라 해도 리에트라면 참아 낼 수준일 거라고 하였다. 잘해야 잠깐 멈칫거리게 하는 정도일까. 결국 단 두 개 있는 공격 스킬이 모두 봉인된 셈이었다.

남은 것은 새로이 얻은 고요한 상처, 하나뿐이었다.

[계속해서 피해 다니기만 하는 노아, 자칫 장외 패배 당하지 않을까 걱정되네요.]

예림이가 정말로 걱정스럽게 말했다. 경기장 범위가 정확히 정해지진 않았지만, 일정 범위를 벗어나지 못하도록 장외 패 규칙이 존재했다. 장외에 근접하면 대기하고 있던 헌터들이 신호탄을 쏘아 알려 주게 되어 있었.

"자꾸 도망치기만 할 거니, 페블!"

우렁찬 외침이 들려왔다. 노아가 반사적으로 고개를 돌려 리에트를 바라보았다. 그와 동시에 또다시 공기가 떨려 왔다. 금색 날개가 급격히 방향을 뒤틀며 노아의 몸체가 사선으로 하강한다.

쾅! 쾅! 쾅!

주위 전체를 베어 버리던 처음의 공격과 달리 이번에는 뚝뚝 끊긴 검격이 연속으로 꼬리를 물고 쫓아왔다. 노아가 이리저리 날개와 몸을 비틀며 유도탄처럼 따라붙는 공격을 피한다. 몇 번 아슬아슬하게 날개와 꼬리 끝이 스치기도 했으나 상처는 없었다. 다행이라고 생각한 그때.

[앗, 리에트 자기 쪽으로 노아의 움직임을 유도하고 있습니다!]

예림이의 말이 들려왔다. 그러고 보니 어느새 지상에 가까워져 있었다. 찬물을 뒤집어쓴 느낌이 듦과 동시에 선생님 스킬을 통해 노아에게 미리 정해 놓았던 감각을 전했다.

유도되었다면 피하긴 이미 늦었다. 그러니.

"안녕, 페블."

숲 사이에서 리에트가 덮쳐들었다. 회피 불가능한 거리에서 칼날이 빛난다. 공격을 피하는 대신 노아의 몸이 빙그르 돌아가고.

카강!

휘둘러진 검이 내 팔에 부딪쳤다. 본래라면 후폭풍만으로 주위가 쓸려 나갔을 공격이다. 하지만 타격음 외의 여파는 피해 무효화의 위력에 삼켜져 완전히 사라졌다.

나와 눈이 마주친 리에트가 눈썹을 찡그렸다. 그것도 잠시, 공격이 무효화된 틈을 놓치지 않고 노아가 꼬리를 휘둘렀다.

퍽!

기다렸다는 듯 들어 올려진 워커 밑창이 금빛으로 휘감긴 꼬리와 맞부딪쳤다. 리에트의 몸이 튀듯이 솟아오르고 공중에 붕 떠올라 무방비한 상태인 그녀를 향해 노아가 이빨을 드러낸다. 드래곤에 비하면 가녀리게까지 보이는 몸을 두 동강 낼 듯 날아들던 노아가 웃음 짓는 금안을 보곤 황급히 날개의 방향을 꺾었다.

"어딜 도망치려고!"

리에트가 검을 허공에 세웠다. 그녀의 몸이 빙글 돌며 검날을 발로 강하게 박찬다.

텅-!

어느새 날카로운 검은 발톱을 드러낸 손아귀. 그것이 화살처럼 노아를 향해 날아들었다.

카가각

- 읏!

이미 거리를 벌렸기에 직격당하지는 않았으나 날갯죽지의 비늘이 길게 긁혀 나갔다. 옅게 핏방울이 튀고 땅으로 떨어진 리에트가 재빨리 검을 주워 든다. 그사이 몸을 돌린 노아가 회복 스킬을 쓰며 반대 방향으로 도망쳤다.

[정말 아슬아슬했네요! 회복 스킬이 있다는 것은 포션을 쓸 수 없는 랭킹전에서 큰 장점이죠. 그러니 보조계 헌터도 무시해서는 안 되는 겁니다. 모든 헌터에게는 장단점이 있어요.]

저거 석시명이 시킨 거구만. 리에트가 또다시 노아를 쫓아왔다. 자꾸만 피해 다니는 것에 슬슬 열이 오르는 모양이었다. 특별한 스킬을 가지지 않는 한 두 발로 달리는 작은 인간이 날개를 지닌 드래곤보다 느릴 수밖에 없었다. 순간적인 힘의 폭발로 인한 이동 속도야 빠르지만 그걸 계속 유지하기는 힘드니까.

"체력은 아직 괜찮아요?"

- 네, 멀쩡해요. 좀 더 누님을 약 올려 볼까요? 약간 더 다친다 해도 아직 마나도 넉넉하니까요.

"그래도 최대한 조심해야죠. 한번 발목 잡히면 치유 스킬 쓸 틈도 안 준다면서요."

- 네…….

과거 일이 떠올랐는지 노아 씨의 목소리에 힘이 빠졌다. 이런. 걱정하지 말라고, 잘하고 있다고 얼른 다독여 주었다.

[노아, 장외에 근접해 가고 있습니다. 저기서 신호탄이 쏘아지네요!]

피이잉, 빨간색 불꽃이 하늘 위로 치솟았다. 그와 동시에 노아가 비행 방향을 확 꺾었다. 쫓아오던 리에트를 놀리듯이 바로 위를 빠르게 지나가자, 단속적인 공격이 날아들었다. 하지만 거리 차이 덕분에 피하기는 어렵지 않았다.
"쥐새끼 같구나!"
리에트의 목소리에 슬슬 짜증이 깃들었다. 그리고 드디어.

- 크르르르.

묵직한 목 울림과 함께 흑색의 거대한 드래곤이 모습을 나타내었다. 하나하나가 거대한 쇠갈고리 같은 발톱이 바닥을 긁는다.
"노아 씨, 유현이에게!"

쿵, 쿵, 쿵. 무시무시한 울림과 함께 흑룡이 뒤를 바싹 쫓아왔다. 리에트의 뒤쪽으로 지진 난 듯 엉망으로 들쑤셔진 땅이 보인다. 거대한 덩치와 힘이 자아내는 속도가 노아의 날갯짓을 순식간에 따라잡았다.

- 이리 온!

나비를 쫓는 고양이처럼, 덩치에 어울리지 않게 훌쩍 도약한 리에트가 발톱을 휘둘렀다. 직접 맞지 않았음에도 그 여파가 노아의 날개를 거칠게 휘감았다. 위태롭게 비틀거리면서 노아가 유현이를 향해 스탯 대여 스킬을 썼다. 빌린 것은 다름 아닌 근력이었다.
그 직후, 유현이가 칼을 뽑아 들었다.
카가가각!
리에트의 발 앞으로 길게 선이 그어지고 불길이 장벽처럼 솟아났다. 가늘어지는 황금색 눈을 향해 유현이가 내뱉었다.
"여기서부터 장외다."

- 더 넓었던 거 같은데, 편드는 거 아냐?

"내가 왜."

[번외 경기라도 벌어지나요! 근데 다른 헌터가 난입하면 어떻게 판정 나는 거죠? 경기 중단인가? 3파전도 재미있을 텐데!]

예림이가 신나 하고 유현이와 리에트가 으르렁거리는 사이 노아가 준비해 둔 장비를 꺼내 착용했다. 다름 아닌 발톱에 장착하는 씌우개였다.
"이미 말했지만 1회용이에요."

단 한 번, 발톱의 관통력을 극대화해 주는 명우 작 장비였다.

노아의 힘으로는 리에트에게 변변한 상처를 입히지 못한다. 인간일 때는 제대로 접근하지 못할뿐더러 드래곤의 상태일 때는 두꺼운 비늘을 뚫기 힘들었다.

하지만 노아의 새로운 공격 스킬, 고요한 상처는 상대에게 부상을 입힌 뒤에나 발동되었다.

"기회를 노려 최대한 길게, 깊게 상처를 내는 겁니다."

리에트는 회복력 또한 강하다. 포션이나 치유 스킬 없어도 바로 출혈이 멎고 심지어 전용화일 땐 가벼운 상처는 오래지 않아 아물어 버린다. 그러니 회복하지 못하고 유지될 상처를 내야만 했다.

"전용화한 리에트는 비늘을 믿고 방어 회피에 신경을 덜 쓸 겁니다. 목이 두껍고 짧은 편이라 시야도 좁아요."

- 네, 연습 많이 했어요.

리에트보다 덩치는 작지만 비슷한 형태를 가진 지룡이 나오는 C급 던전. 노아는 하루 종일 그곳에 들어가 지룡의 움직임을 연구했다. 속도도 파워도 천지 차이겠지만 기본적인 움직임은 비슷할 터였다.

황금색 용이 흑색의 용을 향해 몸을 돌렸다. 공중에 멈춘 노아를 리에트가 만족스러워하는 눈으로 바라보았다.

- 드디어 제대로 할 마음이 들었니?

대답 대신 노아가 날개를 접었다. 아래로 뚝 떨어지는 금빛 몸체를 향해 시커먼 덩어리가 먹이를 낚아채듯 달려든다. 카라라락, 가시들이 줄 서는 소리가 귀를 때리고 파헤쳐지는 땅 위로 흙먼지가 날렸다. 리에트와 부딪치기 얼마 전, 노아가 크게 날개를 펼쳐 파닥거렸다.

휘웅, 공기가 부풀어 오르며 그러잖아도 올라오던 흙먼지가 더욱 짙게 넓게 퍼진다. 리에트가 순간적으로 눈을 깜박였다. 휘리릭, 노아가 몸을 돌리고 무시무시하게 드러난 송곳니 옆을 스치고 지나갔다. 검은색 갑옷 같은 비늘을 금빛 날개 끝이 부드럽게 긁는다.

콰각!

리에트의 목을, 두꺼운 근육을 노아의 발톱이 파고들었다. 급하강하던 속도에 힘입어 그대로 길게 어깻죽지까지 붉은 선이 이어진다. 비늘이 튀고 살이 갈리는 소리와 함께 핏물이 내 옷까지 적셨다. 그 효과를 다한 발톱씩 우개가 산산조각 나 흩어진다.

- 크르륵!

고통 어린 소리는 아니었다. 분노였다. 흑룡의 몸이 그 크기와는 어울리지 않는 기동성을 보이며 휙 돌아간다. 솟은 가시가 시야를 가리고 상대적으로 조그만 노아의 몸을 거대한 앞발이 후려쳤다.

- 캬악!

"노아 씨!"

노아의 오른쪽 날개와 뒷다리가 길게 찢어졌다. 짙은 피비린내가 훅 몰려든다. 상처가 컸지만 다행히 노아는 정신을 잃지 않고 치유 스킬을 쓰며 리에트의 등줄기를 따라 내달렸다. 흑룡이 몸을 뒤집어 떨어뜨리려 하기 직전, 회복된 날개가 펼쳐졌다.

"잘했어요!"

재빨리 날아오르며 헐떡이는 노아에게 칭찬을 던졌다.

"이제 시간은 우리 편입니다."

고요한 상처가 두 배 효과로 발동되었다. 황금용이 몸을 가늘게 떨며 저 만치 아래의 흑룡을 내려다보았다. 그 떨림이 서서히 멎어 간다. 분노에 찬 누나의 눈을 마주하고도 노아는 차분히 날개를 움직였다.

고요한 상처(S). 노아가 새로 얻은 스킬로 상대의 전체 스탯을 하락시키는 효과를 가지고 있었다.

상대에게 상처를 입힌 직후부터 분당 1퍼센트씩, 최대 50퍼센트까지 스탯을 감소시키는 스킬로, 등급 제한이 없었다. 상대의 등급이 무엇이든 통할 뿐더러 독이나 저주 저항으로 막는 것도 불가능했다.

이렇게 보면 정말 좋은 스킬처럼 느껴지겠지만 사실은 사용하기 무척이나 까다로웠다.

일단 노아가 보조계 헌터라는 것부터가 문제였다. 동일 등급에 비해 상대적으로 낮은 스탯과 변변치 못한 공격 스킬. 때문에 혼자 힘으로는 상대가 S급만 되어도 상처를 내기 힘들었다. 등급 제한이 없으면 뭐 할까, 정작 쓰지를 못하는데.

게다가 고요한 상처는 상처가 유지되는 동안에만 발동되었다. 심지어 상대가 부상을 완전히 치료해 버리면 스탯 하락 효과 또한 사라졌다. 그러니 상처 치료를 못 하도록 계속 방해를 해 줘야 스킬 효과를 볼 수가 있었다. 물론 이것도 보조계 헌터 혼자로는 힘든 일이었다.

타인을 보조해 주는 능력을 지닌 노아가, 되레 타 헌터들에게 보조를 받아야만 제대로 쓸 수 있는 스킬인 것이었다.

스킬 능력도 그렇고 사용 환경도 그렇고, 노아의 능력치 성향과는 여러모로 반대되는 스킬이었다.

하지만 제대로 적용할 수만 있다면 자신보다 훨씬 강한 적도 물리치는 것이 가능했다.

"어때요, 노아 씨?"

내 물음에 노아가 대답했다.

- 시간이 단축되었습니다!

공격 스킬 효과 두 배가 고요한 상처의 스킬 적용 시간을 단축시켜 주었다. 즉, 지금 리에트는 30초에 1퍼센트씩 스탯이 감소되고 있다는 뜻이었다.

노아는 버텨야 하는 입장이니 시간이 단축된다면 훨씬 유리해진다. 앞으로 5분 정도만 버텨도 리에트의 공격을 피하기 수월해질 것이다.

"스탯 감소 최대치는 그대로예요?"

- 스킬창의 설명은 그대로라 잘 모르겠어요. 상대에게 적용된 감소 수치는 30초마다 바뀌는 게 확실합니다.

"그럼 가능한 도망 다녀 봅시다!"

- 네!

노아가 비행 고도를 좀 더 높이는 그때였다. 조금 당황한 예림이의 목소리가 들려왔다.

[어… 방금 새로운 경기 규칙이 전해져 왔습니다. 경기장의 넓이뿐 아니라 높이에도 제한이 있어야 한다는 의견이 다수 나온 모양이네요. 비행 가능한 상대가 계속해서 높이 올라가 있으면 경기 진행이 제대로 되기 힘들 테니까요.]

…쳇, 일부러 지상 높이 제한은 말 안 해 줬는데. 유현이도, 예림이도, 노아도 그편이 더 유리하기에 입 다물고 있었다. 하지만 역시 대놓고 날아 도망 다니는 모습이 거슬렸던 모양이었다. 회귀 전 랭킹전도 2회차에 바로 비행 제한 규칙이 생겼었지.

예림이가 허리춤에 차고 있던 확성기를 들고 외쳤다.

"지금부터 과도한 높이의 비행은 금지됩니다! 경기 도중이라 정확하게 높이를 정할 수는 없기에 전투가 아닌 도주용의 고공비행으로 판단될 시 경고가 주어집니다! 경고가 세 번 누적되면 반칙패예요!"

예림이의 말에 노아가 어쩌냐는 듯 나를 돌아보았다.

"여기까지 와서 반칙패 할 수는 없죠. 하지만 위험하다 싶으면 그냥 도망쳐요. 경기가 아닌 실전이라면 무슨 수를 써서라도 이겨서 살아남는 사람이 승리자입니다."

반칙패입니다, 라고 해 봤자 그냥 경기를 끝낼 리에트가 아니다. 우리도 당연히 네, 하고 고개 끄덕일 생각 없고. 이왕이면 보기 좋게 이겨야겠지만 경고에 겁먹고 지는 싸움을 할 필요는 없지.

쿠구궁!

그사이 요란한 땅울림과 함께 리에트가 바싹 따라붙었다. 공격을 피해 높이 치솟자 경고가 주어진다는 외침이 들려왔다.

"경고 두 개까진 그냥 받아요! 리에트의 스탯이 줄어들면 비행 높이를 낮춰도 안전해질 테니 버텨요!"

경고라는 말에 움찔하는 노아에게 말했다. 세 번 누적이랬으니 두 번은 버려도 된다. 게다가 한 번 경고가 주어지면 보통 연속으로 주진 않을 테니까. 역시나 비행 높이를 그대로 유지해도 두 번째 경고가 곧장 들려오진 않았다.

그래도 눈치 보는 척이라도 하기 위해 아래로 조금 내려갔을 때였다.

- 페블, 뭘 한 거니?

으르렁거림이 섞인 리에트의 목소리가 들려왔다. 이제 겨우 5분쯤 지났는데 눈치챈 건가. 스탯이 감소 중이라는 사실을 알게 되면 더욱 적극적으로 공격해 올 것이 분명하다.

[앗, 리에트! 뭘 하려는 걸까요!]

예림이의 말에 급히 뒤를 돌아보았다. 거대한 흑룡이 뒷다리만으로 몸을 일으켜 선 것이 보였다. 마침 장외 선에 가까워져 계속 도망가지 못하고 방향을 틀어야만 했다. 리에트도 그걸 노린 것이 틀림없었다.

흉흉한 기세를 뿜어내며, 리에트의 전신에 흐릿한 기운 같은 것이 감돌았다. 그리고 이내, 흑룡이 대지를 짓쳐 내린다.

쿠르르릉-!

땅이 쩍쩍 갈라졌다. 거기까지야 일단은 별일 아니었다. 하지만 검은 몸뚱이는 땅을 짓밟는 것에서 멈추지 않고 갈라진 안으로 짓눌러 부수고 파고들었다.

쉴 새 없이 이어지는 벼락같은 소리 사이로 갈라졌던 대지가 이번에는 뒤집어 솟아나기 시작했다. 무슨 짓을 한 건지 하늘과 땅이 뒤바뀐 듯, 흙과 바위, 나무 따위가 사방으로 드높게 떠오른다. 그리고 그 아래로 검은 형체가 다시 나타나야 하는데.

'리에트는?'

대지를 완전히 엎어 던져 버린 흑룡의 모습이 온데간데없다. 노아의 주위가 온통 장애물로 가득한 채로.

"노아 씨!"

위험하다. 이런 식의 전투를 본 기억이 있다. 외침과 동시에 선생님 스킬을 근처에 있을 리에트에게 사용했다. 눈에 보이진 않았지만 가까운 거리라서인지, 있다는 걸 확인한 뒤라서인지 스킬 적용이 가능했다.

곧장 노아에게 일방적으로 리에트의 감각을 전달해 준 직후.

'…윽.'

강한 거부감으로 눈앞이 아찔해졌다. 하나 그보다 먼저, 어느새 인간화한 리에트가 떠오른 잔해물들을 밟으며 몸을 숨긴 채 바로 근처까지 와 있다는 것이 느껴졌다. 역시.

스걱-.

이번에는 공기의 떨림과 같은 전조 현상도 없이 조용히 칼날이 날아들었다. 감각을 공유받은 노아가 한발 먼저 움직였건만 검날은 종잇장 한 장 간격으로 아슬아슬하게 금빛 비늘을 스치고 지나갔다. 그것만으로도 피가 튀어 올랐다.

심지어 이제 겨우 시작이었다.

그르르릉, 높게 치솟았던 땅의 일부가 비처럼 후드득 떨어져 내리는 가운데 칼이 춤추었다. 노아가 아슬아슬하게 회피에 성공할 때마다 주위에서 바위며 나무가 갈리고 퍽퍽 터져 나간다. 주위가 온갖 잔해로 엉망이라 눈으로는 리에트의 움직임을 파악하기 불가능했다. 선생님 스킬의 감각에 의지해 간신히 피하는 것이 고작이었다.

카각, 그그극!

황금색 비늘을 긁으며 번뜩이는 빛이 마치 영원할 것처럼 이어졌다. 실제로는 무척이나 짧은 시간일 것이다. 노아의 헐떡임이 커져 가고 드디어, 치솟았던 잔해물이 거의 다 떨어졌다. 발 디딜 곳이 사라진 리에트 또한 서늘한 눈빛을 한 채 지상으로 몸을 휙 돌렸다.

쿠궁!

흑룡이 커다란 울림과 함께 내려서는 것을 보고 얼른 리에트로부터 선생님 스킬을 거두었다. 나 또한 노아 이상으로 숨이 거칠어져 있었다. 라우치타스의 천적 효과가 있음에도 리에트가 제대로 거부하자 감당하기 힘들었다. 칭호가 없었더라면 곧장 기절해 버렸을지도.

- 괜찮으세요?

전신에 난 자잘한 상처에 치유 스킬을 쓰며 노아가 말했다. 연이은 공격을 피하느라 바빠 상처를 치료할 틈조차 나질 않았다.

"…네. 조금 어지러울 뿐이에요."

노아가 날개를 길게 펄럭이며 리에트의 위를 맴돌았다. 매를 노리는 늑대처럼 흑룡이 사납게 이를 드러낸다.

"리에트가 위기감을 느꼈으니 또다시 전력을 다해 덤벼들려 할 겁니다."

바로 드래곤으로 변한 것도 저 상태가 스탯 감소를 견디기 쉽기 때문일 터다. 노아도 전용화 시 스탯이 전체적으로 약간 상승했다. 리에트 또한 마찬가지겠지. 체력이나 근력은 노아보다 상승 폭이 더 클 가능성이 컸다.

"스탯 감소 수치는요?"

- 이제 막 20퍼센트예요.

20퍼센트라. 마력, 민첩 제외 유현이보다 전용화 리에트 스탯이 좀 더 좋다고 치면 노아가 상대하기엔 아직 아슬아슬하다.

"경고 한 번 더 먹죠."

- 네!

노아가 고도를 높이고 금방이라도 뛰어오를 듯 웅크리고 있던 리에트가 분노 어린 으르렁거림을 흘린다. 예림이의 외침도 이내 뒤따랐다.

"두 번째 경고예요! 한 번 더 경고 먹으면 반칙패입니다, 조심해요!"

바람이 귓가를 스치고 여름 햇살이 거리낌 없이 시야를 찔러 든다. 그러고 보니 드래곤은 땀을 안 흘리던가. 마지막 경고를 받기 전 빠르게 하강했다.

콰콰콰! 순식간에 쫓아온 리에트가 공격해 왔지만 노아는 확실히 전보다 쉽게 피했다. 산 아래가 파헤쳐지고 나무가 수수깡처럼 우수수 꺾여 나가는 위력은 여전했지만 스탯이 떨어진 티가 슬슬 뚜렷해지기 시작했다.

- 30퍼센트예요.

"아직 스탯 대여 유지되고 있죠?"

노아가 그렇다고 대답했다. 50퍼센트까지 하락하길 기다릴 수도 있겠지만 지금이 더 나을 듯했다. 리에트의 힘이 아직 위협적일 때. 그때가 더.

"노아 씨, 마무리 짓죠."

노아가 입을 꾹 다물었다. 그의 시선이 주위를 휙 살폈다. 연회색 눈이 저만치 산의 깎아지른 절벽을 향한다. 순식간에 절벽에 다다른 노아가 몸을 돌려 리에트를 향해 돌아섰다. 그의 네 다리가 절벽을 딛고, 사지와 날개에 힘이 잔뜩 들어간다. 나 또한 노아의 등에 최대한 바싹 붙었다.

쾅!

단단한 돌벽을 부숴 박참과 동시에 피막의 날개가 있는 힘껏 공기를 뒤로 밀었다. 강하게 쏘아진 활처럼 날아드는 노아를 향해 리에트가 이와 발톱을 겨누었다. 그 흉악한 모습을 보자마자 다시금 흑룡을 향해 선생님 스킬을 썼다. 노아에게 일방적으로 감각을 전달하고.

금빛 날개 끝이 예민하게 움직였다. 약간의 움직임으로 방향을 틀어 몸뚱이를 찢어발길 듯 달려드는 발톱을 아슬아슬하게 피한다. 칼날 같은 이빨들이 허공을 깨물고 속도를 더한 힘의 덩어리가 검은 용의 두꺼운 목을 들이받았다.

철벽처럼 느껴지던 흑색의 비늘 두른 가죽이 움푹 팼다. 노아의 힘이 리에트를 밀어내고 있었다.

- 크윽!

목이 졸린 듯한 소리와.

- 누니임!

노아의 외침이 뒤섞였다. 그리고 결국.
쿵!
리에트의 거체가 바닥으로 무너졌다. 목을 부러뜨릴 기세의 타격을 버티지 못하고 쓰러졌다. 순간적인 마비가 온 것인지 늘어진 네 다리가 약하게 꿈틀거리기만 한다. 노아는 여전히 기세가 죽지 않고 으르렁거리는 리에트의 목을 누르고 선 채 자신의 비늘과 같은 색의 눈을 들여다보았다.

- 제가 이겼습니다.
- …그러네. 이제 어쩔 거니?
- 아무것도요.
- 방송 때문에?
- 아니요.

노아는 길게 숨을 내뱉고 말을 이었다.

- 누님도 저도 그런 건 신경 안 쓰잖습니까. 물론 저는 누님이 싫습니다. 미워합니다. 죽이고 싶어 했습니다. 하지만 이젠 상관없어요. 용서했다는 건 절대 아니에요. 용서 같은 건 어차피 주지도 받지도 않을 사이니까요.
- 당연하지. 나는 내가 잘못했다고 생각하지 않아.

그럴 줄 알았다는 듯이 노아가 웃었다. 아무렇지 않은 듯 가벼운 웃음이었다.

- 그럼 왜 기회를 놓치겠다는 거야? 두 번은 힘들 텐데.

― 계속해서 누님을 싫어할 필요가 없으니까요.

 상관없다. 그럴 필요가 없다. 노아는 묵은 것을 완전히 털어 내려는 듯 말했다.

― 저는 충분히 사랑받고 있습니다. 그리고 그게, 훨씬 더 좋아요. 누님을 싫어할 시간에, 미워하고 증오하는 마음을 품을 공간에 대신 더 따뜻한 걸 생각하고 담을 겁니다. 누님과 상관없이 살아갈 겁니다.

 리에트의 눈이 가늘어졌다. 그녀가 몸을 조금 꿈틀하더니 이내 인간의 모습으로 돌아왔다. 아직 약간 떨리는 손으로 포션을 꺼내 들고는 이쪽을 향하고 있는 드론을 향해 흔들어 보인다.
 "내가 졌어. 포션 쓴다?"
 노아가 승리했다는 예림이의 목소리가 들려왔다. 포션을 사용한 리에트가 자리에서 일어나 동생을 바라보았다.
 "그렇구나, 페블."

― 노아입니다.

 "그래, 노아."
 리에트가 고개를 끄덕였다. 그러곤 웃었다.
 "그러렴, 그것도 괜찮지. 하지만 노아야, 나는 언제든 네 날개를 물어뜯을 수 있어. 내 성격 알잖아. 방심하진 마."

― 네, 누님. 저도 제 삶을 방해한다면 누님의 목을 물어뜯을 겁니다. 어떻게든요.

"에이, 좀 섭섭한데."

리에트가 뒷머리를 거칠게 긁적였다. 하지만 돌아서는 몸놀림에는 망설임이 없었다.

내가 등에서 내려서고 노아 또한 인간의 모습으로 돌아왔다. 이걸로 괜찮겠냐고 묻기도 전에, 노아가 먼저 미소 지었다. 그림자 하나 없는 얼굴이었다. 멀어져 가는 누나에게는 눈길 한번 주지 않고 활짝 웃는 얼굴에 굳이 물을 필요 없겠다는 생각이 들었다.

리에트는 곧장 대기하고 있던 힐러에게로 향했다. 포션을 썼다곤 해도 몸 어딘가 자기도 모르는 피해가 남아 있을 수도 있으니 치유 스킬까지 받는 편이 나을 것이다. 자기 몸을 제대로 관리하는 건 전투계 헌터의 기본이니까. 물론 일반인도 몸 관리야 하는 편이 좋고.

나도 운동 좀 해야 하는데.

하늘 위의 드론들이 철수하고 우리도 경기장… 이라기보단 지진이 수차례쯤 지나간 황무지를 벗어나려는데 전화벨 소리가 울렸다. 내 휴대폰이었다. 전화를 받아 보자 왁자지껄한 소리가 들려온다.

[어, 받았다, 받았어!]
[유진아! 별문제 없었어?]
[주님, 노아 씨 근처에 있어요?]
[방금 봤어요, 이긴 거! 노아 씨 완전 최고!]

도하민에 명우, 석하야, 김민의까지. 그 외의 다른 사람들의 목소리도 들렸다. 편집 관계상 송출은 조금 늦게 되다 보니 TV에서는 방금 경기가 끝난 모양이었다. 우선 명우에게 당연히 아무 문제 없었다고, 완벽했고 고맙다고 말해 주었다.

"석하얀 씨네는 웬일로 일어나 있네요?"

[내일을 당겨 오늘을 살게 해 주는 특제 조합 에너지 드링크 덕분이죠!]

…위험한 거 아니냐, 그거.

[노아 씨는요? 다친 덴 다 치료했어요?]

 석하얀의 팀원 중 하나가 걱정스럽게 말했다. 괜찮다고 대답하며 휴대폰을 노아에게 건네주었다. 축하한다는 떠들썩한 소리가 들려오고 노아가 조금 쑥스러워하며 감사하다고 말했다.
 '빌딩 쪽 사람들이랑 여전히 사이좋구나.'
 하네스 부탁하러 간 날 이후로 명우와도 빠르게 가까워졌다. 정확히는 리에트와의 가족사를 들은 명우가 안쓰럽게 여기며 챙겨 준 쪽이었지만, 노아도 싫은 느낌은 전혀 아니었다. 명우를 약간 우러러보는 기색이랄까. 하네스에 이어 발톱씌우개까지 뚝딱 만들어 주자 존경의 눈빛이 짙어졌었지.
 전화 소리를 대충 듣고 있자니 여기저기서 난리였던 모양이었다. S급 헌터의 전투가 TV로 처음 중계되었으니 그럴 만도 했지만, 내 생각 이상으로 축제 분위기였던 듯했다. 국제가 아닌 국내 규모니 원래의 랭킹전 때보다는 반응이 덜할 줄 알았는데. 하기야 회귀 전 랭킹전이 시작되었을 땐 헌터의 개인적인 전투나 공략이 이미 방송을 여러 번 탄 뒤였으니 최초는 아니었다.
 '윤윤도 있었으면 꽤나 좋아했을 텐데.'
 문득 도깨비왕이 떠올랐다. 소식도 없고 SNS 업뎃이 끊긴 지도 제법 되었고. 괜찮은 건가 걱정이 들었지만, 이쪽으로선 찾아볼 방법이 없었다. 혹시나 싶어 도하민에게 휴대폰 번호를 알려 주고 찾아 달라 했지만 사용한 지 1년 미만인 번호라 하였다. 심지어 신출귀몰한 스킬 탓에 국내에서 있어도 종적을 잡기 힘들건만 갈수록 고립되어 가고 있는 중국에 가 있다.

'S급에 공간이동과 은신 스킬을 가지고 있으니 윤윤을 해칠 수 있는 사람은 없겠지만.'

그래도 혹 모르는 일이다. 해파리가 개입했을 가능성도 있을 거고. 윤윤도 종족은 다르지만, 태생 S급이라 할 수 있게 되었으니 접촉하려 들지 않았을까. 스킬만 봐도 쓸모가 많잖아.

'쉽게 넘어갈 성격은 아니다만 걱정되네.'

일단 계약서는 멀쩡하니 살아는 있을 거고. 목 빼고 기다리는 수밖에 없나. 꾸준히 올라오던 SNS가 멈춘 것이 최석원이 사망하기 전쯤이다. 내가 성현제 집에서 해파리와 만난 다음 날부터였으니 더욱 신경 쓰였다.

"형, 다친 덴 없어? 어지럽진 않고?"

"아저씨! 괜찮아요?"

그때 유현이와 예림이가 다가와 물었다. 아주 멀쩡한 건 아니지만 멀미약 효과가 있었던 듯했다. 마나가 반 이상 소모되고 리에트에게 선생님 스킬을 억지로 쓴 것 때문에 두통이 좀 생긴 정도다.

마나 포션 꺼내 들고 독 저항 끈 김에 진통제도 먹을까 하다가 관뒀다. 괜히 애들 걱정할라.

"약간 피곤할 뿐이야. 도와줘서 고맙다, 유현아. 예림이 너도 수고 많았어."

"저도 중계 말고 시합으로 방송 나가고 싶어요! S급 랭킹전도 열리겠죠?"

"열려도 넌 못 나가."

내 말에 예림이가 두 눈을 크게 떴다. 날벼락을 맞은 표정이다.

"왜요?"

"미성년자잖아. 애들 싸우는 걸 어떻게 중계하겠냐."

"노아 오빠도 아직 열아홉 살인데!"

"노아 씨 현 국적상으론 성인이야."

"그, 그래도 헌터는 법 다르게 적용된다 그러지 않았어요?"

"그건 일부분이고 랭킹전 같은 경기에도 해당되는 건 아니지. 헌터라 해도 청소년은 보호받아야 한단다. 애초에 청소년 헌터 특별법 자체에 청소년을 보호하기 위한 조항도 다수 있거든?"

대리인 직접 지정이나 던전 등급 제한 같은 거 말이다. 랭킹전이든 던전 공략이든 위험하게 싸우는 건 마찬가지 아니냐고 묻는다면 변명이 궁색해지지만, 그래도 던전 공략은 생존을 위한 일이다. 반면에 랭킹전은 어디까지나 오락이며 스포츠의 일종이었다. 크게 부상을 입을 수도 있는 싸움판에 각성자라고 해서 미성년자를 밀어 넣는 건 당연히 안 될 짓이었다. 심지어 그런 장면이 방송으로 중계되기까지 하니 반대 의견이 대다수였다.

그래서 랭킹전은 회귀 전에도 자국 기준 성인만이 참가 가능했고 이번 A급 랭킹전도 마찬가지였다.

"억울해! 내가 5년만 빨리 태어났어도!"

"4년이 아니라?"

"이왕 빨리 태어날 거 길드장이랑 맞먹으면 좋잖아요. 내 생일이 더 빠르니까 내가 누나겠네."

예림이가 유현이보다 누나라니, 상상이 잘 안 간다. 유현이도 비슷한 표정이었다. …비슷한이 아니라 비웃는인가.

그때 통화를 마친 노아 씨가 내게 휴대폰을 돌려주었다. 그러곤 진지한 얼굴로 말했다.

"유진 씨, 예전에 저는 누님이 무서워지지 않을 때까지 곁에 있게 해 달라고 했었습니다."

"아, 네. 그랬었죠."

"하지만 이제는 그냥, 다른 이유 없이 계속 곁에 머물고 싶어요."

"저야 환영이죠. 노아 씨로부터는 많이 도움받고 있으니까요."

내가 승낙할 줄 알았다는 듯이 노아가 미소 지었다. 하지만 이내 다시 심각한 표정이 되었다.

"이제는 괜찮지만, 누님이 한국에 있어도 신경 쓰지 않을 수 있지만. 그래도 혹시 가능하다면 저도 유진 씨 집에서 같이 살면 안 될까요?"

"네? 그야……."

"…저 망할 도마뱀이 기껏 도와줬더니."

된다고 대답하려는 순간 유현이의 나직한 중얼거림이 들려왔다. 원래의 내 귀에는 닿지 않을 정도로 작은 목소리였다. 하지만 아직 노아에게 선생님 스킬을 쓴 상태였다. 덕분에 그 으르렁거림에 가까운 목소리를 뚜렷이 알아들을 수 있었다.

내가 당황하자 노아가 유현이를 돌아보았다.

"한유현 헌터, 부탁할게요!"

…아니, 왜 유현이한테? 심지어 아예 유현이 앞으로 다가가 간절히 호소하기 시작했다.

"거슬리지 않도록 사람 모습 말고 전용화하고 있겠습니다!"

"…뭐라고?"

"소형화나 유체화 스킬 어떻게든 구해 볼게요! 지금도 최대한 줄이면 사람일 때와 큰 차이 안 나요. 구석에서 얌전히 있을 테니까요."

설마 소형화 스킬을 가지고 싶다는 게 저것 때문이었나? 그렇게까지 할 필요 없다고 나서려는데 예림이가 내 팔을 잡고 고개를 절레절레 저었다. 그러곤 작은 목소리로 말했다.

"노아 오빠가 해결하게 놔둬요."

"하지만."

"노아 오빠는 잘하고 있는 거예요. 한유현 물리치지 않으면 아저씨가 허락해 봤자 쥐도 새도 모르게 쫓겨날걸요? 밤중에 납치당해 해외 어딘가로 버려질지도 몰라요."

노아 씨야 비행에 은신 스킬까지 있으니 어디 버려지든 잘 찾아오겠지만 애초에 그런 일이 벌어져서는 안 되지.

"…유현이가 그렇게까지 할까?"

"하고도 남아요. 저도 홍콩 때 콧대 확 눌러 놓지 않았더라면 아저씨 집에 들어가기 힘들었을걸요."

"박예림, 헛소리하지 마."

유현이가 눈살을 찌푸리며 말했다. 이어 노아를 돌아보며 냉랭하게 입을 열었다.

"소형화 상태라면 허락받아야 할 상대가 따로 있습니다."

"네? 누군데요?"

"피스입니다. 피스가 받아들이면 저도 더 이상 간섭하지 않겠습니다. 물론 그 전에 소형화 스킬부터 얻어야 하겠지만."

…피스라니. 노아 씨, 정말로 그런 식으로 제 집에 들어와도 되는 겁니까. 바로 조금 전에 리에트로부터 당당히 독립 선언 했건만 이래도 괜찮은 건가 싶어졌지만.

'노아 씨가 스스로 원하는 거니까.'

게다가 그는 어쨌든 아직 어리다. 방식이 좀 당황스럽긴 해도 새로 있을 곳을 스스로 원하고 노력해 들어오는 건 긍정적인 일일 터다. 한 번의 계기로 허물이라도 벗은 양 곧장 홀로 서는 어른이 될 수는 없으니까.

애초에 사람이 단숨에 세상 모든 굴레에서 벗어난다면 그건 그냥 인간을 뛰어넘어 득도하는 거고. 좀 더 좋은 곳으로, 나은 방향으로 평생에 걸쳐 하나하나 발전해 가는 것만으로도 충분하지 않을까.

노아는 아직 어리고 나와 다른 사람들도 주위에 있다. 느리게 성장해도 괜찮다. 전에 그가 말한 것처럼 귀여움받으며 보호 속에 안주해도 괜찮다.

어차피 영원히 그대로이진 않을 테니까. 언젠가는 전용화가 아닌 인간 상태로 인정받을 수도 있고, 그 전에 새로운 둥지를 찾아 당당히 떠나갈 수도 있다.

'…소형화 스킬은, 역시 패륜아들에게 물어봐야겠다.'

피스는 착하니까 받아들여 주겠지. 여태까지도 다 넘어가 줬으니까. 노아 씨가 소형화되면 진짜 귀엽겠다.

"노아 오빠 소형화하면 엄청 귀여울 거 같아요."

예림이도 같은 생각인 모양이었다. 상상만으로도 가슴이 두근거릴 정도인걸.

"소영 언니가 훔쳐 가지 않게 조심해야겠는걸요. 아직 포털 키 그대로잖아요. 세성 길드장 거 빼돌려서 밤중에 침입하고도 남을 거예요, 틀림없이."

설마, 싶었지만 그럴 듯도 했다. 참고로 포털 키는 협회 측의 반대 탓에 아직 교체하지 못하고 있었다. 세성도 시큰둥했고 브레이커는 길드장 부재라고 답변을 미뤘고.

예전이야 내가 집 안에서 뭔 일 당하면 포털 키 없인 집 벽 뚫고 들어와야 하니 필요했다 쳐도, 지금은 S급 동거인이 둘이나 생겼잖아. 유현이와 예림이가 둘 다 공략 들어가면 그때나 잠깐 세성이나 협회… 보다는 송태원에게 열쇠 맡기면 되는데 왜 자꾸 안전 타령인 건지.

"다른 헌터들은 돌려보냈으니 은신 풀어도 되네."

어느새 다가온 성현제가 말했다. 그의 말대로 힐러와 A급 헌터들이 장비들과 함께 사라지고 없었다. 새로 정비도 해야 할 테니 훈련소로 돌아간 모양이었다. 리에트도 같이 간 건지 보이지 않았다.

"이봐요, 세성 길드장님."

은신 스킬을 해제하며 그를 돌아보았다.

"구경 잘하셨을 텐데, 어때요? 생일 파티 초대장 한 장 더 추가하실 생각 드셨습니까."

우리 노아 무시하지 마라. 스킬만 먹히면 댁도 순식간에 노아 씨보다 약해질 수 있다고. 제아무리 잘나 봤자 스탯 반토막 나면 A급 수준 되지 않겠냐.

내 말에 성현제가 유현이에게 받아 줘서 고맙다고 말하는 노아를 바라보았다. 어… 지금 모습은 좀 그런가. 유현이 쟤도 노아 씨한테 잘 말해 주지 그런 적 없다고 벽을 치네. 그래도 피스 허락 받으면 됐으니 반쯤 받아 준 거 아니냐.

"나쁘진 않았지."

"너무 짠데요."

"지금의 노아에게 내 인정이 필요할 것이라 생각하나."

"그건, 아니군요."

평생을 묶여 있던 리에트로부터도 벗어났는데 이제 와서 성현제를 신경 쓸 리 없겠지. 능숙해진 날갯짓으로 날아오른 이상 새장이 아닌 자신이 원하고 바라는 둥지에 내려앉을 것이다. 한때 잠깐 발목 잡혔던 세성 길드장이라 해도 이제는 별다른 의미를 가지지 못할 터였다. 노아가 원하는 걸 줄 수 있는 것도 아니니까.

"확실하게 손해 본 겁니다, 세성 길드장님. 우리 노아 씨가 얼마나 다양하게 능력이 좋은데."

"더 손해 보지 않도록 앞으로 잘해야겠군."

노력하시라고 대답하려다가 노아가 아닌 나를 향한 시선을 눈치채곤 입을 다물었다. 아니, 나는 됐고. 성현제로부터 한 걸음 크게 떨어지며 노아에게 말했다.

"노아 씨, 축하하는 뜻으로 저녁 제가 살게요! 다 같이요, 식당 하나 전세 내죠!"

빌딩 쪽 사람들도 다 함께 말이다. 역시 축하하는 자리는 떠들썩해야지.

상급 각성자 전용 훈련소로 돌아가자 미리 기다리고 있던 협회 사람이 A급 랭킹전은 오늘이 아니라 내일 이어지게 되었다고 말했다. 경기장 상태도 엉망이거니와 바로 A급 경기를 시작하기에는 스케일의 차이가 너무 심하기 때문이었다.

A급 헌터의 전투가 시시한 건 절대 아니지만 산을 부수고 땅을 뒤집다 못해 공중에 날릴 정도는 안 되지. 애초에 그래서 협회도 개막전이 아닌 폐

막전을 원했지만 리에트가 첫 경기를 요구해 와 어쩔 수 없었다.

그래도 시청률이며 반응은 대박이라 빛바래게 된 A급들을 제외하면 다들 만족해하는 눈치였다.

저녁의 축하 파티에는 피로를 회복한 강소영과 리에트도 참석했다. 거기까진 괜찮았는데 세성 길드장도 눈치 없이 끼어들었다. 내가 자기 있는 자리에서 다 같이 저녁 먹자고 말하긴 했는데 그래도 진짜 오냐.

덕분에 오랜만에 내 카드 쓰려다가 이번에도 그냥 성현제 카드로 긁었다. 좋은 데 잡았더니 왕창 나왔지만 긁힌 자국도 안 나겠지.

그리고 다음 날, 어제에 이은 뜨거운 열기 속에서 랭킹전 본게임이 시작되었다.

그그극!

바닥에 꽂혀 있던 H빔이 휘어지며 뽑혀 들렸다. 그 묵직한 철근이 상대를 향해 투창처럼 날아간다.

콰광, 철근이 콘크리트 덩어리와 부딪치고 그것을 피한 MKC의 헌터 하은하가 비스듬히 꽂힌 철근 위를 달려 공중으로 솟아올랐다. 허공에 몸이 뜬 상태면 공격을 피하기가 어려워진다. 인모드 길드장 박주호가 그것을 놓치지 않고 두툼한 박도를 치켜드는 찰나.

퍼버버벙!

박주호의 발밑에서 폭음이 터져 나왔다. 하은하가 어느새 깔아 놓은 던전 부산물 제작 폭탄이었다. 던전 부산물로 폭발물을 제작하는 것은 아직 초기 단계라 위력이 약하고 무기로 분류되어 랭킹전에서도 사용할 수 있었다.

A급 헌터 상대로는 스친 상처조차 제대로 나지 않았지만, 하은하가 노린

것은 다름 아닌 시야 방해였다. 수 미터까지 튀어 오른 흙모래가 박주호의 눈을 가리고 그 틈을 놓치지 않고 하은하가 창을 겨누었다.

스킬을 사용한 것인지 창을 앞세운 하은하의 몸이 단순 강하가 아닌 맹렬하게 빠른 속도로 박주호를 향해 내리찍혔다. 그러나 아슬아슬하게 박도의 너른 면이 창끝을 막아 낸다.

카창!

쇠와 쇠가 부딪치는 소리가 높게 울리고 박도에 쩌저적 금이 갔다. 제 무기가 부서지기 전에 박주호가 재빠르게 다른 쪽 손을 휘둘렀다. 너클을 낀 주먹이 거칠게 공기를 가른다. 단순히 겉으로 봐도 힘은 박주호가 앞섰다. 실제로도 박주호는 파워를 중심으로 하는 스타일이었고 하은하는 보조계와 반쯤 섞였다는 평을 받고 있는 테크니컬 타입이었다.

날아드는 주먹을 맞받아칠 생각 않고 재빠르게 물러나는 하은하를 박주호가 탱크처럼 쫓아갔다. 하지만 몇 발 가지 않아.

팅!

어느새 쳐져 있던 보이지 않는 가는 끈이 그의 발목을 잡아챘다. 끈은 돌진하는 힘을 이기지 못하고 바로 끊어졌지만, 그와 동시에 연속으로 끈이 팅팅 잘리는 소리가 들려오고.

콰르릉, 박주호 약간 앞의 돌벽이 무너져 내렸다. 박주호는 주먹으로 돌덩이를 쳐 내며 뒤로 물러섰다. 그사이 거리를 벌린 하은하가 석궁을 꺼내 들었다.

'주 무기는 창이지만 다양하게 사용하는군.'

MKC 하은하. 전투계치고 전체적인 스탯은 달리는 편이지만 싸우는 모습만 봐도 상당히 노련한 헌터였다. 각성 시점도 초기에 가깝고 상급 던전 공략 횟수도 많다. 폭탄이나 끈을 설치하는 기색을 알아보기 힘든 것으로 보아 설치 자체가 스킬인 듯했다. 자세히는 몰라도 활용도 높을 게 분명한 스킬이다.

'창을 다루는 솜씨로 봐서 예림이를 가르쳐 줄 수도 있을 테고.'

던전 공략 경험 많은 노련한 헌터 하나 팀에 들이면 딱 좋지. 떡잎 스킬을 써 보고 싶었지만, 지금은 거리가 멀고 노아를 통해 선생님 스킬로 보고 있어서인지 불가능했다. 고개를 들자 경기장 위에서 드론들과 함께 비행 중인 노아가 보였다. 그 목에 맞춤 제작 한 유명 브랜드 스카프가 팔락거린다.

'어제 경기 이후 협찬해 주겠단 연락 엄청 들어왔었지.'

온갖 다양한 브랜드가 연락해 왔다. 그중에서도 제일 혹한 것은 유명 보석 브랜드였다. 컨셉 광고인지 뭔지를 촬영하고 싶다면서 무려 드래곤 모습일 때 진짜 보석을 착용시키자고 하였다. 노아는 황금빛 용인 데다가 원래 드래곤 하면 보물이니까. 커다란 루비를 메인으로 두고 스타일링하겠다는 말에 어쩔 수 없이 귀가 솔깃해졌다.

본인이 결정할 일이긴 하지만 정말 잘 어울리겠지. 게다가 이미지도 고급스럽고.

'…아무튼 하은하 헌터는 가능하면 영입하는 걸로 가야겠다.'

아직 MKC에서 예림이 팀이 될 헌터는 정해지지 않았다. 길드장 실종된 지 얼마 지나지도 않아 길드 옮기는 건 보기 안 좋기에 물밑에서 조건이 오가는 중이었다. 게다가 때마침 A급 랭킹전도 열렸으니 시합에서 실력을 알아보고 확정 짓기로 하였다.

하은하도 석시명의 목록 중에 있는 헌터였다. 별다른 문제 없고 동료끼리 사이도 괜찮다고 하였고. 혼자서도 잘 싸우고 있지만, 팀에 속해 있을 시 더 실력을 발휘할 타입이다.

'랭킹전을 개인전 외에 단체전까지 하는 것도 괜찮을 거 같은데.'

아니, 오히려 단체전 위주로 가는 편이 여러모로 이득일 것이다. 회귀 전, 갈수록 위험해지는 던전을 막아 내는 데 가장 큰 걸림돌 중 하나가 S급 헌터 간의 불협화음이었으니까. A급 헌터들 거느리고 혼자 날뛰던 독불장군들에게 하루아침에 서로 손발 맞추라고 해 봐야 쉽게 될 리가 있나.

하지만 단체전이 생기면 S급끼리 합을 맞추는 것을 미리 연습시킬 수 있다.

'몬스터가 강하니까 너네들끼리 맞춰 싸우는 연습 좀 해 놔!'라는 말은 귓등으로 넘길 인간들이 대다수다. 그러나 세계 1위 헌터 팀을 정해 봅시다~ 하면 알아서 팀 짜고 협동하게들 될 터였다.

역시 의욕을 불러일으키는 데에는 눈에 뚜렷이 보이고 정확하게 순위가 나뉘는 목표가 최고지.

'개인전보다 참가자는 물론 주위 피해도 더 커질 거라는 게 문제지만. 주위 피해야 회귀 전처럼 무인도에서 하면 될 테고.'

참가자의 안전이 문제다. 단순 대결 말고 다른 방식도 생각해 볼까.

고민하는 사이 승부의 방향이 슬슬 정해지고 있었다. 하은하가 잘 버텼지만 역시 능력치가 전투에 몰려 있는 박주호를 이기긴 힘든 듯했다. 슬슬 체력이 떨어지는지 속력도 줄어들고 폭탄까지 바닥난 모양이었다.

쾅, 콰앙! 박주호가 하은하를 무섭게 몰아치기 시작했다. 박도는 깨지기 일보 직전이라 인벤토리에 들어갔지만 대신 두 주먹에 서슬 퍼런 너클을 착용한 채 공기를 가른다. 공격 스킬을 쓴 건지 주먹이 약간의 간격을 두고서 스쳐 지나갔건만 하은하의 어깨가 갈라지며 피가 튀었다.

이어 옆구리까지 깊게 찢어지고 하은하가 항복의 표시로 포션을 꺼내 들었다. 그것을 본 노아가 재빨리 승부가 났다고 알려 주었지만.

챙그랑!

박주호의 주먹질에 포션병이 깨졌다. 하은하가 비틀거리며 피하려 했지만, 전의를 가라앉히지 못한 박주호가 끝까지 따라붙는다.

삑!

그것을 눈치챈 예림이가 목에 걸고 있던 호루라기를 불고는 자리에서 휙 사라졌다. 임시로 만든 대기석 겸 관중석에서 두 사람이 싸우고 있는 장소까지의 거리는 상당히 멀었지만, 순간이동을 사용한 예림이는 말 그대로 순식간에 둘 사이로 끼어들었다.

"진정하죠?"

턱, 예림이의 손이 박주호의 주먹을 맞받고 쩌저적 소리와 함께 그의 다리를 얼려 붙인다. 예림이가 걸치고 있던 하얀 숄이 크게 흔들리며 하은하를 보호하듯 가렸다.

그사이 내려온 노아가 하은하에게 치유 스킬을 사용해 주고 예림이가 아직 으르렁거리는 박주호에게 찬물을 뒤집어씌웠다.

"으, 이-."

"왜, 나랑 싸우게?"

홀딱 젖은 박주호가 분한 듯 씩씩거렸지만 예림이의 눈총을 받고 얌전히 물러났다. 방송에서는 조금 전 포션을 꺼내 든 부분을 이제야 내보내며 박주호의 승리를 알리고 있었다.

예림이와 노아가 하은하를 데리고 힐러가 있는 대기석으로 돌아오고 리에트와 강소영이 자리에서 일어났다.

"일해 볼까."

훌쩍 뛰어 내려간 리에트가 콘크리트 덩어리며 철조물 따위가 쌓여 있는 곳으로 가 전용화했다. 강소영이 그 뒤를 따라가 일명 경기장 인테리어품들을 리에트의 등 위로 던져 올렸다. 이어 '경기장 정리 중입니다!'라고 쓰인, 광고도 덕지덕지 붙은 커다란 판을 흑룡의 목에 걸었다.

강소영과 함께 던전으로 곧장 튀는 바람에 용으로 변해 난리 친 대가를 아직 갚지 않았던 리에트는 대신 랭킹전 경기장 보수를 맡게 되었다. 차라리 잡일을 하는 게 낫지 협회 헌터들과 던전 들어가기는 싫다나.

경기장으로 들어간 흑룡이 땅을 발로 밟고 꼬리로 쓸어 대충 정돈하였다. 동시에 강소영이 철근을 여기저기 꽂고 콘크리트 덩어리와 바위를 떨어뜨렸다. 던전 내도 그렇고 브레이크 때도 그렇고 장애물이 없는 경우가 드무니 전투 환경을 조성해 주기로 한 것이었다.

"저 없었으면 크게 다치는 사람 제법 많았겠는데요?"

예림이가 얼음을 가득 넣은 사이다를 쪽 빨며 말했다. 상대가 항복 후에도 공격을 계속 이어 가면 탈락된다 해도 흥분을 가라앉히지 못하는 경우가 꽤 있었다. 어제에 이어 수고 많다고 칭찬해 주었다. 힐러에게 점검받는 하은하의 상태를 살핀 송태원도 예림이에게 감사를 표했다.

"박예림 헌터 덕분에 사고 위험을 많이 덜었습니다."

"천만에요~. 이것도 꽤 재밌는걸요."

송태원으로서는 진짜 다행일 터였다. 관련 주의 사항 다 듣고 각서 쓰고 참가했다더라도 소속 헌터가 잘못되면 협회에 항의가 들어올 테니까. 사실 송태원은 협회 소속은 아니니까 모른 척해도 되는데 그럴 사람이 아니라 문제지. 내가 예림이에 유현이, 노아까지 데리고 왔으니 걱정 말고 쉬셔도 된다 말했는데도 굳이 또 저렇게 나오시고. 일 처리 잘하고 있는 거 봤으니 지금이라도 귀가하면 안 되나. 주말 연속으로 무슨 일이냐고. 내가 다 안타깝고 미안하다.

다시 제 위치로 돌아가는 송태원을 안쓰럽게 바라보다가 한껏 어깨가 으쓱해진 예림이에게 레모네이드를 담은 컵을 내밀었다.

"나도 얼음 좀 부탁할게."

"네~."

생수병에서 빠져나온 물이 허공에서 뭉치며 동글동글한 얼음들이 만들어졌다. 얼음이 컵에 쏙쏙 들어가며 탄산이 우르르 달라붙었다. 음료에도 살짝 한기를 불어넣었는지 컵 전체가 순식간에 시원해졌다.

"고마워."

레모네이드 잔을 들고 계단을 올라갔다. 관중석 앞으로 길게 튀어나온 자리에 이젤이 세워져 있었다. 뜬금없는 미술용품의 주인은 다름 아닌 명우였다.

A급 랭킹전의 사고 예방도 할 겸 근처에서 직접 관람할 것이라 말하자 자기도 보고 싶다고 해 함께 온 것이었다. 정확히는 무기를 실전에서 사용하는 모습을 관찰하고 싶다고 했다. 무기 만드는 걸 좋아하지 않아서 손에

잘 안 익는 만큼 공부는 더 열심히 해야 한다고.

"이것 좀 마시며 해. 덥진 않아?"

"전혀. 내가 말 안 했던가? 정령의 계약자라면 스킬로 표시되지 않아도 해당 속성의 저항이 생긴다더라고. 여름 더위 정도는 기별도 안 와."

그러고 보니 전에 화살 만들 때 달궈진 금속을 맨손으로 막 다뤘었다. 화상을 입기는커녕 땀만 좀 흘리고 말았었지. 유현이야 원래 화염 저항이 있으니 티가 안 났을 거고.

명우가 고맙다며 레모네이드를 받아 들었다. 이젤에는 그리 크지 않은 스케치북 같은 것이 얹어져 있었다. 하얀 종이 위에 휘둘러지는 창이 생동감 있게 자리 잡았다. 연필 한 자루로 빠르게 그려 낸 것이지만 보통 솜씨는 아니다.

"손으로 하는 건 다 잘하는 거냐."

"무언가 만들어 내는 거라면 그런 거 같기도 해. 학교 미술 시간에도 지금만큼은 아니어도 잘 그린다는 소리 많이 들었거든."

"미대 갈 수도 있었겠네."

"예체능은 돈 엄청 든다더라."

그렇구나. 하긴 책과 필기구만 있으면 되는 게 아닐 테니까. 음악 쪽은 악기도 비쌌댔지.

"봐도 돼?"

"어… 응."

스케치북을 가리키며 묻자 명우가 조금 머뭇거리다가 끄덕였다. 종이를 넘기자 이전번 시합 무기가 그려져 있었다. 대검을 바닥에 꽂고 방패로 이용하는 장면에 간단한 메모도 적혀 있다.

다음 장에는 새로 구상하는 것인지 처음 보는 무기의 분해도가 나타났다. 이런저런 재료들에 밑줄을 긋기도 하고 X자로 지워 없애 버리기도 했다. 나도 나름 던전 부산물들에 대해 많이 알고 있지만 처음 보는 이름이 대부분이었다.

'오, 노아다.'

한 장 더 넘기자 무기를 그리다 말고 비행 중인 노아를 스케치해 놓았다. 전용화한 모습 아래 날개만 펼친 인간 모습도 있었다. 좀 더 개량해 볼 생각인 건지 하네스만 따로 분해해 그려 놓기도 했다.

계속해서 스케치북을 넘기자 전용화한 리에트에 주위 풍경에, 그리고.

"이건……."

"그게, 보기 좋아서 무심코."

나와 유현이와 예림이다. 경기 시작 전에 예림이가 유현이에게 아이스 음료는 못 만들겠지만 팝콘은 튀길 수 있지 않겠냐고 시비 걸다가 전자레인지용 팝콘 봉지 뜯어서 실험해 볼 때의 모습이었다.

정말로 제법 잘 튀겨져 내가 맛있다고 했었지. 예림이도 인정한다면서 깔깔댔고.

"…정말로 좋아 보이네."

그림 속에서 셋 다 웃고 있다. 내 얼굴도 무척이나 밝아 보였다. 낯설게 느껴질 정도로.

"가질래?"

내가 한참을 그림만 들여다보고 있자 명우가 말했다.

"스케치북도 연필도 던전 부산물로 만든 거라 인벤토리에 들어가. 내가 그림 그려 가며 구상한다고 했더니 브레이커의 헌터가 선물로 주더라고."

"그래?"

조금 망설이다가 그림을 뜯어냈다. 잠시 더 바라보다가 인벤토리에 넣었다. 요즘은 확실히, 즐겁긴 했지. 확실히.

"아, 나도 그… 세성 길드장 생일 선물 준비해야 할까."

"응?"

"어제 세성으로부터 초대장은 왔던데. 듣기로 선물 안 주면 뒤끝 있다며?"

"어… 그렇다곤 하더라. 대충 준비해. 구색만 갖추면 됐어."

명우한테도 초대장 보냈냐. 그런데 왜 나는 안 줘?

[제1회 한국 A급 헌터 랭킹전의 우승자가 지금 막 정해졌습니다!]

자막이 커다랗게 화면을 가득 채웠다. 우승자는 2미터가 넘는 커다란 양손검, 클레이모어를 사용하는 이효연이었다. 길드 우즈의 길드장으로 클레이모어를 공격 시에도 방어 시에도 능숙하게 다루는 솜씨가 발군이었다.

원래도 검도 선수였는데, 형태도 검법도 많이 다를 무기를 수족처럼 사용했다. 검술 관련 스킬도 있는지, 정교하면서도 막강한 파워를 내는 것이 대형 길드 소속이었더라면 S급 하위 던전 팀을 이끌지 않았을까 싶었다.

그리고 그 이효연은.

[저는 대형 길드의 쟁쟁한 A급 헌터들을, S급 던전을 공략하는 A급 팀으로서 이름 알려진 자들을 꺾고 당당하게 우승을 차지했습니다.]

우승자 인터뷰에서 S급 헌터가 길드장으로 있는 대형 길드들이 S급 던전을 독차지하다시피 하는 현실에 대해 불만을 털어놓았다.

[A급 헌터로만 구성된 길드라 해도 능력만 된다면 얼마든지 S급 던전 관리권을 가질 수 있어야 한다고 생각합니다. 그것을 위한 실력은 이미 전 국민 앞에서 증명해 보였습니다.]

이어 그녀의 옆에 서 있던 3위를 차지한 길드 물보라의 길드장 박보라 또한 이효연의 말에 동의했다. 그러면서 두 길드가 힘을 합쳐 S급 던전 관리권에 도전하겠노라 말하였다.

'회귀 전에도 지금으로부터 이 년쯤 뒤부터 A급 길드들이 S급 던전 관리권을 다수 가지기 시작했었지.'

늘어나는 S급 던전의 수를 대형 길드들만으로 다 감당하기 힘들어졌던 탓이다. 물론 그 전부터 저 두 길드장들처럼 중형 길드들의 S급 던전 관리 시도는 있었다. 하나 명분이 부족했다.

S급 던전은 S급 헌터에게. 분명 S급 하위 던전을 공략하는 A급 팀이 있었음에도 A급 헌터만으로 구성된 길드가 S급 던전을 맡는다는 것은, 사람들에게 불안하게 비쳤다.

하지만 랭킹전으로 자신들의 실력을 확실하게 내보일 수 있는 기회가 찾아온 것이다.

"어떻게 생각하십니까?"

나와 같이 예림이의 예비팀원 명단을 정리하고 있던 석시명이 물었다.

결승전과 준결승전, 3, 4위 결정전만 남겨 놓고 나머지 시합은 어제 모두 끝이 났다. 그래서 오늘은 경기장에 가지 않고 해연 길드에서 석시명과 함께 뒷정리 중이었다. 경기장에는 사고 대비를 위해 예림이만 참석했다. 물론 리에트와 강소영도 봉사 활동 하러 갔고.

"좋은 시도라고 봅니다. 던전은 앞으로 계속 늘어날 거고, 난이도 또한 점차 올라가고 있으니까요. 감당하기 힘들어진 뒤에야 부랴부랴 대책을 세우는 것보다 미리 중형 길드들을 키워 놓는 게 훨씬 낫죠."

소형 길드 또한 마찬가지다. 보잘것없는 하급 헌터들이라 쉽게 말들 하지만, 그들이 없다면 하급 던전을 중상급 헌터들이 공략해야만 한다. 하급이라고 해서 던전을 내버려둘 수는 없으니까.

그러니 최소한 하급 헌터들이 무의미하게 참변을 당하는 일 정도는 막아야 했다. 길드 수준의 기초 교육에 기본 장비의 저가 보급, 하급 헌터 대상의 신변 안전을 위한 법 제정 등등의 일이 필요하겠지.

'물론 내가 할 건 아니고.'

헌터협회가 할 일이다. 회귀 전에는 중상급 헌터들만 챙기며 나 몰라라 했었지만 이제는 좀 달라지지 않을까. 나야 뭐 일 잘하라고 적당히 찔러 주고, 힘 달리면 슬쩍 도와주는 정도만 해야지. 이 이상은 과로다.

예비팀원 명단에는 어제 경기로 살펴본 전투 특성이나 장단점도 상세히 적어 넣었다.

"예림이에게 제가 작성했단 말은 하지 마세요. 어디까지나 참고일 뿐이고, 예림이가 직접 골라야 하니까요. 제가 적었다고 하면 그냥 추천해 주는 대로 결정하고 말걸요."

지금이야 우리 도움을 받고 있지만 머잖아 자기 팀원이 될 사람에 한해서는 우리보다 훨씬 보는 눈을 갖추게 될 예림이다. 이러니저러니 해도 실전 경험이 최고니까. 그러니 처음부터 공략팀에 대한 모든 것을 스스로 결정하는 버릇을 들이는 편이 좋았다.

특히나 예림이는 S급이라고 해도 어리니까 어른인 팀원이 휘두르려 들지도 몰랐다. 타인의 말을 듣는 것도 필요하지만, 듣지 않는 것 또한 필요하다. 특히나 팀장이고, S급 헌터라면 던전 내에서는 스스로의 감을 믿는 편이 더 나을 터였다.

조언을 듣되 기본적인 결론은 자신의 뜻대로.

"팀이 만들어지면 우선은 A급 던전 몇 번 돌며 손발을 맞춰 보는 편이 좋겠죠."

"네. S급 던전 공략용 장비는 길드에, MKC에 속한 채 대여되는 경우가 많아 장비도 새로 마련해야 하니 그사이엔 A급 던전을 공략해야 할 겁니다."

"국내에는 냉기 저항 장비가 별로 없어서… 해외 경매장도 확인해 봐야 할까 봐요."

등급 높은 빙계 스킬을 가진 헌터가 이제껏 없었다 보니 그간 나온 것도 다 해외에 교환, 판매되었다. 묵혀 두느니 그편이 나으니까.

그러고 보니 문현아가 곧 귀국할 거라고 하던데. 무사히 최상급 몬스터 새끼를 낙찰받았다는 소식을 바로 어제 들었다.

빨리 스태미너 포션을 만들든가 해야지, 블루도 덜 컸는데 계속 애들이 늘어나게 생겼네. 일본에는 에블린을 포함한 세성의 관련 담당자들이 가 있었다. 조건 조율에 생각보다 시간이 걸리는 모양이었다.

던전 권리를 해외에 넘긴다는 건 이 시점에선 드물고 거부감 큰 일이니 그럴 만도 했지만.

"그런데 시계는 차고 다니지 않는 겁니까? 꼭 던전에서만 쓸 필요는 없을 텐데요."

"네? 시계요?"

영문을 몰라 하는 내게 석시명 또한 의아해하며 말했다.

"아직 받지 못하셨습니까? 길드장님께서 한유진 씨에게 선물하겠다고 주문한 시계가 도착한 지 꽤 되었는데요."

"아……."

리에트에게 시켜 신 협회 건물 부쉈을 때. 그때 성현제가 보내온 시계를 보고 유현이가 자기도 주문해 놓았다 말했었다. 오래도 걸렸네.

"그거 주문 언제쯤 했습니까?"

"그게……."

"아, 아뇨. 아니에요. 곧 주겠죠."

암만 생각해 봐도 그날 이후에 주문한 거 같은데. 모르는 척해 주자. 그런데 왜 아직 안 주는 거지. 새삼 쑥스러워지기라도 했나. 최근에 내가 너무 바빠서였을지도 모른다. 정신없는 와중에 선물 건네는 건 좀 그렇잖아.

이젠 한동안 별다른 일 없으니 곧 주겠지. 모르는 척하고 있어야겠다.

5장 성 모 씨 생일

5장
성 모 씨 생일

 공항에 브레이커 길드의 전용기가 도착했다. 보안상이라는 이유로 아직 감춰진 몬스터의 정체도 궁금했거니와 키워드 효과가 떨어지기 전에 문현아와 친분을 다져 두고 싶었기에 공항으로 마중 나갔다.
 몬스터는 비행장에서 검역을 마치고 바로 차로 옮겨질 예정이었다. 노아와 함께 비행장으로 가자 비행기의 화물칸 근처에 서 있는 문현아가 보였다. 아직 몬스터는 내려지기 전인 듯했다.
 "여어, 형님. 오랜만이야. 어째 살 좀 빠진 거 같다?"
 문현아가 나를 향해 반갑게 손을 흔들었다.
 "요새 바빴거든요."
 "랭킹전 이야기는 들었어. 시간 맞춰 오고 싶었는데 발목 잡는 거리들이 많아서. 이럴 줄 알았으면 그냥 성현제 놈 생일 지나고 나서 올 걸 그랬나."
 "그놈의 생일, 전 초대장도 못 받았습니다."

초대장 소리에 노아가 괜히 미안해하는 표정을 지었다. 노아 씨도 초대장을 받았다. 나한테만 안 왔다.

"저기, 죄송해요, 유진 씨."

"노아 씨가 왜요. 성현제가 미안해해야지."

"나도 아직 못 받았긴 해."

그때 차 한 대가 이쪽으로 달려왔다. 차에서 내린 사람이 문현아에게 다가가서 공손히 인사하곤 무언가를 내밀었다. 초대장이다. 구경만 몇 번이나 실컷 하고 내 손에는 들어오지 않은 그놈의 초대장.

"형님, 세성 길드에 불이라도 지를 것 같은 얼굴인데?"

문현아가 초대장을 팔랑이며 말했다. 불은 무슨.

"성냥 한 개비도 아깝습니다. 안 가면 편하고 좋죠 뭐. 생일이랍시고 버스 같은 데 광고까지 붙여 놨던데, 진짜 웃기지도 않는 짓을……."

"아, 그건 세성 길드장 팬들이 한 거야."

"…예?"

"생일 광고 같은 거 연예인한테 팬들이 주로 많이 해 주잖아. 버스보단 주로 지하철역에 많이 붙지. 형님 동생 생일 때도 붙었을 텐데? 나도 그렇고."

…유현이 생일쯤에는 밖엘 잘 안 나가서. 크리스마스 분위기 자체가 싫어져서 집 근처 편의점 정도나 들렀었다.

아무튼 그게 팬이 해 주는 거였구나. 난 또 세성에서 건 건 줄 알고 그 인간답게 뻔뻔하다 싶었는데 의외다. 인기 많네. 많을 만하긴 하지만. 일반 사람들이야 가까이서 볼 일도 없을 테니 그냥 더럽게 잘생기고 잘난 인간으로만 느껴지겠지.

"그런데 왜 형님은 초대를 안 했을까. 위험해서 그런가?"

"위험하다고요?"

"형님한테는 말이야. 국내 S급 헌터들이야 알 만큼 다 아는 사이니 괜찮겠지만 해외는 다르잖아."

"그래 봐야 세성 길드장과 잘 아는 손님들 아닙니까. 문제를 일으킬 것 같진 않은데요."

"다 그런 건 아니야. 원래는 일종의 교류를 위한 자리였는걸. 초기에는 해외도 그렇고, 국내에서도 이래저래 눈치 좀 보여서 핑계 없이 한자리에 모이긴 힘들었으니까. 게다가 그 인간 발이 넓어서인지 여기저기서 제법 많이 와. 아마 이번엔 더 많지 싶은데. 국내에 이슈가 여럿 있었잖아."

아닌 척하며 상황 살피기 좋은 기회지, 라며 문현아가 웃었다. 확실히 해외 헌터들이 흥미를 가질 만한 일이 많이 일어났다.

기승수 사육과 명우의 무기 제작이 그 첫째일 것이고, 랭킹전에도 많이 관심을 보이겠지. 한국 헌터협회가 물갈이된 것도 거대 길드장쯤 되면 신경 써야 할 테고 S급 헌터가 늘어나고 사망한 일 또한 눈길을 끌었을 터다.

성현제 생일 파티 참석 핑계 대고 한국에 와 볼 만하겠군. 무엇보다 성현제가 초대한 사람들은 이슈들의 중심에 서 있는… 아니, 근데 왜 난 빼먹었냐.

'기껏 생일 선물도 준비해 놓았는데.'

망할 놈. 바쁜 와중에도 틈틈이 신경 써서 준비했더니 초대를 안 해. 진짜 가서 불 질러 버릴까. 좀 짜증 나네.

"오, 검사 끝났나 보네. 내려온다."

그때 비행기의 화물칸에서 우리가 내려졌다. 우리 크기가 상당한 게 작은 마수는 아닌 듯했다. 가까이 다가가자 푹신하게 만들어 놓은 잠자리 위에 웅크리고 있는 새끼 몬스터가 보였다.

"사슴이에요?"

겉보기에는 그랬다. 전신이 새하얗고 네 발굽과 코끝, 두 눈만 검은색을 띤 새끼 사슴. 길고 촘촘한 속눈썹 아래 커다란 눈이 양순하게 끔벅였다. 아직 졸음기가 남았는지 입을 벌리며 하품을 한다. 새끼 사슴치고는 덩치가 웬만한 송아지보다 더 크긴 하지만 귀여운 생김새였다.

"설원순록이라곤 하던데, 형님이 봐도 사슴 같지? 성체는 사슴과 순록 중간쯤으로 보이긴 해."

설원이라면 냉기 저항 가지고 있나. 새끼 사슴을 향해 떡잎 스킬을 써 보았다.

2급 가지뿔종 – 설원순록(유체)

현재 스탯 등급 C

성장 가능 스탯 등급 A~S

최적화 초기 스킬

미끄러지는 돌진(S) 성장 후 습득

뿔의 창(S) 성장 후 습득

냉기 저항(A) 획득

질주 강화(B) 성장 후 습득

※무리의 리더의 보호 아래 성장

역시 냉기 저항이 있었다. 하지만 초기 스킬 특성상 예림이와는 별로 어울리지 않을 듯했다. 돌진 근접 공격이면 딱 문현아 스타일이네.

"잘 부탁해, 형님."

최대한 빨리, 라며 눈웃음 짓는다. 덩치도 그렇고 스킬도 그렇고, 저 사슴 블루 이상으로 활달할 거 같은데. 역시 얼른 스태미너 포션 만들든가 해야지.

성현제의 생일 바로 전날에도 여전히 내 이름이 박힌 초대장 같은 건 존재하지 않았다. 연락 같은 것도 오지 않았다. 그 인간 소식이라곤 코메트 보러 온 강소영이.

'요즘 길드장님 기분이 별로 안 좋아 보여요. 작년엔 안 그랬는데 이상하게 시큰둥하셔서 생일 파티 담당자들이 살얼음판 걷는 기분이라더라고요.'

라고 전해 준 것뿐이었다. 자기 생일 파티 하는 주제에 기분은 또 왜 나쁘냐.

"잘 어울린다! 멋있네."

명우는 새로 정장을 맞추었다. 예전 옷이야 몸에 맞지도 않고, 솔직히 말해 싼티도 났다. 옷 같은 거 잘 모르는 눈에도 최대한 저렴하게 샀습니다, 라는 표시가 보일 정도였다.

하지만 지금이야 돈 얼마든지 팍팍 들일 수 있었다. 시간 관계상 맞춤으로 만들지 못한 게 유일한 흠이다. 그래도 몸이 좋아져서 그런가 기성복도 잘 어울렸다. 역시 옷태에는 옷걸이도 중요하지.

"이참에 몇 벌 새로 맞춰. 그동안 작업복이랑 일상복밖에 안 샀잖아."

"그러기엔 자꾸 스탯이 증가해서. 이 옷도 오래는 못 입을걸?"

명우가 넥타이를 매만지며 1회용으로 쓰기엔 돈 아깝다고 말했다.

"지금 너한텐 별 부담 없잖아."

"그래도 아까운 건 아까운 거지. 재료나 장비에는 쉽게 써지는데, 내 거 살 땐 여전히 가격표 확인하게 되더라?"

"아, 그건 나도 그래."

사람 쉽게 안 바뀐다며 둘이 동시에 웃었다. 심지어 나는 내 카드도 아닌데도 나 혼자 쓸 일상용품은 뭔가 사기 머뭇거려졌다. 애초에 살 것도 딱히 없긴 하지만.

"해외 S급들 여럿 온다니까 얼굴 잘 알리고 와라. 기죽을 거 하나 없으니 당당하게 갔다 와."

명우도 이젠 상급 헌터들에게 익숙해진 거 같지만 혹 모르니까. 스탯치고는 노아는 물론 유현이나 예림이한테도 전혀 눌리지 않는 게 혹시 이스무아르의 계약자이기 때문일까. 그 정령 최소 S급은 되는 듯했으니.

"너 안 간다니까 별로 내키진 않아."

"혹시 모르지. 오늘 밤에라도 초대장 올지도. 이젠 줘도 가기 싫어졌지만."

기대는 하지 않았지만 그날 밤에도 소식은 없었다. 그리고 다음 날 아침에도.

하지만 초대장보다 더 신경 쓰이는 것은.

'…왜 시계 안 주지.'

유현이가 준비한 시계였다. 동생은 아직도 여전히 시계를 꺼내 들 생각이 없어 보였다. 요 며칠 한가했는데. 둘만 같이 있었던 적도 여러 번이었는데.

심지어 예림이의 투덜거림을 들을 각오 하고 동생이랑만 외식하기도 했었다. 멍석을 깔아도 여러 번 깔아 줬건만 동생 놈은 입도 벙긋하지 않았다.

'설마 내 게 아닌가.'

석시명이 분명 내 선물이라고 그랬는데.

"다녀오겠습니다!"

예림이가 먼저 나가고.

"왜 그래, 형?"

이어 현관에 선 유현이가 나를 내려다보며 고개를 갸웃했다. 너무 뚫어져라 쳐다봤나.

"아니, 음… 너 혹시, 친하게 지내는 사람 있어? 개인적으로 직접 선물 챙겨 주는 사이… 는 당연히 있긴 하겠지만, 좀 더 특별하게?"

"다른 사람을 직접 챙기는 일은 없는데. 보통은 비서실이나 석 팀장이 대신 챙기지."

"아, 그래?"

그냥 대놓고 물어볼까. 하지만 너 전에 나 준다던 시계는, 하고 직접 찌르는 건 그렇잖아. 너무 선물을 바라는 것 같고.

"무슨 일 있어?"

"아냐, 아무것도. 잘 다녀와라."

동생을 내보내고 난 뒤 한숨을 푹 쉬었다. 역시 기분 꿀꿀해서 안 되겠다. 성현제한테 선물이나 던져 주고 와야지. 불 지를지 말지는 그 인간 얼굴 보고 결정하자.

세성 길드장에게 갈 거라고 하자 노아 씨의 표정이 묘해졌다. 무슨 생각을 한 건지 안절부절못하다가 조심스럽게 입을 연다.

"저녁에 생일 파티요, 저도 가지 말까 봐요."

"왜 안 가요. 인맥 쌓기 좋다던데. 게다가 명우랑 동행하기로 했다면서요."

명우에게 손댈 멍청한 S급은 없겠지만 그래도 안전이 최고니까. 어차피 둘 다 파티에 참석하는 김에 노아 씨가 명우를 보호해 주기로 했다. 나야 뭐 집에 있을 거고 피스도 있고.

"저도 명우 형을 혼자 보내는 건 걱정되지만······."

"형이요?"

"편하게 부르라고 하셔서요."

명우가 생각보다 더 노아를 마음에 들어 하는 모양이었다. 하기야 노아 씨가 좀 많이 귀엽긴 하지. 착하고.

"저도 편하게 부르셔도 돼요."

내 말에 노아의 두 눈이 크게 흔들렸다.

"그··· 러고는, 싶은데요······. 아뇨, 아니에요."

"괜찮아요."

"···아뇨, 그러면··· 안 되거든요. 정말로요."

뭐지. 왜 명우는 되고 나는 안 된다는 거야. 내가 생각보다 더 불편한 상대인 건가? 그러고 보면 귀여움받고 싶다는 것 자체가 한참 연상을 대하는 태도긴 하지. 이리저리 일시켜 먹기도 했고··· 좀 상사 같은 느낌이려나. 상사가 편하게 형이라고 해, 하면 싫긴 하다. 내가 잘못했네.

"신경 쓰지 말고 노아 씨 편한 대로 하세요."

아무렴 가조오옥 같은 회사는 지양해야지.

선물을 챙기고 받으실 분에게 연락했다. 성현제 님의 택배가 곧 도착 예정이오니 공중정원으로 나와 주시면 감사하겠습니다. 대리 수령 그만 거 없고 무조건 본인이 직접 받아야 함. 그러니 댁에 계시냐는 물음에 기다리고 있겠다는 답변이 왔다.

'초대는 안 해 놓고 선물은 받겠다는 게 조오금 배알 꼴리긴 한데.'

다른 데 쓸 수도 없는 거 버린다고 생각하자.

노아의 도움을 받아 세성 길드로 향했다. 아침에 가까운 오전이었지만 벌써부터 햇살이 따가워 모자를 하나 눌러썼더니 더더욱 택배 나르는 기분이 들었다. 길 막힐 일도 없이 일직선으로 날아간 덕에 도착은 금방이었다.

녹음 짙은 옥상정원에 성현제가 서 있는 것이 보였다. 집에서 나오기라도 했는지 가벼운 차림이다.

"바로 위로 가죠."

노아가 아래로 내려가 성현제의 이 미터쯤 위에서 멈추었다. 날갯짓이 일으키는 바람에 색 옅은 머리카락이 흔들린다. 올려다봐 오는 시선을 향해 일단은 미소로 답해 주었다. 그리고 인벤토리를 열었다. 목록을 줄줄이, 똑같은 명칭이 가득 채우고 있었다.

┌─────────────────────────┐
│ 스베일 양의 털실 │
└─────────────────────────┘

그것을 모조리 꺼내 아래를 향해 쏟아부었다. 핫핑크의 부드러운 털실 뭉치들이 비처럼 떨어진다. 내 인벤토리는 물론이고 노아의 인벤토리까지 꽉꽉 채워 왔다. 포근포근한 털실이 생일의 주인공을 휘감으며 쌓이고 데구르 굴러 흩어지다 못해 주위를 온통 핑크빛으로 뒤덮었다.

이어 성현제의 앞에 내려서려다가 날갯짓에 털실 다 날아갈까 봐 좀 떨어진 곳에 내렸다. 하늘거리는 핫핑크 털실 사이를 뚫고 다가가자 핫핑크투성이가 된 성현제가 나를 내려다보았다.

"보온성 뛰어나고 오염에도 강해 웬만해선 더러워지지 않는 최고급 털실입니다."

털실 자체도 비쌌지만 핫핑크로 염색하기 위해 공장을 빌리다시피 해 던전 아이템용 핫핑크 염료 따로 만들고 염색했다. 그러는 김에 예림이 숄도 하얀색으로 바꾸었었고.

"손 내미세요."

순순히 내밀어진 손바닥 위에 마지막으로 뜨개바늘 한 쌍을 꺼내 얹어 주었다. 이것 또한 특제품이다.

"생일 축하드립니다. 비록 저는 초대받지 못했지만, 선물은 드리고 가겠습니다. 치매 예방하시고 오래오래 사세요."

"이런, 열세 번째 요정님인가."

성현제가 눈을 휘어 미소하며 헛소리를 했다.

"바늘에 찔려 잠들면 한유진 군이-."

"아 진짜 무슨 소린가 했네. 양심 있습니까?"

자기가 잠자는 공… 아 씨, 상상만으로도 기분 나쁘다. 애초에 뜨개바늘로 찔리기나 하냐.

"불청객은 이만 꺼지겠으니 영원히 잠드시거든 연락 주세요. 화환이라도 보내 드릴 테니."

"불청객이라니, 섭섭한 소리를."

돌아서는 나를 성현제가 붙잡았다. 그대로 끌어당기더니 모자를 벗겨 던지고는 내 머리 위에 제 턱을 얹는다. 저번에도 이러더니 또냐.

"초대 못 받았으니 불청객 맞잖습니까."

"내 아이템은 어디든 프리패스지."

"엉뚱한 핑계 대지 마시고 진짜 이유나 들어 봅시다. 기분 나빠진 것과 관계있습니까?"

아무 이유 없이 우울증 같은 게 왔을 리는 없고, 뭔가 있겠지. 성현제는 잠깐의 침묵 뒤 입을 열었다.

"지루해져서."

"…예?"

순간 가슴이 철렁해졌다. 공포 저항이 없었더라면 겁까지 먹었을 듯했다. 벌써 질린 건가 싶었는데, 주어는 내가 아니었다.

"똑같은 일을 다시 반복하는 느낌이 들더군. 같은 장소, 같은 인테리어, 같은 프로그램이며 메뉴들, 앞서 들어온 선물들까지 이미 받아 본 것 같은 기분이고."

성현제치고는 상당히 시무룩해진 목소리였다. 반복하는 느낌이라. 회귀 전 기억이 좀 더 뚜렷해지기라도 했나 더럽게 예민하네.

'여태까지는 죄다 달라진 일들의 연속이었지.'

내가 개입하면서 많은 것이 달라졌다. 회귀 전과 같은 일은 거의 없었을 정도로, 많이 틀어졌다. S급 헌터와 길드 둘이나 사라지고 협회도 뒤바뀌고 기승수 사육에 대장장이에 새로운 S급 헌터에 회귀 전에는 경험해 본 일 없을 던전들까지.

하지만 생일 파티는 다르다. 예정된 그대로로 달라질 일이 없었을 터였다. 초대 손님이 약간 더 늘어난 것 외에는 모든 것이 변함없었겠지.

'그래서 같은 일이 반복되고 있다고 더 강하게 느껴진 건가.'

바뀌어 버린 다른 일들과 달리 유독 똑같은 만큼 더욱 선명하게 기시감이 들었을지도.

"핫핑크 털실 선물이 낯설지 않다니, 놀랍네요."

"물론 한유진 군은 예외라네. 아주 새롭지."

그야 나는, 가장 동떨어진 사람이니까. 원래라면 조금의 영향도 주지 못하고 묻혀 있었을 엑스트라다.

문득 그래서 성현제가 내게 더 관대한 것이었나, 하는 생각이 들었다. 스킬만이 아니라 그 자체로 흥미를 끄는 대상으로서 말이다.

내가 움직이지 않았더라면 그에게 있어 새로운 일은 없었을 것이다. 고작 생일의 반복으로도 기분 상할 만큼의 무료함을 느끼는 인간이 수개월, 수년의 반복을 참아 내긴 힘들겠지.

그런데 내가 알아서 크게 뒤틀어 주고 있으니 무의식중에 달갑게 받아들인 것이 아닐까.

"그래서 일부러 빼놓아 보았지."

또 심장이 뜨끔했다. 설마 이상한 기시감을 느낀 김에 실험이라도 해 보고 있었던 건가.

'그러고 보니 초대장, 예림이와 명우에게 유독 늦게 왔었지.'

유현이에게는 일찌감치 도착했었다. 문현아야 국내에 없었던 탓이고, 리에트도 진작 받았던 것으로 기억한다. 예림이는 그보다 늦었고 명우는 더욱 늦었다. 설마 반복되는 느낌이 덜 드는 상대일수록 뒤로 미룬 건가. 예림이야 회귀 전에도 S급은 아니라 해도 손꼽히게 유명한 A급 헌터였다. 하나 명우는 이름조차 들어 보지 못했을 것이다.

그리고 가장 많이 뒤바꿔 놓고 개입했지만, 원래라면 성현제와는 조금도 연관되지 않고 악평 정도나 떠돌았던, 영향력 없는 F급 헌터가 바로 나다.

'진짜 쓸데없이 예리한 인간 같으니라고.'

그냥 기시감이 드는구나, 하고 넘어가도 될 일인데 굳이 확인을 해 보냐.

"제가 그렇게 특별하게 느껴지신다니 참으로 감사하군요. 하긴 여러모로 잘났죠, 정말."

"감사는 내가 해야지. 덕분에 도련님은 물론 송태원 실장까지 재미있어졌어."

"남의 동생 상대로 재미 운운하지 마시죠. 그 전에 유현이와는 저보다 더 오래 알고 지내지 않았습니까. 뭘 새삼."

"새삼이라니. 한유진의 동생이 아닌 한유현이라면 애초에 별다른 흥미를 느끼지 못했을 거야."

"…그건 또 무슨 소립니까."

같은 태생 S급이라 관심을 가지고 도와준 게 아니었나.

"한유진 군이 아니었다면 아마 한유현과는 길게 엮일 일 자체가 없었을 거라네."

"엮일 일 자체가요?"

"얌전히 사회에 섞일 성질이 아니었거든. 리에트보다도 더 홀로 거칠 것 없이 떠돌았겠지. 그래서 길드를 세우더라도 얼마 못 갈 거라 생각하고, 처음에는 관심을 두지도 않았어."

…유현이가 길드를 만든 것은 어디까지나 나 때문이었다. 내가 없었더라면, 분명 길드 같은 거 세우지도 않았겠지.

"그런데도 해연을 계속 이끌어 나가는 것에 흥미가 생겼었지. 잠깐뿐이었지만."

"남의 동생 흥밋거리 취급 하지 마시죠. 우리끼리 해결 보자고 분명 말했습니다. 허튼수작 부리다간 진짜 뜨개바늘에 찔려 영영 잠드실 수가 있어."

머리 위에서 나직한 웃음소리가 떨어져 내렸다. 내 위협은 새끼 고양이가 하악거리는 것쯤으로밖에 여겨지지 않는 모양이었다. …실제로도 그 정도겠지. F급과 태생 S급의 차이는.

"잠깐이었다 했건만. 한유현 자체에는 아무런 관심도 없어. 드물긴 해도 유일하지는 않으니. 하지만 한유진의 동생은 하나뿐이라네. 눈길을 끌 정도로 독특했고, 특히나 그렇게 만들어진 이유가 궁금했거든."

태생 S급은 자신을 포함해 몇 명이나 되니 의외로 그리 큰 가치를 두지 않는 건가. 하긴 리에트에게는 꽤나 담백하게 대했었다.

'…그래서, 내가 없었으면.'

유현이와 리에트의 모습이 동시에 떠올랐다. 속이 쓰렸다. 지금이 나쁘다는 건 아니다. 요즘은 썩 괜찮아 보이고… 그렇지만…….

내가 없었다면.

"이제는 이유를 알았으니 괜히 건드릴 생각은 없다네. 잘해 주기로 했으니 그 정도는 참아야지."

내 침묵이 길어지자 성현제가 걱정할 것 없다며 달래듯이 말했다. 참겠다는 소리까지 하다니, 좀 놀랍다.

"절 건드리는 게 더 효과가 좋아서는 아니고요?"

대답이 없다. 보나 마나 겉으로는 사람 좋아 보이는 미소나 짓고 있겠지.

"애한테 쓸데없이 시비 걸지 마십시오. 송 실장님도 좀 내버려두고요. 안 그래도 피곤하신 분인데."

"울타리 범위가 너무 넓은 거 아닌가. 한유진 군이 품고 있는 아이들까지는 내버려두겠지만. 그리고 나는 송태원 실장에게 잘해 주고 있다네."

송태원이 들었으면 미간의 주름이 평소보다 두 배쯤 깊어졌을 소리다.

"이번에도 초대장과 함께 맞춤 정장을 보내 줬지. 슬프게도 바로 반송당했지만."

"받으면 안 된다는 거 뻔히 알면서 무슨 짓입니까?"

"물론 한유진 군의 것도 있으니 질투하지 말게."

아, 시발. 헛소리 좀 제발. 괜히 저만치 앉아 있는 노아 씨를 살펴보았다. 바싹 붙은 채라 목소리를 크게 내진 않았으니 노아의 스탯으론 듣기 힘든 거리긴 하지만 신경 쓰이잖아. 시선이 마주치자 노아가 꼬리를 탁탁 흔들었다. 마치 얌전히 잘 기다리고 있어요, 주장하는 강아지 같다.

"하얀색을 원하나, 검은색을 원하나, 아니면-."

"검은색이요."

거절해 봤자 통하지도 않을 테니 대충 받고 말자.

"욕심이 없는 한유진 군이군. 그러니 스무 벌 모두 주겠네."

"무슨 금은쇠 셋도 아니고 스무 벌이야! 사양하겠습니다!"

"겸손하니 열 벌 더."

…생일빵 같은 거 좋아하지 않지만 오늘만큼은 찬성한다. 물론 나 말고 다른 S급들이 대신 때려 주는 걸로.

"그래서 제 초대장은 안 주실 겁니까? 저녁에 줄 선물이 훨씬 더 좋은 건데."

"직접 모시러 갈 생각이었지."

퍽이나 그랬겠다. 나는 쏙 빼놓은 채 이질감을 끝까지 비교해 보고 확인했겠지.

"오늘의 주인공님께 그런 대접까지 받을 수는 없지요. 제 발로 알아서 찾아가겠습니다."

심심하거든 뜨개질이나 하고 계십쇼.

다양한 꺼림칙함을 품에 넣고서 해연 길드로 향했다. 예림이는 수업 중인 시간이고 유현이는 업무 중이었다. A급 랭킹전이 사람들의 이목을 끄는 사이 MKC의 해체는 빠르게 이루어지고 있었다. 해연과 세성, 브레이커와 한신까지. 이미 나눌 건 다 정해지다시피 했다. A급 힐러만큼은 아직 신경전 중이었지만.

"세성 길드장한테는 왜 간 거야."

집무실 소파에 앉은 내게 유현이가 주스를 내어 주며 말했다. 여전히 내가 나돌아 다니는 걸 반기지는 않았지만 그래도 예전과 달리 날카로운 기색은 없다. 지금도 불만은 담겼지만 탓하는 게 아닌 단순한 질문에 가까운 어조였다.

"초대장 왜 안 보냈냐고 따지러 갔지 뭐. 직접 데리러 오겠다기에 내 발로 간다고 했어."

"꼭 갈 필요는 없는데. 나도 안 갈 생각이었고."

"너 안 가면 예림이는? 아직 그런 데 혼자 보낼 순 없잖아."

"브레이커 길드장에게 말해 뒀어. 또 내가 안 가면 김성한 헌터가 대신 참석하게 될 거고."

나 때문에라도 셋 중 한 명은 해연에 남기로 했었다. 김민의가 S급으로 알려져 있다고 해도, 해외 S급들이 여럿 들어오는 판에 가짜 S급으로는 불안했기 때문이었다.

"왜 미리 말 안 해 주고."

"형이라면 가라고 등 떠밀었을 테니까. 이따가 같이 저녁 먹자면서 말해 줄 생각이었어."

혹시 시계인가. 유현이가 어디론가 전화를 걸며 말했다.

"그럼 형도 준비해야겠네."

"어, 응."

전화로 나도 생일 파티에 참석한다고 준비를 명령하는 동생을 빤하게 쳐다보았다. 능숙하게 길드장 노릇을 하고는 있지만.

'…갑갑할까.'

성현제의 말이 계속해서 머릿속을 맴돌았다.

"유현아."

"응?"

통화를 마친 동생이 나를 돌아보았다. 동생의 눈이 살짝 휘며 미소를 머금었다.

"아니야, 아무것도. 그냥 생일 파티 째고 저녁이나 같이 먹을까?"

"나야 물론 좋아."

뭐든 다 좋냐. 진짜 그러면 안 되지, 길드장님이, 하며 동생의 머리를 장난스럽게 헝클어뜨렸다. 내 장난을 받아 주는 얼굴이 즐거워 보여 조금이나마 마음이 놓였다.

내가 같이 간다는 말에 예림이는 크게 기뻐했다. 아저씨 혼자 놔두고 가는 게 계속 신경 쓰였다며 직접 옷을 골라 주겠다는 걸 겨우 말렸다. 우리 예림이 센스가 나쁘진 않은데, 좀 많이 귀여운 쪽으로 몰려 있어서.

명우와 노아에 이어 문현아까지 일부러 이쪽으로 와 합류한 뒤, 그놈의 생일 파티에 참가하기 위해 출발했다.

"그 파란색 드레스 귀엽지 않았어? 예림이 네가 좋아할 거라고 생각했는데."

"보는 취향이랑 입는 취향은 다른 거거든요. 제 인형한테 입히고 싶은 드레스였어요."

그렇게 말하는 예림이의 옷차림은 연미복이었다. 맞춤 제작 한 연미복이라 언제 준비한 거냐고 물었더니 홍콩 때 자기도 입고 싶어져서 주문해 둔 거라고 했다. 나비넥타이 대신 귀걸이에 맞춘 푸른 브로치를 단 것이 무척이나 잘 어울렸다.

"아니면 혹시 이 옷 별로예요?"

"아니야, 멋있어. 귀여워."

어디 내놔도 눈길을 사로잡을 사랑스러운 모습이다. 그리고 저쪽들도.

'…새삼스럽지만 같이 다니기 부끄러워지네.'

유현이야 말할 것도 없고 노아 씨도 여전히 반짝거리고 명우도 나보다는 저쪽에 가까워진 지 오래였다. 저마다 다른 타입의 정장 미남들이 늘어서 있자 무슨 영화 시상식장에라도 온 거 같은 기분이다.

그 옆의 문현아는 이브닝드레스 차림이었다. 반 가까이 밀어 버린 헤어스타일에 드레스라니, 정말 안 어울릴 것 같았지만 의외로 어울리다 못해 멋있었다. 분명 드레스인데 활력 넘치는 파워풀한 분위기였다.

'나만 너무 따로 노는 거 아니냐.'

거울 봤을 땐 역시 꾸미니 사람이 달라지네 싶었는데 출발선이 다른 건 어쩔 수 없었다. 아무튼 그렇게 여섯이서 헬리콥터 승강장에 섰다.

성현제의 생일 파티 장소는 다름 아닌 크루즈선이었다. 하고많은 호텔 내버려두고 웬 선상 파티냐 하면, 안전 때문에 쫓겨난 것에 가까웠다. 국내 S급 헌터들이 한자리에 모인다고 해도 혹 사고 터지진 않을까 걱정될 판에 해외에서까지 온다 하면 당연히 기겁할 소리다.

그래도 작년에는 주위에 민가가 비교적 드문 호텔에서 했었지만 결국 S급 헌터들 사이에서 약간의 시비가 붙어 버렸다고 했다. 대중에게는 가스 폭발로 둘러댔다나. 그 이후로 업무상의 이유 외에 S급 헌터 다수가 한자리에서 정식 모임을 가질 시 던전 내부 또는 반경 1km 내로 민가가 존재하지 않는 장소로 하라는 권고가 내려왔다.

특히 이번처럼 해외 헌터까지 연관될 시 단순 권고로 끝나지 않는다는 방침이었기에 바다로 나가게 된 것이었다. 근처에 민가를 찾아볼 수 없이 휑뎅그렁 떨어진 괜찮은 호텔은 없었으니까.

타다다다, 요란한 소리와 함께 헬기가 도착했다. 날리는 바람 속에서 예림이가 선물을 고쳐 챙겨 들었다. 반짝거리는 포장지로 감싸이고 리본까지 달려 있다.

"아저씨가 귀띔해 준 대로 책 샀어요."

내 시선을 눈치챈 예림이가 말했다.

"기초부터 시작하는 참 쉬운 뜨개질, 북유럽풍 다양한 장식 뜨개, 아름다운 뜨개 무늬 패턴. 결국 만 원은 훌쩍 넘어 버렸지만요."

"잘 샀어. 좋아할 거다."

그야말로 지금 딱 필요한 맞춤형 선물 아니겠냐. 내가 준 털실 다 쓰려면 내년까진 심심할 일 없겠네. 고개를 돌려 유현이를 바라보았다.

"유현이 넌 뭐 준비했냐?"

"몰라. 비서실에서 적당히 보냈겠지."

정말 관심 없다는 투다. 그래도 생일인데. 보아하니 문현아도 따로 직접 챙기진 않은 모양이지만. 명우는 간단하게 아이템을 만들었고 늦게 초대받은 노아의 것까지 준비해 주었다. 각각 1회용짜리 포획용, 비행용 아이템이라고 했다.

"작년에는 어땠어? 이런 데는 처음이라 약간 긴장되네."

헬기가 준비되는 사이 유현이에게 살짝 물었다. 호텔 경매 파티 주인공은 해 봤지만 생일 파티는 이런 사람 여럿 모이는 호화 버전은 물론이요, 평범한 것도… 오래됐지.

"난 안 가고 김성한 헌터가 대신 갔었어."

"안 갔다고? 정보 교환하기 좋은 기회라며."

"대외적으로는 A급 던전 공략 중이라고 했었는데……."

유현이가 내 쪽으로 고개를 숙이며 작게 말을 이었다. 헬리콥터 소리 탓에 다른 사람들은 들을 수 없을 정도의 크기였다.

"그때, 형이 다쳤었잖아."

그랬던가. 지금으로부턴 1년 전이지만 내 감각으로는 6년 전이라 잘 기억나지 않았다.

"…나와 관련해서, 얻어먹을 게 없나 기웃대는 놈들이 그때는 아직 있었으니까."

약간 풀 죽은 목소리 속에서 떠오르는 게 있었다. 그냥 흔한 사기꾼 같은 놈들이었지. 멋대로 착각하고 접근해 와서는 내게 별 가치 없다고 판단하자 자기 분을 못 이기고 폭력을 휘둘렀던.

"흔한 일인데 뭐. 네가 직접 나섰던 거냐? 별거 아닌 피라미였을 텐데 생일 파티 가지."

"그때 그 기분으로 갔다간 득보다 실이 더 많았을걸. …미안해."

"그런 소리 하지 마. 넌 나를 지키기 위해 할 수 있는 만큼 했어. 오히려 내가 미안하지."

"형이 왜?"

유현이가 이해할 수 없다는 투로 말했다. 그야, 물론 그때 내가 다친 건 동생이 너무 잘난 탓이긴 했지만. 그렇지만.

"그냥, 뭐……."

동생을 올려다보았다. 이린은 다른 곳에 있는지 검은 두 눈이 나를 마주 봐 왔다.

"…요즘은, 괜찮지?"

"응?"

"혹시 힘든 일은 없나 해서. 좀 갑갑한 일이라거나."

유현이가 잠깐 고민하다가 입을 열었다.

"지금 정도는 괜찮아."

역시 없지는 않구나. 제대로 이야기해 보고 싶다는 생각과 그냥 계속 피하고 싶다는 마음이 동시에 들었다. 만약 공포 저항이 없었더라면 이렇게 돌려 묻는 것조차, 하기 힘들었겠지.

혹시라도 유현이가 나 때문에 참는 거라면. 아니, 아마도 분명. 틀림없이.

"뭘 그렇게 속삭여요?"

그때 예림이가 바싹 다가오며 물었다. 별거 아니라고 얼버무리자 수상쩍다는 표정을 짓는다. 오늘은 너무 깊이 생각지 말고, 일단 묻어 두자. 곧 다시 꺼내야만 하겠지만.

"진짜 봐도 봐도 놀랍다니까."

문현아가 우리를 보며 고개를 절레절레 저었다.

"도련님이 누군가에게 강아지처럼 달라붙어 있는 꼴을 보게 될 줄이야, 꿈에도 상상 못 했지."

강아지라니. 물론 우리 유현이가 귀엽기는 하지만.

"어릴 때부터 붙임성 좋았습니다만."

"그 붙임성 좋은 형님의 귀염둥이가 죽은 윤경수를 어떻게 박살 내 놨는지 알아? 그놈이 먼저 꼰대같이 굴긴 했지. 도련님이 어리다고 기선제압이라도 할 셈이었는지 첫 만남에 대뜸 머리를 쓰다듬었거든."

"방심해서 그런 거야."

유현이가 뾰로통하게 말했다. 내가 아닌 예림이를 주시하면서. 예림아, 웃지 마라. 부디 아무 말도 하지 마. 헬기 타기도 전에 추락할라.

"이전에도 이후로도 그 비슷한 일조차 없었어. 물론 형 빼고."

"그때 도련님 잠깐 멍해 있다가 바로 그 새끼 머리를 향해 칼 휘둘렀지. 아주 죽일 기세였는데 그래도 S급은 S급이라고 윤경수도 나름 잘 막아 내서~ 목숨은 붙은 채로 박살 났다고."

진짜 구경할 만했다면서 문현아가 껄껄댔다.

"자기보다 한참 어린 애한테 짓밟히는 꼴 보여 주고 그 뒤로도 도련님이 한참을 죽일 듯이 굴어 대서 피해 다니기까지 하는 바람에 윤경수 쪽 진짜 많이 팔렸어. 수담이 상대적으로 크지 못한 게 그 탓이 팔 할이지. 애한테 얻어터진 꼴도 우습고 도련님이 이 드러내고 있는데 수담 가긴 무섭잖아."

그래서 윤경수가 유독 유현이한테 이를 갈았던 건가. 전에도 그랬지만 자세히 들어도 역시나 자업자득이구만. 그때 예림이가 결국 참지 못하고 웃으며 말했다.

"나도 머리 한번 쓰다듬게 해 주라, 길드장!"

"예림아!"

얼른 유현이를 끌어안았다. 어린애 도발에 휘말리지 말자, 응? 다행히 동생은 예림이를 차갑게 한번 쳐다만 보고 무시했다.

그사이 이륙 준비가 끝나고 우리를 태운 헬리콥터가 날아올랐다. 얼마쯤 지났을까, 바다 위에 화려하게 불을 밝힌 커다란 배 한 척이 눈에 들어왔다. 직접 보자 더더욱 돈 낭비라는 생각이 들었다. 대여했다고 쳐도 한두 푼이 아닐 텐데. 호텔보다 훨씬 비싸겠지.

헬기가 신호를 따라 배 위에 착륙하기 직전, 내 옆에 앉아 있던 유현이가 말했다.

"며칠간 은혜 쓸 일 없었으니 충전 다 되어 있지? 사용하고 있어."

"은혜를?"

"응. 이왕이면 선생님 스킬도 쓰고."

…여기 성현제 생일 파티 아니었나. 설마 S급 랭킹전 베타 버전, 뭐 이런 거였나. 일단 쓰라는 대로 썼다. 은혜도 켜고 선생님 스킬도 유현이에게 쓰고.

저번 생일 파티에도 참석했던 문현아가 유현이 대신 설명해 주려 했으나 헬기의 착륙이 더 빨랐다. 일단 착륙장에 내려서는데 낯익은 얼굴이 보였다. 송태원이다.

척 보기에도 값비싸 보이는 고급품은 아니지만 말쑥하게 무난한 정장 차림이었다. 이러니저러니 해도 역시 옷걸이가 되니 상대적으로 수수한 차림도 괜찮아 보였다. 다만 표정만큼은 연회 참석이 아니라 잔업하러 나온 사람 같았다. 실제로 야근이나 다름없지.

'그냥 집에서 쉬셔도 될 텐데.'

육지가 아닌 해상이다. 난동을 부려도 민간 피해가 일어날 가능성은 전무하다시피 할 터였다. 하지만 송태원의 성격상 근해에 S급들이 드글드글 모여 있다는 사실을 알고도 두 다리 뻗고 눕진 못하겠지. 정말 스스로를 피곤하게 만드는 사람이었다.

'그래서 성현제가 흥미를 가지는 거겠지.'

국가 소속 S급 헌터가 타국에 없는 것은 아니었다. 하지만 내가 알기로 송태원 같은 사람은 송태원 그 한 명뿐이었다.

다른 나라의 국가 소속 S급 헌터는 일종의 영웅이었다. 누군가의 명령을 따르는 것이 아닌 스스로의 의지로 나라를 지키고 봉사하는 히어로. 특히 원래도 영웅 숭배 사상이 짙었던 미국이 그런 경향이 컸다. 말만 국가 소속이지 완전히 독립된 권력자로 활개 치는 타국의 S급 헌터들과 진짜 공직자 노릇을 하려 드는 송태원은, 당연하게도 전혀 달랐다.

그래도 3년이나 비슷한 모습을 봐 왔다면 성현제 성격상 슬슬 질렸겠지만 최근에는 내 영향도 있고.

'무엇보다… 회귀 전의 성현제에게 있어 송태원은 죽은 사람이니까.'

심지어 그에게 자신의 스킬을 건네고 사망했다. 정황상 그가 보는 눈앞에서. 하니 회귀 전 일에 기시감을 느끼는 성현제라면 송태원이 유독 이질적으로 느껴질 수밖에 없을 터였다. 제 앞에서 죽은 사람이 멀쩡하게 살아 돌아다니다 못해 약간씩이나마 변하려고까지 하고 있다.

정말로 이상하고 새롭게 느껴질 수밖에.

"여기까지 오시다니, 수고가 많으시네요."

내 말에 송태원이 예의 그 복잡한 시선을 보내왔다. 송태원이 저렇게 쳐다볼 때면 뭣 모르는 천둥벌거숭이가 된 기분이 들었다. 실제로 그에게는 비슷한 취급이려나.

"한유진 씨까지 오셨군요."

"저는 이번만큼은 정말로 무고합니다."

그냥 생일 파티 참석해서 선물만 주고 갈 생각이다. 정확히는 뇌물에 가깝지만. 아무튼 이번에는 꾸미는 것도 없고 진짜로 그냥 가볍게 왔을 뿐이랍니다.

"한유진 씨는 스스로가 어떻게 비칠지 좀 더 잘 알아야 할 필요가 있습니다."

내가 여러모로 쓰기 좋은 편이라는 건 알고 있지만 파티 참석자들은 명우에게 더 관심을 보일 거 같은데. 나는 아직은 기승수 사육과 각성 등급 확인 외의 능력은 알려지지 않았으니까. 그보다는 S급 무기 만들어 낸 명우가 최고로 탐나겠지.

"걱정 마, 송 실장님."

문현아가 환하게 웃으며 끼어들었다.

"덤비는 놈 있으면 전부 깔끔하게 반으로 접어다 바다에 던져 버릴 테니까!"

"그러시면 안 됩니다."

송태원이 한숨을 섞어 말을 이었다.

"가급적 폭력 대신 신고 부탁드리겠습니다. 폭력을 사용한 후에도 자세한 정황을 신고해 주십시오. 위험 요소가 크다고 판단된 해외 S급 헌터는 이후 입국 금지 또는 주의 대상 처리 할 예정입니다."

그러면서 인벤토리에서 파티 참석자 목록을 꺼내 들었다. 송태원은 시선을 천천히 움직여 나와 유현이, 문현아, 예림이와 명우, 노아까지 차례차례 얼굴을 확인한 후 펜으로 목록을 체크했다. 그가 마지막으로 다시 한번 나를 바라보았다.

"조심하십시오."

"네. 걱정하시지 않도록 몸 잘 사리겠습니다."

송태원을 지나쳐 안으로 들어갔다. 복도를 따라 걸어가는데 문현아가 말했다.

"예림아, 무기 꺼내라."

"네, 언니!"

잠깐만, 무기는 왜? 문현아가 거창까지는 아니지만 자기 키는 가볍게 넘는 늘씬한 창을 손에 들었다. 예림이 또한 얼음나무 창을 꺼내고 숄을 한쪽 팔에 휘감았다. 심지어 유현이까지 칼 하나를 꺼내 든 채다.

"여기서 싸움이라도 하려는 거냐?"

내 물음에 유현이가 어깨를 으쓱했다.

"작년에 안 와서 나도 잘은 모르지만, 이렇게 자리 마련해 놓았는데 조용히 지나갈 가능성은 거의 없으니까."

"맞아, 형님. 제 버릇 개 못 주지. 미친놈들이 남의 파티 왔다고 하루아침에 순한 양 되겠어? 조금 덜하긴 해도 안 하진 않는다고."

맞는 말인 거 같지만 정말 뒷목 잡을 소리다.

"그러다 배 침몰이라도 하면 어쩌려고요."

"그 정도 조절도 못하는 놈이 S급 명찰 달고 있으면 빠뜨려 죽여야지!"

웃지 마십쇼. 당황스러워하며 명우와 노아를 돌아보았다.

"전 그렇다 쳐도 명우는 위험할지도 모르잖아요."

"제가 잘 지킬 테니 걱정 마세요. 명우 형 스탯이 그리 낮은 것도 아니고 방어용 아이템도 가지고 왔어요."

"그래, 걱정할 거 없어, 유진아. 피해 무효화 아이템도 남아 있고 여차하면 대장간으로 피하면 되니까. 그리고 너나 나한테 시비 거는 놈이 있으면 이 기회에 확실하게 기억해 둬야지."

대장간에 직접 찾아오거나 대리인을 보낼 때는 본성 숨기고 점잔 빼고 있을 테니 속내 확인하기 좋지 않느냐며 명우가 말했다. 그래도 안전이 제일 중요한데.

"과열되진 않을 테니까 너무 신경 쓰지 마, 형. 진짜 위험하다 싶으면 내가 형이 오게 놓아뒀을 리 없잖아."

"맞아, 형님. 가벼운 파티라니까~ 구경만 해."

…대놓고 신난 문현아만큼은 아니지만 유현이 너도 은근 즐거워 보이는 거 같다만. 예림이야 날아오를 기세고.

그래, 파티구나. S급들 파티. 부디 배까지 침몰시키진 말아 다오.

둥글게 굽어진 화려한 계단을 따라 내려갔다. 경매 때 묵었던 호텔도 좋은 곳이었건만, 거기보다 더 호화스러워 보였다. 호텔 하나 통으로 날려 먹은 내가 할 소리는 아니지만, 싸움박질하기에는 인테리어가 아깝다.

그냥 얌전히 생일 케이크 자르고 와인 따르며 하하호호 하면 안 되나. …안 되겠지. 심지어 벌써부터.

"어? 허니팟!"

헛소리하는 놈이 나타났다. 허니팟이라, 어디서 들어 본 거 같은데. 인도

인으로 보이는 약간 까무잡잡한 남자가 나를 향해 손가락질하기 무섭게 문현아가 창을 내던졌다. 창 자체는 평범한 굵기였지만 주위로 회오리처럼 감긴 마력까지 포함하면 거의 기둥 굵기였다. 남자가 백 덤블링을 하며 계단 난간을 넘어 떨어지듯 창을 피했다. 목표를 잃은 창이 순간 기세를 확 줄이더니 벽에 가볍게 쿡 박혔다.

"현아 씨?"

"손가락질. 즉, 결투 신청이지."

저와는 상식이 좀 많이 다른 세상에서 사시는 것 같은데. 문현아가 계단을 한 번에 뛰어 내려가 창을 뽑아 들었다. 그러곤 나를 향해 이것 보라는 듯 웃는다.

"별 피해 없는 거 봤지? 이 정도로 조절 가능하다니까."

"그러게요. 벽 부서지는 줄 알았는데 놀랐어요."

던진 창의 위력을 도중에 줄여 버리다니. 예림이가 나는 아직 못 하는데, 하고 작게 중얼거렸다. 경험 차도 있지만 초기 각성자라고 해도 저런 재주를 부릴 수 있는 헌터는 몇 없지 않을까.

난간 너머로 떨어진 인도인은 소리 소문도 없이 사라졌다. 계단을 하나 더 내려가자 안내인이 기다리고 있었다. 비각성자는 아니고 A급 헌터인 듯했다. 초대장과 명단을 확인하더니 이쪽으로 오시라며 앞장선다.

"시설은 무엇이든 마음껏 이용하셔도 됩니다. 일부 출입 금지 표시된 구역만 피해 주십시오. 선내에서의 공격 스킬 사용은 가급적 삼가 주시면 감사하겠습니다. 비각성자 및 B급 이하 각성자는 모두 하선했기에 기본적으로 셀프서비스입니다."

셀프서비스가 어째 방목으로 들렸다. 배 안에 상급 헌터뿐이라니, 알아서 적당히 날뛰라고 판 깔아 놓은 기분인데.

커다란 문 앞까지 우리를 안내한 A급 헌터가 이제 몇 명 안 남았다고 흥얼거리며 다시 제자리로 돌아갔다. 문을 열자 넓은 연회장이 나타났다.

3층 높이의 천장에 굽이쳐 올라가는 여섯 개의 계단. 커다란 샹들리에를 중심으로 조명들이 화려하게 반짝거리고 커다란 무대에 하얀 천을 씌운 테이블들이 흩어져 있었다. 뷔페식으로 진열된 음식에 한쪽에는 와인 바 같은 것도 보였다.

그리고 테이블 위에 강소영이 올라서 있었다. 그녀가 두 팔을 활짝 벌리며 소리쳤다.

"나도 내일 생일인데! 매번 길드장님 때문에 묻히고! 심지어 작년엔 호텔 반파됐다고 길드 단체로 근신당했다고요! 생일이었는데!"

"그래, 그래, 우리 소영이. 성현제 물리치고 내년엔 소영이가 파티하자!"

낄낄거리는 리에트의 말에 강소영이 심각한 표정을 지었다. 하얀색 미니드레스가 홱 돌아서는 움직임에 따라 팔랑인다.

"어, 그건 좀 무서운데요. 우리 길드장님이… 노아 헌터!"

강소영이 우리를 발견하곤 다시금 두 팔을 들어 퍼덕였다.

"저 내일 생일이에요! 선물로 데이트해 주실래요?"

"…생일은 축하드리겠습니다만 데이트는 죄송하지만 거절하겠습니다."

"또 차였어! 언니, 저 언니 동생분께 서른일곱 번째 차였어요."

"괜찮아 스위티, 아흔아홉 번 차여도 마지막 한 번만 넘어뜨리면 이기는 거란다."

"그쵸! 전 넉넉하게 백 번 말고 천 번으로 잡고 노력해 볼래요. 노아 헌터, 저랑 데이트-!"

"A급이 더럽게 시끄럽네."

누군가가 중얼거렸다. 그와 동시에 리에트가 걸렸다, 하는 표정을 짓더니 무기도 없이 총알처럼 튀어 나갔다. 금속 막대형 귀걸이가 조명 아래 찬란히 흔들리고 상대가 급히 세워 든 테이블을 주먹이 내리찍는다. 쩌적, 갈라지다 못해 산산조각 나는 테이블과 주먹에 말려들어 가는 하얀 천. 테이블보가 팔랑이며 연이어 들어간 킥이 두툼한 팔뚝과 맞부딪쳤다.

"한 놈 더 간다, 창문 열어라!"

새파란 정장 차림의 헌터가 2층 난간으로 훌쩍 뛰어올라 안전상 반만 열리게 되어 있는 창문을 뜯어냈다. 이어 리에트의 몸이 맞부딪친 팔뚝을 주축 삼아 빙그르 돌았다. 그녀의 주먹에 휘감긴 천이 상대의 머리를 감싼다. 물 흐르듯 헤드록을 걸고는 그대로 반쯤 눕듯 반동을 주어 시비 걸어온 헌터를 창을 향해 내던졌다.

상대도 만만치는 않아 공중에서 반 바퀴 몸을 돌리며 창틀에 발을 딛고 멈추려 했으나.

"미련 남기지 맙시다!"

와장창, 창을 뜯어낸 헌터가 창문으로 그를 후려쳐 확실하게 창 너머로 보내 버렸다. 음, 그래도 스킬 쓰지 말라는 권고는 잘 따르고 있네. 스킬 사용했다면 테이블과 창문이 박살 나는 걸로 안 끝났겠지. 아, 바닥에 발자국도 찍혔다.

한쪽에서 저 난리가 났지만 연회장의 사람들은 아무도 동요하지 않았다. 강 건너 불구경하듯 쳐다보거나 아예 관심 끄고 자기들끼리 대화 중인 자들도 있었다. 저 사람들이 다 S급 헌터는 아닐 테고, A급도 더러 있는 듯했다. 강소영도 그렇고 작년에 유현이 대신 참가한 김성한도 A급이었으니. S급과 동행했거나 대리로 온 A급이 꽤 있겠지.

잠시 후 방송이 흘러나왔다.

[갑판의 수영장 근처에 수건 및 갈아입을 수 있는 의복이 준비되어 있습니다. 바다에서 승선하실 때 선박 몸체에 흠집 내지 마시고 늘어져 있는 밧줄 또는 비행 스킬을 이용해 주십시오. 과열될 시 서북쪽 200미터 근방 암초로 이동해 주시면 감사하겠습니다.]

"저렇게 막 덤벼도 되는 거예요?"

예림이가 눈을 빛내며 묻자 문현아가 주위를 둘러보며 대답했다.

"막은 안 되지. 가만히 있는데 뒤통수 치는 건 예의 없고 시비를 걸거나 걸리거나 하는 거야. 특히 밥 먹는데 건드리지는 마라."

"네~."

"먼저 시비 걸리면 여러모로 마음 가볍게 팰 수 있으니까 내가 일부러 해 연까지 가서… 있다!"

문현아가 로브 같은 걸로 몸을 감싼 남자를 발견하곤 입을 크게 벌리며 소리 없이 웃었다. 그러곤 단숨에 뛰어 테이블 위로 올라섰다.

"야, 돌덩이 새끼야! 난 드레스 입고 왔다!"

문현아의 외침에 돌덩이라고 불린 남자가 욱하더니 로브를 벗어 던졌다. …와, 드레스. 그것도 빨간색. 둘이서 무슨 내기라도 했냐. 반사적으로 손을 뻗어 예림이의 눈을 가리려 했지만 슥 피해 버린다.

"잘 어울리네요, 뭐. 작년 생일 파티 때 옷차림 가지고 싸웠대요."

응, 그랬구나. 문현아가 화통하게 웃어 대며 폰 카메라를 들이대자 돌덩이가 단검을 날렸다. 창대로 단검을 튕겨 내고 찰각거리는 촬영음이 들리고 빨간 치맛자락을 흩날리며 돌덩이가 문현아를 뒤쫓아 가고…….

"저쪽으로 가서 뭐 좀 먹을래?"

유현이가 아무 일 없었다는 듯이 말했다. 그래, 아직 저녁 먹기 전이니. 손님이 다 도착하지도 않았고 초대장에 적힌 시간도 되지 않은 탓인지 성현 제의 모습은 보이지 않았다.

[전투 시 힘이 가해지는 방향은 아래가 아닌 양옆과 위를 향해 주시길 부탁드리겠습니다.]

콰앙! 벽에 금이 가고 방송이 흘러나왔다. 아래쪽만 안 부수면 침몰은 면하겠지. 더 난리 나기 전에 저녁이나 먹어 두자 싶어 걸음을 옮기는데 적나

라한 시선들이 따라오는 것이 느껴졌다. 예상은 하고 있었다만 역시나 호기심 가득한 눈길들이다. 허니팟 어쩌고 하는 수군거림도 작게 들려왔다.

대체 왜 허니팟이야.

"앉아 있어. 내가 가져다줄게."

음식 근처에 있는 테이블 옆에 칼을 박아 세운 유현이가 말했다. 예림이가 대뜸 같은 테이블에 앉으며 나는 저기 저 컵케이크! 를 외쳤지만 들은 척도 안 한다. 예림아, 케이크는 밥 먹고 나서 먹어야지.

명우도 같은 테이블에 자리하고 노아를 불렀지만 노아는 음식 가져다주겠다며 유현이가 간 곳과는 다른 쪽으로 향했다. 그사이 초대된 손님이 몇 명 더 연회장으로 들어섰다. 명단의 손님이 다 도착했는지 송태원도 따라 들어오는 것이 보였다. 상급 헌터들로 가득 찬 이곳에.

'어떤 심정이려나.'

그로서는 별로 좋은 기분은 아니겠지. 그래도 비각성자 하나 없이 육지와 떨어진 해상이니 도리어 평소보다는 마음 편할지도 모른다. 싸워 봤자 자기들끼리 다치고 말 테니까.

한쪽 벽에 경비원처럼 붙어 선 송태원에게 몇몇이 다가가 말을 걸었다. 내용까지는 들리지 않았지만 입 모양을 보아 단답으로 대답하는 게 여느 때처럼 무뚝뚝하다. 저녁 못 먹었을 텐데, 성현제 나타나기 전에 식사라도 좀 하시지.

안 챙기면 굶을 게 뻔해 자리에서 일어났다. 내가 걸음을 옮기자 예림이가 곧장 따라붙었다. 하지만 몇 발 가지 않아.

"홍콩에서의 일은 정말로 함정이었나?"

어떤 놈이 말을 걸어왔다. 납치된 건 진짜였지만 그것부터가 노림수였으니 함정이라고 할 수도 있고. 고개를 돌리자 서양인이라고 써 붙여 놓은 듯한 얼굴이 보였다. 회귀 전 랭킹전에서 본 적 있는 것 같은데. 누구더라. 낯이 익긴 하니 상위권은 아니지만 제법 한가락 하는 헌터인 모양이다.

"무고한 피해자였죠."

"그런 것치곤 허니팟으로 유명하던데. 지금도 S급 헌터들을 주렁주렁 달고 다니고. 세성 길드장의 생일 파티도 함정이 아닌가 하는 말도 떠돌았다고."

대체 허니팟이 뭐야. 예림이가 찔러 말어, 시비인가 아닌가 하는 표정으로 창을 만지작거렸다. 예림이는 꽤 잘 참았지만 내 동생은 참지 않았다. 내 머리 위를 스쳐, 딱 서양인 A 씨의 목덜미를 향해 접시가 맹렬하게 날아들었다.

이어 안 참아도 되는구나, 판단한 예림이가 나를 뒤로 가볍게 밀치고 창을 휘둘렀다.

"잠깐만, 예림아!"

공격 스킬 사용이 금지되면 예림이는 상대적으로 약한 S급이다. 경험도 적고 스탯 자체도 마력을 제외하곤 낮은 편이었다. 그런데 대뜸 덤비면.

"…어?"

"꼬마 병아리에겐 이르지."

접시를 피한 A 놈이 예림이의 창을 쉽게 붙잡았다. 허연 낯짝이 능글맞게 웃는다. 예림이가 당황해하며 창을 당겼지만, 꿈쩍도 하지 않았다. 저 새끼가 각성한 지 석 달도 안 된 애한테.

그때 화르륵, A 새끼의 코앞에서 불길이 일었다. 창을 놓고 물러나는 남자를 힐끗 쳐다보고 유현이가 다가오며 말했다.

"스킬을 쓰지 말라고 해서 끝까지 참는 멍청이도 있군."

"…나도 계속 참을 건 아니었다고!"

예림이가 부루퉁하게 볼을 부풀리며 A 씨를 향해 창을 겨누었다.

"갑판으로 나가자!"

예림이가 이길 수 있을까. 저놈 스킬이 뭔지도 모르겠고, 노아에게 스탯 대여를 부탁할까.

"형, 여기 수프."

"응?"

"괜찮아. 별문제 없어."

유현이가 신경 쓸 거 없다며 나를 다시 테이블로 끌고 갔다. 놔둬도 되나? 진짜? 그러는 사이 예림이가 겁먹은 거 아니면 당장 따라오라며 날아서 창밖으로 나갔다. A 놈도 곧장 그 뒤를 쫓았다. 진짜 괜찮으려나.

몇몇이 구경이라도 하려는 듯 밖으로 나가는 모습이 보였다. 내가 아닌 명우에게 접근하는 헌터들도 있었다. 그것도 상당히 공손한 태도였다. 구하기 힘든 특수 형태의 장비에 대해 상담하는 내용을 들어 보니 공손할 법했다. 직접 만드는 게 아니고서야 찾기 힘들겠지.

물론 내게도 말을 걸어 보고 싶어 하는 사람들도 있었다. 하지만 말 걸자마자 접시부터 날린 유현이 때문인가 쉽게 다가오지는 못했다.

"…왜 사육사도 아니고 허니팟거리는 거지."

"나도 정확히는 모르지만 홍콩 때 일이 완전히 덮이진 않았어. 대충 상황을 짐작한 사람들도 꽤 있다 보니 형을 미끼로 써서 경매장에 모인 사람들을 쓸어버린 게 아니냐는 주장이 돌고 있다더라고."

아까 그놈도 함정 운운하긴 했었지. 허니팟이 미끼 비슷한 뜻인가? 유현이가 신경 쓸 거 없다면서 다시 음식을 가지러 갔다. 이번에는 내가 가겠다고 하려다가 참았다. 괜히 혼자 돌아다니다가 시비 걸려서 좋을 건 없지.

쿠르릉!

싸움이 시작되었는지 제법 큰 울림 소리가 들려왔다. 역시 가 볼까. 세성에는 A급 힐러가 있으니 여기에서도 대기 중이겠지만, 순간이동 스킬이 있으니 웬만해선 크게 다치진 않겠지만 그래도 걱정되네. 밥이 넘어갈 거 같지 않아 일어서는데.

콰과과과!

배가 흔들리며 무시무시한 굉음이 터져 나왔다. 어느새 내게 다가온 유현이가 나를 들고 노아 또한 명우를 챙겼다. 자리를 피하기가 무섭게 직경 2미터는 됨 직한 물줄기가 벽을 뚫고 나와 반대편 벽까지 거침없이 처부수었다.

물 떨어지는 소리와 함께 벽의 파편들이 후드득 떨어져 내린다. 바닥이 온통 흥건히 젖어 들었다. 음, 걱정 안 해도 될 거 같다.

"…박예림이라고 했었나? 새 S급."

"각성한 지 반년도 채 안 되었다며? 그런데 이 정도라고?"

상급 헌터라 해도 방금의 광경은 놀라웠는지 여기저기서 감탄이 흘러왔다. 우리 애가 잘났긴 하지. 그런데 이래도 되냐. 생일 주인공 등장도 전에 파투 나게 생겼네.

그리고 또다시 물이 넘쳐흘렀다. 아까 같은 회오리는 아니었지만, 파도처럼 몰아친 물이 연회장을 휩쓸었다가 반대편 구멍으로 빠져나갔다. 가서 말려야 하나 싶은 그때.

콰과광!

벼락이 쳤다. 여기 말고 밖에서. 저 인간 연회장에 안 들어오고 밖에서 뭐 하는 거야! 여긴 이미 엉망 되긴 했다만. 내가 말하기 전에 유현이가 뚫린 구멍을 향해 뛰어올랐다. 다른 사람들 또한 우르르 밖으로 향했다.

살아남은 조명이 몇 없는 어둠 속이었지만 원래 수영장이 있었을 갑판 위의 상황은 똑똑히 눈에 들어왔다. 말 그대로 개판이네. 하얀 정장 차림에 조금도 젖지 않은 오늘의 주인공이 꽤나 흥이 어린 눈빛으로 이쪽을 바라봐 왔다.

황금빛 눈과 시선이 마주쳤다. 이지러지는 달처럼 가늘게 휘어지며 미소를 머금는다. 문득 불안감 한 줄기가 가슴을 파고들었다.

성현제의 회귀 전 기억은 언제까지 흐릿한 그대로 남아 있을 수 있을까. 뚜렷해지기 시작한다면, 얼마나 빠르게 기억을 되찾게 될까.

이미 기시감을 뚜렷이 느끼고 있다는 것은 확실했다. 생일 파티에 지루함을 느끼고 나와 송태원에게 유독 관심을 보이고. 어쩌면 홍콩에서 예림이를 도와준 것도 단순히 날 생각해서만은 아니었을지도 모른다. 예림이도 회귀 전에 비해 많이 달라진 상대니까. 무의식중에 호의를 보여 준 것일 수도 있다.

만약 성현제가 회귀 전 기억을 모두 되찾게 된다면.

'내 가치는 떨어지고 말겠지.'

감춰졌던, 의문스럽던 부분들이 상당수 드러나는 데다가 기묘한 이질감의 이유 또한 알게 될 것이다. 나에 대한 흥미가 줄어듦과 동시에 가지고 있던 정보의 무게 또한 비슷한 수준이 되겠지. 초승달과의 관계에 따라서는 어쩌면 성현제가 더 많고 유리한 정보를 지니게 될지도 모른다.

물론 스킬은 그대로고 현재로선 내가 패륜아들과 직접적으로 연결되어 있으니 단번에 내 손을 뿌리치지는 않겠지만, 조심해 둬서 나쁠 건 없었다. 안 그래도 만만찮다 못해 감당하기 버거운 인간인데 기억까지 되찾으면 더욱 까다로워질 테니까.

그러니 미리 회귀 전 정보를 풀어서 뜯어낼 거 뜯어내고 패륜아들이 막아서 그렇지 댁한테 다 감출 생각 없었다는 같은 편 어필도 좀 해 두자, 라고 결론짓고 저번 정신세계에서 경험한 성현제의 전투 스킬을 생일 선물이랍시고 넘겨줄 생각이었다.

마음 같아선 S급 랭킹전 이후에나 주고 싶었지만. …솔직하게는 그냥 영영 몰랐으면 싶기도 했지만. 안 그래도 사기인데 더 강해지는 거 여러모로 꼴 보기 싫고.

"아저씨!"

예림이가 내 쪽으로 날아왔다. 연미복은 흠뻑 젖었지만, 숄은 방수가 되는지 어깨 근처를 둘러 하늘거리고 있었다.

"…이거 저더러 물어내라고 하진 않겠죠?"

뒤늦게 걱정이 되는지 뻥 뚫린 구멍을 바라보며 말했다. 우리 예림이 이제 겨우 빚 다 갚았는데 이런 대형 크루즈선은 비싸겠지. 얼말까. 어느새 옆으로 다가온 문현아가 피식 웃으며 나 대신 대답했다.

"그렇게 쪼잔하진 않을걸. 걱정 마."

"진짜요? 아 적당히 하려고 했는데, 저 미친놈이 아저씰 욕하잖아요! F급짜리를 스킬 때문에 곁에 두는 건데 주제 모르는 티 난다고! 자기도 S급쯤 된 것처럼 군다면서, 아무튼 짜증 나는 소릴 해 대서 바다에 처박았어요!"

"잘했네."

근데 내가 S급처럼 굴었던가? 연회장에서 별일 안 했는데. 스탯 F급이 전혀 위축되질 않아서? 그리고 유현이가… 대신 음식 챙겨 주겠다고 나섰었구나. 노아까지 그랬고. 거슬려 보일 수도 있었겠군.

"제가 그런 거 아니라고 반박하니까 아직 어려서 뭘 모르는 거라고, 쓸모 있다고 해 봤자 스탯 차이는 어쩔 수 없는 거라면서요. 명우 오빠랑 막 비교도 했어요!"

예림이가 억울해 죽겠다는 듯 열을 올렸다. 하지만 그렇게 보는 게 보통이긴 했다. 재력이나 권력만 많아도 서민들이 우습게 보일 텐데, S급 헌터는 그에 더해 실질적인 힘까지 가지고 있다. 하니 평범한 사람들이 하찮게 비칠 만도 했다.

그래도 한국은 안정적인 편이지만 S급 헌터가 왕 노릇 하는 나라도 여럿 있었다. 우리나라만큼 빠르게 체계 잡힌 곳이 거의 없지.

"아저씨는 분하지도 않아요?"

내 앞으로 얼굴을 바싹 들이대며 묻는 말에 그냥 웃어넘겼다. 그 정도야 뭐. 회귀 전에 비하면 간지럽지도 않다. 욕먹은 느낌조차 안 드는걸.

"그보다 세성 길드장은 왜 저기서 저러고 있다냐."

바닥이며 주위가 온통 금이 가고 물이 넘쳐흐르는 수영장 너머에 서 있는 생일 파티 주인공을 바라보았다. 그의 근처로 쓰러져 있는 사람이 둘 있었다.

"저랑 싸우던 놈 바다에 빠뜨리니까 쟤들이 덤비더라고요. 아는 사인인지 그냥 시비인지. 그때 세성 길드장이 나타나서는 대신 처리했어요. 목줄

없이 풀어놓긴 했다만 최소한의 질서는 지켜야지, 이러면서."

예림이가 성현제의 말투를 흉내 내어 말했다. 안 어울려.

그래서 이제 어쩌려나. 배가 크니 다른 멀쩡한 연회장도 있지 싶은데 이동하라는 방송이 나올까. 주위를 살피는데 송태원이 바로 근처에서 무언가 메모를 하고 있었다. 헉, 설마.

"송 실장님, 혹시 우리 예림이……."

"네."

길게 말할 것도 없다는 듯 송태원이 대답했다. 으윽, 작년 세성에 그랬던 것처럼 근신일까. 벌금도 나오나. S급 헌터 벌금 장난 아니잖아. 이제 겨우 빚 다 갚은 애인데.

"아까 그놈이 먼저 시비 걸었어요. 게다가 제 욕도 했다잖아요. 어린애 도발하는 어른 놈이 무조건 더 나쁜 거 아닙니까. 나이 차이가 몇인데. 한 스물은 더 많아 보이던데."

"열다섯 살 차이입니다."

"와, 예림이보다 두 배나 더 산 어른 놈이! 이건 진짜 정상참작해 주셔야 해요. 솔직히 그놈 탓이 9할이죠. 예림이는 그냥 흥분을 가라앉히는 법을 배울 겸 하루 근신하면 적당할 거 같습니다."

주위에서 좀 어이없어하는 시선들이 느껴졌지만 무시했다.

[방송 시설은 아직 살아 있군.]

그때 성현제의 목소리가 들려왔다.

[이 자리에 모여 주신 여러분께 우선 감사의 표시를 하겠습니다.]

평범한 파티 주최자인 양 우아한 어조로 말한다. 비록 연회장이 박살 나고 손님 몇이 바다에 빠지고 기절한 채 널브러져 있었지만 성현제의 태도만큼은 고급스러운 사교 파티를 연상케 했다.

 …따지고 보면 참가자들도 모두 상류층이긴 한데 말이야. 부와 권력과 힘에 호전성이 하나 더 붙어서 문제지.

 [즐거운 시간을 보내고 계신 듯하여 주최자로서… 이것도 이미 했던 말이군요.]

 돌연 성현제가 한숨을 내쉬었다.

 [수영장은 아니었던 것 같지만.]

 그가 대체 무슨 헛소리를 하는 건지 이해할 수 있는 사람은 없었다. 나를 제외하고는. 아마 회귀 전의 선상 파티에서도 연회장에서는 싸움이 몇 번 일어났을 것이다. 그때는 예림이가 없었으니 갑판의 수영장이 아닌 연회장에서 저 인사말을 했겠지.
 준비된 인사말은 물론 파티 진행 순서도 같을 것이다. 예림이 덕분에 잠깐 즐거웠던 성현제의 기분이 다시 바닥 쳤다는 게 느껴졌다. 그래도 저렇게까지 불만스러울 일인가. 같은 파티 한 번 더 하면 어때. 무슨 수백 번 해 온 것도 아니고.

 [한유진 군은, 기억하고 있을지 모르겠군.]

 갑자기 나한테로 불똥이 튀었다.

 [여긴 물이 참 많아. 그렇지 않나.]

당연한 소리를 묘하게 의미심장하게 말하고 있다. 바다 위니 당연히 물이…….

'…잠깐만.'

바닷물도 그, 전기분해로 수소가 만들어지던가. 순간 전신이 서늘해지며 공포 저항 메시지가 떠올랐다.

설마. 설마 아니겠지. 벌써 기억이 떠올랐을 거 같지도 않지만 여기서 그런 미친 짓을 했다간 성현제도 무사하기 힘들 것이다. 배 위라고. 죄다 터져 나갈 텐데 완전 자폭이잖아.

다른 사람들이야 여전히 저 인간이 무슨 뜬금없는 소리를 하느냐는 표정들이다. 하지만 내 속은 싸늘하게 식어 가고 있었다.

'회귀 전 기억이 다 난 것 같진 않고. 정신계에서의 전투만 일부 떠오른 건가.'

그때 일은 일단은 현재의 성현제가 겪은 것이니 유독 빨리 기억을 회복했을지도 모른다. 그렇다 해도 진짜 폭발을 일으키려는 건 아니겠지. 그때 위력이 어느 정도였더라. 강을 터뜨렸을 때는 꽤 위험했었다. 여기 있는 누구보다도 스탯이 높았을 상태임에도 불구하고.

'마력까지 더해진 폭발이니 현재의 S급 헌터들 중에선 감당할 만한 사람이 거의 없겠지. 성현제의 마력이 정신계 때보다 낮다 해도 물의 양은 훨씬 많고 배까지 터져 나가면 위력이 더 강해질 확률이 높고…….'

방어 쪽으로 완전히 치중되었다면 그나마 무사할 가능성이 있을까. 아니, 그 전에 진짜 미친 짓을 저지를 생각은 아니겠지. 아무리 인생이 지겹다고 해도 자살로 마무리할 성격은 아니지 않나.

"대체 무슨 소리를 하는 겁니까!"

일단 물어보았다. 성현제가 희미하게 미소를 띠는 것이 보였다.

[잘 안 들리는군.]

그럴 리가 있냐!

[한유진 군의 선물은 무척이나 기대하고 있다네. 낮에 받은 것도 마음에 들었거든.]

그러면서 인벤토리에서 핫핑크색 털 뭉치를 꺼내 든다. 제법 많이 짠 목도리였다.
"어쩌죠, 세성 길드장 뜨개질할 줄 아나 봐요."
예림이가 걱정스레 중얼거렸다. 미안하지만 네가 준비한 선물은 이미 침수되었단다. 테이블에 올려 뒀었는데 지금쯤 물에 휩쓸려 바다 어딘가를 떠돌고 있지 않을까.

[선물도 건네줄 겸 직접 와서 말하지 않겠나.]

짧게 숨을 들이켰다. 기억과 물을 언급한 것만으로 여길 죄다 터뜨릴 거라고 추측할 순 없지만, 그렇게까지 막 나갈 인간은 아니라고 생각하지만.
'대비는 해 둬야겠지.'
다행히 방도가 없는 건 아니었다. 성현제를 한번 노려봐 준 뒤 명우에게 다가갔다.
"명우야, 대장간에 들어가면 바깥의 공격은 전혀 안 먹히는 거지?"
"공간 자체가 다르니까 보통은 안 먹혀. 공간간섭이 가능한 수준이라면 모를까. 이스무아르 말로는 이 세계에는 그 정도 능력자는 아직 없을 거라던데."
"한 번에 몇 명이나 들어갈 수 있는데?"
"일단 나와 닿아 있어야 하는데 전에 짐 옮겼을 때처럼 줄을 사용하면 되니까… 잠시만."
명우가 잠깐 사라졌다가 다시 나타났다.
"이동할 때의 에너지 제한이 있어서 사람 크기라면 한 번에 50명 정도? 그게 한계래."

50명이면 얼추 다 들어갈 수 있겠군. 안에서 난동 부리지 않을까 잠깐 걱정되었지만 상급 헌터들이 그 정도로 멍청하진 않을 것이다. 성현제가 스킬을 쓰면 이내 그 위력을 짐작들 하겠지. 공간이동은 한순간이고 배의 크기상 폭발이 올라오는 것보다 빠를 테니 여유는 충분하다.

명우에게 줄을 꺼내 달라고 했다. 긴 줄을 유현이와 예림이에게 차례로 넘기며 말했다.

"만에 하나 성현제가 위험한 스킬을 쓰면 바로 이동해."

그러면서 명우에게 선생님 스킬을 쓰고 유현이의 감각을 공유했다. 유현이가 더 빨리 위험을 감지할 테니까.

"부탁할게."

"유진이 너는?"

내가 빠지려는 것을 눈치챘는지 명우가 얼굴을 굳혔다. 유현이도 대뜸 미간을 좁힌다.

"나야 은혜 있잖아. 저 인간과 이야기 좀 해야 할 거 같아서. 걱정하지 마."

"설마 형 혼자 갈 생각은 아니지? 나도 같이 가."

유현이가 내 팔을 잡으며 말했다. 아니, 너도 가면 안 되지.

"순간이동할 수 있으니 제가 더 나아요!"

예림이 너도 안 되고. 예림이는 피할 수 있을 가능성이 크지만, 그래도 이왕이면 안전하게 대장간으로 들어가는 게 낫다. 노아까지 걱정하는 것을 달래는 사이 성현제 놈이 재촉해 왔다.

[내 아이템은 발이 느리군. 역시 직접 모시러 갔어야 했나.]

"지금이라도 직접 오시든-! 아니, 됐고 얌전히 기다리고 계십쇼!"

애들한테서 떨어뜨려 놓는 편이 낫지. 근처로 왔다가 만에 하나 명우를 공격하기라도 하면 안 된다.

"챙긴 선물 주고 대화나 할 거니까 걱정하지 마, 유현아. 바다 한가운데 니 다른 데 가지도 못해. 성현제한테 비행 스킬 같은 건 없는 거 알잖아. 있어도 노아 씨가 훨씬 더 빠를 테고."

"대장간으로 피할 준비 하는 건 뭔데."

"저 인간이 요즘 좀 많이 지루해하더라고. 이상한 짓 할 수도 있으니까 만약을 대비하자는 거지. 진짜 만약이야. 가능성 작아."

동생은 불만스러워하는 표정을 지었지만 그래도 눈에 바로 보이는 곳이라서인지 마지못해 고개를 끄덕였다. 이 녀석 위험하다 싶으면 줄 놓고 나한테로 튀어 오는 거 아닐까. 감각 공유해 놓았으니 명우가 부디 잘해 주길 빌어야겠다.

이어 문현아와 송태원에게도 상황을 간략히 설명해 주었다. 당황스러울 만도 하건만 둘 다 성현제를 잘 아는 탓인지 별 의문을 표하지 않았다. 줄을 다른 헌터들에게도 던져 주자 몇몇은 얌전히 받았지만, 불만을 표하는 사람들도 있었다.

"제대로 된 설명도 없이 뭘 멋대로!"

"죽기 싫으면 그냥 순순히 받으시죠? 챙겨 줘도 난리네."

"스탯 F짜리가!"

라고 소리친 남자를 향해 시선들이 찔러 들었다. 노려보는 S급이 한둘이 아닌지라 남자는 이내 입을 다물었다.

애들 안전은 챙겼고. 돌아서서 계단… 을 내려가고 싶었지만 멀쩡한 곳이 없다. 잔해 사이를 조심조심 딛고 내려가는데 차르륵거리는 소리와 함께 금빛 사슬이 나타났다. 이거 전에도 비슷한 일이 있었지 않았나.

"…야, 잠깐만!"

여기서 끌려가면 전처럼 바닥 청소로 끝나는 게 아니라 옷이 걸레짝이 되어 버린다고! 내가 소리치거나 말거나 다가온 사슬이 내 몸을 감아다 달랑 들어 올렸다. …드는 것도 되는구나. 힘 좋네. 근데 그땐 왜 끌고 갔냐.

배달된 나를 성현제가 올려다보았다. 내 눈높이가 더 위인 건 좋긴 하다만.

"내려 주시죠."

"명하시는 대로."

얌전하게 두 발이 바닥에 닿았다. 자, 그럼.

"새삼스럽게 물이 많은 건 왜요?"

"바닷물 알레르기가 있다고 하지 않았나. 걱정되어서."

…그걸 아직도 기억하고 있었냐.

"다른 의미는 없습니까."

"한유진 군에게는 다른 의미가 있는 모양이로군."

"저 수영 잘 못합니다."

"나는 잘하니 걱정 말게."

정말로 별 의미 없는 걸까. 성현제의 표정을 살피려 했지만, 그냥 선물이 기대된다는 듯 미소 짓고 있을 뿐이었다.

'…전해 줘, 말아.'

성현제가 기억해 낸 게 아니라면 전기분해의 마력 흐름은 그냥 계속 묻어 두는 편이 낫지 않을까. 서울에도 한강이 있다. …하지만 마음만 먹으면 그거 없이도 무시무시한 짓을 얼마든지 저지를 수 있는 인간이기도 하니.

"손 내밀어 보세요. 스킬 저항하지 마시고요."

아침때처럼 성현제가 순순히 손을 내밀었다. 그 손을 잡고 선생님 스킬을 썼다.

"저는 마력이 부족해서 제대로 움직일 수 없으니 대신 좀 써 주시죠."

그럼 내가 선생님 스킬을 통해 이끌어 주면 된다. 5년 후의 성현제만큼은 능숙하지 않겠지만, 발끝이나 겨우 따라가겠지만 힌트를 주는 것만으로도 큰 도움이 되겠지.

성현제가 마력을 끌어내고 그 직후.

"……!"

눈앞이 까맣게 암전했다. 유현이의 목소리가 들린 것도 같았다. 다시 정신을 차렸을 때, 입안에 달달한 맛이 남아 있었다.

"괜찮아, 형?"

"…오지 말랬더니."

유현이가 나를 반쯤 끌어안다시피 해 부축하고 있었다.

"유명우 헌터가 피해 무효화 아이템 빌려줬어. 내가 가만히 있을 거 같지 않다고."

…명우야, 정말 고맙다. 세심하기도 하지.

"무슨 일이 있었던 겁니까."

바로 서며 성현제에게 물었다. 그가 빈 마나 포션 병을 들어 보였다.

"스위스제 초콜릿 맛 마나 포션이라네."

"그게 궁금한 게 아니……."

마나가 완전히 소비되어 정신을 잃은 건가. 비슷한 일이 전에도 있었다. 성현제의 마력을 마석이 흡수했을 때, 내 마나가 소비되었었다. 상황을 인식하고 나자 가슴 쪽에서 약간 저릿한 느낌이 전해졌다.

"역시 그건 나와 관련이 있는 건가."

"…저게 무슨 소리야, 형."

…나도 파편 놈에게 묻고 싶다. 이번엔 마력이 가까이 다가오지도 않았는데 날름, 그것도 내가 버티기 힘들 만큼 삼켜 버리다니. 그 새끼 진짜 마석에 아무 영향 못 주는 거 맞아?

"이것으로 세 번째로군. 이번에는 제대로 된 대답을 들을 수 있을까."

성현제가 퍽 관대한 듯이, 마치 내게 선택권을 주겠다는 듯이 말했다. 찍어 누르며 대답을 강요했던 주제에.

"이미 설명드린 것으로 기억합니다만."

"그날은 넘어가 주었지."

의심하면서도 깊게 캐묻지 않기는 했다. 또다시 도망칠 거냐는 듯이 금빛 도는 눈이 나를 내려다보았다. 여름이라기엔 서늘하게 식은, 짠 내를 품은 바닷바람이 새삼스럽게 짙게 느껴졌다.

그 바람이 성현제의 머리카락을 연신 가볍게 흔들리게끔 했다. 옅은 색조의 머리카락 위로 옅은 달빛이 내리비친다. 서로 뒤섞여서, 언뜻 은빛으로도 보였다. 그는 언제나처럼 느긋하고 여유로운 표정으로 내 대답을 기다리고 있었다.

오만하다고 해야 하나. 하지만 망할 세성 길드장님께서는 그럴 자격도 능력도 갖추었다. 거만 떠는 게 아니라, 그냥 당연한 태도였다. 잘났으니까.

반면에 나는.

"…잘 대해 줄 거라더니, 빈말이었나 봅니다."

"그래서 이렇게 말로만 묻고 있지 않나."

상냥도 하시네. 어떻게 변명하지. 무슨 핑계로 넘어가지. 무심코 마른침을 삼키는 그때, 등 뒤에서 유현이의 팔이 뻗어 왔다.

"형."

나를 보호하듯이 감싸 당기며 동생이 말했다.

"나 여기 있어."

날 섰던 조금 전과 달리 부드러운 목소리였다. 그 목소리에 전신을 조여 오던 불안감이 느슨해졌다. 우리 유현이는 꿀릴 거 없잖아. 그리고, 믿고 있다고 내 입으로 말했으니까. 받아 줬으니까. 의지해도 괜찮다. 내 동생은 날 버리지 않을 것이다. 버린 적도 없었고.

"…성현제 씨."

유현이에게 반쯤 기대듯 한 채 성현제를 다시 바라보았다. 그의 표정은 변함이 없었다. 내려다보는 시선도 여전했다.

어디까지 괜찮을까. 문득 그런 생각이 떠올랐다.

성현제가 내게 관대하다는 것은 사실이다. 나는 귀하고 꽤나 흥미롭고 쓸모 있으니까. 또한, 무엇보다 중요한 것은. 그에게 있어 나는 대체로 무해하다.

물론 남의 손에 쥐이면 위협적으로 변할 수도 있다. 하지만 그는 유용한 아이템이 타인의 손에 넘어갈까 두려워 앞서 부숴 버릴 정도로 겁쟁이가 아니다. 설사 아예 빼앗긴다더라도 가능한 온전히 되찾을 궁리를 할 타입이지.

심지어 이미 반쯤 제 손에 들어와 있다고 생각하는 듯했다. 혹은 언제든지 마음만 먹으면 가질 수 있다거나. 그러니 어지간해서는 받아 주는 것일 터였다. 집에서 키우는 이도 덜 난 강아지가 뒤꿈치를 물어 봤자 마냥 귀엽기만 한 것처럼.

"그렇게나 원하시니까 사실대로 말씀드리죠."

하나 실은 이미 이갈이가 끝났다면. 자신도 모르는 사이에 크게 물린 적이 있었다면.

"그쪽과 연관된 거 맞습니다."

이미 짐작하고 있었다는 듯 별다른 반응은 돌아오지 않았다.

"성현제 씨의 그 기시감, 권태로움과 관련이 있지요."

드디어 나를 향한 눈빛이 바뀌었다. 습관처럼 띠고 있던 눈웃음이 서늘해졌다. 손을 뻗어 유현이의 한쪽 팔을 잡았다.

공포 저항에 가로막혀 있다 해도, 내가 지금 선 바로 위에 서 있다는 사실은 확실하게 느낄 수 있었다. 내디딜 수도 있고 물러날 수도 있다.

성현제에게 그냥 계속 숙이고 들어가는 편이 나을지도 모른다. 어쨌든 그는 더럽게 잘났으며 같은 편이기만 하면 든든하고 무척이나 도움도 될 테니까. 여태까지도 꽤나 편했었다. 이쯤에서 물러나면 앞으로도 계속 편할 것이다.

굳이 거슬릴 필요 없다. 썩 괜찮은 관계다. 기억을 되찾고 내게 흥미가 떨어진다 해도 스킬은 유용하니 기본적인 대접은 해 줄 것이다. 패륜아들과의 관계까지 더하면 지금과 큰 차이 없을지도 모른다.

그러니 이럴 필요 없다. 없는데.

"기억은 못 하겠지요. 내가 가져갔으니까. 성현제 씨의 집에 찾아갔을 때, 그때 사라진 기억들. 아니, 기억만이 아니라 그때의 당신 자체입니다. 마석을 조합하는 데 필요했거든요. 그렇다고 되찾을 생각 하지 마세요. 극히 일부일 뿐이고, 이건 이미 내 거니까."

내가 네놈 물어뜯어서 삼키기까지 했다. 어쩔래.

캉!

눈앞에서 불꽃이 튀었다. 성현제의 손이 움직이고, 유현이가 칼을 들어 막았다. 긴 장검의 날이 내 앞을 비스듬히 가로막고 있다. 내게 뻗어 오던 손은 별 타격 없이 다시 물러났다.

그를 막은 것은 유현이었지만 금빛 도는 눈은 여전히 내게 꽂혀 있었다. 그 색이 날카롭게 짙다. 나를 꿰뚫기라도 할 것 같다.

"싸울 겁니까. 마침 스킬 대기 시간 딱 지났는데."

아무렇지 않은 듯 말했다. 내가 더 이상 무해하지 않다면 어쩔 거냐.

목소리는 다행히 멀쩡하게 흘러나왔지만, 머릿속은 복잡했다. 만약 이대로 성현제가 돌아서면 그걸로 끝이다. 더 봐주는 것 따위 없이 내게서 마석을 되찾으려 든다면 막아 내기 버거울 것이다. 이제껏 쌓아 올린 것도 엉망이 되고 말겠지.

"왜 갑자기 이를 드러내는 것일까."

"계속 숙이고 있자니 목이 아프더라고요. 원래 한번씩 고개 들어 스트레칭해 줘야 하는 겁니다."

괜한 짓 같다. 그냥 적당히 넘기려고 했어도 받아 줬을 거 같은데. 하지만 언제까지. 언제까지 계속 성현제의 발치에 얌전히 앉아 있기는 싫었다. 상대가 끝내자고 하면 그걸로 끝이라고 새기듯 속에 넣어 둔 채 눈치 살피는 건 충분히 겪었다.

"저 그쪽 거 아닙니다. 이번처럼 물 수도 있고, 제가 먼저 잘라 낼 수도 있습니다."

이번에는 목소리가 조금 떨렸다. 나를 감싼 동생의 팔에 힘이 좀 더 들어갔다.

"그리고 그 기시감에 대해서 도와줄 수도 있겠지요. 그쪽이 가져다 쓰는 게 아니라, 제가 주는 도움입니다."

성현제의 입이 살짝 벌어졌다. 무언가 말을 하려는 듯하다가 다시 다문다. 그러곤 소리 없이 웃었다.

"정말… 예상외의 생일 선물이로군."

"…생일 선물이요? 뭐, 생일날 엿 먹여 드려서 정말 죄송하지는 않군요."

원래라면 그냥 뇌물이나 가져다 바치고 물러나려고 했지. 하지만 인생이라는 게 뜻대로 가는 법은 아니니까. 어쩔 거냐는 듯 성현제를 똑바로 바라보았다.

그가 기억 못 하는 그에 대해 알고 있다. 그것만으로도 기분 나쁠 터인데 제 일부까지 모르는 새 빼앗겼다고 말했다.

…좀 과했나. 너무 대놓고 싸움 건 거 같기도 하고.

"솔직하게 말하자면 한유진 군, 지금 당장 그 가슴의 마석을 꺼내어 확인해 보고 싶기는 하다네."

그 말이 떨어지기가 무섭게 이린이 유현이의 칼로 올라탔다. 칼날 위의 도마뱀이 불꽃을 날름거린다.

"좀 더 자세한 이야기를 듣기 위해서 약간 좋지 못한 수단을 쓰고 싶은 생각도 들고."

그 좋지 못한 수단이 머릿속을 스치고 지나갔다.

"말이 긴 거 보니 진짜 할 마음은 없으신가 봅니다."

"그야 나는 한유진 군을 무척이나 아끼고 있으니까. 몇 번이나 말했을 텐데."

"그 아낀다는 거, 어차피 댁 거일 때나 해당되는 거 아닙니까. 저 그쪽 소유 아니고 줄 생각도 없습니다."

"생각이야 언제든 바뀔 수도 있는 거라네."

"안 바뀝니다. 그래서 어쩌실 겁니까."

"글쎄, 어째야 하나."

성현제가 곤란하다는 표정을 지으며 한숨을 내쉬었다.

"손대고 싶지만 동시에 손대기 싫으니."

사슬이 작게 잘그락거리는 소리가 들려왔다. 정말로 고민에 빠진 얼굴이다. 그것을 보자 가슴이 두근거렸다. 웃음도 슬쩍 나왔다. 고민할 정도는 되나 보네, 내가.

"앞으로 성현제 씨를 피해 다녀야 하나 말아야 하나가 달렸으니 이왕이면 빨리 결정 내려 주시죠."

"…피해 다닌다니, 그것도 별로군."

"술래잡기도 나름 재밌긴 하겠지만 금방 질리겠죠."

"이런."

그가 두 손을 살짝 벌려 보였다. 이어 한쪽 팔을 안으로 접으며 머리를 숙여 정중한 인사를 했다. 차림새도 차림새인 탓에 오래된 고전 영화 속 한 장면을 보는 듯했다.

"고작해야 S급이 어찌 감히 한유진 군을 해칠 수 있겠나."

"…그거 슬슬 질릴 때 안 됐습니까."

"질릴 만하면 누군가가 새롭게 되새기게 해 주어서 말이야."

답지 않게 해맑게 웃으며 성현제가 두어 걸음 뒤로 물러났다.

"스킬 대기 시간, 아직 지나지 않았지 않나."

"그러게요. 제가 잘못 봤네요."

역시 알고 있었구나. 하지만 공격 스킬 효과 두 배 공유 외에도 성현제를 상대할 방법이 없는 건 아니다. 우리 애가 이렇게나 잘났다, 스킬. 키워드를 들은 주위 지성체의 숫자만큼 스킬 효과와 능력치를 올려 주는 스킬이 남아 있었다.

마침 구경꾼이 오십 명쯤 되지. 최대치인 100퍼센트에는 못 미치지만 50퍼센트만으로도 충분할 터였다. 들통나기 쉬워 보이는 스킬이라 가능하면 아끼고 싶지만 여차하면 써야지 어쩌겠어.

성현제는 아무렇지 않게 대답하는 나를 잠시 바라보다가 입술 끝을 올렸다.

"내가 숙이고 들어간 적은 정말로 없었는데."

"새롭고 좋네요. 어차피 마음 바뀌면 곧장 제 목 조일 거 아닙니까."

줄타기는 여전했다. 그저 내가 조금 더 나아갔을 뿐, 언제든지 떨어질 수 있다.

"그래도 성미에 맞지 않는 짓을 했으니 풀어야 할 필요는 있겠어."

불길한 느낌에 잠깐 기다리라는 말을 하기도 전에.

콰과광!

배 아래쪽에서 무시무시한 폭음이 들려왔다. 아직 성현제와 선생님 스킬로 연결되어 있기에 알 수 있었다. 저 인간, 내가 기절하기 전에 전기분해 마력 조절법을 조금이나마 알아챘구나.

커다란 배가 풍랑 만난 돛단배처럼 흔들렸다. 미리 말해 뒀던 대로 사람들은 대장간으로 대피했다.

"생일 선물을 몇 개나 받아 가는 거야! 내년엔 없습니다!"

"제대로 된 것도 아닌데 뭘 그러나. 앞으로 연습이 많이 필요하겠군."

그 말대로 위력은 확실히 약하다. 마력이 제대로 섞여 있지도 않은 듯하고. 그럼에도 거대한 크루즈선을.

쾅! 퍼엉, 펑!

침몰시키기엔 충분했다. 연속으로 터져 나가는 폭발이 화염과 함께 선체를 집어삼키기 시작했다. 갑판 또한 쩍쩍 갈라진다.

"형, 피해야겠어. 폭발력은 감당할 만해도 휩쓸려 좋을 건 없으니까."

"아, 응."

그때 머리 위에서 익숙한 목소리가 들려왔다.

"아저씨!"

예림이다.

"넌 왜 안 피하고!"

"공중에 미리 떠 있으면 괜찮을 거 같아서요. 엄청 높이 있었어요. 야, 한유현! 잡아 줄게."

"필요 없어."

푸른 버들잎을 쓴 유현이가 나를 안아 든 채 공중으로 뛰어올랐다. 성현제 또한 아이템을 사용했다. 비행까지는 아니지만, 허공에 뜰 수 있게 해 주는 아이템인 듯했다. 보통 1회용이라 효과 대비 너무 비싸긴 하지만 저 인간은 돈 많으니까.

…크루즈선을 화풀이로 박살 낼 만큼. 내가 다 아까워서 눈물이 날 거 같다.

기이이잉, 연이어지는 폭음 속에 선체가 일그러지는 소리가 들려왔다. 가라앉기 시작하는 배 위로 또다시 거대한 폭발이 일어났다.

"…그만 좀 하시죠?"

"방금은 내가 한 게 아니라, 원래 수소 폭발에 섞였어야 할 마력이 한발 늦게 폭주하는 모양이야."

"예?"

뭔 소리냐고 묻기 전에 뜨거운 공기덩어리가 몰아쳤다. 회오리에 가까운 그것에 네 사람 모두 순식간에 휘말려 버렸다.

"아, 진짜 망할 인간."

정신을 차렸을 때 눈에 들어온 것은 빛 한 점 없이 시커멓기만 한 물이었다. 비행 스킬을 쓰는 예림이는 물론이고 유현이와 성 모 씨도 허공에서는 밀려오는 돌풍을 버티기 힘들었다. 덕분에 방향도 제대로 못 잡은 채 한참을 떠밀려 나가고 말았다.

바다 한가운데서 앞뒤 분간도 안 가고 휴대폰은 전기가 날뛴 가운데 죽어 버렸고. 속성 저항 가지고 있는 성 모 씨는 하필 휴대폰이 없었다. 있었어도 통신 불가능한 상태였을 가능성이 크지만.

결국 별 보고 대충 방향 찾아 육지를 향해 나아가는 수밖에 없었다. 성현 제야 비행 스킬 없고 유현이의 푸른 버들잎은 계속 쓰기엔 마력 소모가 너무 심했다. 단순 비행이 아닌 마력으로 만든 잎을 실체화하는 거니 오래 사용하긴 힘들었다.

반면에 단순 비행 스킬은 상대적으로 마력 소모가 적었기에 마나 포션은 예림이에게 몰아주었다. 그러곤 셋은 바다에 빠져 둥둥 뜬 채 줄을 잡고 예림이가 육지까지 이끌어 준 것이었다.

"여기가 대체 어디지."

그렇게 바닷가에 도착하긴 했는데, 장소야 당연히 알 길이 없었다. 설마 해외로 나와 버린 건 아니겠지.

"다행히 한국이에요."

둥실 떠오른 예림이가 저 멀리 한글 간판 붙은 횟집이 있다며 말했다. 나와 유현이, 성 모 씨는 당연하게도 물에 빠진 생쥐 꼴이었다. 물에 닿는 것이 싫은지 내내 유현이 머리 꼭대기에 올라앉아 있던 이린이 꼬리를 탁탁 쳤다.

"피곤해 죽겠네. 이봐요, 성 모 씨, 꼭 그 난리를 쳤어야 했습니까?"

"시험해 보기 딱 좋은 환경이었지 않은가."

이름도 부르기 싫은 성 모 씨가 뻔뻔한 얼굴로 말했다. 바다 한가운데 버리고 왔어야 하는 건데. 바닷물을 뚝뚝 흘리며 도로 위로 올라가려다가 미끄러졌다. 유현이가 얼른 나를 붙잡아 주었다.

"괜찮아?"

"…솔직히 괜찮다면 거짓말이지. 지금이 대체 몇 시야. 저녁도 제대로 못 먹었고, 어디 가게 연 곳 없나."

해연이나 협회에 전화도 해야 한다. 하지만 드문드문 보이는 횟집은 다문을 닫은 상태였다.

"저기 편의점 불 켜져 있어요!"

공중에서 주위를 살피던 예림이가 말했다. 다행이네. 일단 편의점 가서 전화 빌리고 배도 대충 채우자.

"아저씨, 그러다 감기 걸리는 거 아니에요? 요새 날씨도 덜 더워진 데다가 여기 바람 꽤 찬데."

예림이가 걱정스럽게 말했다. 9월이 코앞이니 더위가 꽤 누그러지긴 했다. 어째 옷 버리는 일이 잦아서 인벤토리에 여분의 옷을 넣어 두긴 했지만, 밖에서 갈아입긴 좀 그렇지. 상의라도 갈아입을까.

"어떻게 좀 해 봐, 길드장님아. 불 조절 해서 못 말려요?"

예림이의 말에 유현이가 눈썹 끝을 치켜올렸다.

"형에게 화염 저항이라도 있다면 모를까 단숨에 말리는 건 힘들어. 그러는 박예림 넌 물만 빼낼 줄 모르는 거냐."

이린을 내게 건네주며 하는 말에 이번에는 예림이가 입술을 삐죽거렸다.

"…인형 빤 거 가지고 시도해 봤는데 산산조각 나서."

"쓸모없네."

"그러는 한유현 너는! 나 아니었으면 여기까지 오지도 못했어!"

둘이서 투닥거리다가 나한테 괜찮냐고 물어 왔다가 또다시 투닥거리기 시작한다. 그 모습을 보고 있자니 괜히 입꼬리가 올라갔다. 가슴 안쪽이 간질거렸다.

 아침에 일어나면 반가운 목소리가 들려오고 반가운 얼굴이 보인다. 둘 다 꼬박꼬박 앞다투어 아침 인사를 해 왔다. 함께 밥을 먹고 배웅해 주고, 별다른 일 없으면 점심도 같이 먹었다. 유현이가 박예림 보충 수업이야, 하고 혼자 오기도 하고 예림이가 한유현 바쁘대요, 하고 혼자 오기도 했다. 둘 다 오지 못할 때면 전화라도 빠뜨리지 않고 걸어 왔다.
 몬스터 새끼들을 돌보거나 노아와 함께 명우에게 가거나 석하얀 팀의 현장 실험 보고를 듣는 등 하루를 보내고 저녁이 되면, 다시 집이 떠들썩해졌다.
 항상 나를 바라보며, 항상 웃고 있고, 항상 행복해 보이는 얼굴들이 있었다. 그것이 하루, 이틀, 다음 날, 또 다음 날. 계속해서 이어졌다.
 여전히 짐은 많고 앞날은 불안하며 또, 절대 놓을 수 없는 것도 있었지만. 그럼에도 마음이 슬금슬금 풀어졌다.
 그래서였을까, 성현제에 대한 내 태도가 싫어진 것은.
 '숙이는 건 진짜 익숙했는데.'
 이번에도 나 혼자였더라면 별다른 거부감을 느끼지 못했을 것이다. 하지만 다들 내가 좋다잖아. 성현제가 잘난 건 사실이지만 나 좋다 하는 사람들도 밀리진 않는다. 그런데 나 혼자 멋대로, 심지어 유현이가 바로 뒤에서 버텨 주고 있음에도 나를 가볍게 내던지고 싶진 않았다.
 충동적인 반항심이라 그때도 그랬고 지금도 여전히 불안감은 있지만.
 '그래도 물러나 주었지.'
 나름 각오했는데 좀 의외이기도 했다. 확실하게 긁으려고 성현제의 파편을 합의해서 가져온 게 아니라 빼앗은 것처럼 말하기까지 했건만. 내 반발을 이렇게 쉽게 받아 줄 줄이야.

문득 뒤로 고개를 돌리자 바다에 시선을 두고 있는 남자가 보였다. 푹 젖었으면 좀 초라해 보일 법도 한데 그런 종류의 단어와는 인연이 없다고 주장하는 듯한 모습이다. 시선을 느꼈는지 내 쪽으로 눈길을 돌리며 소리 없이 웃는다.

그 모습이 …뭐라고 해야 할까. 처음으로 성현제가 사람으로 보였다. 물론 여전히 가까운 거리라고는 할 수 없었다. 나와는 끝과 끝이라 해도 좋을 만큼의 차이가 있는 인간이다. 그럼에도 지금은 약간, 새롭게 느껴졌다.

조금 궁금해지기도 했다. 저 사람은 뭘까, 하는. 스킬, 능력, S급 헌터, 길드장 등등. 그런 쪽으로는 꽤 잘 알지만 다른 쪽으로는 깜깜하다. 그래도 두어 달쯤 자주 보고 나름 가깝게도 지냈건만 평범한 부분은 아는 게 거의 없었다. 저 사람도 부모가 있기는 했겠지. 어린 시절도 있었을 거고. 살면서 나름 힘들었던 일 하나쯤은 겪지 않았을까. 어울리진 않지만.

"웃지 마세요, 정들라."

"이미 꽤 든 거 아니었나."

"전혀 아니거든요."

"나는 들었는데."

무슨 헛소리야 또. 웃는 낯에 뭐라 하진 못하고 고개를 돌렸다. 아, 진짜 여러모로 피곤하다.

어둑어둑하고 한적한 길가에서 유독 환히 불이 들어와 있는 편의점으로 들어섰다. 작은 편이었지만 한쪽 벽에 음식을 먹을 수 있는 테이블이 붙어 있었다. 매대를 정리하고 있던 편의점 아르바이트생이 우리를 보고 흠칫 굳었다. 좀 당황할 만하겠지. 계산대 안쪽으로 들어가서는 안 보는 척 힐끔힐끔 눈길을 던져 왔다.

"늦어서 그런가, 남은 게 별로 없네요."

예림이가 핫바를 집어 들며 말했다. 도시락은 하나도 없고 삼각김밥도 몇 개 안 남았다. 삼각김밥을 쓸어 담는 사이에 예림이가 우동에 컵라면을 꺼내며 치즈가 없다고 아쉬워했다.

다행히 지갑은 잃어버리지 않았지만, 당연히 물에 젖었고 휴대폰도 죽었으니 카드도 멀쩡할 가능성은 작았다. 미안한 마음을 담아 오만 원권 지폐 두 장을 찢어질세라 조심조심 꺼내 계산대 한쪽에 펼쳐 놓았다.

"잔돈은 청소비로 생각해 주세요. 전화 한 통 쓸 수 있을까요?"

알바생은 친절하게 휴대폰을 빌려주었다. 해연으로 전화를 걸자 이내 석시명과 연결되었다. 이쪽 상황을 알리고 대장간으로 피신한 사람들에 대해 물었다.

[네, 구조는 이미 다 되었습니다.]

배가 침몰하고 얼마 지나지 않아 구조대가 보내진 모양이었다. 바다 한가운데에서 어쨌나 싶었는데 리에트가 드래곤으로 변해 태워 줬다고 했다. 날개를 가진 노아도 있으니 따로 구조대가 가지 않았더라도 쉽게들 육지로 나왔을 것이다.

알바생에게 여기 위치를 묻고 석시명에게 알려 주었다. 다행히 서울에서 그리 멀진 않았다.

"한 시간 내로 올 거라네요. 세성에도 연락해 주겠답니다."

우리가 움직이기보단 편의점에서 얌전히 기다리고 있는 편이 나을 것이다. 예림이가 컵라면에 뜨거운 물을 받는 사이 삼각김밥을 테이블 위에 늘어놓았다. 성 모 씨에게도 하나 건네주었다. 마음 같아서는 자업자득이니 굶으세요, 하고 싶었지만 그래도 생일이니까.

'…근데 삼각김밥 먹을 일이 있었을까.'

혹시나 싶어서 다시 성현제를 돌아보았다. 커다란 손에 들린 삼각김밥이 무척이나 어색해 보였다. 역시 없겠지. 처음이겠지. 포장 벗길 줄 모르는 거 아니냐.

갑자기 가슴이 두근거리기 시작했다.

"먹을 만하니까 드세요."

얼른. 나를 쳐다보던 성현제가 삼각김밥으로 시선을 내렸다. 자, 빨리 비닐을 뜯어라. 팝콘 하나 렌지에 돌릴 걸 그랬나.

성현제의 다른 쪽 손이 삼각김밥으로 향했다. 한쪽 끄트머리를 잡고는 천천히 방향을 돌려, 밑바닥의 설명서 그림을 드러냈다. 이럴 수가.

"치사하게 설명서를 보다니!"

"보라고 있는 게 아니었던가."

그건 그렇지만! 그래도 여기서 그걸 진짜 보냐! 내 배신감 어린 시선 속에서 성현제가 포장지의 설명대로 빨간 끈을 당겼다. 그러곤 비닐을 양쪽으로 당겨 깔끔하게 벗겨 낸다. 아, 진짜 실망이다. 아쉬움을 금치 못하는데 예림이의 신나 하는 목소리가 들려왔다.

"한유현 삼각김밥도 제대로 못 먹냐!"

아니, 우리 유현이가 왜. 얼른 고개를 돌리자 김 없이 드러난 하얀 밥이 눈에 들어왔다. 유현이가 조금 당황한 눈빛으로 삼각김밥을 내려다보고 있었다.

"괜찮아, 내가 해 줄게."

"어떻게 모르지? 길드장님 삼각김밥 먹은 적 없어요?"

"형이 식사는 제대로 챙겨 먹으라고 했으니까."

신기해하는 예림이의 말에 유현이가 대답했다.

"그래도 각성 전에는 평범한 고등학생 아니었어요? 편의점 삼각김밥이야 간식 삼아 먹기도 하고 그런데. 딴 거는? 설마 컵라면도 안 먹어 본 건 아니지?"

"안 먹어 봤어."

유현이의 말에 예림이가 입을 딱 크게 벌렸다. 세상에, 하고 호들갑스럽게 웃는다.

"와, 아저씨! 진짜예요? 한유현 진짜 라면도 안 먹어 봤어요?"

"아예 안 먹은 건 아니고, 봉지 라면은 집에서 가끔 끓여 준 적 있어. 몸에 좋은 거 아니잖아. 게다가 청소년기엔 역시 제대로 잘 먹어야지.”

한창 자랄 땐데. 이왕이면 제대로 챙겨 먹는 편이 좋지 않나.

“…그래도 궁금하지도 않나? 다 팔리고 없는 게 많아서 내가 우리 길드장님한테 제대로 된 편의점 음식 맛을 못 보여 주네.”

예림이가 아쉬워하며 우동을 내 쪽으로 밀었다.

“따뜻한 국물 좀 드세요.”

“고맙다.”

“한유현 너도 라면 먹을래? 내가 특별히 물까지 부어 준다. 컵라면은 물 붓고 기다려야 한다는 거 아냐?”

“됐어.”

“비빔면의 존재는 아십니까. 물 따라 낸 뒤에 수프를 넣어야 하는 어려운 조리법을 가지고 있다고. 라볶이는? 떡볶이 먹어 봤어? 아, 설마 햄버거도 안 먹어 본 건 아니지?”

햄버거… 먹어 봤던가. 일단 내가 사 준 기억은 없는데. 그래도 피자나 치킨은 가끔 시켜 먹었다.

“성 모 씨도 라면 드실래요?”

댁도 컵라면 같은 거 먹어 본 적 없을 분위기인데. 삼각김밥은 그래도 먹긴 다 먹었다. 차려 놓은 생일상 제 손으로 뒤엎긴 했다만 어쨌든 생일은 생일인데 아주 약간 손톱만큼 안타깝네. 생일에 라면과 삼각김밥은 좀 그렇지. …생일날을 대충 흘려보내는 건 얄미운 인간 상대라 해도 편치가 않다. 생일 당사자가 신나게 말아먹은 뒤라지만, 음.

“잠깐만요.”

성현제의 대답을 막고 몸을 돌렸다. 진열대에 케이크가 남아 있었는데. 티라미수 조각 케이크를 집어 들고 알바생에게 혹시 초가 있냐고 물었다. 생일 초는 없었지만 양초는 있었다. 초면 됐지 뭐.

케이크 포장을 풀고 테이블에 내려놓았다. 그리고 양초를 가운데 꽂았다.

유현이가 내켜 하지 않으면서도 촛불을 켜 주었다. 웃기는 모양새지만 어쨌든 케이크에 촛불이다.

"생일 축하합니다~. 생일 축하합니다~. 짜증 나는 성 모 씨의, 생일 축하합니다~."

왜 아무도 안 불러 주냐. 민망하게. 예림아, 너무 그렇게 쳐다보지 마라. 지금도 충분히 쪽팔리니까.

"소원 빌고 촛불 끄세요."

"소원이라."

"없어요?"

"글쎄."

"대충 지금 하고 싶은 거든 뭐든 적당히 속으로 생각하고 후 부십쇼."

성현제는 나를 잠깐 바라보다가 촛불을 불어 껐다. 얘들아, 박수 좀 같이 쳐 줘. 내가 지금 정말 많이 민망하구나. 괜한 짓 했나.

오래 지나지 않아 차들이 줄줄이 도착했다. 해연에 세성, 그리고 협회 측까지. 그 사이로 송태원의 얼굴을 보자 죄책감이 절로 밀려들었다. 물론 내가 터뜨린 건 아니지만, 평소처럼 넘어갔으면 별일 없었겠지 아마도. …없었을까. 시험 삼아 터뜨려 보고 싶어 했을 거 같기도 한데.

"너무 자주 말하게 되는 것 같지만 혹시 도움이 필요하시다면 언제든지 말씀하세요."

내 말에 송태원이 짧게 고개를 저었다.

"괜찮습니다. 일단 비각성자의 피해는 없기에 제가 나설 일은 별로 없습니다. 현장 기록을 보고하면 협회에서 적당한 징계를 내릴 예정입니다."

"바다 위라서 정말 다행이네요."

"…다행이지요."

무덤덤하던 송태원의 얼굴 위로 순식간에 피로가 짙어졌다. 그의 시선이 성현제에게로 향했다. 네, 마주치기만 하셔도 피곤하겠지요. 이해합니다.

"송태원 실장님께서는 세성 길드장에 대해 저보다 잘 알고 계시겠지요?"

문득 물었다. 근 삼 년을 엮여 왔을 테니 모르고 싶어도 모를 수가 없겠지. 그리고 나중에는 스킬까지 건네주게 되었다. 왜 그랬을까. 여전히 알 수 없었고 여전히 궁금했다.

"잘 모르겠습니다."

"그래도 봐 오신 것이 있는데요."

"삼 년이 아니라 십 년을 더 지켜본다 해도, 안다고 대답할 자신이 없습니다."

송태원의 시선이 다시 내게로 향하였다. 언제나처럼 깊게 가라앉은 눈이었다.

"한유진 씨 또한 다른 의미로 어렵습니다."

"저는 비교적 평범한데요. 저쪽에 비한다면 말입니다."

내가 바라는 건 단순하고 평범하다. 나 스스로도 그렇게 특별한 건 없었다. 항상 그랬다. 단지 내가 끌어안고 싶은 사람들이, 특별해서. 어떻게든 따라가려 발버둥 치는 것뿐이지. 놓치고 싶지 않았으니까.

"한유진 군."

성현제가 이쪽으로 다가왔다. 한쪽 손에 휴대폰을 든 채였다. 그가 휴대폰을, 내 번호가 찍힌 화면을 보여 주었다. 이름 부분이 텅 비어 있었다.

"원하는 것이 있나."

"…저한테 묻는 겁니까?"

"그럼 누구에게 물을까."

아이템이라 적힌 자리가 지워졌다. 성현제의 시선이 나를 가만히 내려다보았다. 가벼운 어조와 다르게 무겁게 느껴지는 눈길이었다. 그가 소유하는,

소유할 예정인 물건이 아니라면 대우는 전보다 더 나빠질 수도 있다. 한 번의 실수로 가차 없는 보복을 받게 될지도 모른다.

나란히 선다는 것은 그런 것이니까. 아량을 베풀고 관대함을 보여 주는 것은 아랫사람에게 해당되는 일이다.

휴대폰을 받아 들었다. 만약 여기서 내가 다시 원래의 명칭을 적는다면, 다시 돌아가게 되겠지.

고개를 돌렸다. 석시명과 대화 중인 유현이가 보였다. 그 옆에서 땅을 발로 툭툭 차고 있던 예림이가 나와 시선을 마주치고 방긋 웃는다.

"자요."

자판을 몇 번 두드리고, 휴대폰을 성현제에게 다시 돌려주었다.

"비즈니스 파트너쯤 되겠죠, 우린. 앞으로도 잘 부탁드리겠습니다, 성현제 씨."

"나야말로 기대하겠네."

기대라니, 무서운 소리구만. 성현제가 휴대폰을 들여다보다가 명칭을 약간 고쳤다. 내 파트너.

"…왜 또 붙습니까, 그거."

항의해 봤지만 들은 척도 않고 돌아선다. 한숨을 내쉬는 나를 송태원이 복잡한 표정으로 바라봐 왔다. 무언가 하고 싶은 말이 있는 듯했지만 그는 조용히 돌아섰다.

6장 제작자

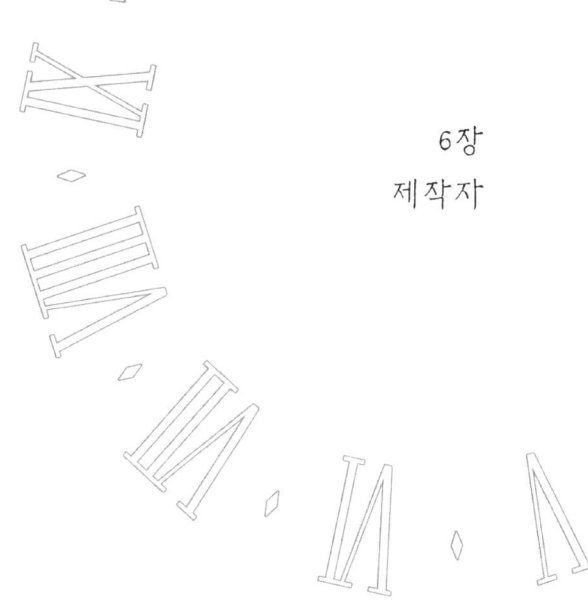

6장
제작자

 잠에서 깨어났을 때는 정오를 훌쩍 넘긴 시간이었다. 한밤중에 돌아와 완전히 녹초가 된 채로 잠자리에 들었으니 늦잠을 잘 만도 했다. 상체를 일으키자 전신이 뻐근해 왔다.
 "으으으… 죽겠네."

– 삐약.

 언제 왔는지 삐약이가 이불 위로 데구르 굴렀다. 이어 문이 열리고 피스가 들어왔다.
 소리도 없이 종종종 걸어와서는 풀쩍 침대 위로 뛰어 올라왔다. 내 다리께에 귀 옆과 목덜미를 비비면서 발라당 뒤집어진다.

– 끼앙!

"그래, 피스야. 너도 잘 잤니."

피스를 쓰다듬어 주곤 침대에서 일어났다. 집 안이 조용한 걸 보니 유현이와 예림이는 나간 모양이었다. 어제 일 때문에 수습할 게 꽤 있겠지. 유현이야 별일 안 쳤지만 예림이는 역시 벌금 정도는 나오려나.

'제일 크게 사고 친 건 성현제지만.'

다시 생각해 봐도 내가 다 아깝다. 그 큰 배가 풍당 가라앉아 버리다니.

씻고 애들 밥 챙기고 간단하게 나도 먹었다. TV를 틀어 헌터 관련 채널로 돌리자 어젯밤 사고에 대한 이야기가 나오고 있었다. 배가 침몰하긴 했지만 성현제의 짓이라는 말은 없다.

"…예림이가 왜 저기 가 있냐."

사고 수습에 협조해 주고 있다면서 바다 위에 떠 있는 예림이의 모습을 비춰 준다. 예림이 능력이면 잔해나 기름띠 수습하는 데 좋긴 하지. 징계 대신 봉사 활동 명령이라도 받은 걸까. 이미지에도 도움이 될 테고, 괜찮은 방법이다. 협회에서 잘 처리했네.

새로 간 휴대폰에 유현이와 예림이로부터 먼저 나가겠다는 문자가 들어와 있었다. 이제 일어났다고, 점심 잘 챙겨 먹으라고 답장한 뒤 전화번호부 목록을 보았다. 그간의 경험으로 휴대폰 정보도 미리미리 백업해 두었기에 전화번호부 목록도 전과 다름없었다.

[망할 스킬]

나도 이제 바꿔야 하나. 고민하다가 일단은 목록을 나갔다.

"내가 잘할 수 있을지 모르겠다, 피스야."

– 그르릉.

무릎 위에 몸을 기댄 피스를 쓰다듬었다. 후회는 없었지만 부담감은 있었다. 내가 얼마나 해낼 수 있을까.

"많이 부족하긴 하지."

여태까지 꽤나 자신 있게 이런저런 일들을 저질러 왔다. 하지만 대부분은 나보다는 스킬을 믿고 앞세우고 있었다.

공포 저항을 갑옷처럼 두르고, 유용한 스킬들을 무기로 삼아서. 그리고 걸핏하면 나 자신을 도구처럼 이용했다. 아이템, 상품, 미끼. 쓸모가 없으면 버려질 것들. 동시에 한 걸음 뒤로 물러나 나를 타자화할 수 있는 방식이기도 했다.

그편이 편했으니까. 공포 저항이 있다고 해도 무심코 그러기를 원했다.

나는 정말로 쓸모없고, 피해만 끼치고, 없는 게 차라리 나은 쓰레기였으니까.

실제로 그랬는지는 이제 와서 생각해 보면 잘 모르겠다. 최소한 내가 먼저 과하게 남을 해치거나 한 적은 없었던 거 같은데. 욕먹을 짓을 안 한 건 아니지만. 거짓말 정도는 했지만. 죽일 듯이 물어뜯길 정도는, 그렇게까지 짓밟힐 정도의 쓰레기는 아니었던 거 같은데.

하지만 내 의견은 상관없었다. 사람 셋만 모여도 없는 호랑이를 만들어 낸다는데 온갖 곳에서 내가 나쁘다 하니까 어쩔 수 있겠는가.

나도 그냥 그러려니 했지. 익숙해지고 당연해지고. 그러기에 5년은 충분하고도 넘치는 시간이었다.

"…그게 쉽게 바뀌지는 않겠지만."

숨을 크게 들이마시며 공포 저항 스킬을 껐다. 공포 저항 스킬을 껐을 때는 물론 켜고 있을 때도 괜한 생각은 하지 않으려 했다. 잊는 편이 나은 일이 너무 많아서. 다행인지 불행인지 나는 기억을 묻어 두는 데에도 익숙했다.

하지만 지금은 꺼내기로 했다.

휴대폰의 전화번호부를 다시 열고 목록을 들여다보았다. 망할 스킬. 그것을 보자마자 등골이 오싹해졌다. 공포 저항 없이 어제의 기억을 떠올리자 무슨 짓을 한 거냐는 두려움이 들었다. 내 주제에. 어떻게 하려고.

― 끄응.
― 삐야.

내 상태가 이상하다는 것을 눈치챘는지 피스가 걱정스레 나를 올려다보았다. 삐약이도 작게 울었다.
"…괜찮아. 괜찮지 않지만 괜찮아."
겁먹을 수도 있지. 무서울 수도 있지. 이게 보통 아니냐. 오히려 이 정도면 양호한 거다. 상대가 누군데. 당연한 거라고 스스로를 다독여도 계속 손끝이 떨렸다.
이제라도 되돌리는 게 낫지 않을까. 세성 길드장과 동등해지겠다고 나서다니, 누가 들어도 미쳤단 소리가 나올 꼴이다. 바닥을 구르던 F급과 세상 꼭대기에 서 있던 S급. 어이없고, 말도 안 되고.
회귀 전과 지금의 나는 다르다. 그럼에도 그때의 기억이 떠오르기 무섭게 숨이 막혀 왔다. 사람들이 어떻게 욕하고 깎아내릴지 너무도 생생히 떠올라, 역으로 웃음이 새어 나올 지경이었다.
작게 헐떡이고 있을 때 전화가 울렸다. 화들짝 놀라 휴대폰을 떨어뜨릴 뻔했다. 화면에는 망할 스킬 대신 동생이 떠올라 있었다. 아직 떨림이 남은 손으로 전화를 받았다.

[방금 문자 봤어. MKC에서 건네받은 아이템 시험해 보느라 휴대폰을 밖에 뒀었거든. 밥은 먹었어?]

"어, 응."

목이 조금 잠겨 있어 괜히 헛기침을 했다. 그러자마자 걱정스러워하는 목소리가 돌아왔다.

[감기 걸린 거야? 약 사 갈까?]

"아니야, 괜찮아. 집에도 약 있고. 넌 점심 먹었고?"

[응. 집에 가서 먹을 걸 그랬나. 참, 박예림 헌터는 연락 잘 안 될 거야. 지금쯤 바다 위일 거라.]

"TV에서 봤어. 협회 쪽에서 너한텐 별말 없었어?"

[없었어. 주범은 세성 길드장이니까. 세성 길드장도 벌금에 3일 근신으로 끝났고.]

"벌금이 얼만진 몰라도 3일 근신이면 가볍네."

[S급 헌터를 놀게 내버려둬 봐야 좋을 거 없잖아. 그렇다고 부려 먹긴 까다로운 상대고, 벌금이나 잔뜩 뜯어내는 게 낫다는 거지.]

"하긴 그래. 세성 길드장 잘못 건드렸다간 송태원 실장님만 힘들어지지. 협회가 괜한 욕심 안 내서 다행이다. 벌금 얼마나 받았을까, 이왕이면 엄청 뜯겼으면 좋겠는데."

작게 조여들었던 심장이 느슨해졌다. 입가에 가벼운 미소도 머금어졌다. 누구 동생인지 몰라도 목소리까지 듣기 좋지. 정말 잘난 동생이다.

"…있잖아, 유현아."

[응?]

내가 잘못 선택한 거라면 어쩌지. 내가 또 네게 피해를 입힌다면 어쩌지.

입을 벌렸다가, 도로 닫았다. 굳이 물어볼 필요는 없었다. 내가 실수하고 실패하더라도 동생은 내 곁에 있어 줄 것이다. 끝까지.

"고맙다고."

[뭐가?]

"그냥, 다."

전부 다. 이제는 떨림이 멎은 손으로 휴대폰을 고쳐 들었다.

"네가 있어 줘서, 그래서 고마워. 유현아."

잠깐 조용하다가, 유현이가 말했다.

[…나야말로 고마워, 형. 내 곁에 있어 줘서.]

내가 했던 말인데도 동생한테 들으니 민망해졌다. 몇 마디 더 나누고 전화를 끊고 나자 문득 떠올랐다.

"방금 이거 딱 시계 줄 분위기였는데."

중얼거리고 나서 웃었다. 뭐가 그렇게 재밌다고 소리까지 내어 웃다가 휴대폰 화면을 두드렸다. 머뭇거림 없이 가볍게 자판을 쳤다.

[동업자 씨]

자, 그럼 이제.

'사육 시설 정리부터 해야겠지.'

빌딩도 이곳도 내 건물이지만 방치하다시피 내버려뒀다. 소수의 입주자를 제외하면 건물 보안부터 관리 일체를 타 길드들이 맡고 있었다. 사실상 나도 건물 명의만 가지고 있을 뿐이지 입주자 1이나 마찬가지였다.

하지만 이제는 내가 권한을 가져야 한다. 당장 전체를 뒤바꾸긴 힘들겠지만 하나씩 천천히.

"…내가 믿을 수 있는 사람들."

나를 배신하지 않았던, 하지만 떠나 버린 사람들. 그들 중 한 명에게 딱 한 번 걸었던 전화를 떠올렸다. 절로 입술이 깨물어지고 속이 뒤틀려 얼은 공포 저항을 켰다.

현재의 그 사람들이 궁금하지 않은 것은 아니었다. 보고 싶기도 했다. 하지만 전부 묻어 두었다. 두 번은 버틸 자신이 없었기 때문이었다.

다들 나처럼 등급이 낮은 사람들이었다. 유현이나 예림이, 명우, 노아 등, 강하고 희귀한 스킬을 가진 이들과 달리 또다시 잃기 쉬운 사람들이다. 그렇기에 모른 척, 잊은 척했다.

'일단, 만나 보자.'

내 일에 끌어들이지 않더라도, 만나라도 보자. 아직 따끔거리는 속을 달래며 나만 빤히 쳐다보고 있는 피스와 삐약이에게 미소했다.

"언젠가는 공포 저항 없이도 괜찮아지겠지."

단숨에 괜찮아지는 건 힘들고. 너 마음먹기에 달렸어, 는 웃기지도 않는 소리다. 그게 되면 회귀도 안 했다. 다만 마음먹기로 시작은 할 수 있을 터다.

각성센터가 생기기 전이니 다들 각성은 안 했을 테고. 각성 브로커를 만나려고 했다는 말은 못 들었……

"아."

박하율. 걔가 있었지. 나중에 확인해 보자고 미뤄 뒀다가 기억하기 싫은 것들과 한데 뭉쳐서 완전히 잊어버렸다. 살짝 미안해지긴 했지만 목숨 구해 줬으니 본업 잘하고 있었겠지.

SNS는… 메시지가 너무 쌓였고. 박하율의 계정에 들어가 봤지만 업데이트가 끊긴 채였다. 무슨 일 있었나. 설마 죽을 운명은 피할 수 없다, 뭐 그런 건 아니겠지. 걱정이 들어 포털 사이트에 박하율을 검색해 봤다. 그러자 예전에 났던 기사들이 줄줄이 떴다.

[신인 배우 박하율, 세성 종합 병원 특별동에 숨어들다 체포]
[몬스터 사육 시설 빌딩 앞에서 난동 피우는 박하율]
[헌터에 집착하는 연예인? 박하율의 의도는?]

…아무래도 내가 잘못한 거 같다. 나와 박하율의 관계를 다른 사람들은 모르니까 그냥 헌터에 푹 빠진 애가 난리 친 걸로 생각들 했겠지. 그런 일이야 사육 시설만이 아니라 해연이나 세성에서도 종종 벌어지니 내 귀에 들어올 리도 없었고.

당장 연락해 봐야 하나 싶어지는데 비교적 최신 기사가 눈에 들어왔다.

[박하율, 중국 케이베이컨텐츠와 계약]

엥? 갑자기 웬 중국이지. 기사를 보니 지금은 아예 국내에 없는 듯했다. 중국은 던전 생긴 후에 반쯤 쇄국에 가까운 행보를 보여 와 엔터테인먼트 쪽으로도 전과 달리 우리나라와 교류가 확 줄어들었을 텐데. 자세히는 몰라도 그것 때문에 중국 시장 관련 뉴스도 몇 번 났었다.

"윤윤도 중국에서 소식 끊겼는데 박하율도…….'

아니, 얘는 그냥 소속사 옮긴 거지만. 그래도 어째 감이 안 좋았다. 일단 박하율의 SNS에 메시지로 간단한 인사말을 남겼다. 중국이면 SNS도 검열

할지 모르니 그냥 전에 만났었는데 문득 생각났다는 안부 인사 정도로 적었다.

'윤윤은 어쩌지.'

반사적으로 성현제가 머릿속에 떠올랐다. 하지만 이제는 전처럼 그냥 부탁하고 기댈 수는 없다. 일단 당장은 나는 물론이고 해연의 도움을 받는다 해도 중국에 관여하긴 힘드니 조금 더 기다려 볼까. 도깨비왕이 잘못될 가능성은 진짜 낮으니까. 박하율과 연락이 되면 그를 통해 알아볼 수도 있을 거고.

우선은 이쪽 사람들부터 찾자, 하고 생각하기 무섭게 또 성현제가 생각났다. 부탁 한마디면 바로 찾아다 알려 줄 테니 편하긴 진짜 편하지, 망할. 그동안 너무 익숙해졌어. 그래도 이 정도는 나도 할 수 있다고. 개인정보 어느 정도 아니까 도하민에게 부탁해도 되고 적당한 흥신소에 맡겨도 된다.

내 머릿속에서 나가라, 성현제. 라고 생각하기 무섭게 전화가 왔다. 동업자 씨, 설마 내 생각을 읽은 건 아니겠지.

"근신 중이실 텐데 무슨 일이십니까."

[내 파트너와 약속 잡을 일이 있어서라네.]

약속을 따로 잡는다니. 뭔가 격식 차린 느낌이라 기분이 묘했다. 여태까지는 좀 많이 격이 없었지. 갑자기 들이닥치고 불러내고.

말씀해 보시라는 내 말에 성현제가 대답했다. 다름이 아니라 일본 던전과 관련된 일이었다.

"지분을 조정하겠다고요? 왜 갑자기 말을 바꾸시는 겁니까. 이미 끝난 일이잖아요."

[그때는 내 아이템을 상대로 한 것이었지. 한유진 군이 7할을 가져가면 그

중 5할 정도는 해연에게 넘겨줄 것이고, 내 아이템의 지분을 포함하면 5할이니 적당했거든. 하지만 이제는 아니지 않나.]

"해연이야 슬라임 던전도 미끼로 걸 수 있다 하지 않았습니까. 단순 중개료로 너무 욕심내시는 듯합니다만."

[단순 중개료가 아니지. S급 헌터를 보내 놓았고 향후 뒤처리도 우리 쪽에서 하게 되지 않나. 또한 전과 달리 최소한의 브리핑도 받아야 할 필요가 있다네. 무엇을 목적으로 하는지 어떠한 이득이 있는지, 협력을 요구하는 입장에서 그 정도는 알려 줘야지.]

…틀린 말은 아니라서 할 말이 없었다. 정확하게 계약서를 작성해 놓았던 것도 아니고. 너무 믿고 의지했지. 내가 침묵하자 휴대폰 너머에서 나직한 웃음소리가 흘러나왔다.

[원한다면 되돌려 놓아 줄 수도 있네만.]

"됐네요. 근신 끝난 후여야 할 테니 3일 뒤겠죠. 기다리고 있겠습니다."

[약속 장소는 내가 준비해 놓지. 평소 차림으로는 안 되네. 충고하자면 전문 인력을 고용해 두게나. 언제까지나 해연에 신세 질 수는 없을 테고 혼자 몸도 아니니.]

유명우와 석하얀 팀, 노아를 염두에 둔 말일 것이다. 석하얀 팀도 곧 현장 실험 끝나면 발표 들어가야 하니 신경 써 줘야 하겠지.
"충고의 말씀 깊이 새겨 두겠습니다."

[그럼 조만간 뵙지요, 한유진 씨.]

전화가 끊어졌다. 한유진 씨라, 여러 번 들었던 호칭이건만 낯설게 느껴졌다. 그보다 얼마나 가져가려는 거지. 역시 5할인가. …그러면 양반인 거고. 틈이 보이면 더 뜯어내려 들 테지. 연습 게임도 없이 바로 이러기냐, 치사한 인간아. 소급 적용 하지 말라고.

도하민에게 가 볼 겸 밖으로 나갔다. 햄스터들 스트레스받는다고 질색해대서 피스는 두고 삐약이만 데리고 왔다. 건물 밖으로 나가기 무섭게 날 발견한 노아가 날아 내려왔다.

"어제 별문제는 없었어요?"

밤에는 너무 지쳐 확인해 볼 엄두도 못 냈다. 내 물음에 노아 씨가 고개를 끄덕였다.

"네. 문제없긴 했는데… 명우 형이 좀 화난 거 같았어요."

"명우가요?"

"대장간에 들어갔을 때, 분위기가 무서웠거든요."

무서웠다니. 의외의 말이었다. 명우의 대장간 분위기는 오히려 그 반대였는데. 나무 내음과 불 내음이 부드럽게 뒤섞이고 햇살이 가득 스며드는, 동화 속 한 장면 같은 장소였다.

"지하였어요."

"네?"

"넓은 지하실로 옮겨졌는데 장소 자체는 평범했습니다."

거기 지하실도 있었구나. 노아가 어제 일을 떠올리며 어깨를 살짝 움츠렸다.

"상급 헌터들이 모였으니 당연히 떠들썩했어요. 내보내 달라는 사람도 있었고, 주위에 괜히 시비 거는 사람들도 있었죠."

그러잖아도 그게 걱정되었었다. 이스무아르가 있긴 해도 그 많은 헌터가 다 감당될까 싶었다. 그래도 명우가 주인이니 문제 일으키는 놈은 바로 퇴출하면 그만이라 괜찮지 싶었는데.

"그걸 가만히 보고 있던 명우 형이 전부 다 닥치고 앉아 있으라고, 싸늘하게 말을, 명령을 했어요."

…이번에도 의외다 못해 상상도 잘 가질 않았다.

"어, 반발이 심했을 거 같은데요."

아무리 잘 보여야 하는 무기 제작자라 해도 그런 소리 듣고 가만히 있을 상급 헌터들이 아니지 않나. A급까지면 모를까 S급도 여럿이었는데. 내 말에 노아가 고개를 끄덕였다.

"네. 아예 무기를 꺼내 든 사람도 있었어요. 하지만 그때 이스무아르가 나타났습니다. 불길이 휘몰아치고 무기 든 사람이 순식간에 내동댕이쳐졌어요. S급 헌터였는데 정말로 가볍게요."

이스무아르가 SS급은 되어 보였다고 노아가 말했다. 전에 봤을 땐 최소 A급 정도로, 대략 S급쯤이 아닐까 싶었는데.

"정말로 위압적인 불꽃이었어요. 그것을 아무렇지도 않게 거느리고 있는 명우 형도 약간 무서워질 정도로요. 얼마쯤 뒤에 대장간 밖으로 나왔고 구조되긴 했는데, 명우 형이 내내 좀 언짢아 보였습니다."

아무래도 유진 씨가 가 보는 게 좋지 않겠냐며 노아가 말했다. 오늘은 빌딩의 대장간에 나오지도 않았다고 했다. 평일이고 주말이고 할 거 없이 거의 매일 출석했는데도.

그냥 헌터들이 무례하게 굴어서 기분 상한 걸 수도 있지만, 평소의 명우를 생각해 보면 이상하긴 했다. 알겠다고 말하곤 걸음을 재촉했다.

"전 오후 늦게 강소영 헌터에게 가 봐야 할 거 같은데… 괜찮을까요?"

빌딩에 들어서던 노아 씨가 머뭇거리며 말했다. 그러고 보니 오늘 강소영의 생일이라고 했지. 전날 크루즈선 터져서 길드장은 물론 세성 자체에도 징계 떨어졌을 텐데. 작년에 이어 올해도 생일 분위기가 별로겠구나.

"네, 당연히 괜찮죠. 다른 헌터들도 많으니 걱정하지 마세요."

예림이는 외출 중이지만 유현이는 바로 옆 건물에 있고, 성한 씨도 있다.

"노아 씨야말로 괜찮겠어요? 리에트도 있을 것 같은데, 껄끄럽지 않을까요?"

"어제 일 때문에 제대로 모이는 건 힘들어서요. 따로 보기로 했어요. 강소영 헌터가 아는 사람이 대부분 상급 헌터다 보니 시간을 나눠서 방문할 예정입니다."

아, 하긴 그렇구나. 예림이와 문현아도 강소영과 친해 보였으니 생일 축하해 주러 갈 텐데, 그랬다간 S급 헌터만 벌써 네 명이다. 어제 일 직후에 그렇게 모이는 건 눈치 보이다 못해 송 실장님 위장 상하는 짓이지.

…근데 둘이서 따로 만나는 건 데이트 비슷한 거 아닌가. 반사적으로 노아 씨를 빤히 쳐다보았다. 이 두 사람도 꽤 잘 어울리긴 하지. 비록 노아가 벽 치고 있지만 생일이라고 가 주겠다는 거 보면 아주 싫은 건 아닌 모양이고.

'뭣보다 소영 씨가 좋다니까.'

코메트 때문에 강소영과 간간이 마주쳤지만 솔직히 유현이에게는… 관심이 없어 보였다. 형으로서는 가슴 아프지만 회귀 전의 염문이 단순한 지라시였나 싶을 정도였다. 유현이도 강소영 이야기는 꺼내질 않고.

"노아 씨는 뭘 입어도 귀엽, 멋지지만 이왕이면 깔끔하게 차려입고 가세요."

"네? 네."

"생일이면 역시 꽃다발이죠."

"…꽃이요?"

"노아 씨가 커다란 꽃다발을 들고 있으면 분명 잘 어울릴 거예요."

붉은색 장미 꽃다발 같은 거 품에 가득 찰 정도로 커다랗게 만들어서. 진짜 찰떡이네. 옷은 역시 하얀색 정장… 은 너무 나갔나. 이건 결혼이나 약혼, 최소 프러포즈 수준이고.

지금부터 얼른 준비하러 가라며, 해연 쪽 도움 받아도 된다며 등 떠밀어 보내곤 혼자 엘리베이터에 올라탔다. 명우에게 전화를 걸어 봤지만 휴대폰이 침수로 망가졌는지 받지 않았다.

빌딩 꼭대기에 있는 거주지엔 엘리베이터로 한 번에 올라갈 수 없었다. 중간에 한 번 보안 시설을 거치고 갈아타도록 되어 있었다. 위쪽 3층을 전부 주택으로 리모델링했는데 아직은 반의반도 차지 않았다.

명우의 집은 가장 위층의 일부로 그리 크지는 않았다. 작업실도 따로 있고 언제든지 들어갈 수 있는 황금대장간도 있으니, 넓어 봤자 번거롭기만 하다며 주방만 크게 빼 달라고 주문했기 때문이다.

'벨을 누를까.'

문 앞에 서서 망설였다. 비밀번호를 알고 있지만 기분이 별로 안 좋아 보인댔으니 막 들어가기 좀 그랬다. 하지만 새삼 벨 누르는 것도 이상하고. 머뭇거리는 사이 문이 열렸다.

"들어오지 않고 뭐 해?"

"어? 아니."

평소와 별다를 거 없어 보이는데. 삐약이를 머리 위에서 내려 들며 안으로 들어갔다. 명우 집에는 마석이나 마석 가루가 종종 굴러다니고 있어서 조심해야 한다.

집 크기에 비해 넓은 거실에 햇빛이 들이비치고 있었다. 소파에 앉자마자 삐약이가 파닥거리기 시작했다.

― 삐약삐약!

"안 돼. 밥 먹은 지 얼마 지나지도 않았잖아."

― 삑! 삐약!

테이블 위의 마석을 향해 날갯짓하는 게 꼭 어린애가 달라고 손짓하는 것 같다. 조그만 날개를 한껏 빼어 파닥파닥거리는 모습이 너무 귀여워 순간 넘어갈 뻔했다. 하지만 안 되지. 저거 A급 마석이야, 삐약아.

"자, 이거 먹고 참아."

인벤토리에 있던 D급 마석 조각을 부리에 물려 주었다. 여전히 테이블로부터 눈을 떼지 못하지만 잠시나마 조용해졌다.

"어제 말이야."

주전부리를 들고 오는 명우의 눈치를 살피면서 말을 꺼냈다.

"대장간에서 다른 헌터들이 많이 거슬리게 굴었어?"

"그다지."

그릇에 담긴 것은 가늘게 썬 육포와 말린 과일이었다. 잘라 놓은 사과와 비슷하지만 속살이 붉다. 감 같지도 않고, 뭐지.

"던전에서 나온 과일이야. 식용 가능 판정받은 거라 만들어 봤어. 이거면 인벤토리에도 들어갈 테니까."

"육포도?"

"그건 아니고. 식용 가능한 몬스터도 있다곤 하지만."

등급이 높을수록 독성을 품은 경우가 많지만 하급은 평범하게 맛있는 몬스터도 있었다. 아직은 거부감이 클 때지만 나중에는 고급 식재료로 팔린다. 인벤토리에 저장이 가능하니 던전 공략용 식품으로도 많이 쓰였고.

지금도 던전 공략 때의 식수는 던전에서 공수한 물을 주로 가지고 다녔다. 마켓에서 병값 포함, 500ml 한 병에 만 원이다. 던전 부산물인 병에 물 운반비에 검사 및 힐러 정화 비용 생각하면 싼 거라나 뭐라나.

"맛있다, 이거."

명우가 준 게 뭔들 안 맛있었냐만 단순히 과일 말린 건데도 맛있네. 육포도 부드럽고 잘 구운 고기 맛이 났다. 내가 먹어 본 것들과는 비교가 안 된다. 아예 카테고리 자체가 다르다 싶을 정도였다.

"하지만 노아 씨가, 고자질은 아니고 네가 걱정되어서 한 말 같던데, 기분 상한 거 같았다고 해서."

"기분이 좋을 리가 없잖아."

육포를 먹다 말고 명우 쪽으로 눈을 돌렸다. 소파에 기대앉아 있는 명우와 시선이 마주쳤다. 목소리만큼이나 표정도 무겁게 가라앉아 있었다.

"네게 은혜를 만들어 준 것이 후회됐어."

"…응?"

"나는 유진이 너를 지키고 싶어서 은혜를 만든 거지, 스스로의 안전을 내동댕이치라고 만든 것이 아니야."

"그건……."

"은혜가 없었으면 너도 나서지 않고 대장간으로 피했겠지."

그야 그랬다. 당연히 피했을 거다. 나를 보호할 수단도 없이 무모하게 굴 정도는 아니니까.

"지키고 싶은 사람은 밖에 내버려두고 다른 사람들을 보호하고 있는 상황이 달가울 리가 없잖아. 심지어 그게 내가 만든 아이템 때문이라면."

"네 잘못은 절대 아니야!"

황급히 말했다.

"네 도움을 얼마나 많이 받고 있는데. 게다가 내가 부탁한 대로 만들어 준 거잖아. 솔직히 은혜를 믿고 위험한 일에 나선 적이 여러 번 있긴 했어. 하지만 명우 네가 만들어 준 아이템이 없었더라면 나는 지금 이 자리에 무사히 앉아 있기 힘들었을 거야."

설사 내가 얌전히 살았다 해도 저주독룡종의 왕, 디아르마가 가만히 놓아두지 않았을 것이다. 유현이에게 있어 내가 얼마나 중요한지 이미 알아챈 뒤였으니까. 결국 비슷한 일이 벌어졌을 테고, 피해 무효화 아이템 없이는 용인종을 쓰러뜨리기 불가능했을 것이다.

"나도 모르는 건 아니지만."

명우가 작게 한숨을 내쉬었다.

"왜 유진이 너여야만 할까."

"…어?"

"그런 생각이 들지 않을 수가 없어. 사육 시설 안에서 안전히 보호만 받아도 될 텐데. 나를 포함해 그러고 싶어 하는 사람들도 많고, 충분히 가능한 일인데."

"그건, 내가……."

내가 되찾아야 할 것이 있고. 그리고. 받은 것이 있으니까. 내 스킬들은, 지금 내게 있는 대부분의 스킬들은…….

"…말했었잖아. 던전 난이도가 올라갈 거고, 그걸 대비해야 할 필요가 있다고. 그리고 웬만하면 나도 몬스터나 키우긴 할 거야."

"정말로 그랬으면 좋겠다."

명우는 무언가 더 말하려고 했지만 내 표정을 살피곤 입을 다물었다. 짧은 침묵이 흘렀다. 머릿속에 떠오르려 하는 생각을 억누르다가 아무렇지 않은 듯 가볍게 말했다.

"별일 없으면 던전에 잠시 가지 않을래?"

배구공이 준비해 주겠다는 거 어떻게 되어 가고 있는지도 궁금하고, 물어볼 것도 있고. 그리고 명우도 한 번쯤 배구공을 만나 보는 게 괜찮을 것 같았다. 이스무아르와 대장간에 관련해 시스템 설명을 대략 해 주긴 했지만 직접 보는 것과는 느낌이 다를 테니까.

대장장이는 구출 대상일 거라는 해파리의 말도 걸리고. 확실하게 알아보는 게 좋겠지.

"하급 던전으로… 잠시만."

해연 쪽에 연락해 관리 중인 하급 던전 중에 바로 입장 가능한 게 있나고 물었다. 길드 관리하의 던전이면 입찰 절차 없이 바로 들어갈 수 있으니까.

E급 하나가 있다고 해 공략 부탁을 해 놓고 얼마 지나지 않아 전화가 왔다. 동생이었다.

[던전 들어가려고?]

"어. 명우랑. 그 배구공도 만날 겸."

E급이니 둘만으로도 별문제 없겠지만 혹 모르니, 노아는 안 되고. 예림이도 안 되고. 이어 자연스럽게 성현제까지 떠올랐다. 이제는 빼놓아야 하는데 자꾸 끼어드네. 예전 같았으면 성현제한테 전화해서 던전 하나 내놓으라고 했을지도 모르지. 말 한마디 하면 알아서 준비해 주고 데리러도 왔을 테고.

하루아침에 변할 수는 없으니 한동안은 계속 떠오르겠구먼.

"피스에 블루도 데리고 갈까 싶어. 벨라레까진… 괜찮을 테고. 둘이면 충분하겠지."

벨라레는 아직 어리고 은근 빨라서 혹 흥분해 날뛰면 명우가 다칠 수도 있다. 명우에겐 독 저항이 없으니까. 내가 바로 해독해 준다 해도 위험할 상황은 만들지 않는 게 좋지.

[나도 갈까?]

"괜찮아. 지금 MKC 관련 일 하고 있는 거 아니냐. 아이템 시험도 해 봤다며."

[그렇긴 한데.]

"저녁 전에 올게. 너무 걱정하지 마."

유현이가 조금 머뭇거리다가 알겠다고 대답했다. 전처럼 안 돼부터 나오진 않았지만 걱정되는 건 여전한 모양이었다. 그거야 나도 마찬가지니까.

이내 해연에서 연락이 와 던전과 차량을 준비시키겠다고 했다. 블루도 같이 가기에 짐 싣는 공간이 넉넉한 승합차가 왔다. 아직은 이 정도로도 괜찮지만 좀 더 크면 화물 트럭이 필요할지도.

'나도 차량과 운전기사를 마련해 둬야 할까.'

그 정도는 해연과 계약하는 식으로 해도 될 것 같지만, 지금처럼 전화 한 통 해서 부탁하는 게 아닌 제대로 된 계약을 체결해야겠지.

그 전에 회계나 경리도 필요할 테고. 지금은 내 자산도 머릿속에 제대로 입력되어 있질 않았다. 사육 시설 등록은 또 어떻게 되어 있지. 해연에 맡겨 놔서…….

'내가 다 할 순 없고 역시 사람이 필요해, 사람이.'

던전 갈 준비가 되길 기다리는 사이 도하민에게 사람 좀 찾고 싶다고 말해 두었다. 아쉽게도 폰을 바꾼 지 얼마 안 되었는지 도하민의 능력으로는 찾을 수 없어 자기가 아는 믿을 만한 흥신소와 연결해 주겠다 하였다.

그 외에도 더 사람을 고용해야 할 터였다. 단숨에 믿을 수 있는 사람을 찾기는 힘들겠지만.

E급 던전 건물 안으로 들어가 게이트에 노크를 세 번 했다. 안으로 들어가자마자 블루가 풀쩍 뛰었다.

- 꺄아우!

밟히는 눈에 화들짝 놀라는 눈치더니 공중에 흩날리는 눈발을 향해 앞발을 휘두른다. 놀란 것도 잠깐이고 첫눈을 본 강아지처럼 신이 났다. 내 옆에 선 피스가 그런 블루를 보며 꼬리를 탁 털듯 흔들었다. 어째 한심해하는 것 같다.

"춥지 않아?"

"이 정도는 괜찮아."

준비해 온 겉옷을 걸치지도 않고 명우가 말했다.

"그런데 여기… 좀 특이하네."

"일반적인 던전은 아니니까."

"아니, 그게 아니라."

명우가 눈을 가늘게 뜨며 주위를 살폈다.

"…이런 식으로 만들어 내다니."

"응?"

"일종의… 건물이나 아이템처럼 말이야. 나도 다 알아볼 수는 없지만 이렇게까지 만들 수도 있구나."

뭔 소리지. 그때 배구공이 통통 튀어 왔다. 블루가 하얀 공을 발견하곤 기뻐하며 덮치다가 통 튕겨 나갔다.

- 꺅!

[허니! 오늘은 대장장이도 있네요! 안녕하세요!]

배구공이 명우에게로 다가가 빙글빙글 돌았다.

"이건……."

[신입입니다! 제가 여길 만들었어요!]

"아, 그러시군요."

명우가 정중하게 말했다.

"솜씨가 대단하십니다."

[그렇죠? 이런 건 잘한다고 선배들도 놀라워하더라고요.]

어깨가 있다면 으쓱거릴 투로 신입이 말했다. 전에 날 위해 여길 마련했다는 소리는 들었지만 둘의 대화를 듣자 주위 풍경이 새삼스럽게 비쳤다. 그냥 눈 내리는 숲인데, 만들었다니. 정확히는 이 공간 자체를 저 배구공이 만들어 낸 거겠지.

'우리도 촬영용 세트장 같은 건 만들긴 하지만.'

그런 것의 초월적인 업그레이드 버전… 같은 느낌일까. 그런데 명우는 어떻게 한눈에 만들었다는 걸 알아차린 거지.

[저기 허니, 아직 약속 기간 전인데 무슨 일이에요?]

내 주위를 막으며 신입이 말했다. 독촉받는 하청업자라도 되는 듯 주눅든 티가 났다. 가만 보면 배구공 녀석 특이하다니까. 나보다 한참 강하고 위에 있는 존재일 텐데 다른 패륜아들보다 뭐랄까, 인간적인 느낌이다.

…유현이와 삐약이에 대해서 말했을 때를 제외하면.

"물어보고 싶은 게 있어서. 내 가슴의 마석 말이야. 성현제, 체인의 파편 일부가 들어갔는데 진짜 아무 영향 없는 거 맞아?"

내 물음에 배구공이 고개를 갸웃하듯 움직였다.

[네. 극히 일부니까요. 영향을 못 주는 게 보통이에요. 체인이 인간이 맞다면요.]

인간이 맞다면, 이라니.

"인간이 아니라면 영향을 줄 수도 있다는 건가?"

[꼭 그런 건 아니고요. 허니가 키우는 마석에 파편만으로 영향을 미치는 건 인간의 존재감으론 불가능하다는 거죠. 아, 관련된 특수한 스킬을 가지고 있다면 인간이라도 영향을 줄 수 있을지도요? 최소 SSS급 수준은 되어야겠지만요. 하지만 제가 알기로 체인은 그런 스킬 없…….]

신입이 말을 하다가 화들짝 입을 다물었다. 잠깐만.

"성현제 스킬을 알고 있어? 하긴 내 스킬도 다 알고 있지. 명우도 그렇고."

[아뇨, 그건요.]

"말해."

배구공을 잡고 흔들었다. 뱉어 내라. 떡잎 스킬 써 봤자 초기 스킬 몇 개밖에 안 나올 텐데, 이놈은 다 알고 있을 거잖아.

[허니, 허니! 우리라고 다 아는 거 아니에요! 특정 몇몇 사람이나 스킬만 신경 써서 살피는 거죠! 거기에도 대가가 들어가고요. 시스템 정보는 스쳐 지나갈 뿐이고 그렇지 않더라도 일일이 기억하기엔 너무 많아요. 동명다인도 얼마나 많은데요. 그걸 다 인식할 수 있었다면 다른 태생 S급의 정보도 알려 줬을 거예요!]

"걔들도 누군지 사실 다 알고 있는 거 아니냐. 너네들은 원래 수상쩍잖아. 숨기는 것도 많고."

[그건요…….]

"성현제에 대해서만이라도 다 털어놔 봐. 체인이 인간이 맞다면이라니, 쓸데없이 의미심장한 소리잖아. 설마 인간 아니냐?"

[인간이에요! 여기까지 왔었는데 모를 리가 없잖아요. 회귀했다더라도 초승달과 엮여 있는 흔적은 남아 있어서 좀 묘하긴 한데, 인간인 건 확실해요.]

인간이긴 하구나. …믿어도 되나. 만나 본 패륜아 중에서는 그나마 신입이 솔직한 것 같지만 그렇다고 모든 말을 신뢰할 정도는 아니다.

"그런데 왜 자꾸 성현제의 마력을 마석이 빨아들이는 거지."

[저도 잘 모르겠어요. 제 전공이 아니라서요. 애초에 정상적인 마석도 아니었으니 변수가 있을 순 있겠죠?]

"아는 게 뭐냐."

내 핀잔에 배구공이 시무룩한 얼굴을 했다.

[알려 드리고 싶지만, 체인은 초승달하고만 만났었다고요. 다만 체인은 초승달을 별로 좋아하지 않는 것 같다고 들었어요.]

"자세히 말해 봐."

[그게 다인데요.]

"아는 게 뭐냐고, 진짜."

배구공을 다시금 탈탈 흔들어 주었다. 성현제 성격에 패륜아 같은 초월자를 좋아할 가능성은 작으니 새로울 것 없는 정보다.

"초승달과 인어여왕은 아직 잠들어 있어? 체인 스킬 정보는 진짜 말 못 해 주는 거냐."

[네. 아직 자요. 그리고 프라이버시는 중요해요! 허니도 다른 사람이 허니의 스킬 정보를 알길 원하진 않잖아요. 남의 정보를 쉽게 알게 되면 허니의 정보도 쉽게 알려질 각오를 해야 하는 법이라고요.]

그건 그렇지만, 아쉽다. 초승달은 언제 깨어나려나. 이러다 성현제의 기억이 되살아나는 게 더 빠른 거 아니야?

[허니를 위한 던전은 열심히 만들고 있답니다~. 원하는 아이템을 무조건 1인당 하나씩! 최소 S급에서 최대 L급까지도! 얻을 수 있도록 설계 중이지요.]

"진짜? L급까지도?"

[쉽지는 않겠지만요. 하지만 SS급 정도는 무난히 얻을 수 있을 거예요. 마음에 드는 걸로 골라서요!]

"몇 명까지 들어갈 수 있는데?"

[아직은 네 명 정도지만, 더 늘려 볼게요!]

기특하기도 해라. 이러니저러니 해도 역시 신입이 제일 착하다. 손을 뻗어 배구공의 머리를 쓰다듬어 주었다.

"대단하네. 그런 던전을 만들 수 있다니."

[제 전공이거든요~.]

"신경 써 줘서 고마워."

배구공이 얼굴을 붉혔다. 마치 크레파스로 칠한 것 같은 모양새다.

[천만에요, 허니. 근데 사람 수 늘리려면 시간이 쪼끔 더 필요할 거 같은데, 이 주만 더 주실래요?]

"그래, 이왕이면 많이 들어갈 수 있으면 좋지."

배구공이 활짝 웃으며 빙글빙글 돌았다. 가만 보면 귀엽긴 해. 실물은 어떨지 모르겠지만.

"그런데 네가 던전을 만들 수 있다는 건, 혹시 다른 던전들도……."

[저는 아니에요.]

신입이 돌연 어투를 바꾸어 차가울 정도로 딱 잘라 말했다.

[저희는 시스템 관리자예요. 여기까지예요, 허니.]

이어 내 주위를 감싸고 있던 막이 사라지고 배구공이 통통통 튀었다. 눈밭에 웅크리고 있던 블루가 같이 폴짝폴짝 뛴다. 이번에도 배구공은 잡지 못하고 튕겨 나가 버렸지만 포기하지 않고 계속 덤벼들었다.

3분 뒤에 원래 던전으로 돌아갑니다!

어린 그리폰을 놀리듯 빙그르르 크게 돈 배구공이 홀연히 사라졌다. 블루가 부리를 크게 벌리며 아쉬운 듯 꺅꺅거렸다.

"무슨 이야기를 한 건지 묻고 싶지만 내가 들어선 안 되겠지?"

명우가 피스와 함께 다가오며 물었다.

"오늘은 별 내용 없긴 했는데… 일단은."

게다가 던전에 대해서는 얼버무리고 말았다.

"명우 넌 여길 누가 만들었다는 걸 어떻게 눈치챈 거야? 내가 보기엔 그냥 숲일 뿐인데."

"음, 뭐라고 해야 할까. 아이템을 계속 만들다 보니까 그 구조에 대해서 좀 더 잘 파악하게 되었거든. 아이템이 겉보기엔 우리 세상의 일반적인 물건과 다를 바가 없잖아. 하지만 내게는 대략적인 구조가 느껴져."

명우가 걸음을 옮겨 눈이 쌓여 늘어진 나뭇가지에 손을 가져다 대었다. 하얀 눈과 대비되어 더욱 색 짙어 보이는 손가락이 천천히, 섬세하게 나뭇가지를 쓸어내린다.

"정확히는 이걸 이루고 있는 근원적인 힘? 마력이라고 하던가? 그 짜임을 알 수가 있어. 이건 나는 흉내 내지 못할 수준이긴 하지만, 살짝 끼어드는 건 가능해. 이렇게 구성된 방식을 살짝 바꾸면."

차르르, 나뭇가지가 떨리며 눈 덮인 가는 잎새 사이에서 분홍빛 작은 꽃망울이 피어났다. 계절과 어긋난 그 광경에 말문이 막힐 정도로 놀라, 잠시간 멍하니 바라보기만 하였다. 겨울나무에서 꽃을 피워 내다니.

"그런 것도 가능해?"

"아니, 이건 원래 만든 사람이 대단해서야. 나는 아직 따라 할 엄두도 못 낼-."

[이러시면 안 되죠! 매너 없는 행동이에요! 직업 윤리를 지키세요!]

갑자기 배구공이 튀어나와서 화를 내기 시작했다. 잔뜩 성난 얼굴 그림을 한 채 펄펄 날뛴다. 명우가 당황하며 머리를 숙였다.

"죄송합니다, 제가 아직 잘 몰라서요."

[다른 제작자의 작업물을 멋대로 수정하면 안 되는 거라고요! 싸움 거는 거 아니면 허락받고 건드리셔야 해요!]

"정말 죄송합니다. 제 생각이 얕았어요."

[직업적 후배 같으신 분이시니까 특별히 봐드리는 거예요! 앞으로는 조심해 주세요.]

씩씩거리던 신입이 다시금 사라지고 주위 풍경이 바뀌었다. 후덥지근한 황무지가 펼쳐져 얼른 겉옷을 벗었다. 나뭇가지의 눈발을 신나게 털어 내던 블루가 어리둥절해하며 꺄우거렸다.

"던전 부산물을 분해하고 재조합하는 게 일이다 보니 별생각 없이 건드리고 말았어."

명우가 민망해하며 머리를 긁적였다.

"난 아직도 누군가의 작업물이라기보단 그냥 숲으로 느껴지는걸. 하긴 남의 숲에서 나뭇가지 멋대로 꺾는 것도 안 되는 일이지."

– 크르르.

그때 피스가 앞으로 몸을 훌쩍 날렸다. 황무지의 바위 틈새로 앞발을 집어넣더니 둥그런 털뭉치를 쑥 빼낸다. 이어 콰드득, 단숨에 목줄기를 물어뜯었다. 피스가 잡은 것은 중형견만 한 크기였다. 하지만 새끼의 비명을 듣고 튀어나온 성체는.

– 캬아악!

송아지만 한 큰 덩치의 괴물이었다. 황무지 흙과 같은 보호색을 갖춘 짐승이 송곳니를 드러내었다. 늑대와 멧돼지를 뒤섞은 듯한 모양새였다.

땅굴 오플로. 땅속에 굴을 파고 입구를 교묘하게 가리고 있다가 먹이가 방심하고 접근하면 덮치는 몬스터였다. 꽤 흔한 몬스터로 나도 몇 번 상대해 본 적 있었다.

– 크흥.

피스는 덤벼드는 몬스터를 가소롭다는 듯 쳐다만 보고 있었다. 꿈쩍도 안 하는 화염 뿔사자를 향해 몬스터가 콧김을 내뿜으며 달려들었다. 하지만 피스에게 닿기도 전에.

- 쿠엑!

 하늘에서 내리꽂힌 발톱이 흙모래색 가죽을 꿰뚫었다. 흙먼지가 휘날리고 날갯짓 소리와 함께 거대한 덩치가 단숨에 공중으로 들어 올려졌다.

- 꺄아 꺅!

 발버둥 치는 몬스터를 움켜쥔 채 블루가 공중제비를 돌았다. 사냥이라기보단 장난감을 가지고 노는 듯하다. 몬스터를 허공으로 던졌다가 바닥에 떨어지기 전에 낚아채는 묘기까지 선보였다.
 그러는 사이 주위에서 슬금슬금 몬스터들이 모습을 드러내기 시작했다. 숨어서 기다리는 놈들이 왜 갑자기…….
 '아.'
 내 마석. 앞에 버티고 있는 피스가 무서워서인지 쉽게 접근하진 못했지만 나를 흘끔거리는 시선이 느껴졌다. 서로 신호라도 보내는지 점점 그 수가 늘어나고 있었다. 이 던전에 있는 몬스터가 죄다 몰려나올 기세다.
 "피스랑 블루에게 맡겨도 되지만 너 레벨 좀 올려야 할 텐데. 잡을 수 있겠어?"
 명우는 몬스터 사냥을 별로 좋아하지 않았다. 신인 헌터 훈련 때도 잘 못 죽였고 처음 던전 갔을 때도 많이 주저했으니까. 피스와 블루에게 반만 죽여서 데려와, 하기는 힘들고. 나라도 나서야 할까. E급 던전이니까 장비빨로 잡을 수 있긴 할 텐데.
 "잠깐 은혜 좀 빌려줄래?"
 명우가 내 옆으로 바싹 붙어서며 말했다. 은혜를 풀어 건네자 받지 않고 대신 내 손을 감싸듯 잡았다.
 "피해 무효화 등급 A급 이상으로 두고 활로 바꿔 봐."

"활?"

명우의 말대로 은혜의 형태를 바꾸었다. 사파이어를 갈아 넣은 듯 푸른 무늬가 아름답게 들어간 수정의 활이 내 손 위에 나타났다. 활대 양 끝에 매달린 장식이 청량한 소리를 내며 흔들렸다. 은혜 취향은 변하질 않는구나.

"이스무아르."

명우가 활을 잡고 나직이 불렀다. 공간의 틈이 열리고 한 줄기 불길이 흘러나와 활 위에 내려앉았다. 불꽃은 이내 화살로 변하였다.

"피스는 괜찮겠지만 블루는 물러나게 해."

"응."

블루에게 손짓하고 피스도 그냥 돌아오게끔 하였다. 블루가 우리 뒤쪽으로 가자마자 명우가 시위를 당겼다. 불타오르는 화살이 쏘아지고 가장 앞에 있는 몬스터를 꿰뚫었다.

화르륵, 단말마의 비명을 낼 틈도 없이 순식간에 몬스터가 재로 변하고 그 기세를 고스란히 유지한 채 불길이 퍼져 나가기 시작했다. 뜨거운 파도가 몬스터 떼를 덮치고 휘감았다. 불의 냄새, 재의 냄새.

끄트머리의 몇 마리를 제외하고는 대부분의 몬스터가 검게 무너져 내렸다.

"…이스무아르를 밖으로 꺼낼 수 있는 거야?"

놀라 묻자 명우가 고개를 저었다.

"힘의 일부일 뿐이야. 그간 이스무아르의 불길을 많이 다루다 보니 약간이나마 끌어낼 수 있게 되었거든. 그리 강하지도 않고 기껏해야 B급에서 A급 사이의 스킬 수준일걸? E급 몬스터 상대니 대단해 보이는 거지."

"그래도 대단해. 공격 스킬도 생긴 셈 아니냐."

"사실 그런 것도 아니야."

명우가 조금 멋쩍어하며 말했다.

"무기를 통해야만 힘을 구체화할 수 있는데, 이게 일반 무기에는 사용할 수가 없거든. 이스무아르는 아이템을 녹이고 분해하는 성질을 지니고 있어서 SSS급은 되어야 무기의 손상 없이 깃들 수가 있어."

"아… 그럼 평소엔 쓰기 힘들겠네. 아깝다. 내 동생 정령인 이린도 이것저것 잘 녹여 삼키긴 하더라. 불의 정령은 다 그런가?"

"조금 다를걸. 이린은 자연에서 태어난 정령이고 이스무아르는 특정 용도로 만들어진 정령이니까. 어? 새 스킬 생겼다."

명우가 스킬창을 확인해 보는 듯 허공을 바라보았다. 5레벨 이상 올랐나 보구나. 드디어 얻었네.

"뭔데?"

"망치질의 대가. 이건 응용하면 공격 스킬로도 쓸 수 있겠는데. 생명체 대상에도 통한다고 되어 있어."

"좋아 보여? 괜찮은 거 같아?"

내가 잘 골랐는지 모르겠네. 명우가 만족스러워하는 표정으로 고개를 끄덕였다.

"응. 작업하기 한결 편해지겠어."

마음에 드는 것 같아 다행이다. 내가 손짓하자 블루가 도망치는 몬스터들을 향해 사냥개처럼 뛰쳐나갔다. 이미 한참 거리가 벌어졌음에도 날갯짓 두어 번 만에 순식간에 뒤를 잡는다. 어찌나 빠른지 내 눈으로 쫓아가기 힘들 정도였다.

노아로도 충분히 벅찬데 블루는 절대 못 타겠다 싶어졌다. 완전히 자라면 더 빨라지겠지. 심지어 스킬 중에 황금 화살은 비행 관련 스킬인 듯했다. 지금도 이미 쏜살같은데 스킬까지 더해지면 보이지도 않겠는걸.

명우 스킬도 얻었겠다 남아 있는 몬스터도 몇 없어 보여 애들한테 맡기고 천천히 걸음을 옮겼다.

"혹시 이 던전도 만든 것처럼 보여?"

"음, 여긴 아까 그곳보다 훨씬 복잡하게 느껴져. 나는 감히 손댈 수도 없겠는걸."

예전에 던전에서 메시지창이 뜨던 것들이 기억났다. 그 메시지들, 아무리 봐도 신입이 보낸 것 같았는데. 맨 처음 찾았다고 한 것도 신입이었지.

'전공에 명우보고 직업적 후배라고도 했고.'

신입의 특성은 무언가를 만들어 내는 쪽인 건가. 장난감 병정이며 기사들도 신입의 작품이었나. 그래서 던전 개입도 신입이 주로 한 것이고?

이 던전이 훨씬 복잡하다면, 세상에 나타나는 던전들을 만든 제작자는 신입보다 윗줄의 능력자일 가능성이 컸다.

누굴까. 근원? 패륜아의 한참 윗대 선배라거나?

"명우 너도 언젠가는 이런 던전을 만들 수 있지 않을까."

내 중얼거림에 명우가 쑥스러운 듯 웃었다.

"유진이 넌 종종 나를 너무 대단하게 본다니까. 여기 말고 아까 그 던전도 백 년을 꼬박 수련해도 될까 말까 한 수준이라고."

"안 되는 건 아니네. 그것만으로도 대단한 거 맞잖아."

"아냐, 백 년 뒤에도 될 거란 보장은 없어."

"모르지. 꽃망울 피우는 거 보고 내가 얼마나 놀랐는데."

보면 볼수록 패륜아들이 명우를 빼돌리려 할 법하다 느껴졌다. 굳이 묻지 않아도 명우의 안전은 확실히 보장되지 않을까. 나 같아도 안 놓치지.

한참을 걷다 보니 저만치서 보스 몬스터처럼 보이는 괴물이 나타났다. 다른 놈들보다 더 큰 몬스터의 등장에 블루가 더더욱 신나 하며 방정맞게 지그재그 비행을 했다. 피스에게 나서지 말아 달라는 듯 꺄우꺄우 울기도 한다.

그러곤 생쥐 잡은 고양이처럼 보스 몬스터를 가지고 놀기 시작했다. 역시 블루 짝이 될 헌터를 찾아 주든가 해야지 사냥 정말 좋아하네.

"혹시 말이야… 이런 거 묻기 좀 그런가."

명우를 힐끔 쳐다보며 말했다.

"뭔데?"

"그게, 왜. 처음 직장 월급 타거나 하면 가족한테 선물 사 주는 거. 그런 거."

명우한테 묻긴 좀 그러네. 하지만 명우는 아무렇지 않게 고개를 끄덕였다.

"나도 너한테 뭐 사 줄 걸 그랬나."

"은혜 받았는데 뭘 더 바라냐. 이미 과분하거든?"

"그런데 그게 왜? 너는, 음."

명우가 말을 하다 말았다. 부모님께서 일찍 돌아가신 거 난 별로 신경 안 쓰는데.

"그걸 좀 늦게 주게 되었다고 치면, 보통 어떤 방식으로 선물하려고 할까? 사정상 가족과 멀어졌다가 가까워진 뒤에 말이야."

길었지. 지금은 3년이지만 내 체감으론 무려 8년이다. 하지만 별일 없었더라면 첫 월급 선물은 딱 내 체감 시간이 맞다. 유현이가 일찍 직장을 가진다 해도 지금이 아니라 회귀 전 시점이었을 테니까.

"…보통은 집에서 주겠지. 거실이라든가. 신경 쓰면 괜찮은 식당에 가서 줄 테고."

"역시 식당인가."

그런데 왜 안 줬지.

"…혹시 네 동생 말하는 거야?"

"어? 아니, 어. 응. 그게, 준비한 게 있는 거 같더라고."

사이좋아지자마자 용돈도 받았고 이것저것 많이 챙겨 주긴 했지만, 유현이가 따로 직접 준비한 선물은 시계가 처음이니까. 던전 부산물로 만들었다고 해도 평소에도 쓸 수 있는 일반적인 용품이다.

"그런데 그… 자꾸 미루는 거 같아서."

"물어보는 건 어때?"

"그건 좀 아니지 않냐. 선물인데 먼저 안 주냐고 묻는 건…….."

그것도 처음이자 마지막이랄 수 있는 건데. 내가 먼저 외식하자고 한 게 문제였나. 좀 더 얌전히 기다려 볼까.

"…내가 대신 살짝 말해 봐?"

"음… 조금만 더 기다려 보고."

저번에 두고 갔다고 예림이가 토라지다 못해 죽어도 쫓아오려 들 테니 평소에는 둘이서만 외식하기 힘들 거고. 예림이가 던전 공략 갈 기다려야 하나. 그때 저녁에 할 일 없다고 티를 내 두면…….

"언제든지 이야기해. 대신 말해 줄 테니."

"응, 고맙다."

오래 걸리진 않겠지. 그사이 블루가 놀던 것을 끝내고 보스 몬스터를 처리했다. 이내 게이트가 나타나고 밖으로 빠져나갔다.

도하민으로부터 연락이 온 건 바로 다음 날이었다.

[외전] 쇼핑

[외전]
쇼핑

"좀 민망하네."

차에서 내리며 중얼거렸다. 유현이와 예림이가 우리 집, 사육소의 집으로 이사를 왔다. 둘 다 원래 살던 곳도 그대로 쓸 예정이라 가구를 새로 사야만 했다. 이제는 돈에 구애받지 않으니 제일 좋은 거로 주문하면 되겠지, 하고 생각했는데.

'보기 좋은 광경이 아니겠습니까.'

석시명이 직접 쇼핑하러 나가기를 부탁해 왔다. 해연의 두 S급 헌터가 F급 보호자와 함께 살기 위해 물건을 사러 나왔다. 여러모로 긍정적인 이미지를 심어 줄 수 있는 모습이 될 것이지 않느냐. 그러니 근처 백화점으로 가 주시길 바란다며 그가 말했다.

맞는 소리에다가 어려울 것도 없는 일이기에 가볍게 승낙했다. 우리 애들 이미지에 도움이 된다는데 어려워도 해 줘야지. 하지만 막상 백화점에 도착하자 조금 머뭇거려졌다. 저번 마트에서도 그랬지만 여전히 사람이 많은 곳은 달갑지 않았다.

"형, 왜 그래?"

차 문을 열지 않고 망설이는 나를 보고 유현이가 물어 왔다.

"어? 아냐. 그냥, 음. 우리가 백화점에서 가구 살 일은 없었잖냐. 어색하네."

유현이가 자라면서 책상이며 의자를 바꿔야 했지만 형편이 넉넉지 못하다 보니 가능한 저렴하면서도 튼튼한 걸 찾아다녀야 했다. 가구가 아니더라도 백화점에서 뭐 살 일은 딱히 없었지. 비싸잖아.

"저도 구경만 가끔 왔었어요."

"이젠 사고 싶은 거 다 사도 돼."

비싸 봐야 일반 용품 아니냐. 던전 아이템에 비하면 새 발의 피다.

차에서 내려서자 백화점 담당자가 인사를 해 왔다. 원래라면 대접이 다르겠지만 석시명이 오늘만큼은 평범한 쇼핑을 부탁해 왔다. 여느 가족처럼. 그러면서 길드장님과 길드원이 쓸 가구이니 경비 처리 된다며 카드를 건네주었다.

"즐거운 시간 되시길 바라겠습니다."

불편한 점이 있다면 언제든지 이 번호 혹은 근처 직원에게 말씀해 주시라며 백화점 담당자가 명함을 건네 왔다. 그럼 가 볼까.

"보통 1층에는 화장품이나 보석 같은 게 있어요."

백화점 구경 경험이 많은 예림이가 앞장서며 말했다.

"화장품 필요해?"

"아뇨. 향수도 많아서 지금은 좀 머리 아플지도 몰라요. 전보다 예민해졌잖아요."

"아, 그런가."

"다양한 냄새가 뒤섞여 있으면 약간 거슬리긴 해. 무시할 수 있을 정도긴 하지만."

백화점 1층으로 들어서자 시선이 화악 느껴졌다. 놀란 웅성거림도 들려왔다. S급 헌터가 헌터마켓도 아닌 일반 상점에 쇼핑하러 올 일은 잘 없긴 하지. 오더라도 최상급 VIP 취급 받으며 따로 쇼핑한다거나, 뭐 그럴 테고.

유현이가 위협적이지는 않지만 비각성자라면 쉽게 접근하긴 망설여질 정도의 기세를 흘렸다. 멀리서 구경만 해 주시길 부탁드리겠습니다.

"여기 백화점 안내서예요."

예림이가 책자를 두 개 꺼내 하나를 내게 건네주었다. 유현이 건 없니.

"가구는 한참 위에 있네."

애들 옷도 사 주고 싶다. 해연에서 맞춤으로 준비해 주긴 하지만. 아직은 백화점에 던전 관련 용품 판매는… 어?

"5층에 던전 상품 특별관이 있네."

설마 벌써 생긴 건가?

"백화점에요?"

"응. 아이템은 아니고… 던전 부산물로 만든 물건들인가 봐."

던전 부산물로 제작한 상품들은 일반 판매 되기 시작할 때긴 했다. 비싸서 쉽게 살 수는 없는 거지만, 그러니 백화점이 딱 어울리긴 하지.

"가구도 있는 것 같은데, 가 볼까? 더 튼튼할 테니까."

둘 다 S급인 만큼 이왕이면 던전산이 좋긴 할 것이다. 1층을 가로질러 에스컬레이터로 향했다. 에스컬레이터 근처에 서 있던 남자가 조금 머뭇거리며 우리에게 조화를 건넸다. 뭐지.

"시향해 보라는 거예요. 향수요."

잘 아네. 각자 꽃 한 송이씩을 들고 사람들의 시선 속에서 5층에 도착했다.

"그러니까……."

지도가, 음. 어, 여기 위치가, 매장이. 우리가 올라온 곳이.

"이쪽 같은데."

유현이가 꽃으로 방향을 가리키며 말했다. 가게도 가득하고 물건도 가득

한 게 복잡하구만. 특별관은 상당히 넓게 자리 잡고 있었다. 입구를 지키고 선 직원이 인사를 하며 주의 사항을 전해 왔다.

"던전 상품 특별관에서는 인벤토리 사용이 금지됩니다. 각성자분들께서는 주의해 주시길 부탁드리겠습니다."

아직은 인벤토리 봉인까진 하지 못하는 모양이었다. 대신 CCTV를 여럿 설치해 두었겠지, 싶었는데 아예 직원이 따라붙었다.

"던전 부산물이 100퍼센트 들어간 테이블로 인벤토리에 넣어 손쉽게 이동이 가능합니다."

내가 목조 테이블에 시선을 두자 직원이 재빠르게 설명했다.

"내구성 또한 일반 원목과는 비교가 되질 않습니다. 웬만한 충격에는 흠집 하나 나질 않지요."

"인벤에 들어간다면 편하긴 하겠어요."

예림이가 신기해하며 말했다.

"보통은 무거워서 잘 못 옮기잖아요. 청소할 때도 아예 치워 버리고 해도 되고요."

"그러게. 그건 진짜 편하겠다. 소파 밑도 쉽게 치울 수 있겠어."

대형 가구 아래나 뒤쪽은 평소엔 청소할 엄두를 못 내니까. 생각보다 더 괜찮은데? 애들 장난감이나 마석 같은 게 굴러 들어가도 빼내기 쉽고.

"소파는 없습니까?"

"죄송하지만 소파는 아직 대체할 충전재를 찾지 못했다고 합니다."

"아, 그럼 침대도 없겠네요."

"프레임은 주문 가능하십니다. 카탈로그를 보여 드릴까요?"

"네. 부탁할게요."

침대는 둘 다 있지만 급히 가져다 놓은 일반 가구니까. 이참에 바꾸는 것도 괜찮겠지. 자리에 앉아 카탈로그를 펼쳤다.

"예림이 넌 싱글로 할 거지?"

"조금 커도 괜찮을 거 같은데요. 뒹굴 수 있을 정도로요."

"유현이 넌 어때? 당연히 큰 거로 해야겠지만."

"응. 넓은 게 좋아. 형이랑 같이 자기에도 편하고."

"…그때 좀 불편했어?"

"아니야, 난 괜찮았어."

"지금 홍콩 때 말하는 거 아니죠?"

"으응, 내가 좀, 악몽 꾼 적이 있어서."

말하려니 쪽팔렸다. 이 나이 먹고 혼자 못 자겠다고 동생 방에 찾아갔다니.

"또 그런 일 있을지도 모르니까 제일 큰 걸로 살래."

"어, 그럼 저도요! 길드장님 던전 들어갔을 때 아저씨가 악몽 꿀 수도 있잖아요."

"아니, 그건 안 되지. 피스 안고 자면 돼."

침대에 이어 책상도 봤다. 책장도 바꿀까. 거실 테이블은… 바꿔도 얼마 못 갈 것 같지만.

"앗, 도마다. 다른 주방용품은 없나요?"

"금속이 들어가는 것은 아직 허가가 나질 않았습니다. 하지만 헌터용으로 주문 제작은 가능합니다."

그럼 이참에 바꿀까. 던전 부산물로 만든 게 쓰기 더 편하겠지. 새끼 몬스터들이 주방에 침입해도 잘 안 부서질 테고. 혹시 고무장갑도 있나?

"바가지나 대야도 주문 가능한가요? 어린이용 욕조는요? 바디워시랑 샴푸 통도 필요한데. 시중에 파는 건 꼬리로 툭 치기만 해도 부서지더라고요."

"…아저씨, 고생이 많으시네요."

예림이가 나를 안쓰럽게 바라보았다. 아니, 애들 목욕시키다 보면 이것저것 부서지는 경우가 많아서. 욕실이야 튼튼하게 만들었지만 욕실용품은 일반 제품들이었다. 특히 블루가 많이 깨 먹었지. 바디워시 먹겠다는 거 말리느라 혼났다.

"처음엔 애들 좋으라고 달달한 향을 샀었거든. 이젠 전부 바꿨잖아."

내 것도 전부 은은한 향이다. 아무튼 일상용품도 던전산으로 만들 수 있다면 싹 교체해야지. 특히 바디워시 통. 아, 비누도 조심해야 하고.

"어?"

그때 직원 한 명이 놀란 소리를 내뱉었다.

"여기 있던 탁자가!"

조금 전까지만 해도 멀쩡히 자리 잡고 있던 탁자가 순식간에 사라지고 없었다. 설마 도난인가 싶은 그때.

화르륵!

불길이 일며 테이블이 사라졌다. 그리고 의자가, 옷걸이가, 책상이. 직원들이 당황하고 보안 요원이 달려왔다. 잠깐만.

"유현아, 저거-!"

"이린이야."

유현이가 태연하게 말했다. 야!

"말려야지!"

내 말에 유현이가 직원을 돌아보았다.

"이곳에 있는 상품을 전부 구매하겠습니다."

뭐… 아니, 야, 동생아! 유현이의 팔을 붙잡고 속삭였다.

"그냥 이린더러 그만 먹으라고 하면 되잖아!"

"왜?"

"그야… 어, 일단 비쌀 거고."

"아이템도 아닌데?"

…그건 그랬다. 린이 저 녀석 장비도 먹어 치운 적 있었지. 여기서 식사하는 게 저렴한 축에 드는 건가. 세상에.

"새삼 밥값 참 많이 든다 싶구나……."

붉은 도마뱀이 쪼르르 반들거리는 바닥을 가로질러 갔다. 커다란 장식장도 단숨에 먹어 치우고 이쪽으로 돌아와 내게 기어 올라왔다. 나를 한번 쳐다본 린이가 내가 들고 있던 도마를 향해 입을 짝 벌렸다. 냠, 하고 한입 물자 불길이 일며 도마가 재도 남기지 않고 사라진다. 내 손에도 불꽃이 닿았지만 뜨겁긴커녕 딱 좋게 따뜻했다.

"맛있니."

화르륵, 대답하듯 불길을 일으킨 이린이 유현이에게로 돌아갔다.

"저거 보니 저도 조금 배고파지네요."

"식당가 가서 저녁 먹을까."

"네!"

텅 빈 매장과 당황한 직원들이 조금 안쓰럽게 느껴졌다. 그래도 물건은 다 팔았으니까. 목표로 한 가구와 기타 생활용품들을 주문하고 위로 올라갔다.

저녁 시간이라 식당가에는 사람이 많았다. 예림이가 역시 고기죠, 하고 말하고 한식당으로 들어가 불고기를 주문했다. 여기저기서 쳐다보는 게 영 적응이 안 되긴 하네.

"아저씨는 그렇다 쳐도 길드장님 입이 은근 짧은 거 같아요. 덩치도 크면서."

"밖에서 먹는 걸 좋아하지 않습니다."

유현이가 무뚝뚝하게 대답했다. 사이좋아 보여야 한다니까.

"자, 내가 줄게."

고기를 집어다 유현이 접시에 놓아 주었다. 이어 예림이한테도 주었다.

"전 괜찮은데."

"그래도 안전하니까."

"형도 먹어."

둘이 먹는 것만 봐도 좋다. 명우에게 길들여진 입맛이었지만 여기 음식 맛도 꽤 괜찮았다. 저녁을 먹고 식기를 파는 곳으로 향했다. 그릇에 수저는 물론이요 컵도 세트로 구매했다.

"무슨 컵 하나에 5만 원이 넘냐."

"백화점이 비싸긴 비싸요."

"와, 이건 10만 원 넘어."

"여기 이 테두리 금이래요."

"진짜 금칠했네."

금칠해서 전자레인지 사용도 못 한다고 했다. 예쁘긴 한데 불편하잖아. 이불과 베개도 사고 밥솥도 큰 거로 샀다. 이것저것 구경하며 사다 보니 금세 백화점 문 닫을 시간이 되었다.

"백화점 되게 일찍 닫네."

"그렇더라고요."

"더 필요한 거 있어? 마트로 갈까?"

"아니야, 이 정도면 됐지."

셋이서 같이 쇼핑하는 모습도 충분히 보여 줬고. 몰래 사진 찍는 사람도 몇 있었다. 아마 기사도 뜨겠지. 이번에는 동생이랑 사이좋다는 내용이.

부피가 큰 건 배달 부탁하고 집으로 돌아왔다. 식기를 주방에 진열해 놓자 기분이 조금 묘해졌다.

'…괜히 옛날 생각 나네.'

동생 밥그릇, 동생 수저, 동생 컵. 딱히 정해 놓진 않고 대충 가져다 쓰긴 했지만. 그래도 회귀 전에는, 좁은 주방이 비어 보였었다.

"전에 말이야, 컵 깨 먹은 적 있었잖아. 딱 두 개 있던 거 하나 깨 먹어서 하나로 같이 쓰고."

"그때 형 유리 치우다가 손가락 베였었지."

"그랬던가?"

"응."

유현이가 찬장을 닫으며 끄덕였다. 그러곤 나처럼 컵들을 바라보았다.

"기분이 조금 이상해."

"너도 그래?"

"나쁜 건 아니고… 좋아."

절로 미소가 머금어졌다. 그래, 좋지. 가슴 안쪽이 간질간질하면서도 따뜻해졌다.

"씻고 자자. 주문한 거 빨리 왔으면 좋겠다."

특히 목욕용품 말이야. 이젠 좀 덜 부숴 먹고 싶다.

[외전] 세성 길드 투어

[외전]
세성 길드 투어

"상급 각성자는 실생활에 있어 여러모로 불편한 점이 많다네."

무척이나 부담스러운 가이드가 내게 말했다. 세성 길드장은 내게 자신의 길드를 몸소 안내해 주겠다 하였고, 나는 당연히 거절했지만 저 망할 인간은 내 거절을 귓등으로도 듣지 않았다. 날 그냥 방 안에서 삐약이와 함께 뒹굴게 내버려둬. 혼자 있고 싶다고.

"그렇기에 길드 내부에 여러 가지 편의 시설을 갖추어 두었지."

"아, 네. 전 무늬만 각성자인 F급이라서 몰라도 되니까 방으로 돌아가 드라마 재방송이나 보겠습니다."

"책이 효과가 있었군. 한유진 군의 독립을 기꺼이 응원해 드리지."

"…예?"

갑자기 무슨 헛소린가 싶었다가 S급인 애들에게 도움이 될 만한 정보임에도 몰라도 된다고 말한다는 것은 더는 애들 곁에 머물며 싸고돌지 않겠다는 뜻이다, 라는 사실을 뒤늦게 깨달았다. 아니, 무슨 말을 저렇게 혼자

만 알게끔 하고 지랄이냐. 아무튼 재수 없어.

"가면 되잖아요, 가면. 근데 뭐 해연이라고 그런 거 없을까 봐."

후발주자니만큼 조금 부족할 수는 있어도 말이야, 알아서 잘하고 있을 테니 해연 가서 구경하면 됐지 굳이 여기까지 돌아다닐 필요 있나. 그래도 아주 살짝 의욕은 생겼다. 좋아 보이는 거 있으면 유현이에게 알려 줘야지.

성현제와 함께 복도를 걸어가자 마주치는 사람마다 나를 희귀 동물 대하듯 쳐다봐 왔다. 왜요, F급 처음 봅니까.

"이 구역은 B급 이상 각성자 전용이라네. 그 아래 등급과 비각성자의 출입이 금해진 것은 아니나 따로 허가를 받고 출입명부 작성을 해야만 하지."

"사고 날 수 있으니까요?"

"잘 알고 있군."

신체 능력이 워낙 다르다 보니 별생각 없이 피트니스 센터 가서 아령 들려다가 허리가 나갈 수도 있는 것이다. 목욕탕 발 넣었다가 화상 입고 어깨 안마기 쓰다가 골절당하고. 각종 도구의 강도나 무게 등의 차이가 커서 그것만으로도 부상을 당할 수 있었다.

"이곳은 구내식당이라네. 직장에서 가장 중요한 곳이라고 할까."

사회생활의 시옷 자도 모를 것 같은 인간이 말했다. 어디서 주워들은 건 있는 모양이었다. 식당은 그리 넓진 않았지만 무척 고급스러웠다. 구내식당이 아니라 어디 고급 레스토랑에 온 느낌이었다.

"뷔페식 넓은 식당도 따로 있다네."

내 표정을 본 성현제가 덧붙였다. 그래, 난 평범한 식당이 좋아. 이런 데는 좀 답답하고 예의 차려야 할 거 같고, 기숙사도 있는 구내식당인데 추리닝에 슬리퍼 대충 끌고 오면 안 될 거 같고 정장 입어야 할 거 같잖아.

"사장은 직원의 마음을 모른다, 하고 외칠 뻔했네요."

모르는 게 맞겠지만. 그 잘난 세성 길드장님께서 알면 뭘 얼마나 아시겠어.

"한층 튼튼한 식탁과 식기. 활동량에 맞춘 영양 설계. 매주 요리 클래

스도 진행되지."

"…요리 수업을요? 자취 희망자라도 있답니까."

"식용 가능한 던전 자생 동식물의 구분과 그 활용법. 던전에서 조난당했을 때를 대비한 수업이라네."

아, 그거. 나도 회귀 전에 들어 본 적 있었다. 하급이야 넓지 않아 조난당할 일도 드물지만 배워 둬서 나쁠 건 없으니까.

다음으로 도착한 곳은 미용실이었다. 상급 각성자의 머리카락을 자를 수 있는 힘의 소유자, 인 만큼 건장한 젊은이들이 가위를 들고 있을 줄 알았는데 의외로 동네 어딘가에 있을 것 같은 평범한 미용실이었다.

"길드장님이 어쩐 일이신가."

나이 지긋해 보이는 미용사분이 아직 머리 자를 때 안 되었는데, 하며 우리에게 다가왔다. 어릴 때부터 50년 넘게 머리를 잘라 온 이현숙 어르신이었다. 던브 때 각성하셨는데 스탯은 F지만 생물의 털과 비늘, 손발톱 등의 부위를 SSS급까지 잘라 낼 수 있는 A급 스킬을 가졌다고 하였다. 생명과 직결되지 않고 통증도 없는 부위여서인지 무려 SSS급에까지 통하는 능력에 비해 등급은 조금 낮은 편이었다. 만약 스탯이 높았다면 전투에서도 무척 유용했을 텐데. 비늘을 벗겨서 방어력을 떨어뜨린다거나 발톱을 잘라서 공격력을 떨어뜨린다거나 말이야.

"손가락 다 굽어져 가지고 딱 은퇴하고 놀러나 다니려고 했는데 그놈의 던전인가가 터졌지 뭐야. 어쩌겠어, 젊은 애들이 제 발로 위험한 곳엘 들어간다는데 내가 머리라도 깎아 줘야지. 나는 머리만 자르고 저쪽은 펌 전문, 이쪽은 염색 전문."

다른 두 미용사분들도 적어도 사오십 대 이상은 되어 보였다. 교대로 일하기에 출근 안 한 미용사분들도 몇 더 있었다. 세성 소속이긴 하나 외부에서 요청이 오면 출장도 나간다 하였다. 타 길드 소속 상급, 특히 S급은 세성 길드에 들어오기 힘드니까 말이다.

"직업과 관련된 특수 스킬 등급은 각성자의 경력과 비례하는 경우가 많다네. 수십 년을 해당 업종에 종사해 왔다면 관련 스킬을 평균적으로 중급 이상의 등급으로 습득하게 되지. 아직 사례가 그리 많지는 않지만 말이야."

미용실을 나와 다시 복도를 따라 걸어가며 성현제가 말했다. 아무래도… 수십 년 경력을 지녔을 중노년층은 던전 브레이크 시 각성 전에 또는 각성 직후 사망하는 경우가 많기 때문이었다. 어지간히 관리를 잘하지 않고서야 젊은 사람에 비해 도망칠 힘이 부족하고 각성하더라도 육체적 스탯이 낮게 나오는 편이기 때문이었다.

"아마도 상급 기술적인 특수 스킬 습득에는 재능 또한 덧붙여져야 하겠지. 동시에 노력 없는 재능만으로는 상급 스킬이 쉽게 나타나지 않는 듯하고."

유명우가 그 케이스이지 않느냐며 성현제가 나를 돌아봐 왔다. 명우는 분명 천재적인 재능을 가졌을 것이다. 하지만 전혀 다른 분야로 가서 자신의 재능과 관련된 노력을 얼마 하지 않았기에 각성했음에도 SS급 스킬을 얻지 못했다. L급 양육자 칭호의 버프를 받았음에도 칼을 만 개 가는 노력을 해야 했었고.

"…전투 계통도, 기술 특수 스킬보단 덜해도 평소의 삶이 영향을 주겠지요. 스포츠 선수 각성 등급과 스탯이 평균적으로 높은 것도 평소에 몸을 열심히 단련한 덕분일 거고요."

아마 예림이는 각성 전에 A급이었고 현아 씨는 S급이었던 것도 그런 차이였을 터다. 만약 예림이가 부모님을 잃지 않고 취미 스포츠라도 했더라면 S급으로 각성할 가능성이 높아지지 않았을까. 물론 다 그런 건 아니고 뭘 어떻게 하든 S급 각성 확정인 태생 S급도 있긴 하지만.

"다시 말해 한유진 군은 동생을 과하게 열심히 키웠어."

"아니, 그럼 어린애를 버리기라도 해요? 쓸데없는 참견 마시죠."

형이 되어서 어린 동생 책임지고 돌본 게 뭐 어때서. 아무튼 책도 그렇고 괜한 간섭이 심하시구만. 저 잘난 맛에 사는 인간이 보통 그러긴 하지만.

이어 도착한 단련실은 비교적 평범했다. 해연에서도 봐서 별로 궁금하지도 않았고. 목욕탕이나 수영장도 뭐 크게 독특한 건 없었다. 아주 튼튼하고 냉탕이나 온탕이나 사우나 온도가 좀 극단적인 곳도 있는 정도?

"만물상?"

그 외 기타 등등 여기저기 구경하다가 도착한 곳은 만물상이라는 외관에 비해 구수한 이름을 지닌 가게였다. 성현제를 따라 안으로 들어가자 카운터의 점원이 인사를 건네 왔다.

"잡화점 같은 곳입니까?"

"물론 평범한 잡화점은 아니라네. 이곳의 상품은 모두 던전 부산물로 만들어진 수제품이지."

던전 부산물로 만든 수제품이라. 하지만 대부분 겉으로는 평범해 보이는 잡화였다. 연필이나 공책 같은 문구류도 있었고 포크와 스푼, 식칼, 냄비 등의 주방용품도 눈에 띄었다. 어, 저건.

"…때수건?"

무척이나 익숙한 색감과 모양의 이태리타월이었다. 아니, 이런 것도 던전 부산물로 만들어?

"상급 헌터들도 때를 밀어요?"

"그럴 필요는 없지만, 과거의 일상에 대한 향수를 느끼는 길드원들이 있더군."

하긴 평범한 때수건은 몇 번 문지르지도 않아 너덜너덜해지고 말 것이다. 옛날에 유현이 등 밀어 주던 때가 문득 떠올랐다. S급한텐 필요 없다곤 하지만 하나 사 가 볼까. 잠시 망설이다가 한쪽에 놓인 바구니를 집어 들었다.

"여기 배송도 됩니까?"

"물론 된다네. 개인 주문 제작도 받고 있지."

그거 편하긴 하네. 보자, 때수건 하나 넣고, 비누도 파네. 예림이를 위한 문구류도 담아야지.

"그 펜과 수첩은 송태원 실장도 좋아하더군."

"인벤토리에 들어가니까 유용하긴 하겠네요."

휴대폰 거치대와 물티슈, 앗 이건……!

"몬스터 얼룩 제거제!"

아니, 이게 벌써 나왔어? 점액질 제거제도 있네. 마석 가루와 상급 정화 스킬로 만든 정화수가 함유된 액체 세제. 좋구나, 아주 좋아. 응? 효자손? 상급 헌터가 등 시원하게 긁으려면 필요는 하겠지만 등이 간지럽기는 하나. 아니면 이것도 그냥 추억 보정인 걸까. 지압슬리퍼는 또 뭐야. 발바닥에 기별이나 가겠냐.

이것저것 담다 보니 바구니 하나로 모자라 하나를 더 채웠다. 모두 던전 부산물 제작이다 보니 제법 비싸긴 했지만 상관없었다.

"세성 길드장님 앞으로 달아 두시고요, 기승수 사육소 한유진 앞으로 배송 부탁드립니다."

여기 주인장이 내 옆에 있으니까. 쇼핑하고 나니 기분이 좀 나아지는구만.

"즐거워 보이는군."

"뭐, 그 정도는 아니지만 선물은 감사합니다."

"천만에. 다음 선물도 기뻐해 주길 바라지."

다음 선물? 또 뭔가 주려는 건가. 선물은 굳이 거절할 생각은 없지만 너무 잘 대해 주니까 찝찝하긴 했다. 나중에 대가를 내놓으라고 하는 건 아니겠지. 아주 약간의 기대를 담아 성현제의 뒤를 따라갔다. 이번에는 하얗고 깔끔한… 잠깐만.

"여긴 넘겨도 될 거 같, 이거 놔!"

나를 들짐승 잡듯 낚아챈 성현제가 의료실 안으로 들어갔다. 선물이라며! 이게 무슨 선물이냐!

"람, 한유진 군의 건강검진을 부탁하지."

"필요 없거든요!"

난 지극히 건강하다! 앞으로 5년은 아무 문제 없이 건강할 예정이라고! 의료실 안에는 간호사와 전에 봤던 인도인 힐러가 있었다.

"어이고. 진정하세요, 한유진 헌터."

힐러 람이 우리에게 다가오며 두 손을 펼쳐 내밀었다.

"인도인이 당신을 인도해 드리겠습니다."

…응? 람이 인벤토리에서 둥글게 말린 매트를 꺼내 바닥에 쫙 펼쳤다. 저거 무늬가, 그…….

"인도를 걷는 인도인."

…보도블록 무늬. 저기요. 그 위를 척척 모델 포즈로 걸은 람이 매트를 다시 말아서 인벤토리에 집어넣더니 이번에는 안쪽 문 안으로 들어가 머리만 배꼼 내민다.

"인도어 인도인."

"……."

"취향이 조금 독특하다네."

그, 말장난을 좋아하시나 보다. 심지어 인도어도 아니고 한국어로 하고 있잖아. 통역 아이템 있을 텐데 저 말장난 하려고 일부러 배운 거야? 다시 다가온 람이 합장을 하며 내게 고개를 살짝 숙였다.

"진정이 좀 되셨습니까."

"아… 네……."

덕분에 확실하게 차분해졌다. 사람 좋은 미소를 머금은 람이 성현제를 돌아보며 말했다.

"F급은 준비각성자로 학부생인 제가 건강검진을 해 드릴 수 없습니다."

"학부생이요?"

"네. 한국에 와서 각성자 특별전형으로 의대를 다니고 있지요. 인도에서는 소위 말하는 야매였거든요. 일곱 살 때부터 스승님 따라다니며 배우고서 독립한 후에도 계속 슬럼가에서 활동 중에 각성했습니다."

…그래서 오히려 나이에 비해 더 많은 환자들을 봐 오지 않았을까. 재능에 경험이 쌓여서 더 높은 등급으로 각성한 것인지도.

"오후에 최 선생님께서 교대 예정이니-."

"아뇨, 전 괜찮아요! 멀쩡합니다."

"지금도 간호사가 있으니 간단한 건 가능합니다. 이곳은 상급 헌터 전문이라 정밀 검진은 병원 방문을 추천드리고요, 우선 혈압부터 측정해 볼까요."

뭣하면 세성 병원으로 바로 연계해 주겠다는 말에 열심히 사양했다. 결국 피는 뽑았지만. 몬스터에게 물리고 할퀴고 다 해 봤는데도 이상하게 주사는 싫단 말이야. 치과도 그렇고. 무섭다기보다는 경험적인 혐오쯤 될까. 아무튼 그러고 나니 기력이 쭉 빠졌다. 선물? 서언물? 만물상 쇼핑시켜 줬으니 이번 한 번만 봐준다.

"…대충 다 둘러본 거 같은데 이만 돌아가죠."

성현제 저 인간이 이렇게 딱 붙어 있어서야 도망갈 틈을 찾을 수 없었다. 차라리 혼자만의 시간 좀 갖겠습니다, 하고 방에 처박히는 편이 낫지. 창문을 부수든 벽을 뚫든 땅을 파든 말이다.

"피곤해 보이는군. 아무리 F급이라 해도 체력이 부족해."

"아, 네. 저 F급이고요 체력 거지고요."

"규칙적인 운동과 식이-."

"하지만 건강합니다! 현대사회의 20대 평균 이상이라고 자부합니다! 그러니까 유현이한테도 무조건 건강하다고 보고하십쇼."

유현아, 형은 멀쩡하니까 이제 그만 데리러 와라. 형 집에 가고 싶다.

성현제 놈이 방으로 가고 싶어 하는 나를 끌고 향한 곳은 카페였다. 세성 길드 고층에 자리 잡아 경치 좋은 넓은 카페에 달달하고 구수한 냄새가 잔잔한 음악과 함께 흘렀다. 먼저 와 있던 길드원 몇이 성현제를 보고 슬그머니 자리에서 일어난다. 아무튼 길드장씩이나 되어서 이렇게 돌아다니면 민폐라고. 집 넓겠다 그냥 댁네 테라스에서 커피 타 마시면 되잖아. 실내정원도 있고 수족관도 있고 웬만한 대형 카페 뺨치더구만.

"세성 길드 내부에는 세 개의 카페가 있다네."

"쓸데없이 많네요."

"아침마다 유독 붐비니까 말이야."

"중급만 되어도 카페인 통하지도 않을 텐데."

"기분과 습관이지."

사람이란. 상급 각성자라도 추억을 먹고 살아간다 이건가. 어쨌든 여기까지 온 김에 자리에 앉았다. 오, 한강 보인다.

"전 잠 잘 오는 차로 주세요."

― 삐약!

방에서 낮잠 자던 삐약이가 어느새 나타나 작은 날개를 들어 올리며 주문했다. 음, 마석 가루 탄 우유도 한 잔 주시고요.
"아직 구경할 곳이 더 남았네만, 표정을 보아하니 안 되겠군."
"충분히 봤습니다, 충분히."
"그럼 내일로 미루도록 하지."
"집에 보내 달라니까요."
아니면 뭐, 세성 길드 장비 아이템 창고 같은 거 구경시켜 주든가. 기념품으로 S급 장비 몇 개 챙겨 준다면 피곤한 몸뚱이 질질 끌고서라도 따라갈 텐데.
맛은 그다지 없는 차를 홀짝이며 유리창 너머를 바라보았다. 이러니저러니 해도 참… 평화로웠다. 그래 아주 나쁘지는 않네. 세성 길드 초대받아서 길드장이 직접 안내해 주는 투어도 다 해 보고. 예전 같았음 입구 컷이었을 텐데.
"차와 함께 먹게나."
"저 단거 별로 안 좋아합니다."
세성 길드장씩이나 되어서 눈치 볼 일이 없다 보니 눈치가 참 없으시구나. 됐고 집에 보내 줘요, 집에.
나름 열심히 어필을 해 보았지만 눈치 없는 성현제는 나를 다시금 제집에 고이 데려다 놓았다. 숙면에 좋은 따뜻한 우유와 함께.
너네 집 말고 내 집에 보내 달라고. 아, 집에 가고 싶다.

6권에서 계속.

초판 1쇄 인쇄 2024년 12월 02일
초판 1쇄 발행 2024년 12월 26일

지은이 근서
펴낸이 김주형
마케팅 한재혁

펴낸곳 제이플미디어(주) | **이메일** jplusmedia@hanmail.net
출판등록 2017년 5월 25일 제25100-2022-000077호

주소 서울특별시 구로구 디지털로 288, 2층 204호(구로동, 대륭포스트타워 1차)
전화번호 02-322-6076 | **팩스번호** 02-332-6076

ISBN 979-11-396-3519-5 (04810)
ISBN 979-11-396-3514-0 (set)

정가 13,000원

*저자와 협의하여 인지는 붙이지 않습니다.
*이 책은 제이플미디어(주)가 저작권자와의 계약에 따라 발행한 것으로
본사와 저자의 허락 없이 어떠한 형태나 수단으로도 내용을 이용할 수 없습니다.